À PROPOS DE L'AUTRICE

Fascinée par l'Angleterre monarchique, Candace Camp sait mieux que nul autre nous entraîner dans l'univers sulfureux des intrigues de cour et des passions tumultueuses.

Un remerciement particulier à Alexzandra pour avoir été une si bonne amie pour Anastasia, et à Grand-mère Beth pour avoir partagé son amour des romans de Régence avec Alexzandra. Nous vous souhaitons le meilleur, ainsi qu'à la dernière lectrice arrivée dans la famille, quels que soient les livres que Norah préférera. Que votre vie soit emplie de fins heureuses !

Une lady en danger

Collection : VICTORIA

Titre original :
A ROGUE AT STONECLIFFE

HARPERCOLLINS FRANCE
83-85, boulevard Vincent-Auriol, 75646 PARIS CEDEX 13
Service Clients — www.harlequin.fr
ISBN 978-2-2805-0344-0 — ISSN 2493-013X

Édité par HarperCollins France.
Composition et mise en pages Nord Compo.
Imprimé en novembre 2024 par CPI Black Print (Barcelone)
en utilisant 100% d'électricité renouvelable.
Dépôt légal : décembre 2024.

FSC www.fsc.org
MIXTE
Papier issu de sources responsables
FSC® C159065

Pour limiter l'empreinte environnementale de ses livres, HarperCollins France s'engage à n'utiliser que du papier fabriqué à partir de bois provenant de forêts gérées durablement et de manière responsable.

CANDACE CAMP

Une lady en danger

Traduit de l'anglais (États-Unis) par
SOPHIE LIBRET

Victoria

HARLEQUIN

Liste des personnages

Famille Rutherford

Sloane Rutherford : fils de Marcus, neveu de Thomas, cousin d'Adam et de Gil

Marcus Rutherford : frère cadet de Thomas Rutherford

Noelle Rutherford Thorne : veuve d'Adam, mère de Gil, désormais épouse de Carlisle Thorne

Gilbert (Gil) Rutherford : actuel comte de Drewsbury, fils, âgé de cinq ans, d'Adam et de Noelle

Thomas Rutherford/Lord Drewsbury : décédé, précédent comte de Drewsbury

Adam Rutherford : décédé, fils de Thomas et d'Adeline

Famille Lockwood

Annabeth Winfield : petite-fille de Lady Lockwood, fille de Martha et Hunter Winfield

Lady Lockwood : mère d'Adeline et de Martha, Grand-mère d'Annabeth

Adeline Lockwood Rutherford/Lady Drewsbury : comtesse de Drewsbury, veuve de Thomas Rutherford, fille de Lady Lockwood, sœur de Martha, tante d'Annabeth

Martha Winfield : mère d'Annabeth, fille de Lady Lockwood, veuve de Hunter Winfield, désormais épouse de Lord Edgerton

Hunter Winfield : décédé, premier époux de Martha, père d'Annabeth, ami de Sterling Lockwood

Sterling Lockwood : décédé, fils de Lady Lockwood, frère d'Adeline et de Martha, oncle d'Annabeth

Pétunia : carlin de Lady Lockwood

Lord Edgerton : époux actuel de Martha, beau-père d'Annabeth

Autres protagonistes

Nathan Dunbridge : voisin des Rutherford, ami proche d'Annabeth Winfield et de Carlisle Thorne

Russell Feringham : ami de longue date de Hunter Winfield

Carlisle Thorne : époux de Noelle, tuteur de Gil, fils d'Horace Thorne, élevé par Adeline et Thomas

Judy : femme de chambre d'Annabeth

Harold Asquith : ancien employeur de Sloane

Parker : chef de gang, adversaire de Sloane

Priscilla et Timothy Haverstock : amis d'enfance d'Annabeth et de Sloane

Sprague Haverstock : décédé, ami proche de Sloane, frère de Priscilla et Timothy

Prologue

1810

Sloane tira des bords face au vent, puis se rassit, main sur le gouvernail, et savoura pleinement le moment. L'éclat du soleil faisait scintiller la surface de l'eau et la brise marine rafraîchissait l'air brûlant de cette journée d'été. Des nuages blancs cotonneux dérivaient dans le ciel bleu azur. Son père se trouvait en villégiature ici, chez lui, de sorte que Sloane n'avait pas à se demander s'il n'était pas en cet instant occupé à parier leur maison au jeu ou à faire gonfler sa facture chez un commerçant encore assez stupide pour faire davantage crédit à Marcus.

Mais ce qui faisait la perfection de ce moment aux yeux de Sloane était qu'Annabeth se trouvait là, assise sur le banc face à lui. Le vent agitait ses cheveux châtain clair, faisant danser ses boucles détachées autour de son visage tandis que la lumière magnifiait l'éclat des mèches que des journées passées sans chapeau sous le soleil estival avaient joliment blondies. Quelques taches de rousseur étaient aussi apparues et parsemaient ses pommettes, provoquant chez sa mère maintes réprimandes et la menace de cataplasmes de concombre. Sloane quant à lui n'avait qu'une envie, les embrasser une à une.

Mais, à dire vrai, tout à propos d'Annabeth donnait à Sloane l'envie de le faire. Et savoir qu'elle l'aimait faisait se gonfler de bonheur son cœur dans sa poitrine. Elle ne l'aimait pas autant que lui l'aimait, toutefois, car Sloane était certain que nul ne pouvait avoir des sentiments aussi puissants que ceux qu'il éprouvait pour elle, mais il ne pouvait nier tout de même qu'elle l'aimait sans réserve.

— Je vous ai aimée dès l'instant où mes yeux se sont posés sur vous, confia-t-il, car il pouvait dire tout ce qui lui plaisait à Annabeth, lui dévoiler la moindre de ses faiblesses, le moindre de ses défauts.

Elle les connaissait tous, les connaissait depuis treize ans et cela ne changeait rien à son amour pour lui.

Elle éclata de rire et quitta un instant l'océan des yeux pour le regarder.

— Vous m'avez tiré les cheveux alors.

— Et vous m'avez donné un coup de pied dans le tibia.

— Eh bien, vous aviez fait tomber Nathan, sans la moindre raison.

— Le fait qu'il soit Nathan ne constitue-t-il pas une raison suffisante ?

Annabeth lui adressa une petite grimace mais sa voix n'était empreinte de nulle colère quand elle lui dit :

— Vous vous montrez fort injuste envers lui.

Sloane laissa échapper un ricanement teinté de mépris.

— Il a tellement l'air d'un parfait petit gentleman. Ses vêtements sont toujours si parfaitement adaptés à chaque occasion ; ses cheveux ne sont jamais ébouriffés ; il prononce toujours la parole qui convient.

— La plupart des gens considèrent que ce sont là de bonnes choses.

— Il vous aime.

— Je l'aime, moi aussi.

Elle avait prononcé ces mots avec un tel accent d'affection platonique que Sloane ne pouvait revendiquer le droit d'être jaloux.

— Mais pas de la façon dont je vous aime, vous, ajouta-t-elle.

Un sourire sensuel effleura les lèvres d'Annabeth.

Ce sourire le transperça avec autant de force que si elle avait caressé sa peau. Elle avait besoin d'en faire bien peu pour qu'il se sente empli de désir ; le simple fait de poser ses yeux sur elle suffisait à allumer un brasier en lui. L'embrasser était un ravissement presque insupportable, et lorsqu'il la tenait entre ses bras... eh bien, il ne pouvait déterminer quel mot, quelle phrase était propre à décrire ce qu'il ressentait... C'était comme si sa chaleur, sa bonté, sa beauté s'immisçaient aussi en lui, chassant toute la colère, l'amertume et la solitude qui emplissaient son âme.

Annabeth protégea ses yeux de sa main et regarda le ciel avant de pousser un lourd soupir.

— Il se fait tard. Il me faut être rentrée pour l'heure du thé car sinon Grand-mère me pressera de questions.

Bien qu'il ait fort peu envie que ce moment prenne fin, Sloane entama la manœuvre pour diriger l'embarcation vers la côte.

— Combien de temps encore durera la visite de votre Grand-mère ?

Annabeth eut un petit rire.

— C'est exactement la question que Papa m'a posée ce matin. Le pauvre homme, il passe pratiquement toute sa vie dans son atelier depuis sa venue. La réponse à cette question est : nul ne le sait. Elle partira quand l'envie lui prendra. Elle arrive presque sans prévenir puis un jour annonce soudainement son départ. Je crois qu'elle se délecte de l'idée de maintenir tout le monde dans l'incertitude.

— Je suis sûr que c'est le cas, en effet. Chaque fois que je la vois, je suis pris d'un besoin presque incontrôlable de me cacher sous une table. Apparemment, à l'entendre, je suis trop téméraire, mes cheveux sont trop longs et mes manières trop dépourvues de raffinement. Un jour, elle m'a même dit que mes yeux étaient trop bleus.

Sloane garda le silence un instant avant de reprendre :

— J'ignore quelle action elle attendait de ma part sur ce point.

Il ne mentionna pas que Lady Lockwood lui rappelait également fréquemment les défauts de son père – qu'il reconnaissait mais aurait préféré ne pas entendre évoquer – et, pire encore, le mettait en garde contre l'éventualité qu'il puisse suivre le même chemin que lui. Il s'agissait là d'une peur enfouie depuis longtemps tout au fond de Sloane, peu importait combien il avait essayé de façonner sa personnalité de sorte à être différent.

— « Cette femme est un fléau », cita Annabeth. C'est ce que dit toujours mon père. Mais bien sûr ma pauvre maman tremble devant elle. Elle est incapable de dire non ou de protester. Je suis la seule personne à qui il arrive de s'opposer à Grand-mère.

— Et vous pouvez être sûre qu'elle ne vous châtiera pas pour cela. S'il y a bien quelqu'un qu'elle adore, c'est vous... enfin, vous et cette satanée chienne stupide, Pétunia.

— Je crois qu'elle aime aussi ses enfants, lui dit Annabeth, ce qui déclencha un ricanement de la part de Sloane. Non, vraiment, elle aime Adeline et Maman, et je pense qu'elle adore Sterling, insista la jeune femme.

— Elle a une façon bien étrange de le montrer.

— C'est vrai, je l'avoue.

Lorsque le petit bateau fut près du rivage, Sloane jeta l'ancre et sauta dans l'eau pour porter Annabeth jusqu'à la terre ferme.

— Vous n'avez pas à faire cela, vous savez, lui dit-elle, sans toutefois esquisser le moindre mouvement pour quitter ses bras. Je pourrais relever mes jupes et patauger dans l'eau moi-même.

— Même si ce serait là l'occasion d'un plaisant spectacle, je préférerais vous porter, lui répondit-il.

Elle sourit et se blottit contre lui.

— Je préfère faire ainsi, également.

Ils atteignirent la plage et Sloane la laissa regagner la terre ferme, son corps glissant le long du sien d'une façon qui mettait tous ses sens en émoi. Elle ne s'écarta pas de lui et ses bras se nouèrent à son cou, son visage levé vers le sien. Il était incapable de détourner le regard. Et ne l'aurait pas fait même s'il avait pu.

Il pourrait se noyer au fond de ses clairs yeux verts, songea-t-il, et ne ressentir aucunement l'envie d'en être sauvé.

Sloane inclina la tête et embrassa Annabeth. Les lèvres de cette dernière s'entrouvrirent sous la douce pression des siennes tandis que son corps se lovait contre le sien, et il se perdit dans ce moment, se perdit en elle. Il en voulait plus, bien plus que de simples caresses. Il désirait plonger en elle, la prendre pleinement, totalement. Être sien et qu'elle soit sienne.

— Pour toujours, murmura-t-il dès qu'il eut détaché ses lèvres des siennes pour venir semer un chemin de baisers jusque dans son cou.

Son ardent désir frémissait toujours juste sous la surface des apparences et se réveillait dans toute sa puissance dès qu'il goûtait ses lèvres ou touchait sa peau. Mais bien entendu, il ne pouvait satisfaire cet élan fiévreux. Annabeth serait disposée à y céder et même empressée de le faire ; en matière de sentiments, elle disposait d'une confiance éclatante dont il était dépourvu. Elle croyait que l'amour était capable de vaincre tous les obstacles, de guérir toutes les blessures et d'imposer au monde un traitement bienveillant à son égard ; elle pensait que si l'on souhaitait une chose avec assez de force, on pouvait en faire une réalité.

Sloane, lui, était plus avisé. Et il ne ferait rien qui puisse déshonorer Annabeth ou lui nuire. Il attendrait, peu importait que son désir, si puissant, gouverne son âme.

Annabeth plongea ses doigts dans ses cheveux et tira doucement. Ce simple geste suffisait à allumer le feu en lui mais quand il releva la tête, elle se dressa sur la pointe des pieds pour l'embrasser de nouveau fiévreusement. Le désir se mit à pulser en lui et il fit glisser une main plus haut pour accueillir dans sa paume la courbe de son sein. À travers le tissu de sa robe, il en sentit la pointe se dresser et elle lâcha une petite plainte qui renforça encore son ardeur.

Il releva la tête, s'écarta légèrement, le souffle court, et baissa les yeux vers le visage d'Annabeth, vers son regard langoureux, ses lèvres douces, rouges et légèrement gonflées. Il brûlait d'envie de l'embrasser, de la faire s'étendre sur le sol avec lui et d'explorer son corps.

Mais au lieu de cela, il relâcha son souffle et vint faire reposer son front contre le sien.

— Faut-il vraiment attendre quatre années avant de pouvoir devenir mari et femme ?

Faisant preuve d'une parfaite absence de compassion, Annabeth émit un petit gloussement.

— Je suis prête à tout instant à m'enfuir avec vous pour nous marier en secret à Gretna Green, vous savez.

— Vous n'ignorez pas que je n'opterai pas pour cette solution.

— Je le sais. Je sais que la publication des bans et tout le cérémonial sont cruciaux à vos yeux.

Elle tapota tendrement sa poitrine.

— J'aime vous taquiner, voilà tout.

— Petite effrontée, dit-il d'un ton plein d'affection, tout en lui souriant.

— Et pourtant vous voulez faire de moi votre épouse.

— En effet.

— Il reste en fait trois ans et dix mois avant que je ne souffle mes vingt et une bougies.

— Ah. Eh bien, voilà qui fait toute la différence.

Il prit sa main et ils commencèrent à remonter le chemin.

— Mais je suis certaine que Papa consentira à notre mariage, il ne nous sera donc pas nécessaire de patienter si longtemps.

— Je ne sais pas. Votre père est un homme charmant, mais aucun père ne me considérerait comme un candidat valable. Je dois avant toute chose être en mesure de subvenir à vos besoins.

— Voulez-vous dire que la contrebande ne vous fournit pas de revenus suffisants ?

— Que dites-vous ? s'étonna-t-il d'un ton plein d'innocence tout en lui adressant un regard en coin.

— Vous pensez que je ne le sais pas ? L'un des palefreniers me l'a dit… il me croyait déjà informée, alors ne lui en voulez pas. Apparemment il opère lui aussi dans ce domaine.

Sloane haussa à demi les épaules.

— Je sors parfois en mer pour récupérer des tonneaux d'un navire, c'est vrai. Mais il n'y a pas assez d'argent à retirer de cette activité pour vivre ainsi que vous le devriez.

— Et il serait en outre assez regrettable que mon époux soit envoyé en prison pour faits de contrebande.

— Il faudrait qu'on arrive à me capturer avant cela.

Il lui sourit d'un air insolent.

— Quoi qu'il en soit, cela ne durera qu'un temps. Je ne fais qu'accumuler des gains afin d'acquérir un jour un navire bien à moi.

Il eut un petit haussement d'épaules.

— Et ensuite je pourrai… enfin, vous connaissez mes rêves… Je vous parle suffisamment souvent de mon désir de bâtir une entreprise de transport maritime. De posséder une flotte de bateaux. D'être assez riche pour vous offrir perles, diamants et tout ce qui vous plaira.

Annabeth lui sourit en pressant sa main tendrement.

— Je n'ai nul besoin de perles et de diamants. Je n'ai besoin que de vous.

Sloane percevait qu'elle voulait en dire davantage. Il devinait même quels mots lui brûlaient les lèvres.

— Non, répondit-il avant qu'elle ait exprimé sa pensée. Je n'irai pas mendier auprès de mon oncle la somme nécessaire à l'achat d'un navire.

— Je suis sûre que le comte serait heureux de vous aider. De vous accorder un prêt, si vous êtes trop fier pour accepter un présent de sa part.

— Il veut m'envoyer à Oxford. Pour que je devienne avocat pour son compte ou greffier.

— C'est parce qu'il vous sait intelligent et désire vous aider.

— Vous avez toujours une si bonne opinion des gens, dit-il,

mâchoire serrée. Mais je n'accepterai pas d'argent de la part de Drewsbury.

Annabeth n'insista pas ; elle s'était attendue à pareille réponse. Ils poursuivirent leur marche sur le chemin, doigts entrelacés, s'arrêtant de temps à autre pour échanger un baiser jusqu'à ce qu'ils atteignent le bosquet où était attachée la monture d'Annabeth. Sloane sella la jument et pendant un long moment, ils restèrent ainsi, peinant à se séparer.

— Je peux vous attendre dans les jardins demain soir si vous pensez réussir à vous faufiler au-dehors.

— Vous pouvez participer à la fête, vous savez, répondit Annabeth. Vous n'avez pas à vous cacher dans le jardin pour me voir.

— Alors que Lady Lockwood y sera ? Non, je ne pense pas que cela soit envisageable.

— Elle ne vous déteste pas, vous savez.

Annabeth éclata de rire en voyant le regard incrédule de Sloane.

— Enfin, pas plus que quiconque, précisa-t-elle.

— Je ne lui reproche pas de vouloir que vous épousiez un homme meilleur que moi. Mais je n'ai pas non plus de penchant particulier pour les critiques sévères qu'elle aime m'adresser.

— Très bien, monsieur l'entêté. Bien sûr que je viendrai vous rejoindre. Je m'éclipserai du bal dès que Grand-mère aura commencé à jouer au whist.

Annabeth se hissa sur la pointe des pieds pour déposer un doux baiser sur ses lèvres et il l'attira contre lui pour l'embrasser plus passionnément et plus longuement encore. Puis il l'aida à monter en selle et la regarda s'éloigner jusqu'à ce que sa silhouette disparaisse au loin, tout en ressentant, comme toujours, son cœur se pincer amèrement sous l'effet du vide béant que laissait toujours Annabeth derrière elle.

Au moment où il atteignait sa demeure, Sloane aperçut un homme occupé à l'attendre dans le vestibule. Il ralentit le pas

– la journée avait été trop bonne pour être gâchée par l'un des créanciers de son père exigeant de récupérer son argent – mais continua d'avancer. De toute façon, l'homme ne partirait pas ; ils ne le faisaient jamais.

— Sloane Rutherford ? s'enquit le visiteur en le voyant approcher.

— Oui, confirma Sloane sobrement.

Depuis longtemps il était devenu adepte d'un silence presque total face aux individus de son espèce.

— Mon nom est Harold Asquith, se présenta le visiteur.

Asquith ne ressemblait pas vraiment à un créancier – il avait l'allure d'un gentleman, non d'un marchand ou d'une brute quelconque envoyée pour contraindre son père à rembourser ses dettes. Mais l'homme n'avait pas non plus l'air d'être l'un des amis de son père. Aucun d'eux en effet ne se serait vêtu d'habits si sobres, ni n'aurait affiché un air si grave. C'était quelqu'un, c'était là une certitude, que Sloane n'avait jamais rencontré. Ce qui suffisait à attiser sa curiosité.

— Pourrions-nous nous entretenir en privé ? demanda Asquith.

Sloane fronça les sourcils, intrigué, et, son intérêt l'emportant sur sa méfiance, il conduisit l'homme jusqu'au petit salon. D'un geste il invita le visiteur à prendre place tandis qu'il refermait la porte. Il s'assit ensuite sur le sofa, dans une posture légèrement affalée, jambes étendues devant lui et bras croisés, affectant ainsi la pose qui habituellement faisait renoncer tout gentleman désireux de lui faire la leçon.

— J'ai cru comprendre que vous avez une petite « affaire » avec Sam Redding, commença Asquith.

— J'ignore de quoi vous parlez.

— Parlons sans détour, voulez-vous, Mr Rutherford ? Je sais que vous prêtez main-forte aux contrebandiers locaux, je sais donc que vous êtes un homme prêt à prendre des risques. Et heureux de gagner de l'argent.

— Voulez-vous en venir à un point précis ?

— J'ai une proposition à vous faire.

Asquith se pencha légèrement vers lui, sa froide expression s'animant soudain quelque peu.

— Je peux vous fournir un navire.

— Vous voulez que je me livre à la contrebande pour votre compte ?

Sloane n'avait pas su à quoi s'attendre de la part de cet homme à l'allure simple, sobre – et même quelque peu guindée –, mais il n'aurait jamais envisagé ce tour particulier pris par leur échange.

— Non, bien que la contrebande constitue, évidemment, un excellent moyen, et rentable, en outre, de se camoufler. Étant donné votre association actuelle avec Redding, je suppose que vous n'avez pas d'états d'âme à ce sujet.

Asquith marqua un silence avant de reprendre :

— Ce dont j'ai besoin, c'est d'un homme ayant le moyen de voyager sans se faire remarquer entre ici et la France. Pour transporter des messages, disons, ou certaines personnes vers et depuis ce pays. Et même, éventuellement, pour y accomplir quelques tâches pour moi.

— Un espion ?

— En résumé, oui. Bien que je préfère dire de ceux que j'emploie qu'ils sont mes agents.

— Pourquoi une pareille idée me tenterait-elle ? demanda Sloane d'un ton morne.

— On pourrait notamment espérer que vous ressentiez une pointe de patriotisme, un élan de loyauté envers l'Angleterre. La Couronne.

— Je me fiche éperdument de la Couronne. Et je ne suis pas certain de me soucier de l'Angleterre non plus. Je n'ignore pas en outre que l'espionnage constitue un crime puni de pendaison.

— Si l'on se fait prendre, oui.

Asquith regarda Sloane d'un air provocateur.

— Si vous songez à me mettre au défi d'accepter, sachez que j'ai arrêté de me livrer à ce genre de jeux dès que j'ai été assez vieux pour avoir un peu de bon sens.

— Le navire serait à vous, bien sûr, sans contrepartie. Vous garderiez le bénéfice de tous les profits que vous réaliseriez et bien évidemment, vous recevriez aussi une rémunération de la part du ministère des Affaires étrangères.

Le frisson de la tentation traversa Sloane. De l'argent et un bateau. Une voie dégagée vers la fortune qu'il voulait acquérir. La capacité de subvenir aux besoins d'une femme, d'offrir à Annabeth le genre de vie qu'elle désirait, l'opportunité de l'épouser bien plus tôt qu'il avait osé se laisser aller à l'espérer.

— L'argent toutefois apporte bien peu de réconfort lorsque l'on est mort, nota-t-il.

— Le fait est que j'ai entendu dire qu'une certaine jeune fille a attiré votre attention. Que vous êtes impatient de l'épouser. Mais sans doute Miss Winfield...

Sloane bondit aussitôt sur ses pieds et fondit sur l'homme d'un air menaçant.

— Gardez-vous de prononcer son nom, voulez-vous ? Pensez-vous que je ferais d'elle une femme de contrebandier ? La veuve d'un espion ?

— Nul n'a besoin de savoir comment vous gagnez votre vie. La pratique de la contrebande est, après tout, gardée secrète.

— J'espère sincèrement que vous n'êtes pas aussi naïf, pour le salut de l'Angleterre, car autrement Napoléon chevauchera dans St. James avant longtemps. Si j'acceptais, il y aurait des rumeurs, des soupçons. « Comment a-t-il soudain obtenu tout cet argent ? Et pourquoi a-t-il acheté un navire ? Bien sûr, il a toujours eu un tempérament tellement exalté. Lord Drewsbury avait perdu tout espoir le concernant », voilà ce qu'on dirait. Ce serait un scandale sans fin et c'est Annabeth et sa famille qui en souffriraient. Et ce serait encore pire si je devais être arrêté et pendu.

— Nous pourrons demander aux agents des douanes d'être cléments avec vous en cas de problème.

Sloane lâcha un ricanement.

— Mes activités ne seraient plus exactement secrètes dans

ce cas, n'est-ce pas ? D'autre part, je pourrais être arrêté pour espionnage en France et exécuté là-bas et Annabeth ne saurait même pas ce qui s'est passé. Jamais je ne lui ferai subir cette sorte d'angoisse et de chagrin. Ni ne la soumettrai au genre de rumeurs et de suppositions qui seraient légion après ma disparition. C'est inenvisageable.

— Mais si elle…

— Laissez Annabeth à l'écart de tout cela ! tonna Sloane.

Asquith garda le silence et resta aussi serein que si Sloane venait de lui proposer une tasse de thé. Après quelques instants, il reprit à voix basse :

— Voilà qui pourrait se révéler quelque peu difficile.

Sloane dévisagea l'homme, une vrille glacée remontant subitement le long de son dos.

— Que voulez-vous dire ?

— Il serait difficile pour sa famille et pour elle d'éviter un scandale si son père était arrêté.

— Arrêté !

Sloane se laissa retomber sur son siège. À présent c'était un intense fourmillement que la tension subite de ses nerfs diffusait à travers son corps. La peau de ses bras et de sa nuque était hérissée de chair de poule, signe qu'un terrible danger le guettait. Il s'efforça d'adopter un ton méprisant :

— Que voulez-vous donc dire ? Mr Winfield…

— Mr Winfield est un espion.

— Je vous demande pardon ?

— Il travaille pour les Français.

Sloane le fixa, bouche bée.

— Comment ?

Il se leva de nouveau.

— Vous êtes fou.

— Non. Il travaille pour les services de l'État, vous le savez, n'est-ce pas ?

— En effet, mais il n'est pas… Que pourrait-il bien savoir ?

— Des documents passent chaque jour entre ses mains. Ils sont insignifiants pour la plupart des gens, mais ils mentionnent des opérations de ravitaillement, des mouvements de troupes, un certain nombre d'informations très précieuses aux yeux de l'ennemi. Et il bénéficie de la confiance d'un fonctionnaire placé plus haut que lui dans la hiérarchie et qui lui laisse un accès facile à son bureau. C'est un homme fort aimable et tous ceux qui l'entourent sont heureux de discuter et d'échanger certaines rumeurs avec lui.

— Mais... mais...

Sloane enfouit sa main dans ses cheveux et se mit à arpenter nerveusement la pièce. Tout cela était absolument inconcevable, mais pour quelle autre raison cet homme serait-il là ?

— Pourquoi ? Pourquoi Hunter Winfield espionnerait-il pour le compte de l'ennemi ?

— On dit qu'il est toujours à court d'argent.

— Je n'ai pas constaté qu'il ait gagné la moindre fortune de façon soudaine.

— Non, dans son cas particulier, je pense qu'il est question de chantage.

— Avec quoi quelqu'un pourrait-il le faire chanter ? demanda Sloane.

— J'ignore pourquoi il a accepté d'agir pour la France à l'origine. Cela n'a pas vraiment d'importance. Le fait est que Paris possède un document qu'il a volé pour le compte des Français et que ces derniers ont utilisé cela pour l'obliger à fournir plus d'informations, des informations plus importantes. La vérité est qu'il représente une menace pour notre nation.

— Annabeth... Mon Dieu, quel scandale ce serait ! Faut-il que ce soit révélé ? Ne pourriez-vous pas simplement vous assurer de lui communiquer en permanence de fausses informations ?

— C'est ce que nous avons fait depuis que nous avons appris sa trahison. Mais si les Français devaient découvrir qu'il est un agent double, je frémis rien qu'en imaginant...

— Dans ce cas, arrêtez-le ! tonna Sloane. Contraignez-le à démissionner.

— Peut-être le pourrions-nous... si les Français n'avaient plus en leur possession ce document à utiliser contre lui. Si une âme courageuse se glissait dans le pays et le volait...

Asquith se tut un instant et le regarda attentivement.

Sloane haussa subitement les sourcils sous l'effet de la surprise.

— Suggérez-vous que je pourrais m'acquitter de cette tâche ?

— J'imagine que cela dépendrait de votre degré de courage. De combien il vous tient à cœur de protéger Winfield et sa famille du scandale...

— C'est un chantage que vous exercez sur moi ! Mais si je sors Hunter de leurs griffes, vous ne révélerez pas ce que Winfield a fait, n'est-ce pas ?

— Il n'y aurait aucune raison que je le fasse.

— Vous êtes une véritable ordure ! Vous agissez avec moi comme les Français l'ont fait avec le père d'Annabeth !

Asquith se leva et pour la première fois une émotion sembla briller au fond de son regard gris et glacial.

— Je suis anglais. Un Anglais qui fera tout ce qui est nécessaire pour protéger son pays. Peu importe si vous m'injuriez, si vous me haïssez. J'accomplirai mon devoir.

Il s'interrompit un instant.

— Ce que je veux savoir, c'est si vous feriez de même par amour pour Miss Winfield.

— Vous savez que je le ferai, cingla Sloane. Je récupérerai le document.

— Et vous continuerez à travailler pour votre pays ? s'enquit Asquith.

— Oui. Mais à une condition : vous amènerez Hunter Winfield à démissionner de son poste.

— Très bien, dans ce cas. Je vous recontacterai bientôt.

Sloane le regarda partir, tandis que le feu de la rage courait dans ses veines. Que soient maudits Asquith et sa mission ! Que soit maudit Hunter Winfield pour risquer d'exposer Annabeth à pareil scandale ! Tous ses rêves tombaient en poussière en cet instant devant ses yeux.

Ce n'était pas un empire dans le transport maritime, ni l'argent, que Sloane désirait vraiment. C'était Annabeth et rien qu'elle.

Il avait su, tout au fond de lui-même, qu'un revers de la sorte était inévitable. Que la vie, d'une façon ou d'une autre, l'arracherait à lui. Annabeth était, et ce depuis toujours, hors de sa portée. Elle était femme à mériter un gentleman lui offrant une vie confortable, pas l'héritier sans le sou d'un cadet de famille.

Il n'existait nulle façon d'échapper à ce piège. Il devait accepter pour l'empêcher de voir sa réputation entachée par la trahison de son père, d'être méprisée par toutes les personnes de sa connaissance. Afin d'y parvenir, Sloane devait se muer en un homme qu'elle ne pourrait épouser. Un voyou. Une canaille. Un criminel. Le genre d'hommes qu'il était censé devenir, si l'on en croyait ce que tout le monde disait de lui depuis toujours.

Et il ne pouvait même pas lui expliquer pourquoi. C'était impossible sans lever le voile sur la trahison de son père bien-aimé. Elle adorait Hunter, et l'apprendre sa trahison briserait le cœur d'Annabeth. Et quel sens y aurait-il à sauver Hunter si cela signifiait anéantir tout de même Annabeth ?

Un flot glacial de tristesse envahit peu à peu l'âme de Sloane, un sentiment si profond qu'il eut l'impression de pouvoir s'y noyer. Pour sauver la femme qu'il aimait, il n'aurait d'autre choix que de l'abandonner.

1

1822

Sloane Rutherford n'était pas homme à hésiter. Il prenait ses décisions, pour le meilleur ou pour le pire, et vivait ensuite parfaitement bien avec ces dernières. Mais en ce jour, il se tenait affalé à la table du petit déjeuner, son repas intact devant lui, et ne cessait de faire tourner entre ses doigts un carton d'invitation. Il lui était impossible de se décider : devait-il, oui ou non, se rendre à ce mariage ?

En réalité la question n'était pas de savoir s'il *devait* le faire ; clairement la réponse était « non ». L'interrogation portait sur le fait de savoir s'il le *ferait*. L'événement en lui-même n'avait pas vraiment fait l'objet d'une quelconque réflexion de sa part. Il avait certes été quelque peu étonné d'être invité par Noelle. Il est vrai qu'il ne s'intéressait nullement à la plupart des membres de sa propre famille… et ceux-ci le considéraient avec moins de sympathie encore. Dire qu'il était tenu à l'écart ne décrivait pas fidèlement sa relation avec les Rutherford. On le fuyait, c'était là une façon plus juste d'exprimer les choses.

Par conséquent, non, il ne ressentait aucun intérêt particulier pour le mariage en lui-même, n'avait aucune raison de s'y rendre et en temps normal il aurait jeté l'invitation dans le seau accueillant les cendres de sa cheminée. Mais ce qui le poussait presque douloureusement à vouloir y aller était précisément ce qui suscitait un pincement tout aussi douloureux de réticence dans sa poitrine : *elle* serait là.

— Annabeth ? questionna Marcus depuis le seuil de la pièce.

Sloane leva les yeux, surpris, et un air renfrogné se peignit aussitôt sur ses traits.

— Voilà que vous lisez dans mes pensées, à présent ? On aurait pu croire qu'avec pareils pouvoirs, vous auriez mieux réussi aux tables de jeu.

— C'est bien vrai, n'est-ce pas ? répondit Marcus d'un ton amical avant de traverser la pièce. Malheureusement, il semble que ce n'est pas ainsi que les choses fonctionnent. Et deviner le problème qui vous occupe nécessite bien peu d'intuition en vérité. La raison de vos tracas se lit clairement sur vos traits.

Marcus prit place face à Sloane. Portant peignoir et chaussons souples, il avait l'allure de l'aristocrate indolent qu'il était – somptueuse crinière blanche élégamment peignée en arrière, mâchoire lisse grâce au rasage soigneux effectué par son valet, et robe de chambre d'un splendide brocart parfaitement coupée. Même s'il paraissait légèrement plus usé par le temps qu'il n'aurait dû en raison d'années de vie mouvementée, il était toujours des plus séduisants.

Sloane se demanda si son père serait capable d'attirer l'attention d'une veuve fortunée qui le débarrasserait ainsi de lui… mais non, Marcus était tout autant que son fils banni de la fréquentation de la haute société – davantage en raison de l'histoire de Sloane qu'à cause de ses propres et nombreux vices.

— Que faites-vous debout à une heure si matinale ? s'enquit Sloane, prenant soin d'ignorer les commentaires de Marcus. Vous ne quittez que rarement votre chambre avant 10 ou 11 heures du matin.

— Malheureusement Harriman n'avait de rendez-vous à me proposer qu'à une heure impie. Il est si difficile de pouvoir le voir dans un délai si court que je ne pouvais qu'accepter de m'y rendre à 9 heures.

— Ah, votre tailleur. *Voilà* évidemment une raison véritablement suffisante en toute occasion pour vous tirer du lit.

Les coins de la bouche de Sloane se relevèrent en un sourire. Marcus aimait toujours se pavaner à son âge. La facture que le tailleur lui adresserait serait sans nul doute prodigieuse, mais peu importait à Sloane. Il préférait de loin dépenser son argent pour satisfaire le goût de son père pour la mode que pour financer ses autres habitudes.

— Mais je ne me plaindrai pas. J'ai eu de la chance qu'il ait pu libérer un moment pour me recevoir.

— Je suppose qu'il est reconnaissant du fait que je paye vos factures en temps et en heure, contrairement à la plupart de ses clients de l'aristocratie, répliqua sèchement Sloane.

— Et pour ma part j'aurai ainsi tout l'après-midi pour me délecter de la perspective du mariage, poursuivit Marcus.

— Un mariage, dites-vous ? dit Sloane d'un ton sceptique. Vous attendez impatiemment les mariages désormais ?

— Tout le monde ne se comporte pas autant en ermite que vous. Certains d'entre nous trouvent agréables les événements sociaux.

— Je ne suis pas un ermite.

— Hum, certes. C'est sans nul doute la raison pour laquelle vous passez tant de temps seul, à ressasser vos pensées. Les Cornouailles sont un lieu qui vous correspond à merveille.

Marcus porta à ses lèvres la tasse de thé que le valet de pied venait de poser devant lui et but une gorgée, ses yeux bleus pétillant d'amusement.

— Mais ce mariage, je dois l'admettre, promet bien plus de divertissement qu'à l'habitude.

Sloane ne répondit rien. Ce mariage était bien le dernier sujet qu'il souhaitait aborder.

Son père cependant n'avait besoin de nulle réaction de sa part. Il continua :

— D'une part, il y a Noelle, l'adorable future mariée en personne, et… le potentiel de commérages à venir concernant son scandaleux passé.

— Je ne vois pas en quoi vouloir fuir Thorne représente la moindre action scandaleuse, le coupa Sloane. Toute personne dotée de bon sens aurait agi de la sorte. Je trouve bien plus étrange qu'elle ait arrêté de le faire.

Marcus pouffa de rire à ces mots.

— Oui, c'est un homme parfaitement insipide, n'est-ce pas ? Mais j'imagine que Noelle parvient à le rendre plus vif et enjoué. Toutefois le mariage est plus excitant encore que cela. On peut toujours compter sur Lady Lockwood pour provoquer quelques tensions… bien que j'espère de tout cœur qu'elle ne viendra pas accompagnée de sa chienne. Bien entendu, Lord Edgerton sera présent. Je crois qu'il irrite Lady Lockwood encore davantage que son premier gendre – qui sait quelles piques elle lui adressera ?

Il s'interrompit un instant, puis ajouta :

— Et imaginez donc l'émoi provoqué si jamais vous vous montrez.

Sloane grogna, recula son siège et se leva.

— Ce qui explique précisément pourquoi je ne me rendrai pas au mariage.

— Bien sûr que vous viendrez. C'est la raison pour laquelle vous n'avez pas jeté cette invitation. La raison pour laquelle vous rêvassiez quand je suis entré.

— C'est faux. J'étais simplement…

Il laissa sa phrase en suspens et grimaça.

— Vous vous demandiez simplement si le fait d'affronter la présence de votre famille l'emportait sur la perspective de voir Annabeth Winfield.

— Je me fiche éperdument d'affronter la présence de ma famille.

— Ah… dans ce cas, la question est donc de savoir si revoir Annabeth vaut la douleur que vous en éprouverez.

— Ne soyez pas stupide, voyons.

Le ton de Sloane renfermait toutefois une bien faible conviction. Il tourna les talons pour se diriger vers la fenêtre, y resta un instant bras croisés et, regard dirigé vers la rue en contrebas, dit à mi-voix :

— Il serait insensé de la voir.

— Sans nul doute, répondit Marcus en laissant échapper un lourd soupir. Toutefois, les choses insensées sont toujours celles que vous désirez le plus.

— J'ai réussi sans grande peine à ne pas la voir durant onze années.

Se trouver hors du pays durant la plus grande partie de cette période avait aidé à ce qu'il en soit ainsi. Mais même après son retour en Angleterre, Sloane avait évité Annabeth – eh bien, peut-être y avait-il effectivement eu cette fois, à son retour, où il s'était tenu devant la demeure de Lady Lockwood, abrité par les ombres du soir, pour l'apercevoir descendre les marches du perron et entrer dans une calèche. Avec Nathan. Les lèvres de Sloane se pincèrent à cette pensée.

La voir par hasard à Stonecliffe deux mois plus tôt avait été un véritable choc. Il n'avait pas réalisé qu'elle s'y trouvait en visite en compagnie de Lady Lockwood car, si tel avait été le cas, il ne s'y serait pas rendu.

Mais alors qu'il se tenait dans l'entrée avec Noelle et les autres personnes présentes, une porte s'était ouverte dans le corridor et elle était apparue : ses cheveux châtain clair un peu ébouriffés, ses joues légèrement rosies par le grand air, ses bras chargés d'un panier rempli de fleurs. Et alors il n'avait pu ni parler, ni bouger, seulement garder son regard rivé sur elle. Elle était aussi belle qu'à son habitude. Et il avait été aussi ébahi que depuis toujours.

Il avait tourné les talons et quitté les lieux comme si quelqu'un lui avait tiré dessus. Il n'était même pas certain d'avoir adressé un « au revoir » à Noelle et Carlisle. Et ce satané Nathan… bien sûr qu'il avait été là, lui aussi. Ce moment avait troublé l'indifférence soigneusement cultivée par Sloane, et même après que son cœur eut cessé de battre à tout rompre et qu'il se fut rappelé avoir tourné la page de leur histoire depuis des années déjà, il n'avait pu empêcher son esprit de le ramener à Annabeth encore et encore. Comme lorsqu'on ne pouvait cesser de gratter une blessure encore fraîche.

Derrière lui son père lança :

— Pourquoi continuer de la sorte ? Pourquoi ne pas aller la voir et lui dire ce que vous ressentez ?

Sloane ricana à ces mots.

— Avant d'arriver jusqu'à elle et de pouvoir lui parler, je devrais affronter le majordome et probablement Lady Lockwood, également.

— Vous ne m'avez jamais semblé homme à fuir l'affrontement.

— Peut-être que non, en effet. Mais je ne peux pas affronter Annabeth. Et elle me déteste.

— Comment le savez-vous ? insista Marcus. Elle ne s'est pas mariée durant toutes ces années. Elle n'a pas d'argent, c'est certain, mais une jeune femme aussi charmante et jolie ? Il est certain qu'elle a reçu beaucoup de propositions.

— Je n'en doute pas, répliqua Sloane, mâchoire crispée. Mais cela ne signifie pas qu'elle s'est languie d'amour pour moi. J'ai brisé son cœur. Je savais que je le brisais au moment de le faire. Et que j'aie brisé le mien également ne l'aurait pas fait se sentir mieux ou me mépriser moins fortement.

— Pourquoi ne pas lui dire la vérité ?

La voix de son père s'était faite tranchante, sa bonhomie habituelle soudainement envolée.

— Expliquez ce que vous avez fait. Pour quelle raison vous avez agi de la sorte. Dites-lui que la cause tient au chantage que cette ordure d'Asquith a exercé sur vous.

Sloane se retourna brusquement vers lui, son regard semblant lancer des éclairs.

— Je ne peux lui avouer. La vérité lui causerait autant de douleur aujourd'hui qu'elle en aurait causé jadis. Je savais quand je l'ai fait que je sacrifiais son amour pour la vie entière. J'ai simplement cru que mon existence ne durerait pas très longtemps.

Tout en laissant échapper un grondement dépité, Sloane quitta la pièce. À peine eut-il gravi les deux premières marches de l'escalier que des coups furieux résonnèrent à la porte d'entrée. Il tourna la tête vers le lourd battant, sourcils froncés. Les martèlements reprirent et quelqu'un cria son nom. Sloane rejoignit le vestibule à l'instant même où le valet de pied ouvrait la porte et d'un ton indigné se mettait à réprimander le garçon se tenant devant lui.

Ce dernier ne prêta nulle attention au domestique et se fraya un chemin à l'intérieur en poursuivant ses appels.

— Mr Rutherford !

— Timmy.

Sloane, saisi soudainement par l'inquiétude, s'approcha à grands pas.

— Qu'y a-t-il ? Que diable se passe…

— C'est à propos des quais, monsieur. Mr Haskell m'envoie vous chercher. Vous devez venir vite. Le nouvel entrepôt est en feu.

2

Sloane se rua hors de la maison, sans prendre le temps d'enfiler de veste. Dieu merci, Timmy avait eu la prévoyance d'ordonner au fiacre d'attendre. Il bondit à l'intérieur et le garçon l'imita aussitôt. La voiture se mit en route dans un cliquètement métallique sonore, le cocher motivé par la promesse de Sloane de lui payer le double du prix de la course s'il arrivait rapidement à l'entrepôt.

— Que s'est-il passé ? questionna Sloane en se tournant vers le garçon.

— J'sais pas, monsieur. Ça brûlait quand je suis venu pour travailler et Mr Haskell m'a envoyé vous avertir.

Lorsque Sloane arriva sur place, l'entrepôt, couronné d'une épaisse fumée, était presque entièrement en proie aux flammes. Les pompiers de la compagnie d'assurances étaient sur place, tout comme plusieurs des employés de Sloane, faisant de leur mieux pour empêcher le feu de se propager aux bâtiments alentour. Il apparaissait de manière évidente que l'entrepôt ne pouvait être sauvé. Comme pour en apporter la preuve, l'arrière de la bâtisse s'effondra à cet instant dans un fabuleux fracas. La façade tenait toujours debout mais il était clair qu'elle ne resterait pas longtemps ainsi.

Sloane voulut se précipiter pour aider les autres, mais Haskell l'intercepta.

— Mr Rutherford. J'ignore comment cela s'est produit. Lorsque je suis arrivé, il...

— Qui était de garde la nuit dernière ? Et où est-il passé ?

Haskell parut décontenancé un instant, puis l'ombre de la peur passa sur son visage.

— Baker ! J'ai oublié qu'il se trouvait là.

Il jeta des regards paniqués tout autour d'eux.

— Je ne sais pas. Je ne l'ai pas vu.

Il se tourna et ses yeux se portèrent sur l'entrepôt.

— Vous ne pensez pas...

— Il se trouve toujours à l'intérieur ? demanda Sloane d'un ton grave.

— Oui. Je n'y ai pas pensé. J'aurais dû aller voir.

Haskell lança un regard d'effroi vers Sloane, mais ce dernier courait déjà vers la bâtisse. Haskell s'élança à sa suite en hurlant :

— Monsieur ! Attendez ! C'est trop dangereux.

Sloane atteignit la plus proche des portes de l'entrepôt. Une intense chaleur émanait de l'endroit au rythme de vagues successives, signe de la propagation inexorable du feu à l'intérieur de la bâtisse. Il donna un grand coup dans la porte pour l'ouvrir et entra. La fumée saturait l'air et à seulement quelques mètres de lui il vit les flammes lécher murs et caisses de bois.

Pris d'une puissante quinte de toux, il couvrit sa bouche et son nez d'un mouchoir et progressa à l'intérieur du bâtiment, sans cesser de jeter des regards tout autour de lui. Il était difficile de distinguer quoi que ce soit à travers l'épaisse fumée. Il trébucha bientôt sur l'une des caisses et tomba à genoux. Et là, à quelques mètres de lui, derrière une autre caisse il aperçut alors au sol les jambes d'un homme.

Sloane se précipita vers le corps, lui saisit les mollets et tira l'homme vers lui pour découvrir qu'il s'agissait bien de Baker, de garde la nuit même. Il réussit à le redresser presque en position assise de sorte à pouvoir glisser ses bras sous ses épaules. Sloane était fort mais Baker disposait d'un physique imposant et comme il était inconscient, son poids semblait avoir doublé. Il s'efforça de le tirer tout en se frayant un chemin vers la sortie, faisant de son mieux pour rester à distance des flammes, mais même ainsi sa peau lui donnait l'impression d'être sur le point d'entrer en ébullition. Soudain une terrible déflagration, pareille au retentissement d'un coup de canon, résonna et le feu se propulsa dans leur direction, dévorant le plafond et descendant subitement le long des murs.

Un deuxième affreux craquement se fit entendre, encore plus retentissant, et une poutre du toit s'écrasa sur leur droite, faisant jaillir au moment du choc une multitude d'étincelles embrasées. Des braises pleuvaient désormais au-dessus de leurs têtes, brûlant la veste et la chemise de Sloane, perçant de petits trous et piquant sa peau. Un autre gigantesque grondement retentit et au moment même où Sloane franchissait le seuil en chancelant, les murs s'effondrèrent et le bâtiment s'écroula derrière eux dans un déluge de feu.

Haskell se précipita vers lui, Timmy à ses côtés, et à eux trois, ils transportèrent en hâte Baker à l'écart du feu rugissant.

— C'est bien lui, confirma Sloane. Je pense qu'il respire encore.

Il se pencha au-dessus de Baker et fit doucement pivoter sa tête sur un côté. Du sang avait coagulé sur le côté de sa tête et dans son cou. Sloane chassa de son mieux la suie et les cendres qui souillaient sa peau.

— Il a reçu un coup sur le crâne.

— Vous pensez que quelque chose est tombé sur lui ? demanda Haskell, d'un ton sceptique.

— J'en doute. Regardez la blessure, ici, juste au-dessus de son oreille, répondit Sloane d'un air sombre. On dirait davantage que quelqu'un lui a asséné un coup sur la tête.

Il se tourna vers Timmy.

— Va chercher le Dr Borden. Dis-lui que c'est moi qui t'envoie.

Il lui communiqua l'adresse du médecin et Timmy partit aussitôt.

— Allons, dit Sloane en se relevant. Nous parlerons de cela plus tard. Ils ont besoin de toute l'aide possible pour lutter contre ce feu.

Les deux heures qui suivirent se résumèrent à une bataille destinée à empêcher le feu d'engloutir les bâtiments voisins de l'entrepôt. Les pompiers réussirent à limiter les dégâts concernant le bâtiment qui jouxtait l'entrepôt à un seul mur calciné.

Quand le feu fut enfin réduit à l'état de braises fumantes, Sloane avait les bras douloureux d'avoir porté quantité de seaux d'eau et il était recouvert de suie et de cendres, ses vêtements percés de petits trous aux endroits où les petites flammèches l'avaient touché. Il laissa plusieurs hommes s'assurer que les tisons ne se ravivaient pas et entraîna son contremaître à l'écart de la foule rassemblée pour assister, exaltée, au spectacle.

— Comment va Baker ?

— Il a repris connaissance, monsieur. Le docteur a nettoyé la blessure et pansé sa tête. Il a une énorme migraine mais semble avoir toujours sa raison. J'ai demandé à Timmy de s'assurer qu'il rentre sans peine chez lui pour s'étendre et prendre un peu de repos.

— Très bien, fit Sloane, qui, bras croisés, examinait le bâtiment détruit. Qu'y avait-il dans l'entrepôt ?

— De la soie, du thé, du chanvre. Du brandy. Nous avons déchargé la cargaison d'un bateau pas plus tard qu'hier.

— De quoi alimenter un feu, n'est-ce pas ? dit Sloane d'un ton grave.

— Oui, monsieur, j'en conviens.

— Notre gardien ayant été frappé à la tête, je dirais qu'il y a peu de chances qu'il s'agisse d'un accident, poursuivit Sloane. Je suppose que c'est là l'œuvre de Parker. Il pense manifestement pouvoir m'intimider de sorte que je le laisse prendre le contrôle des quais.

— Ce doit être l'explication, en effet, répondit Haskell en hochant la tête. Cet homme est une sacrée ordure. Il a commencé par informer les douaniers de la présence de marchandises de contrebande dans le *Marie Claire*. Il y a aussi eu les vols dans l'autre entrepôt. Et les tables fracassées dans votre club et votre taverne. Et les altercations avec vos hommes.

— Oui, il est parfaitement clair qu'il est déterminé à placer la partie des quais que j'occupe sous sa « protection ». Mais les autres incidents étaient mineurs en comparaison de celui-ci. Provoquer un incendie, agresser Baker… le garçon aurait pu perdre la vie, gisant ainsi inconscient au milieu des flammes.

— La situation a empiré, c'est vrai, acquiesça Haskell. Et ses attaques semblent plus personnelles, n'est-ce pas ? Chacun sait que vous étiez très fier du nouvel entrepôt… enfin, c'est votre second hangar mais le premier que vous ayez édifié vous-même. Pensez-vous qu'il savait que vous projetiez d'y déplacer votre bureau ?

— Il ne serait pas difficile d'en être informé. Parker voulait me faire outrage tout autant que provoquer des dégâts. J'ai pu faire fi des autres événements et me contenter d'embaucher d'autres gardes. Mais ceci… ceci est plus qu'une menace.

— Il sait que s'il réussit à vous ranger de son côté, tous les autres, sur les quais, suivront. Si vous ne pouvez mettre fin à ses ambitions, ils savent qu'ils n'ont pas la moindre chance de lui résister.

— Dans ce cas, c'est une bonne chose que je n'aie pas l'intention de lui céder, n'est-ce pas ?

Le sourire de Sloane avait quelque chose de redoutable.

— Nous allons embaucher encore plus de gardes et intensifier nos patrouilles. Contactez le bureau de Cole. J'aimerais obtenir plus d'informations sur cet homme.

— Il n'y a personne au bureau… Elle est partie en mission, j'imagine.

— Continuez de voir si vous pouvez la trouver. Je veux aussi un groupe conséquent ici et au niveau du dépôt de bois. Des hommes fiables et compétents. Et je crois que je vais peut-être commencer à surveiller l'ensemble des quais, offrir aux autres occupants une forme de protection pour empêcher qu'ils ne cèdent à la volonté de Parker.

— *Aye*, monsieur. Mais soyez prudent. Il veut votre perte. Vous blesser personnellement serait le plus sûr moyen de vous neutraliser.

— Vous pouvez me faire confiance, je n'ai pas l'intention d'être pris au dépourvu.

Sloane rentra chez lui, plongé dans ses pensées, soupesant les choix qui s'offraient à lui et élaborant divers plans. Une confrontation directe avec Parker ne tarderait plus. Elle était devenue inévitable depuis l'instant où l'homme était venu s'installer dans cette zone pour y étendre ses activités. Il était à la tête de diverses entreprises illégales – vol, prostitution, tripots louches – mais peut-être sa plus éclatante réussite était-elle de fournir aux entreprises une « protection » dont elles n'avaient jamais eu besoin avant l'installation de sa bande sur place.

Les projets de Parker s'étaient toutefois heurtés à la farouche hostilité de Sloane. C'était son territoire et ses affaires, et ses propres patrouilles se chargeaient d'assurer la protection des quais. Sloane n'avait nullement l'intention de laisser ce voyou transformer la zone en un lieu de danger et en aucun cas il ne céderait à l'homme le moindre contrôle sur ce qui lui appartenait. Sloane Rutherford passait peut-être pour une canaille aux yeux de tous mais il prenait toujours farouchement soin de ses biens et de ceux qui travaillaient à ses côtés.

C'est de cette humeur sombre qu'il pénétra chez lui quelques minutes plus tard. Il claqua la porte d'entrée derrière lui et se dirigea à grands pas vers l'escalier quand son père apparut sur le seuil du salon, visiblement abasourdi par le spectacle qu'il offrait.

— Ciel, mon garçon ! lança Marcus en prenant la mesure de l'état de saleté du visage et des vêtements de Sloane. Êtes-vous donc devenu ramoneur ?

Sloane le regarda en grimaçant.

— Mon nouvel entrepôt a été détruit par un incendie.

— Oh ! mon Dieu !

Sloane fit quelques pas puis se tourna vers son père.

— Je pense que vous feriez mieux de retourner au domaine.

— Comment ? Mais pour quelle raison ? Vous ne pouvez sûrement pas croire que *j'aie* pu avoir la moindre responsabilité dans ce terrible événement !

— Bien sûr que non. Un homme orchestre tout ceci, un certain nombre d'incidents moins importants que celui survenu aujourd'hui ont déjà eu lieu. Il essaye de m'extorquer de l'argent. De prendre le contrôle des quais. Je n'ai pas l'intention de le laisser faire.

— Mais quel rapport avec moi ? Je n'ai rien fait de scandaleux, ni perdu des sommes qu'on m'aurait avancées. Je n'ai pas joué une seule fois depuis que nous sommes arrivés ici. Soit deux semaines entières.

— Oui, je le sais, dit Sloane, peinant à gommer toute trace de sarcasme dans sa voix.

Étant donné le tempérament de son père, deux semaines représentaient *vraiment* une durée considérable.

— C'est juste que...

— Je vous ai fait une promesse et j'entends l'honorer. Par conséquent je ne ferai rien non plus à l'avenir que cet individu pourrait utiliser contre vous.

— Je le sais, répéta Sloane, même s'il avait ses propres doutes concernant le temps durant lequel perdurerait le bon comportement de Marcus. Et je vous en suis reconnaissant. Mais je ne parle pas de dettes. C'est votre sécurité qui me préoccupe.

— Ma sécurité ?

Marcus fixa un regard surpris sur son fils.

— Oui. Parker a intensifié la gravité de ses attaques. Je crois qu'il a choisi de détruire l'entrepôt parce qu'il savait que j'en étais fier. Mais quand il verra que je ne cède toujours pas à ses exigences, il réalisera qu'il lui faut faire pression sur moi en ayant recours à une plus grande menace, une atteinte envers quelqu'un qui... est important à mes yeux. C'est pourquoi je veux que vous quittiez Londres. Parker ne s'aventurera pas aussi loin que les Cornouailles.

— Eh bien.

Marcus haussa légèrement les sourcils.

— Je suis un peu surpris. Flatté, également, bien entendu, que vous me rangiez dans la catégorie de ceux qui vous sont chers.

— Vous êtes mon père, lâcha Sloane. Vous ne devez pas manquer de savoir que je ne voudrais pas que vous soyez blessé.

Les coins de la bouche de Marcus se relevèrent légèrement.

— Eh bien, les liens familiaux ne suffisent pas toujours à faire qu'une personne tienne à une autre.

Sloane se renfrogna à ces mots.

— Êtes-vous en train de dire que je suis pareil au comte ?

— Oh ! ciel, non, vous n'êtes pas aussi collet monté. Quoi qu'il en soit, ce n'est pas important.

Marcus agita la main comme pour écarter le sujet.

— Le point auquel il vous faut réfléchir est le suivant : nous savons tous deux qu'il y a quelqu'un à Londres qui a bien plus de prix à vos yeux que moi ou toute autre personne.

La poitrine de Sloane se serra à l'instant où le sens des paroles de son père lui parvenait.

— Vous voulez parler d'Annabeth ? Elle n'est pas... C'était...

Quand il vit que son père gardait le silence, se contentait de lever un sourcil interrogateur, il poursuivit :

— Comment pourrait-il savoir au sujet d'Annabeth et moi ?

Marcus eut un petit haussement d'épaules.

— Les gens ont la mémoire longue quand il est question de commérages. Et il vous faut vous rendre compte que l'histoire de ce qui s'est passé entre Annabeth et vous s'est largement répandue en ville.

Sloane se contenta de le fixer pendant un long moment. Il avait envie d'argumenter, de nier, mais c'était impossible. Annabeth courait-elle un danger ?

Voilà qui réglait la question.

Il se rendrait au mariage le soir même.

3

Annabeth jeta un regard à Nathan, qui se tenait de l'autre côté du marié. Il lui sourit et le petit serrement familier naquit dans sa poitrine. Jamais elle ne l'avouerait à quiconque, mais elle se demandait parfois si elle avait pris la bonne décision. Non pas que cela change réellement quoi que ce soit à la réalité – jamais elle ne romprait sa promesse.

Son regard se reposa sur Noelle et Carlisle, debout devant l'autel, le visage rayonnant d'amour. Elle savait ce qu'ils ressentaient ; elle avait autrefois éprouvé la même chose qu'eux. Elle avait conscience que cela ne se reproduirait probablement jamais. Mais elle ne se laisserait pas aller à pareilles pensées. Elle était devenue assez douée au fil des ans pour garder son passé enfermé à double tour. C'était simplement cette occasion particulière qui avait fait resurgir les souvenirs.

Cela et aussi le fait d'avoir vu Sloane quelques semaines plus tôt à Stonecliffe. Ciel, quelle lamentable expérience cela avait été ! Quel choc elle avait ressenti en entrant dans la demeure et en le trouvant là, dans cette pièce… quelle dureté dans son expression quand il l'avait aperçue… et cette façon qu'il avait eue de tourner aussitôt les talons et de quitter les lieux sans même lui adresser un mot !

Annabeth avait su, à la lumière de cet instant, qu'il ne l'aimait pas. Bien sûr, elle ne l'aimait plus elle-même ; elle avait arrêté de se languir d'amour pour lui il y avait déjà bien longtemps. Mais étrangement, ce rejet abrupt lui avait fait mal. C'était la raison pour laquelle elle avait pensé à lui bien trop souvent dernièrement.

Un bruissement s'éleva soudain dans l'assistance, une onde agitant la foule d'où montait un murmure diffus, et elle se retourna. Là, sur le seuil de l'église, comme si ses pensées l'y avaient fait apparaître, se tenait Sloane Rutherford.

Annabeth détourna aussitôt la tête. Que faisait-il donc là ? Il n'avait jamais fait mystère de ce qu'il ressentait pour sa propre famille. Que pareille agitation s'empare des invités n'avait donc rien d'étonnant.

Heureuse de réussir à garder son visage parfaitement impassible, Annabeth s'attacha à tenir son regard uniquement rivé sur le couple de jeunes époux durant le reste de la cérémonie. Elle ne jeta même pas un coup d'œil en direction de Nathan, qui, elle en était certaine, devait fulminer.

Quand, après l'échange de leurs vœux, Noelle et Carlisle se tournèrent pour remonter l'allée centrale, Annabeth laissa échapper un soupir de soulagement en constatant que Sloane avait disparu. Au moins avait-il pris soin de limiter sa présence au strict minimum.

Elle prit le bras de Nathan et suivit les autres dans l'allée mais à peine eurent-ils atteint l'entrée de l'église que le reste des invités était déjà debout et prêt à quitter les lieux en hâte. Tout le monde était impatient à l'idée de pouvoir peut-être apercevoir sur le parvis le tristement célèbre Sloane Rutherford.

— Que diable fait-il ici ? marmonna Nathan.

— Noelle l'a invité, répondit Annabeth avec douceur.

— Oui, mais personne ne croyait qu'il accepterait de venir.

Annabeth jeta des regards autour d'elle. Depuis le haut des marches du perron de l'église, elle disposait d'une vue dégagée à présent que les invités se dispersaient un peu.

— Eh bien, quoi qu'il en soit, on dirait qu'il est parti.

— Bon débarras, lâcha Nathan.

— Ah, vous voici !

La voix de femme qui venait de retentir derrière eux leur fit faire subitement volte-face.

— Bonjour, Grand-mère, dit Annabeth d'un ton penaud.

Elle avait l'impression que Nathan et elle venaient d'être découverts tapis derrière une haie – stratagème auquel Nathan aurait probablement aimé se livrer, à vrai dire.

Annabeth sourit à l'homme séduisant qui se tenait aux côtés de Lady Lockwood, sa grand-mère.

— Oncle Russell, le salua-t-elle.

Russell Feringham n'était pas le véritable oncle d'Annabeth, mais il avait été un voisin et le meilleur ami de son père, et elle avait grandi en le considérant comme un membre de la famille. Fort poli et d'un naturel sympathique, il comptait parmi les plus âgés des gentlemen célibataires que sa grand-mère contraignait à l'escorter lors de fêtes ou de soirées au théâtre.

— Annabeth, ma chère, vous êtes radieuse. Il n'est pas très aimable, vous savez, d'éclipser ainsi la jeune mariée.

Russell prit sa main et s'inclina élégamment.

— Quel flatteur vous êtes, lança Annabeth dans un éclat de rire. Tout le monde sait que Noelle est la plus belle femme de Londres.

— Allons, allons, poursuivit-il d'un ton jovial. Ne m'en voulez pas d'ergoter sur ce point. Je crois pouvoir dire que le jeune Dunbridge ici présent est d'accord avec moi.

— En effet, monsieur, confirma Nathan.

Il se tourna vers la grand-mère d'Annabeth.

— Vous avez l'air en pleine forme ce soir.

— Cessez je vous prie de proférer pareilles absurdités, cingla la vieille dame en frappant de sa canne la marche de pierre. Je n'ai pas eu de bonne nuit de sommeil depuis une éternité. Ce chat ne cesse de miauler sous nos fenêtres chaque nuit et importune Pétunia. On pourrait croire que les gens sont capables de maîtriser leurs animaux domestiques et ne les laisseraient pas se promener ainsi au risque de tirer tout Mayfair du sommeil.

— Hum, hum, fit Nathan en prenant soin de garder ses lèvres scellées.

— En effet, acquiesça Mr Feringham, les yeux brillants d'une étincelle d'amusement. J'ai souvent remarqué que les chats n'ont pas la moindre idée de ce qui constitue un comportement poli.

Lady Lockwood tourna son regard perçant vers lui.

— Ne croyez pas que j'ignore que vous êtes en train de tourner le sujet en plaisanterie. Vous devriez plutôt vous charger de me conduire à votre calèche. Je suis trop âgée pour rester ainsi debout une éternité.

— Oui, milady, nous y allons de ce pas, répondit Feringham en lui offrant son bras.

— Accompagnez-nous, vous deux, ordonna Lady Lockwood en tendant son réticule à Annabeth d'un geste autoritaire. Il me faut une main libre pour tenir ma canne.

Tous entamèrent alors la descente du perron de l'église et Annabeth continua à jeter de petits regards dans la rue tout autour d'eux. Mais elle ne décela nulle trace de la présence de Sloane. Visiblement il était toujours désireux de l'éviter.

L'entrée et l'installation confortable de Lady Lockwood dans la calèche donnèrent lieu au rituel habituel. Au moins n'avaient-ils pas à s'occuper de la chienne et du sac « d'objets de première nécessité » de sa grand-mère cette fois-ci. Par souci d'élégance, Lady Lockwood avait en effet laissé chez elle la plupart de ses remèdes miracles et médicaments, n'emportant dans son réticule que ses sels – au cas où il lui arriverait, pour la première fois de sa vie, de s'évanouir – et sa lorgnette, car, après tout, on ne pouvait jamais savoir quand il faudrait dompter la prétention d'un parvenu au moyen d'un long regard jeté au travers de lunettes.

Une fois que Lady Lockwood fut installée, Nathan tendit sa main à Annabeth. Elle jeta un dernier regard autour d'elle puis glissa sa paume dans celle de Nathan et grimpa dans la calèche.

Lady Drewsbury s'était lamentée de ne pas avoir disposé de plus de temps pour organiser la fête de mariage dans la maison de ville des Rutherford, mais rien ne semblait manquer, d'après ce que pouvait en voir Annabeth. Des guirlandes de fleurs s'enroulaient sur les montants de la rampe d'escalier aussi loin que pouvait porter le regard et de grandes brassées colorées débordaient de vases disposés dans le vestibule, où Noelle et Carlisle accueillaient leurs invités. Le spacieux salon de réception, situé à l'arrière de la maison et rarement utilisé, avait été ouvert et son mobilier retiré de sorte à transformer l'endroit en salle de bal. Il était lui aussi somptueusement décoré de feuillages, de rubans et d'une extraordinaire profusion de fleurs – comment Lady Drewsbury et Noelle avaient-elles bien pu en trouver autant en cette période de l'année ?

— Mère, lança Lady Drewsbury à Lady Lockwood pour l'accueillir à son arrivée.

Ses lèvres dessinaient un sourire crispé et un léger air de circonspection brillait au fond de ses yeux. Elle se garda bien de complimenter sa mère sur sa bonne santé, ainsi que Nathan l'avait fait plus tôt.

— Des sièges sont disposés tout autour de la salle de bal, vous pourrez donc trouver de quoi vous asseoir. Nathan, très cher, pourquoi n'accompagnez-vous pas Lady Lockwood jusqu'au salon de réception ?

— Humph, grommela Lady Lockwood en lançant un regard noir à sa fille. Je sais fort bien où se trouve le salon de réception, Adeline. Je ne suis pas encore sénile. Et je suis restée assise durant toute l'heure qui vient de s'écouler.

— Eh bien, oui, bien sûr, Je ne... Enfin...

Lady Drewsbury s'arrêta dans un trébuchement maladroit tandis que Lady Lockwood poursuivait son chemin. Elle poussa un discret soupir de soulagement et se tourna vers Annabeth.

— Annabeth, très chère. Et vous, mon cher Nathan. Quel plaisir de vous voir. La cérémonie n'était-elle pas charmante ?

— Bonjour, Tante Adeline. Oui, c'était véritablement magnifique.

Annabeth ne l'avouerait jamais à sa propre mère - si visiblement jalouse du tempérament de sa sœur, trait qui valait à cette dernière de gagner des amis partout où elle se rendait – mais Adeline était depuis longtemps sa parente favorite. Elle était à vrai dire la préférée de pratiquement tout le monde car elle était généreuse et dotée d'un naturel doux.

Son fils, Adam, avait été marié à Noelle, et après la mort tragique de celui-ci, Noelle et leur fils, Gil, étaient venus vivre dans la propriété des Rutherford, Stonecliffe, auprès de Lady Drewsbury. Son petit-fils était le rayon de soleil de l'existence d'Adeline et elle était ravie que Noelle et Carlisle aient décidé de continuer à vivre à Stonecliffe après leur mariage.

— Nathan et vous-même offriez vous aussi une image de perfection, debout devant cet autel, poursuivit Adeline tout en les gratifiant d'un sourire révélant une charmante fossette. Dans bien peu de temps vous vous y retrouverez de nouveau pour y échanger vos vœux. Avez-vous déjà arrêté une date ?

— Non. Grand-mère est résolue à garder secrètes nos fiançailles durant un certain temps. Vous savez, pour laisser d'abord retomber l'agitation causée par ce mariage.

— Elle espère qu'Annabeth réalisera que c'est une folie de m'épouser et qu'elle annulera tout, intervint Nathan.

— Non, c'est...

Annabeth regarda Nathan, visiblement effaré par son déni, et renonça à le contredire.

— Oui, c'est cela, exactement, reprit-elle.

— Mais, chérie, vous êtes si parfaits l'un pour l'autre, dit Adeline.

— Apparemment ma propriété hypothéquée n'est pas aussi parfaite qu'il faudrait, répliqua Nathan d'un ton amer.

— Oh. L'argent...

D'un haussement d'épaules, la tante d'Annabeth sembla écarter cette ennuyeuse question.

— L'amour, voilà ce qui est important. Et vous ne devez pas laisser Mère diriger vos vies.

Elle eut un petit rire en voyant l'expression qui s'était aussitôt peinte sur leurs traits.

— Oui, oui, je le sais, je vous prodigue un conseil que je ne suis pas moi-même. Mais vous êtes plus forts que je ne le suis. Et vous avez toute votre vie devant vous.

— Nous n'aurons pas de mal à nous plier à son bon plaisir un mois ou deux, expliqua Annabeth. Mais au bout d'un moment elle sera bien obligée de réaliser que je ne changerai pas d'avis. Et si tel n'est pas le cas, eh bien, nous mettrons en œuvre notre projet sans sa bénédiction. Mais vous savez que si nous agissons de la sorte, elle en voudra à Nathan pour le reste de ses jours.

— Non pas qu'on puisse affirmer qu'elle m'adore à l'heure actuelle, intervint Nathan avec aux lèvres le sourire décontracté qui lui était coutumier.

— Oh ! non, elle vous apprécie, détrompez-vous, mon cher, lui assura Adeline.

— Je n'aimerais pas la voir avec quelqu'un qu'elle déteste dans ce cas, répondit Nathan.

Il haussa les épaules à ces mots.

— Je sais combien il sera difficile pour Annabeth de vivre avec Lady Lockwood. Pour ma part, j'ai attendu des années. Je peux attendre un peu plus longtemps.

Ils s'avancèrent pour féliciter Noelle et Carlisle. La joie illuminait le visage de la première et le second affichait un air béat. C'était comme s'il avait réussi à s'emparer d'un prix, à le décrocher avant tous les autres. Et c'était peut-être bien le cas, en effet. Noelle était une vraie beauté, avec ses grands yeux bleus, ses cheveux dorés et son teint paré de la délicatesse d'un pétale de rose. Mais elle était également intelligente et ingénieuse – elle avait, après tout, réussi à esquiver Carlisle, peut-être l'homme le plus persévérant qu'Annabeth ait connu, pendant cinq ans.

Lady Lockwood, après en avoir terminé avec ses félicitations aux jeunes mariés, se tourna vers Nathan et lui adressa un geste autoritaire. Il laissa échapper un grognement sourd et marmonna :

— Je croyais qu'elle n'avait pas besoin de mon aide ? Et où donc Feringham est-il parti se cacher ?

Annabeth réprima un sourire.

— Il a plus d'expérience que vous dans l'art d'escorter Grand-mère.

Nathan, bien sûr, s'avança pour offrir à la grand-mère d'Annabeth de prendre son bras et ils s'avancèrent d'un pas majestueux vers la salle de bal. Annabeth les suivit à une allure plus lente, s'arrêtant çà et là pour échanger quelques mots avec l'une de ses connaissances. Au moment d'atteindre le couloir menant à la salle de bal, elle se figea sur place.

Il était là.

Sloane Rutherford se tenait à côté de la porte de la salle de bal, épaule appuyée contre le mur, bras croisés, affichant tout à la fois un air peu recommandable et diablement séduisant tout en semblant ignorer les murmures parcourant l'assistance et les regards lancés dans sa direction. Le cœur d'Annabeth s'était soudain mis à battre à coups sourds. Elle ne s'était pas attendue à sa présence en ces lieux. Qu'il se montre à l'église était une chose, mais il était inconcevable qu'il soit *là*, où il serait épié au milieu d'un flot constant de paroles chuchotées à son propos.

Elle aurait dû deviner qu'il en serait ainsi. Sloane ne faisait jamais cas de ce que quiconque pensait de lui. Il se redressa, abandonnant subitement son expression nonchalante, et commença à s'avancer vers elle. Annabeth fut saisie d'une violente envie de s'enfuir. Elle ne pouvait pas lui parler, pas en cet instant, pas devant toute cette assemblée. Mais c'était précisément pour ces mêmes raisons qu'elle ne pouvait fuir ; elle refusait de susciter plus de commérages à son propos en quittant les lieux précipitamment.

Sloane stoppa à une distance polie.

— Annabeth, la salua-t-il.

Sa voix adoptait le même ton grave et légèrement rauque qui

transformait toutes les paroles qu'il lui adressait en quelque chose d'aguichant. Il n'avait pas beaucoup changé – les yeux d'un bleu éclatant, les épais cheveux noirs comme la nuit et un petit peu trop longs et ébouriffés pour correspondre aux canons de la vie mondaine, la mâchoire et les pommettes ciselées. Sa beauté avait toujours eu quelque chose de sauvage et la nouvelle petite cicatrice sur son menton ainsi que la présence toute neuve de fines rides au coin de ses yeux ne faisaient qu'ajouter à cette impression.

— Mr Rutherford.

Elle leva légèrement le menton après avoir parlé d'une voix froide et formelle.

— Ainsi je suis « Mr Rutherford » désormais.

Les lèvres de Sloane esquissèrent presque un sourire.

— Qui d'autre pourriez-vous être ?

— Personne, j'imagine, concéda-t-il.

Il s'éclaircit la voix.

— Je vois que Dunbridge ne vous quitte pas d'une semelle, comme toujours. J'ai été surpris d'apprendre que vous ne l'aviez pas épousé.

Sloane ose me parler de mariage ?

La fureur imprimant une froide dureté à sa voix, elle dit d'un ton tranchant :

— Il semble que je sois plus constante en amour que certains, même lorsque cela est totalement immérité.

— Ah, c'est un coup direct que vous m'adressez là, répondit Sloane.

Son ton gardait un accent légèrement amusé mais son regard s'était assombri à ces mots et Annabeth éprouva une certaine satisfaction à l'idée d'avoir au moins réussi à le contrarier.

— Par bonheur j'ai surmonté cette faiblesse, ajouta-t-elle, levant le menton, un air de fierté au fond des yeux.

Le regard de Sloane flamba d'un intérêt soudain.

— Vous êtes fiancée ? À Dunbridge ?

— Oui. Nous ne l'avons pas encore annoncé, mais...

— Bon sang, Anna, vous pourriez sans nul doute faire mieux que de choisir Dunbridge.

— Taisez-vous, je vous prie. Je ne vous permets pas d'émettre la moindre critique au sujet de Nathan. C'est un homme bon, fidèle, loyal, gentil.

— Mmm. Tout comme tout bon chien, en somme.

— Voilà qui représente sans nul doute un net progrès par rapport à un serpent, répliqua Annabeth.

Les yeux de Sloane s'écarquillèrent, puis il laissa échapper un rire bref.

— J'avais oublié votre mauvais caractère. Vous ne l'avez jamais laissé voir qu'à moi.

— Parce que personne d'autre ne m'a rendue plus furieuse que vous. Sloane, pourquoi êtes-vous là ? Que faites-vous…

— Rutherford, lança Nathan à Sloane d'une voix pleine de dureté tout en venant se placer à ses côtés. Annabeth, allez-vous bien ?

— Oui, bien sûr.

Annabeth avait une conscience aiguë du silence qui s'était fait autour d'eux, les membres de l'assemblée gardant en outre leurs yeux fixés sur le petit groupe que tous trois formaient.

Nathan se tourna vers Sloane, son regard habituellement si doux semblant lancer des éclairs de colère.

— Comment pouvez-vous avoir le toupet d'apparaître ici ?

— Oh ! j'ai le toupet de faire des choses bien pires que celle-là, répliqua Sloane de ce ton traînant amusé et méprisant qu'il adoptait toujours en présence de Nathan et Carlisle.

— Je n'en doute pas un instant, riposta Nathan. Mais je ne vous permettrai pas de perturber Annabeth.

— La perturber ? Vous ai-je perturbée, Anna ?

La voix de Sloane s'était faite caressante au moment de prononcer le diminutif que lui seul utilisait, ce surnom qui évoquait une forme de familiarité et d'affection, d'intimité, même.

Elle posa sur lui un regard perçant.

— Non. Mr Rutherford ne détient plus désormais le pouvoir de me perturber en aucune façon.

Elle se tourna vers Nathan.

— Je vous en prie, abstenez-vous de tout esclandre. Tout le monde nous regarde.

— Je n'en ferai rien, dit Nathan avant de baisser la voix. Je n'ai pas la moindre envie de provoquer le moindre scandale.

Il lança à Sloane un regard venimeux.

— Je ne m'attendais pas à un autre comportement de votre part, jeta Sloane à Nathan avant de s'incliner légèrement face à Annabeth. Je me conduirai de manière parfaitement respectable, je vous le promets.

Il se tourna de nouveau vers Nathan.

— Bien que je doive dire, Dunbridge, que vous semblez bien plus troublé que ne le justifie la situation par la présence d'un invité indésirable à un mariage.

Il sourit d'une manière clairement fausse, tactique propre à provoquer à coup sûr l'agacement de son interlocuteur.

— On croirait presque que vous n'avez pas confiance en votre fiancée.

Nathan haussa des sourcils surpris avant de lui adresser à son tour un sourire aussi peu sincère que le sien.

— J'ai une confiance aveugle en Annabeth. C'est à vous que je ne me fie pas.

— Au moins certaines de vos intuitions sont-elles proches de la vérité dans ce cas, répliqua Sloane.

— Mr Rutherford. Je suis si heureuse que vous soyez venu, intervint soudain la jeune mariée en se glissant auprès du trio fébrile avant qu'Annabeth ne puisse penser à une réponse cinglante.

Noelle tenait la main d'un jeune garçon.

— Gil est très impatient de vous dire bonjour.

Sloane se tourna vers elle, l'expression de son visage s'adoucissant un peu.

— Je vous remercie, Mrs Thorne. J'ai été très honoré d'être invité.

Son regard se baissa vers le garçon qui tentait impatiemment de libérer sa main de celle de sa mère.

— Bonjour, Lord Drewsbury, dit Gil en gloussant et en tendant sa main à Sloane. Je me souviens de vous. Vous êtes mon cousin. Maman dit que vous êtes le seul que j'aie.

— Je suppose que c'est le cas, en effet.

Sloane s'accroupit devant lui et serra la main du garçon.

— Et vous êtes mon unique cousin également. J'imagine que cela signifie que nous devrions nous serrer les coudes vous et moi, pas vrai ?

Gil afficha un large sourire et hocha la tête d'un air enthousiaste.

— Voulez-vous voir mon nouveau cheval ? Il est à l'étage.

Les coins des lèvres de Sloane se relevèrent sous l'effet de l'amusement et il afficha un visage ébahi.

— Dans votre chambre ! Comme je vous envie ! Je n'ai moi-même jamais été autorisé à garder mon poney dans la maison.

Cette réponse déclencha chez Gil un rire joyeux.

— Non, ne soyez pas bêta. Il ne s'agit pas de mon véritable poney. Tonnerre est à Stonecliffe. Il s'agit de mon... hum, celui en bois. Mon... *cheval à bascule*, dit-il en français avant de se tourner vers sa mère. Quel est le mot anglais ?

Mais Sloane, qui avait parfaitement compris, répondit avant que Noelle ne puisse le faire :

— Votre cheval à bascule ? Oh ! oui, j'aimerais beaucoup voir ça.

— Vous m'avez compris ? Vous parlez donc français ? interrogea Gil, les yeux écarquillés d'étonnement.

— Un peu. Et je n'ai pas pratiqué cette langue depuis bien longtemps. Je crains que mes capacités ne soient pas à la hauteur des vôtres.

Gil se tourna vers les autres invités et dit aimablement :

— Vous pouvez venir, vous aussi.

— Annabeth et Nathan resteront ici avec moi, répondit Noelle d'une voix posée.

Sloane lança à Noelle un regard entendu mais il sourit et, après avoir saisi la main du petit garçon, il s'éloigna.

— Je n'allais pas commencer à me quereller le jour de votre mariage, Noelle, vous pouvez me croire, protesta Nathan.

— Oui, eh bien, je n'ai pas pareille certitude concernant Mr Rutherford, répondit Noelle. En outre, Gil est toujours enchanté par l'idée d'avoir un cousin.

Elle noua son bras à celui d'Annabeth.

— Et je n'ai pas encore eu l'occasion d'avoir une petite conversation privée avec Annabeth.

— Ceci, je suppose, est le signal pour m'indiquer qu'il me faut vous laisser, dit Nathan en souriant avant de s'incliner et de les saluer. Mesdames.

Annabeth regarda en souriant Nathan s'éloigner mais presque aussitôt son regard se porta vers l'escalier se dressant derrière eux. Sloane en gravissait les marches, la main de Gil dans la sienne, sa tête légèrement penchée en direction du petit garçon. Gil bavardait gaiement avec lui, s'arrêtant de temps en temps pour sauter une marche plutôt que de la gravir. Quand il bondissait, Sloane propulsait Gil plus haut pour lui faire franchir plusieurs marches à la fois. Le rire joyeux du garçon parvenait à ses oreilles malgré le brouhaha de la foule.

Un éclair de douleur transperça la poitrine d'Annabeth et elle se retourna alors vivement pour faire face à Noelle, se hâtant de peindre un sourire sur son visage.

— Merci pour ce moment de distraction.

Noelle l'observa avec attention, le front plissé d'inquiétude.

— Allez-vous bien ?

— Oui, tout à fait. Sincèrement. Sloane a tué l'amour que j'avais pour lui il y a bien longtemps. Le voir ne me cause plus de mal désormais.

Annabeth ne savait déterminer ce que le voir éveillait en elle. De la colère ? De l'inquiétude ? Une forme de nostalgie ? Il ne s'agissait pas toutefois de la douleur qui l'avait déchirée quand il était parti douze ans plus tôt.

— En êtes-vous sûre ?

Noelle l'observait d'un air légèrement soucieux.

— Je ne voulais pas vous contrarier en l'invitant. C'est juste que... eh bien, voilà qui semblait la bonne chose à faire après qu'il nous a aidés à protéger Gil. Et, en toute franchise, je ne pensais pas qu'il viendrait.

— Ce qui est sans nul doute la raison pour laquelle il l'a fait, répondit Annabeth d'un ton sec. Ne vous inquiétez pas pour moi. J'espère qu'il n'a pas nui à votre joie.

Le visage de Noelle s'illumina.

— Rien ne saurait entraver ma joie. Je suis aux anges. Je dois donner l'impression d'être une imbécile euphorique, mais cette journée est parfaite.

— Et c'est exactement ainsi qu'elle doit être, lui dit Annabeth. Vous étiez splendide devant l'autel.

— Et vous vous trouverez à votre tour à cette place avant longtemps.

— Oui. Lady Drewsbury m'a dit la même chose.

Annabeth sourit, tout en sachant que l'expression de son visage n'était pas aussi radieuse que celle de son amie.

Noelle scruta Annabeth d'un œil pénétrant.

— Annabeth... quelque chose ne va pas ?

Elle conduisit la jeune femme à l'écart des autres invités. Une fois qu'elles eurent gagné un petit salon, elle referma la porte derrière elles.

— Est-ce que vous et Nathan... enfin, éprouvez-vous des regrets ? Revoir Sloane a-t-il...

— Non, lâcha fermement Annabeth en secouant la tête. Sloane n'a rien à voir avec cela. Nathan et moi allons parfaitement bien. Il n'y a rien qui n'aille pas entre nous. Je, heu... j'imagine que je suis simplement un peu abattue à l'idée que ma grand-mère veuille que nous patientions encore.

Noelle croisa les bras, affichant un air sceptique.

— Je ne crois pas que cela ait à voir avec votre grand-mère. Vous savez, un vœu formulé à un moment où vous avez cru Nathan mourant ne devrait pas gouverner le reste de votre existence. Vous étiez inquiète, bouleversée et ne pensiez pas alors avec lucidité.

Les mots de Noelle pouvaient à peine décrire les sentiments éprouvés par Annabeth durant ces heures de panique passées au chevet de Nathan, des larmes ruisselant sur son visage, alors qu'elle craignait que chacun de ses souffles soit le dernier. Ils ne disaient rien de l'abominable culpabilité qu'elle avait ressentie pour avoir refusé de l'épouser alors qu'elle aurait pu faire des courtes dernières années de sa vie des années heureuses. Les prières s'échappant de ses lèvres, les promesses de faire n'importe quoi si seulement Dieu voulait bien laisser la vie sauve à Nathan. La joie qui l'avait balayée de son souffle puissant quand il avait enfin rouvert les paupières et avait murmuré son nom. Elle s'était sentie si sûre quand elle avait tenu sa main contre sa joue, riant, pleurant et lui disant de lui proposer de l'épouser une ultime fois.

— Non, dit Annabeth à Noelle, tout en n'étant pas certaine de savoir ce qu'elle niait exactement. Cela a été un réveil salvateur. J'ai réalisé combien je gâchais sa vie et la mienne.

— Si vous ne l'aimez pas...

— Mais c'est le cas ! insista Annabeth. J'aime réellement Nathan. Je l'aime depuis de nombreuses années.

— Mais l'aimez-vous de la bonne manière ?

— Existe-t-il une mauvaise manière d'aimer quelqu'un ?

Annabeth se détourna, tout en frottant énergiquement son bras ; elle avait froid, soudain.

— Si vous me demandez si j'aime Nathan comme j'aimais Sloane, alors la réponse est non, je ne l'aime pas de cette façon si enfiévrée et dévorante. J'étais jeune et mon cœur débordait alors de tant d'émotions. Je croyais encore que ma vie prendrait exactement le chemin que je désirais qu'elle suive, que dans l'existence tout était possible pourvu que votre amour soit suffisamment grand. Ce fut magnifique et grisant. Et abominable, ensuite.

— Un grand amour n'a pas à faire souffrir.

— Peut-être que non, mais je pense qu'on ne vit une telle flamme qu'une seule fois dans une existence. Ainsi qu'il est courant de dire, il s'agit là de l'amour de votre vie... et vous ne pouvez vous attendre à en connaître un autre sous prétexte que ce grand amour était une erreur. Mais je pourrais malgré tout avoir une vie heureuse. Même si ce n'est pas tout à fait pareil, j'aime Nathan. Je crois que je n'avais pas réalisé combien il est cher à mon cœur jusqu'à ce que je manque de le perdre. C'est un homme merveilleux, doux et attentionné, intelligent et drôle. Tout à son propos est juste si... parfait. Personne d'autre que lui ne pourrait être un meilleur époux ou un meilleur père.

— Oui, il fera à n'en pas douter un merveilleux mari et un père fabuleux, acquiesça Noelle.

— Par le passé, quand j'ai décliné les propositions de mariage de Nathan, je pensais qu'il trouverait quelqu'un d'autre, que mon refus le libérerait, lui permettant ainsi d'en aimer une autre. Mais ce ne fut pas le cas. Tout ce que j'ai réussi, c'est lui faire du mal. Désormais il est si heureux que le simple fait de le regarder me fait sourire. Et il continuera à être heureux. Je serai une bonne épouse pour lui. Nous pouvons avoir une très bonne union.

— Tant que vous êtes heureuse, vous aussi. C'est là tout ce que je désire pour vous.

— Je suis heureuse, répondit Annabeth avant d'ajouter d'un ton teinté d'un peu plus de conviction : Je le serai.

4

Annabeth regagna la salle de bal, l'esprit toujours fixé sur sa conversation avec Noelle. Son regard balaya la pièce. Dieu merci, il n'y avait là nulle trace de Sloane. Il avait à n'en pas douter quitté les lieux après avoir passé un moment avec le fils de Noelle. Un sourire passa sur ses lèvres quand elle se remémora Sloane s'accroupissant pour parler à Gil, lui répondant en usant du même sérieux qu'il eût employé avec un adulte. Et même davantage, certainement.

Les yeux d'Annabeth se posèrent sur Lady Lockwood. Sa grand-mère et Russell Feringham s'entretenaient avec la mère d'Annabeth, Martha, et Lord Edgerton. Annabeth pouvait à peine supporter l'idée de parler au mari de sa mère, mais elle ne pouvait éviter cette dernière durant toute la soirée juste à cause d'Edgerton. Peignant un sourire sur ses traits, elle commença à se diriger vers eux, mais à cet instant précis, Nathan vint la rejoindre.

— J'espère que c'est à moi que ce sourire est destiné, dit-il doucement.

— Bien sûr, répondit-elle tout en ressentant dans sa poitrine un petit pincement de culpabilité.

Mais nulle n'était obligée de penser en permanence à son fiancé, certainement. Noelle se trompait.

— Je vous aime vraiment, vous savez.

Nathan, quelque peu décontenancé, répondit simplement :

— Euh… tout comme moi.

Annabeth réalisa que sa déclaration avait dû résonner d'étrange façon aux oreilles de Nathan et elle s'empressa d'ajouter :

— Je disais à l'instant à Noelle quel homme bon vous êtes. Combien vous êtes doux et attentionné.

— Doux et attentionné, répéta Nathan avant de laisser échapper un soupir théâtral. Ah, quel malheur ! J'aurais espéré que vous disiez de moi que j'étais charmant et élégant.

Annabeth éclata de rire à ces mots.

— Eh bien, charmant et élégant, voilà deux qualités qui s'imposent comme de parfaites évidences.

Il lui adressa un franc sourire.

— Et diriez-vous aussi que je suis séduisant ?

— Cela va sans dire.

Il était si facile de parler à Nathan.

— Mieux encore, vous êtes l'homme qui s'apprête à m'inviter à danser pour m'éviter de discuter avec Edgerton.

— Ah ! fit Nathan en jetant un regard en direction du petit groupe de personnes concernées.

— Mon attitude doit paraître épouvantable, mais je sais qu'Edgerton me sermonnera de nouveau sous prétexte que je veux aller débarrasser la maison mise en location avec la seule aide de ma femme de chambre. Et cela inquiétera Oncle Russell et il me dira *encore* que je ne devrais pas me surmener et qu'il serait heureux d'accomplir cette tâche pour moi.

— Tout comme moi. Vous êtes aimée de nombreuses personnes. L'ignorez-vous ?

— Non, je le sais fort bien. Et j'en suis ravie, sincèrement. Mais il me plaît véritablement de passer en revue le contenu des vieilles malles de Papa. J'aime être dans la maison et me souvenir du temps où nous y vivions, avant que Papa ne meure et que nous ayons à la louer.

Leur maison de Londres était gardée en fiducie pour Annabeth, un arrangement mis en place par son grand-père. Après que son père fut mort lourdement endetté, sa mère et elle avaient été tellement à court d'argent qu'elles avaient été contraintes de s'installer chez sa grand-mère. Les administrateurs avaient alors loué la demeure pour fournir à Annabeth au moins un petit revenu. La fiducie néanmoins prendrait fin quand elle se marierait et Nathan et elle prévoyaient de s'installer dans la demeure après leur mariage.

— Quoi qu'il en soit, peut-être devrais-je m'y rendre avec vous, insista Nathan.

— Voilà qui est vraiment adorable de votre part, mais je suis la seule à pouvoir décider que garder et que jeter. Et cela serait pour vous d'un ennui mortel.

La vérité était qu'Annabeth adorait se trouver seule dans la maison, sans personne pour créer de l'agitation ou lui dire quoi faire.

— En outre, vous auriez à côtoyer ma femme de chambre durant tout ce temps-là.

— Judy, dit Nathan en affichant un air renfrogné. Cette femme a quelque chose d'intrigant, je dois dire. Elle ne se comporte pas comme une femme de chambre normale. Certaines des paroles qu'elle prononce…

— Grand-mère dit qu'elle est trop « insolente ». Mais je crois qu'elle aime bien Judy en réalité.

— Disons qu'elles ont nombreux points de ressemblance toutes deux. Judy m'observe toujours comme si elle me pensait sur le point de dérober l'une des précieuses statuettes de Lady Lockwood. Maintenant que j'y pense, c'est peut-être votre grand-mère qui lui a demandé d'agir de cette façon.

— Si vous ne l'appréciez pas, c'est simplement parce qu'elle ne vous fait pas les yeux doux comme toutes les autres femmes de chambre.

— C'est faux, protesta Nathan avant d'ajouter : Est-ce vraiment ce qu'elles font ?

Annabeth éclata de rire à ces mots.

— Venez donc, mon ami. Le quadrille va débuter.

Ils prirent place parmi les danseurs et Annabeth parvint bientôt à chasser de son esprit toute pensée irritante. Elle dansa de nouveau avec Nathan plus tard dans la soirée. Et ne manqua pas de partenaires le reste du temps. Elle était peut-être toujours célibataire mais elle était jolie et avenante et c'était une cavalière inoffensive : un gentleman pouvait l'entraîner dans une danse sans se sentir tomber entre les griffes d'une jeune femme et d'une mère obsédées par une perspective de mariage.

Un peu plus tard dans la soirée, les joues rougies par l'énergie qu'elle avait insufflée à sa danse, Annabeth gagna la terrasse située à l'arrière de la maison afin de respirer à pleins poumons. Une fois sur place, elle resta immobile quelques instants, savourant pleinement l'air frais, le silence et cette rare chance de se trouver entièrement seule au beau milieu de la ville.

Quelque chose bougea au cœur des ombres, tout au bout de la terrasse. Annabeth se retourna, parfaitement sereine. Curieusement, elle savait que c'était lui qui se tenait là.

— Sloane. Que faites-vous donc ici ?

— J'attendais que vous sortiez.

— Voilà qui semble quelque peu hasardeux, non ? Comment pouviez-vous savoir que je viendrais sur la terrasse ?

— Je vous connais, voilà tout.

Elle était véritablement splendide, là, en ce lieu, baignée par la faible lueur émanant de la salle de bal. Elle était splendide en tous lieux, du reste. Sloane savait que la plupart des gens diraient que Noelle avait été la plus belle à l'église en cette journée, mais lorsque Sloane y était entré et qu'il avait vu Annabeth près de l'autel, un choc violent l'avait percuté en pleine poitrine et il n'avait plus vu ni la mariée ni personne d'autre qu'elle. À la fin de la cérémonie, il avait dû produire un considérable effort de volonté pour quitter l'église sans aller la retrouver.

— Vous dansez toujours jusqu'à avoir trop chaud et en perdre le souffle, ajouta-t-il tout en avançant d'un pas léger vers elle. Et ensuite vous voulez fuir l'air trop chargé de la salle de bal. Vous délecter d'un peu de calme et de solitude.

Sloane s'arrêta à quelques pas d'elle. S'approcher plus près serait bien trop risqué.

— Vous souvenez-vous de ces danses à la Salle des fêtes ? Comment nous nous retrouvions sur la terrasse pour échapper aux regards ? Pour pouvoir parler et…

— Je sais fort bien ce que nous faisions, l'interrompit brutalement Annabeth.

Bien sûr qu'elle s'en souvenait. La fièvre, l'impatience, les baisers volés, la maîtrise qu'ils avaient d'eux-mêmes ne tenant plus qu'à un fil. Sloane plongea ses mains dans ses poches pour s'empêcher de tendre la main pour la toucher.

Il s'avança un peu plus. À l'intérieur de la salle de bal, les premières notes d'une valse s'élevèrent. Annabeth détourna les yeux, mais pas avant que Sloane ait pu noter la façon dont son visage avait changé, les souvenirs des plaisirs passés se mêlant à un air de regret dans son regard. C'était un air ancien et ils avaient souvent dansé sur ses notes.

— Vous rappelez-vous comment vous m'avez appris à danser la valse ?

Il s'approcha plus près.

— Vous aviez pour habitude de fredonner cet air.

Annabeth évitait toujours de poser les yeux sur lui, mais elle acquiesça à ses paroles d'un petit hochement de tête.

Il sortit ses mains de ses poches – les y enfouir n'entravait clairement pas assez ses mouvements, peut-être avec Annabeth eût-il eu besoin de menottes – et les tendit vers elle.

— Danseriez-vous avec moi, Anna ? Juste une fois. En souvenir du passé.

Elle leva alors son visage vers lui. Voyant les larmes retenues qui brillaient dans ses yeux, Sloane sentit son cœur se serrer douloureusement dans sa poitrine. Elle plaça sa main dans la sienne et il l'entraîna dans l'élan de la valse. Ils tournoyèrent sur la terrasse, seuls dans la nuit silencieuse, se mouvant comme s'ils se trouvaient tous deux dans un autre monde, dans un moment empli de douceur, de regrets et de la beauté d'une époque depuis longtemps révolue. Ce temps ne reviendrait jamais, mais pour le moment, cela suffisait à emplir le vide laissé.

Bien trop tôt, la musique cessa. Ils effectuèrent un dernier tour sur eux-mêmes avant de stopper leur danse. Seuls quelques centimètres les séparaient ; Sloane pouvait sentir la chaleur du corps d'Annabeth, il ne pouvait rien voir d'autre qu'elle. Son parfum, sucré et enivrant, emplissait ses poumons. Il baissa la tête vers la sienne, se pencha légèrement, et elle commença à tendre son corps vers lui.

Mais soudain Annabeth bloqua son souffle et se retourna brusquement, s'écartant de lui de plusieurs mètres.

— Que voulez-vous de moi ? Pourquoi vous trouvez-vous ici, Sloane ? Pourquoi ne cessez-vous pas de surgir brusquement partout où je vais comme un diable sortant de sa boîte ?

Elle avait raison, bien sûr. Elle avait toujours eu raison – avait toujours été la plus prudente, la plus raisonnable. Regardant toujours attentivement avant de sauter. Lui avait laissé son esprit prendre le dessus sur son cœur une fois seulement. Il se força à demeurer là où il se trouvait, bien que tout en lui lui crie de la suivre et de l'attirer de nouveau entre ses bras.

— Je vous demande pardon, lâcha Sloane d'un ton raide. C'était déplacé de ma part.

Si seulement son corps pouvait être d'accord avec cette affirmation.

— Je suis venu car je crains que vous puissiez être en danger.

La nouvelle sembla déconcerter Annabeth.

— En danger ? Quel danger ? Si vous vous apprêtez à me dire que je ne devrais pas épouser Nathan, je...

— Non.

Il écarta l'idée d'un geste.

— Vous ne courez aucun danger du fait de Nathan... à part peut-être celui de vous ennuyer à mourir.

— Sloane...

Annabeth croisa les bras et l'observa d'un air de reproche.

— Ce que je dis, c'est que quelqu'un pourrait vous faire du mal. Vous kidnapper. Vous êtes en danger, croyez-moi. Lady Lockwood et vous devez partir durant un certain temps, au moins pour ce qui est des deux prochaines semaines. Vous pourriez aller à Bath, par exemple. Voilà qui plairait à votre grand-mère.

— Me rendre à Bath ne m'intéresse pas le moins du monde.

— Allez autre part dans ce cas. Le lieu importe peu. Cette ville est dangereuse. Il vous faut quitter Londres.

— Je n'ai pas à faire quoi que ce soit et encore moins quelque chose que vous exigez de ma part. J'agirai ainsi qu'il me plaira.

— Vous entendez donc vous exposer au danger juste parce que je ne veux pas que vous le fassiez ? Bon sang, Annabeth, je ne peux vous protéger suffisamment bien, ici, dans la capitale.

— Me protéger ? Vous avez abandonné tout droit de me protéger il y a bien longtemps, lorsque vous vous êtes enfui.

— Je ne me suis pas enfui.

— Fort bien. Quand vous êtes parti après m'avoir abandonnée.

Sloane serra fortement les dents pour contenir le rugissement de colère qui menaçait de surgir. Rien de tout cela n'était la faute d'Annabeth. Même quand il avait senti son cœur comme arraché de sa poitrine, ce n'avait jamais été la faute d'Annabeth. Il repoussa au fond de lui les émotions vaines et troublantes ; peut-être sa carapace n'était-elle pas aussi épaisse qu'il l'avait cru.

Il reprit la parole d'une voix calme :

— Il est de ma responsabilité de m'assurer qu'il ne vous arrive rien de fâcheux parce que c'est *mon* ennemi qui représente une menace pour vous. Un homme essaye de prendre le contrôle des quais et je me dresse sur son chemin. Il s'en est pris à mes affaires de multiples façons, et aujourd'hui il est allé jusqu'à incendier l'un de mes entrepôts. L'un de mes employés se trouvait à l'intérieur et aurait pu brûler vif. Chacune de ses attaques contre moi est pire que la précédente. Je l'arrêterai, je vous le promets. Mais cela pourrait me prendre un certain temps. Et c'est la raison pour laquelle je veux que vous quittiez la ville. J'ai déjà demandé à mon père de retourner dans les Cornouailles.

Annabeth fronça les sourcils d'un air inquiet.

— On dirait à vous entendre qu'il s'agit d'un individu abominable. Mais je ne comprends toujours pas. Pourquoi essayerait-il de me faire subir quoi que ce soit ?

— Parce qu'il n'y a que pour vous préserver, vous, que je serais prêt à tout, répliqua-t-il.

Annabeth fixa intensément son regard sur lui et l'atmosphère se chargea soudain d'une intense émotion. Sloane s'avança un peu plus, tendant instinctivement sa main vers elle, mais elle s'écarta et serra les poings.

— À quoi jouez-vous, Sloane ? Pourquoi agissez-vous comme si j'avais la moindre importance à vos yeux ? Comme si vous vous souciiez de ce qui pourrait m'arriver ?

— Bien sûr que je me soucie de vous. Vous avez toujours compté à mes yeux, railla-t-il, sentant la colère monter de nouveau en lui. Comment avez-vous pu imaginer...

— Si vous m'aviez aimée, vous ne m'auriez pas quittée !

— Mais il fallait que je vous quitte ! Je n'avais pas le choix !

Il réalisa qu'il glissait vers un territoire dangereux.

— Je ne pouvais faire de vous l'épouse d'un contrebandier. Cela vous aurait brisée, aurait anéanti votre famille et rendu votre vie malheureuse. Je voulais que vous ayez une meilleure existence que celle que je pouvais vous offrir.

— Vous avez décidé. Vous avez pensé que c'était ce qu'il y avait de mieux à faire. Vous n'avez songé qu'à vous-même et à ce que vous vouliez. Jamais vous ne m'avez demandé ce que je voulais.

— Et de quoi s'agissait-il ? Vouliez-vous que je reste chez moi, endossant le rôle de parent pauvre des Rutherford, éternellement redevable à mon oncle pour mon éducation, pour tout ce que je possédais, un simple parasite travaillant pour une famille qui n'avait que pitié pour moi ? Est-ce cela que vous vouliez ?

— Ce que je voulais, c'était vous !

L'écho de ses mots vibra dans l'atmosphère et durant un instant ni l'un ni l'autre ne purent bouger ni parler. Puis Annabeth secoua la tête et recula d'un pas, énonçant d'une voix plus calme :

— J'étais jeune et très stupide. Je n'ai tenu compte d'aucun des avertissements qu'on m'avait adressés. Mais j'ai bien appris ma leçon en ce qui vous concerne. L'amour que j'avais pour vous est mort il y a longtemps et quoi que vous essayiez de faire, je ne veux en rien y participer. Restez simplement... loin de moi, Sloane. Je ne veux plus jamais vous revoir.

Sur ces mots, elle tourna vivement les talons et regagna en hâte l'intérieur de la demeure.

5

Annabeth laissa échapper un soupir de soulagement lorsque la calèche de Feringham s'arrêta devant la demeure de Lady Lockwood. Le reste de la soirée avait été atroce – mais au moins avait-elle été frappée d'une migraine qui avait convaincu sa grand-mère de quitter tôt la fête.

Comme toujours, le temps pris par sa grand-mère pour descendre de calèche, le tout sans jamais cesser de se plaindre, sembla durer une éternité. Annabeth patienta sur la bande de gazon bordant la route tandis que Russell aidait Lady Lockwood à descendre du véhicule.

Tournant un instant la tête, elle aperçut une silhouette féminine sortir de l'ombre et descendre les marches menant à la porte réservée aux domestiques et aux marchands, au niveau du demi-sous-sol. Annabeth ne pouvait distinguer le visage de la femme car elle portait une cape à la capuche relevée sur sa tête. Elle se demanda laquelle des servantes se glissait ainsi à l'intérieur de la demeure après un rendez-vous galant.

Russell raccompagna Lady Lockwood et Annabeth jusqu'à la porte d'entrée puis regagna en hâte sa calèche, son visage et sa silhouette trahissant l'ampleur de son soulagement. À l'intérieur du vestibule se déroula une autre opération particulièrement longue, le valet de pied cherchant à aider Lady Lockwood à se délester de sa cape sans être frappé par la canne de la vieille dame tandis que cette dernière dénouait les attaches du vêtement pour le retirer. L'entreprise du domestique fut rendue encore plus affreusement difficile par l'apparition de Pétunia, la chienne de Lady Lockwood à la face écrasée et au mauvais caractère, qui ressentait le besoin d'ajouter ses propres plaintes stridentes aux ordres impérieux et contradictoires de Lady Lockwood.

À l'autre extrémité du vestibule, la femme à la cape qu'Annabeth avait aperçue un instant plus tôt entra depuis l'espace réservé au service. Elle stoppa net quand elle aperçut Annabeth et sa grand-mère à la porte d'entrée. La femme hésita un instant, puis elle se délesta de sa cape avant de la rouler en boule et de la glisser derrière un coffre ouvragé.

Annabeth dissimula un sourire. Il s'agissait de sa femme de chambre, Judy, qui était sortie alors qu'elle ne l'aurait pas dû. Ce qui n'avait rien de surprenant, quand on y songeait. Judy était assez audacieuse, et même pourvue de sa morne robe de domestique et de sa charlotte trop grande, elle était adorable. La forme de son visage évoquait la face d'un renard, son teint était clair et velouté et ses yeux grands et d'un brun doré.

Judy avança vers elles comme si elle s'était trouvée depuis un certain temps déjà dans le hall d'entrée, à attendre l'arrivée d'Annabeth. Le valet de pied, enfin en possession de la cape de Lady Lockwood, se retira, soulagé. À cet instant, le heurtoir frappa contre la porte d'entrée et le son sourd les fit tous sursauter.

— Qui cela peut-il bien être à cette heure ? demanda Lady Lockwood d'un ton vif.

— Je n'en ai pas la moindre idée, répondit Annabeth, bien que la première idée qui avait germé de manière parfaitement ridicule dans son esprit fût qu'il devait s'agir de Sloane.

Judy ouvrit la porte et un homme apparut sur le perron. Elle lui jeta un regard contrarié.

— Oh. C'est vous, lâcha-t-elle.

— Nathan ? s'exclama Annabeth, surprise. Que faites-vous ici ?

Annabeth réalisa à cet instant combien sa formulation devait sembler brutale. Elle devrait être heureuse de voir son fiancé. Et non pas... éprouver ce qu'elle ressentait.

— Excellente question, dit Lady Lockwood d'une voix assez forte pour couvrir les aboiements qu'émettait Pétunia à un volume si puissant que son minuscule corps en tremblait. Voilà que vous arrivez à n'importe quelle heure. Il me faut souligner que nous venons tout juste de vous voir, Dunbridge. Et que vous m'empêchez par votre venue de gagner mon lit.

— Tout va bien, Grand-mère, dit Annabeth. Vous pouvez aller vous coucher. Je crois que nous connaissons Nathan depuis assez longtemps pour que vous puissiez sans crainte lui accorder votre confiance.

— J'imagine que c'est le cas, en effet.

Lady Lockwood jeta un regard perçant à Nathan.

— Tant que vous ne profitez pas d'être seuls pour vous livrer à une cour éhontée.

— Vous avez ma parole, Lady Lockwood, lui garantit Nathan d'un ton solennel. Je ne me livrerai à aucune cour qui soit.

— Je resterai avec eux, madame.

Judy croisa les bras et elle eut soudain plus l'air d'un garde que d'une femme de chambre.

Lady Lockwood salua d'un hochement de tête cette affirmation qui la rassurait et monta les marches d'un pas décidé, tandis que Pétunia la suivait en s'amusant à tirer sur le tissu de ses jupes.

— Désolé, dit Nathan à Annabeth. Je n'avais pas l'intention de causer pareille agitation.

Il sourit d'une façon qui réchauffait son regard. *Ce serait un très charmant sourire auprès duquel vieillir*, voulut se rassurer Annabeth.

— V'pourriez essayer de ne pas surgir chez les gens à toute heure de la nuit dans ce cas, monsieur, asséna Judy. C'n'est pas approprié d'agir ainsi.

Nathan resta un bref instant bouche bée avant de se ressaisir.

— Tout va bien, Judy, intervint Annabeth. Pourquoi ne pas prendre un siège un peu plus loin dans le hall ? Vous pourrez toujours nous voir depuis là-bas de sorte que nous ne soyons pas seuls.

— Comme v'voulez, Miss.

Elle adressa un bref signe de tête à Nathan et s'écarta de quelques mètres.

— Vous voyez ? dit Nathan d'un ton feutré tout en jetant un long regard vers l'endroit où se trouvait Judy. Elle se comporte de façon plutôt étrange pour une femme de chambre.

— Je ne sais pas si vous êtes bien placé pour parler de personnes agissant de manière étrange, fit remarquer Annabeth en souriant. Comment se fait-il que vous me rendiez visite si tard ?

— Je viens de m'apercevoir que, hum, vous aviez oublié votre éventail et j'ai pensé que je pourrais vous le rapporter.

Nathan sortit l'éventail de la poche de son manteau et le tendit à Annabeth d'un air un peu penaud.

Cette dernière crut entendre un ricanement moqueur s'échapper des lèvres de Judy, qui les épiait de loin, à la manière d'un aigle. Nathan adressa un regard noir à la femme de chambre. Annabeth se retourna et vit Judy s'occuper en redressant un chandelier sur une table du hall d'entrée.

— J'ai aussi remarqué que vous paraissiez contrariée ce soir, poursuivit Nathan. Je sais que vous avez dit avoir une migraine, mais je m'inquiétais du fait que peut-être quelque chose d'autre n'allait pas.

— Bien sûr que non.

Un pincement de culpabilité étreignit aussitôt la poitrine d'Annabeth. Elle détestait l'idée que sa querelle avec Sloane ait pu aussi gâcher la soirée de Nathan. Mais elle ne pouvait lui expliquer la situation sans que tout semble plus important que ça ne l'était.

— Je souffrais véritablement d'une forte migraine. C'est probablement la raison pour laquelle j'ai été distraite au point d'en oublier ceci.

Elle leva l'éventail devant elle.

Le jeune homme ne paraissait pas convaincu par cette

explication, mais à cet instant précis Judy laissa échapper un bâillement exagérément sonore.

Nathan leva les yeux au ciel et dit :

— Je devrais vous laisser dormir dans ce cas. Bonne nuit, Annabeth.

— Bonne nuit, Nathan.

Annabeth parvint à garder le sourire affiché sur ses traits jusqu'à son départ. Puis elle tourna les talons et monta l'escalier d'un pas las pour gagner sa chambre, Judy sur ses talons.

— Vous paraissez fatiguée, Miss, dit la femme de chambre tout en refermant la porte derrière elle.

— Il ne s'agit pas de fatigue en vérité. Je suis davantage... je ne sais pas... mécontente, irritée, ou... c'est juste que... il est si exaspérant ! Pourquoi fallait-il qu'il se montre aujourd'hui ?

Judy, l'air perplexe, s'avança pour commencer à défaire la longue ligne d'attaches courant dans le dos de la robe d'Annabeth.

— Mr Dunbridge, Miss ? C'est, il est vrai, un peu effronté de se présenter ici si tard, mais...

— Non, Sloane Rutherford, lâcha Annabeth d'un ton contrarié, laissant tomber son éventail sur la coiffeuse.

Elle fit glisser ses longs gants le long de ses bras et les jeta également.

— Sloane Rutherford ?

Les doigts de Judy s'immobilisèrent un bref instant sur ses boutons avant de s'activer de nouveau.

— Oui. Le connaissez-vous ? demanda Annabeth.

— Je... ah... eh bien, cela ne me regarde pas, je le sais, mais... hum... certaines personnes... Je suis navrée, Miss, mais, eh bien, je ne peux pas m'empêcher d'entendre parler de...

— Sloane et moi, compléta Annabeth.

— Désolée, Miss.

— Inutile de vous excuser. Tout le monde sait qu'il m'a abandonnée et qu'il s'est enfui pour se consacrer à la contrebande. Que cela peut-il bien dire de vous lorsque votre fiancé préfère une vie consacrée aux délits et à l'espionnage à un mariage avec vous ?

Annabeth laissa échapper un léger soupir et finit de se dévêtir. Après avoir enfilé sa chemise de nuit, elle se rassit face à la coiffeuse.

Judy se mit à retirer les épingles de ses cheveux d'un geste assuré et efficace.

— Je ne comprends pas. Je croyais qu'sa famille l'avait j'té dehors. Pourquoi était-il au mariage ?

— Il avait une excuse. Il m'a dit que j'étais « en danger », que je devrais partir pour Bath avec Grand-mère, répondit Annabeth d'un ton railleur. Il a ajouté qu'une certaine personne pourrait me faire du mal pour l'atteindre. C'est parfaitement absurde. Nous n'avons rien été l'un pour l'autre depuis plus de dix ans.

— Qui essaye d'l'atteindre ?

— Je l'ignore. Quelqu'un qui veut « prendre le contrôle des quais ». J'ignore même ce que cela veut dire. Il semblait être question de visées criminelles. Tout le monde dit que Sloane est toujours contrebandier et qu'il est impliqué dans toutes sortes d'actes répréhensibles, mais je croyais qu'à présent qu'il avait de l'argent, il aurait arrêté de se livrer à des activités illégales.

Elle grimaça et reprit :

— Je me suis montrée stupide, je le sais. Visiblement je ne l'ai jamais vu tel qu'il était réellement.

Judy garda le silence un instant puis observa le reflet d'Annabeth dans le miroir.

— Peut-être qu'il a raison, Miss. V'savez, il y a bien eu ce cambriolage dans vot'autre maison l'autre jour.

Deux jours plus tôt en effet, quand Annabeth et sa femme de chambre avaient rejoint la maison mise en location pour y travailler, elles avaient eu le choc de découvrir l'endroit sens dessus dessous.

— Mais rien de dangereux ne s'est produit. Personne n'a été blessé ni menacé, la maison était vide. Il y régnait un affreux désordre, certes, mais il n'y a rien eu de plus.

— En avez-vous parlé à M'sieur Rutherford ?

— Non. Il est bien la dernière personne que j'en informerais.

Voyant que Judy continuait de paraître soucieuse, Annabeth se leva, soudain alarmée.

— Vous ne le direz pas à ma grand-mère, n'est-ce pas ? Tous s'inquiètent tant pour moi. Depuis le départ de Sloane, tout le monde s'est montré si... attentif envers moi. Ils agissent comme si j'étais fragile, comme si je risquais de m'effondrer à tout instant. Ils agissent par amour, je le sais, mais j'ai parfois l'impression que je peux tout juste respirer. Je ne peux parler librement à personne à part Noelle parce qu'ils s'inquiéteront et feront tout un tas d'histoires.

— V'pouvez me parler, Miss, lui assura Judy, et Annabeth lui adressa un faible sourire.

— Oui, je le sais. Ce fut très agréable de me rendre avec vous à la maison mise en location, de pouvoir dire tout ce que je veux. De faire ce qui me plaît. Si nous parlons à ma grand-mère du cambriolage, elle insistera pour que je reste sous son toit.

— J'ne dirai rien à ce sujet à Lady Lockwood. Je me suis juste dit que, eh bien, Mr Rutherford semble être le genre de gentlemen capable de se charger de ce genre de choses.

— Il le pourrait, sans nul doute, acquiesça Annabeth en grimaçant. Peut-être est-ce la raison de la petite scène dont il m'a gratifiée sur la terrasse ce soir. Il s'est dit qu'il pourrait utiliser cela pour s'immiscer de nouveau dans mon existence, bien que je sois bien incapable d'imaginer pourquoi il pourrait vouloir en faire partie. Mais je ne permettrai pas que cela se produise. Sloane ne peut qu'être une source d'ennuis et j'ai très bien vécu sans lui durant toutes ces années. Je n'ai pas besoin de lui.

— Bien sûr, lança vigoureusement Judy. C'est juste que... eh bien, peut-être qu'il ne manigance rien. P't'être qu'il s'inquiète à vot'propos. P't'être qu'il tient'core à vous et qu'il est navré.

Annabeth lâcha un ricanement méprisant.

— Sloane n'est jamais désolé de rien. Et surtout pas de m'avoir quittée. Il a fait exactement ce qu'il voulait faire.

— Peut-être qu'l'avait une raison, peut-être…

— Eh bien, Judy…

Un petit sourire releva un coin des lèvres d'Annabeth.

— Je n'imaginais pas que vous étiez une telle romantique.

— Ah, Miss, surtout n'allez pas répéter cela, répondit Judy en lui souriant à son tour. Vous ruineriez ma réputation ! J'ai l'cœur dur comme la pierre, voilà qui je suis.

— Oh ! oui, c'est ce que je peux voir.

Le sujet de Sloane et du danger fut abandonné pendant le temps que Judy consacra au rangement de la chambre et à la préparation du lit. Mais au moment de quitter la pièce, la femme de chambre se retourna vers Annabeth.

— Je pourrais dormir ici sur un lit de camp ce soir, Miss. Juste au cas où l'aurait raison.

Annabeth lui sourit.

— Merci à vous, Judy, mais je suis certaine que ce ne sera pas nécessaire. Je suis parfaitement en sécurité.

6

Le jour suivant, les pensées d'Annabeth ne cessèrent de la ramener à Sloane et à leur conversation. Elle songeait à tout ce qu'elle aurait dû lui dire – aux commentaires caustiques et pleins d'esprit qui auraient remis son ancien amour à sa place, à ces mots emplis de fureur qu'elle aurait dû lui jeter au visage quand il l'avait quittée et qui visiblement avaient continué à bouillonner au fond d'elle depuis toutes ces années. Malgré sa colère toutefois elle ne pouvait s'empêcher de se souvenir également du temps passé auprès de lui – les baisers et les étreintes, le frisson que lui procurait le fait de le voir, les rires qu'elle partageait avec lui, leurs rêves pour l'avenir, la certitude que leur amour durerait une vie entière.

Finalement, pour faire cesser ses pensées vaines et obsédantes, elle décida de rapporter un livre à la bibliothèque et d'y chercher un nouvel ouvrage. Elle emmena sa femme de chambre avec elle, sa grand-mère insistant pour que la bienséance soit respectée en toute occasion. Judy se mit en route, quelques pas derrière elle, le volume en main.

Annabeth s'arrêta en chemin et se tourna vers elle.

— J'espère que vous ne prévoyez pas de marcher derrière moi sur tout le trajet comme si nous formions un ennuyeux cortège.

— Ah, mais ce serait inconvenant, Miss, de marcher à côté

d'vous comme une amie, répondit Judy d'un ton enjoué et âpre à la fois.

— Mais vous êtes aussi une amie. N'est-ce pas ?

— Bien sûr qu'je le suis, dit Judy en souriant. Mais de cette façon Lady Lockwood s'ra contente et, vous voyez, je ne suis pas dans ses bonnes grâces en ce moment.

Annabeth voulut en demander la raison mais elle fut à cet instant interrompue par le bruit d'une vieille calèche cabossée qui descendit la rue dans un cliquètement métallique avant de faire halte derrière elles. Annabeth jeta un regard plein de curiosité vers la voiture. Laquelle des amies de sa grand-mère était-elle venue lui rendre visite pour une conversation autour d'une tasse de thé ? À sa grande surprise, quand la porte du véhicule s'ouvrit à la volée, ce furent deux hommes qui en jaillirent.

Judy bondit aussitôt devant Annabeth en criant :

— Rentrez dans la maison !

La femme de chambre projeta violemment le livre qu'elle tenait vers l'homme le plus massif, l'atteignant en plein bas-ventre. L'individu laissa échapper un cri de douleur mais avant même qu'il ne tombe à genoux, Judy fit apparaître comme par magie un couteau de ses vêtements et se plaça en posture de combat face au second assaillant. Ce dernier saisit à son tour un poignard dissimulé sous sa propre veste – *tout le monde* à l'exception d'Annabeth transportait-il un couteau au moment de vaquer à ses occupations quotidiennes ? L'homme plus petit s'avança prudemment vers Judy sans jamais la quitter des yeux.

— Courez ! cria-t-elle à Annabeth.

La jeune femme – que l'apparition de l'arme tranchante de Judy autant que l'attaque avaient abasourdie – était restée figée dans les tout premiers instants. Elle quitta soudain son état de paralysie et s'exclama :

— Et vous laisser seule ? N'y comptez pas !

Elle s'élança pour contourner Judy et s'emparer du livre tombé. L'homme, une fois remis laborieusement sur pied, s'était avancé vers la femme de chambre pour aider son camarade armé. Il était évident qu'Annabeth ne représentait pas la moindre menace à ses yeux. Elle projeta donc le livre de toutes ses forces vers lui et celui-ci vint percuter sa tempe. Il hurla de douleur et propulsa son poing vers le visage d'Annabeth, mais elle se baissa brusquement et la main ne fit que fendre l'air au-dessus de sa tête.

Dans l'agitation des premiers instants, l'affrontement avait été silencieux mais désormais Annabeth pensait à user de sa voix pour appeler à l'aide. L'homme qu'elle avait frappé se précipita sur elle. Elle le repoussa du mieux qu'elle put, donnant coups de pied et de poing sans jamais cesser de crier. Ils se mirent à lutter l'un contre l'autre, offrant le spectacle de deux silhouettes chancelant sur le trottoir.

Derrière eux, Judy et son adversaire enchaînaient esquives et feintes tout en décrivant un cercle.

— Reposez ce couteau, jeune fille. Je ne veux pas vous faire de mal, lança l'assaillant de Judy à cette dernière, tout en tentant de reprendre son souffle.

— Eh bien, moi je veux vous faire du mal, répliqua la femme de chambre, qui n'avait plus du tout l'air d'être elle-même.

Elle propulsa soudainement son pied de sorte à atteindre violemment le genou de l'homme qui trébucha et se redressa, faisant porter son poids sur sa jambe intacte. Judy bondit sur son dos, noua ses jambes autour de sa taille et entoura son cou de l'un de ses bras avant de plonger la lame du couteau dans son épaule. L'homme hurla, saisit la main armée au niveau du poignet pour arracher la lame de la plaie et ils se mirent à tourner sur eux-mêmes dans une sorte de danse macabre, jusqu'à ce que, finalement, ils tombent au sol. Ils roulèrent sur le trottoir et se retrouvèrent dans le caniveau, effrayant les chevaux et les faisant s'agiter nerveusement.

L'assaillant d'Annabeth la projeta alors à l'intérieur de la calèche. Elle percuta le côté de la portière ouverte et au moment où elle chutait sur le plancher du véhicule, elle entendit au loin un homme crier. S'agissait-il de Nathan ? Annabeth parvint à regagner la rue et l'aperçut qui courait en effet vers eux. Elle l'appela mais à ce moment-là les deux hommes, qui avaient réussi à vaincre Judy, ramenaient son corps inanimé jusqu'à la calèche. Annabeth bondit dans l'espoir de leur bloquer le passage mais le plus grand des deux la souleva de terre et la propulsa de nouveau dans la calèche avant de lancer le corps de Judy sur elle.

Elle entendit la note de désespoir percer dans la voix de Nathan lorsqu'il cria de nouveau son prénom et songea qu'il était trop loin pour les rejoindre. Les deux hommes bondirent à l'intérieur alors que le cocher poussait un cri pour lancer l'attelage au galop. La portière ouverte se mit à battre follement l'air au moment où les chevaux s'élancèrent.

Nathan parvint à les rattraper, saisissant la bordure de la portière et s'y agrippant de toutes ses forces alors que les chevaux prenaient de la vitesse. Le plus petit des hommes le frappa du pied en pleine poitrine, le propulsant vers la rue, où il percuta le sol avant de rouler sur la chaussée.

— Nathan ! hurla Annabeth en tentant désespérément de se relever.

— La ferme ! cingla l'un des hommes.

Il frappa le côté de son visage et elle retomba en arrière, sa tête heurtant au passage la paroi de l'habitacle. Elle sombra dans un brouillard obscur tandis que la calèche s'éloignait dans un fracas de sabots.

Sloane était assis à son bureau, un registre ouvert devant lui, le front plissé sous l'effet de ses tumultueuses pensées. Il avait eu bien trop de mal à se concentrer sur ses affaires en cette journée. Son esprit ne cessait de s'égarer, le ramenant en permanence à Annabeth. Au présent et au passé. Aux choses réelles et à celles imaginées. À ce qu'il aurait pu dire. À ce qu'elle aurait pu faire.

C'était stupide bien sûr. Il avait posté un garde devant sa

maison, ce qui était tout ce qu'il pouvait faire. Elle ne voulait pas de lui dans son existence. Il agirait en imbécile en tentant d'en faire partie. Poussant un lourd soupir, il enfouit de nouveau ces idées au fond de lui et se replongea dans ses livres.

Le nombre d'hommes qu'il avait été contraint d'embaucher pour mener des patrouilles efficaces sur les quais réduisait considérablement le montant de ses bénéfices. Il n'y avait rien à craindre concernant la distillerie ; Sloane doutait fort que Parker envoie quelqu'un en Écosse pour l'attaquer. Les cercles de jeu et les tavernes étaient bien plus vulnérables. Il avait besoin d'hommes là, également.

Des pas rapides résonnèrent soudain dans l'escalier métallique à l'extérieur de son bureau. *Que diable s'est-il encore passé ?* À l'instant même où il quittait son siège, la porte s'ouvrit à la volée et Nathan Dunbridge se rua dans la pièce. Sloane le fixa, stupéfait.

— Que diable avez-vous fait d'elle, espèce de canaille ? hurla Nathan avant de se jeter sur Sloane qu'il envoya au sol en même temps que lui-même et le siège de bureau.

Nathan administra un coup violent dans la mâchoire de Sloane mais celui-ci parvint à s'extraire de son fauteuil et propulsa lourdement son poing au bas du dos de son assaillant. Un éclair de douleur transperça son attaquant et Sloane en profita pour le repousser violemment et se lever.

— Que diable vous arrive-t-il, bon sang ?

— Je vous tuerai, fut l'unique réponse que proféra Nathan en se remettant péniblement debout. Je vous tuerai si jamais vous lui faites du mal !

Il se jeta de nouveau sur Sloane, mais ce dernier était prêt cette fois-ci. Il l'esquiva, saisit les revers de son manteau et utilisa son élan pour le projeter plus loin. Nathan tomba dans un fauteuil, renversant au passage une lampe à huile sur pied dont le globe de verre se pulvérisa en frappant le sol.

À ce stade de l'altercation, plusieurs des employés de Sloane avaient accouru dans la pièce et deux d'entre eux saisirent Nathan par les bras, le forçant ainsi à l'immobilité.

— Que voulez-vous qu'on fasse d'lui ? demanda l'un des employés.

— Je devrais probablement vous dire de le jeter dans la Tamise, répondit Sloane, sortant un mouchoir et tamponnant le sang s'échappant de sa lèvre fendue. Mais je ne le ferai pas.

Il fixa un regard menaçant sur Nathan tandis qu'une colère froide perçait dans sa voix.

— Je vais fermer les yeux sur ce coup d'éclat parce qu'Annabeth vous aime pour une raison regrettable et non identifiée. Mais si jamais vous m'attaquez de nouveau, ce sera là la dernière action de votre existence.

Nathan, mâchoires serrées, se redressa, plus calme à présent, mais ses yeux brillaient toujours de rage. Il tenta sans succès d'arracher son bras à l'étreinte des deux hommes. Après que Sloane leur eut adressé un bref hochement de tête, ces derniers le libérèrent enfin.

— Qu'avez-vous fait d'elle ? Je ne vous traînerai pas devant la justice, ni ne lancerai la police à vos trousses si vous me la rendez.

La peur fit brusquement place à la colère et un frisson de terreur parcourut le dos de Sloane.

— Vous rendre qui, au juste ?

— Comme si vous l'ignoriez, cingla Nathan. Annabeth, bien sûr. Je ne sais pas quelle idée insensée a traversé votre esprit pour que vous puissiez imaginer que l'enlever serait…

— Annabeth ? Annabeth a été kidnappée ?

Sloane s'avança d'un grand pas et saisit vivement les revers du manteau de Nathan.

— Cessez vos fichues jacasseries et dites-moi ce qui s'est passé. Qui l'a enlevée ? Où ? Quand ?

— C'est vous qui l'avez fait ! Qui d'autre ?

— Pour l'amour du ciel !

Sloane le secoua sans ménagement.

— Dites-moi qui l'a enlevée et si vous répétez « vous » une nouvelle fois, je n'hésiterai pas à vous refaire le portrait !

Nathan le fixa et son visage devint blême.

— Mais... si ce n'était pas vous... en pareil cas au moins avais-je pensé que vous ne lui feriez aucun mal. Mais qui... si vous n'êtes pas l'auteur du rapt, qui donc a commis ce méfait ?

— J'en ai une idée assez précise, répondit Sloane d'un air sombre.

Il relâcha Nathan, saisit sa veste suspendue au portemanteau et lança un signe de tête à ses hommes.

— Vous autres, retournez travailler.

— Qui est la personne à laquelle vous songez ? s'enquit Nathan. Pourquoi quelqu'un enlèverait-il Annabeth ?

— Pour s'en prendre à moi.

Sloane contourna Nathan et franchit le seuil. L'homme le suivit dans l'escalier.

— Je vous accompagne.

— Hors de question, cingla Sloane.

— Ne soyez pas stupide, enfin ! Vous aurez besoin d'aide.

Sloane lui jeta un regard méprisant par-dessus son épaule.

— Vous ? Que pourriez-vous faire pour aider ? Danser avec lui ? Tout lui expliquer de l'ordre de préséance ? Lui apprendre la façon appropriée de s'adresser à une duchesse ? Vous ne feriez que vous mettre en travers de mon chemin.

— Je ne suis pas complètement inutile, en dépit de ce que vous croyez. Je suis intelligent, pour commencer, ce qui est sans aucun doute un atout dont vous pourriez bénéficier.

Sloane stoppa au bas des marches et se tourna vers l'autre homme. Il balaya lentement du regard la silhouette svelte et élégante de Nathan.

— Oh ! oui, vous êtes clairement en mesure de semer la terreur dans le cœur du chef d'une bande de malfrats.

Sur ces mots, il fit brusquement volte-face, traversa en courant l'entrepôt et en sortit.

Nathan le suivit, clamant d'un ton outré :

— Je suis tout à fait capable de me battre, détrompez-vous. Je me rends à la salle de Cribb pour boxer chaque semaine et…

Ces derniers mots arrachèrent un ricanement à Sloane.

— Ainsi que le font la moitié des jeunes hommes de la haute société ! Boire du gin bas de gamme en regardant deux hommes se battre ne fait pas de vous quelqu'un de dangereux.

— Je vous ai mis à terre, non ? riposta Nathan.

— Vous avez été chanceux, voilà tout. Vous m'avez pris au dépourvu.

— En effet. Et j'en serai une nouvelle fois capable avec n'importe quelle autre personne de votre sorte.

Sloane ralentit mais après un bref moment d'hésitation choisit de ne pas répondre et de continuer d'un bon pas.

— J'étais le meilleur tireur de ma classe à Eton, insista alors Nathan.

— Avez-vous votre arme sur vous ?

— Non. Je n'ai pas pour habitude d'emporter mes pistolets de duel lors de mes visites de courtoisie.

Après réflexion, il ajouta :

— Ce pourrait toutefois être une idée pour les occasions où je me rends chez Lady Lockwood, ce qui déclencha le rire surpris de Sloane. Vous n'êtes pas armé, vous non plus, si je peux me permettre de le faire remarquer.

— Ma réputation est une arme à elle seule, rétorqua Sloane.

Il s'arrêta toutefois et tira un couteau d'un fourreau placé dans sa botte. Il glissa ensuite sa main dans sa veste et sortit un poignard d'une gaine glissée dans sa ceinture, dans son dos. Une poche intérieure de sa veste laissa bientôt apparaître à son tour un petit pistolet.

Nathan fixa d'un air ébahi la panoplie d'armes.

— Eh bien. J'en déduis que je suis loin d'être le seul à avoir envie de vous tuer.

Sloane pinça les lèvres pour ne pas céder à un nouveau rire et remit chaque arme à sa place.

— Je ne peux vous empêcher de me suivre, mais ne vous avisez pas de vous mettre en travers de ma route.

Et sur ces derniers mots, Sloane s'élança droit devant lui.

7

Tandis qu'ils couraient, Sloane siffla pour attirer l'attention de l'un de ses hommes occupé à faire le guet. Après qu'il lui eut fait signe de les suivre, l'homme laissa échapper un sifflement aigu à son tour et s'élança derrière eux.

— Où allons-nous ? questionna Nathan qui parvenait à ne pas se laisser distancer par Sloane.

— Nous partons attraper un fiacre, répondit Sloane.

Il s'adoucit un peu et expliqua :

— Le quartier général de Parker se trouve de l'autre côté du fleuve, à Southwark.

Leur course fut ponctuée de plus de sifflements résonnant au milieu des entrepôts, et au moment où ils hélèrent une voiture, quatre hommes couraient à leur suite. Sloane se tourna pour leur crier :

— Chez Parker !

Nathan et lui bondirent dans le fiacre tandis que les autres hommes cherchaient à en arrêter un autre.

— Je suppose que ces personnes travaillent pour vous ? demanda Nathan, à présent hors d'haleine.

Sloane acquiesça d'un hochement de tête.

— Ils gardent mes entrepôts. Les autres demeureront ici, au cas où il s'agirait d'une diversion pour nous attirer ailleurs et permettre ainsi d'attaquer.

Nathan le fixa, stupéfait.

— J'ai l'impression que c'est d'une guerre que vous parlez.

Sloane eut un petit haussement d'épaules.

— C'est ainsi que travaillent les hommes comme Parker. À présent, racontez-moi ce qui s'est passé. En détail.

— Je me rendais à pied chez Lady Lockwood afin de rendre visite à Annabeth. Alors que j'approchais, j'ai vu une voiture arriver et deux brutes en jaillir. Elles ont attrapé Annabeth et sa femme de chambre et les ont jetées à l'intérieur de la calèche.

— Et vous n'avez pas tenté de les arrêter ?

— Bien sûr que si ! s'indigna Nathan. Mais je me trouvais trop loin d'elles. J'ai couru mais je n'ai pas réussi à les rejoindre avant que la voiture ne reparte. Bien sûr, j'ai cru que c'était vous.

— Bien sûr.

Sloane tourna la tête et fixa l'extérieur, tout en faisant jouer ses doigts nerveusement sur sa jambe. Pourquoi diable n'avançaient-ils pas plus vite ?

— J'aimerais savoir où se trouvait mon homme pendant que tout cela se passait.

— Votre homme ? Quel homme ?

— Celui que j'ai envoyé là-bas pour protéger Annabeth. Pour surveiller la maison et la suivre à chaque sortie. Il était clair qu'elle ne tiendrait pas compte le moins du monde de ce que je lui avais dit.

— Et que lui avez-vous dit ?

— Qu'elle était peut-être en danger, que Parker essayait d'imposer sa présence par la force sur les quais et que j'ignorais de quoi il serait capable. Je ne pensais pas vraiment qu'il irait si loin, mais je voulais m'assurer qu'elle était à l'abri pendant que je m'occupais de lui. Williams est l'un de mes meilleurs hommes. Je ne comprends pas pourquoi il n'a pas volé à son secours.

— Je n'ai vu personne alentour. Il est vrai que je ne regardais pas vraiment autre chose qu'Annabeth et sa femme de chambre se battant avec eux.

— La femme de chambre… Je me demande pourquoi ils l'ont emmenée, elle aussi.

— Si vous aviez vu sa façon de se défendre, vous ne vous poseriez pas la question. Il leur était impossible d'emmener Annabeth sans la neutraliser. Je n'ai jamais vu rien de tel, elle se battait comme un voyou des rues. Ils ont dû unir leurs efforts pour l'assommer.

Ce souvenir lui arracha une petite grimace.

— Cette femme est assurément un drôle d'oiseau mais je suis fort aise qu'Annabeth l'ait à ses côtés. Il est clair qu'elle fera tout son possible pour la protéger. Nous devons l'aider à sortir de là, elle aussi.

— Nous le ferons.

Imaginer Annabeth blessée ou mourante… Voilà une pensée qui glaçait Sloane jusqu'aux os.

— Parker me dira où il les a emmenées. Même si cela nécessite que je le découpe en très petits morceaux.

Les yeux de Nathan s'écarquillèrent de surprise et son visage pâlit.

Sloane, lui, sourit d'un air sombre.

— Toujours certain de vouloir prendre part à tout cela, Dunbridge ?

Nathan acquiesça sans la moindre hésitation.

— Pour sauver Annabeth, je ferai n'importe quoi.

— Dans ce cas, mettons-nous à l'œuvre !

Sloane ouvrit la portière dès l'arrêt de la voiture et bondit aussitôt au-dehors. Nathan le suivit, tout en balayant du regard un quai visiblement ancien et inutilisé.

— Il n'y a rien ici.

— Son repaire est par là-bas, indiqua Sloane en pointant le doigt vers l'est. Nous finirons le trajet en marchant. L'arrivée de deux fiacres serait trop bruyante. Plus longtemps il demeurera dans l'ignorance de ma présence, mieux cela vaudra.

Le fiacre dans lequel avaient pris place les hommes de Sloane fit halte derrière eux. Dès que ses occupants furent sortis, Sloane leur lança un regard, leva trois doigts et partit en courant.

— Ne voulez-vous pas les attendre ? Leur donner des ordres ?

— Ils savent quoi faire.

— Vous avez déjà tout prévu ?

— C'est en effet l'un des plans d'action que nous avions déjà évoqués. Je ne m'attendais pas à en faire usage pour pareille raison, mais je savais qu'à un moment donné, nous aurions à agir contre Parker.

Sloane accéléra encore son allure, tout en veillant à émettre le moins de bruit possible et à éviter tout piège. Des bâtiments apparurent bientôt devant leurs yeux et Sloane ralentit le pas au moment d'atteindre le groupe d'édifices, qui paraissait abandonné. Il jeta des regards alentour pour repérer la présence d'éventuels gardes et guetteurs, l'oreille aux aguets. Mais il ne perçut ni frottement de semelle, ni grincement de planche, ni sifflement pouvant correspondre à un signal. Visiblement l'isolement du quartier général de Parker faisait naître chez ce dernier une bien trop grande confiance.

Sloane s'immobilisa dans l'ombre projetée par un hangar abandonné. Un peu plus loin se trouvaient de nouveaux quais mais en face d'eux, dans une étroite ruelle, s'élevait un bâtiment de briques. Un homme se tenait près de la porte d'entrée, adossé au mur, bras croisés, le regard tourné vers les quais animés, une matraque en bois à la hanche.

Sloane se tourna de nouveau. Ses quatre hommes se trouvaient juste derrière eux et il leur désigna d'un geste la porte gardée tout en faisant un bref signe de tête. Tandis que ses hommes passaient en silence près d'eux, Sloane sortit un petit pistolet de sa veste et le jeta à Nathan.

— Voilà pour vous. Mieux vaudrait pour vous que vous ne m'ayez pas menti.

Devant eux, les hommes de Sloane se mirent à courir. Il les suivit aussitôt et Nathan l'imita. Le garde placé devant la porte laissa échapper un cri et leva sa matraque, se préparant à affronter ses assaillants. Les hommes de Sloane traversèrent la ruelle et se propulsèrent aussitôt en haut des marches en rugissant.

Mais Sloane changea de direction, indiquant d'un signe à Nathan de le suivre. Il courut le long du bâtiment et se glissa à l'arrière. Là se trouvait une porte. Sloane actionna la poignée mais ne put ouvrir. D'une autre poche, il sortit de quoi crocheter la serrure et se mit au travail.

— Que faites-vous donc ? murmura Nathan.

— Un assaut direct n'est pas la seule façon de gagner, lui répondit Sloane dans un chuchotement.

Un déclic des plus satisfaisants se fit entendre ; Sloane actionna la poignée, avec succès cette fois-ci. Il posa son doigt sur ses lèvres pour signifier à Nathan de garder le silence, et franchit furtivement le seuil. Nathan suivit, plus discrètement que Sloane ne l'aurait imaginé. La porte se referma derrière eux dans un faible bruit.

Sloane longea le mur à pas de velours jusqu'à une porte ouverte déversant un flot de lumière dans le couloir. Il pouvait entendre le son feutré de la lutte qui se livrait à la porte d'entrée et à l'intérieur de la pièce une voix masculine s'exclama :

— Mais que se passe-t-il, bon sang ?

Le raclement d'une chaise se fit entendre et juste au moment où un homme corpulent et à la mine renfrognée atteignait le seuil, Sloane se propulsa contre lui, le repoussant violemment dans le bureau où il le plaqua aussitôt contre le mur, lui coupant de ce fait le souffle. Derrière lui, il entendit Nathan refermer la porte et tourner le verrou.

Sloane, qui immobilisait l'homme en plaquant un bras en travers de sa poitrine, sortit un couteau à la lame fine et pointue de sa botte. Il en pressa la pointe contre la gorge de l'homme.

— Où est-elle, Parker ?

— Qui ?

La voix de Parker était bourrue et assurée mais une étincelle de peur brillait au fond de son regard.

— De qui parlez-vous ?

— Je n'ai pas de temps à perdre. Dites-moi où se trouve Annabeth ou vous êtes un homme mort.

— J'ignore de qui vous parlez.

— Savez-vous ce qu'est un stylet, Parker ?

Sloane parlait sur le ton de la conversation mais sa voix avait une froideur à glacer le sang.

— C'est une jolie petite lame que j'ai récupérée auprès d'un Italien à La Nouvelle-Orléans. Elle a la préférence des assassins de ce pays, d'après ce que j'ai compris. Elle est capable de transpercer presque tout, mais juste ici...

Il appuya légèrement le couteau sur le côté du cou de Parker.

— ... ici, là où votre tête et votre colonne vertébrale s'articulent, elle se glissera sans peine et vous serez mort dans l'instant. Ou peut-être simplement paralysé pour le restant de vos jours.

— Je ne sais pas !

Le front de Parker était trempé de sueur.

— Je le jure devant Dieu. Je ne vois pas de quoi vous parlez. Je ne sais pas où elle est ! Ni même qui est cette femme !

— Ma patience envers vous atteint ses limites.

La nervosité de Sloane nouait son estomac tandis qu'une terreur froide envahissait peu à peu son esprit.

— Je ferai tout ce que vous voudrez. Je me retirerai de la zone nord. Elle est toute à vous.

— Très bien. À présent tout ce que vous avez à faire est me dire où elle se trouve.

— Mais je ne le sais pas !

Les derniers vestiges de sang-froid qui restaient à Parker étaient visiblement en train de tomber en poussière.

— J'ignore de qui vous parlez !

— Sloane..., articula Nathan à voix basse.

Sloane jeta un regard dans sa direction et vit ses propres doutes se refléter dans les yeux de l'autre homme.

— Je le crois.

Sloane se tourna de nouveau vers Parker.

— Mieux vaudrait pour vous que ce soit là la vérité. Si jamais j'apprenais que vous aviez quelque chose à voir avec son enlèvement, je vous retrouverais. Peu importe ce que vous ferez et où vous irez, je vous retrouverai. Et vous serez un homme mort.

Sloane abattit violemment son poing et le manche du couteau sur la tête de Parker. L'homme, assommé, glissa lentement vers le sol tandis que Sloane faisait volte-face et se ruait hors de la pièce. Le couloir était désert, les bruits de l'affrontement résonnant encore devant la porte d'entrée. Il jaillit du bâtiment par la sortie située à l'arrière et se glissa en hâte sur le côté de l'édifice.

Il s'en était pris au mauvais criminel. Il n'avait progressé en rien dans sa quête. Même aveuglé par la fureur, il avait été habité par la conviction que Parker ne tuerait pas Annabeth, ni ne lui ferait du mal ; elle était sa monnaie d'échange. Ce genre de garantie s'était envolé à présent. Le coupable pouvait être n'importe qui ; il n'avait pas la moindre idée de l'identité de son ravisseur, de l'endroit où elle pourrait se trouver ou de la manière de la retrouver. Des images d'Annabeth blessée et apeurée emplirent son esprit.

Un puissant sentiment de désespoir s'abattit alors sur lui. La colère et la tension qui avaient nourri sa réaction semblèrent brusquement le quitter et il se laissa glisser contre le mur sans cesser un instant de jurer.

Jamais Sloane ne s'était senti si démuni. Il s'était déjà retrouvé piégé ; il avait été capturé, jeté en prison. Mais il avait toujours été confiant, convaincu qu'il trouverait un moyen de s'en sortir. Il se battrait ; il mentirait ; il trouverait une façon d'exploiter la moindre faille. Mais en cet instant... il n'avait rien à quoi se raccrocher.

Non. Ce n'était pas la vérité. Il pouvait compter sur ce qu'il représentait lui-même. Il avait ses hommes et beaucoup d'argent. Il avait cet homme stupide qui se tenait près de lui, pour ce que cela valait – Nathan toutefois avait mieux résisté que ce qu'il avait imaginé, l'admettre avait beau lui déplaire, il ne pouvait que le reconnaître. Il y avait toujours Lady Lockwood, une femme dont il ne fallait jamais prendre la puissance à la légère. Sloane avait en outre des amis au sein du ministère – ou, du moins, d'anciens collègues –, des hommes qui savaient des choses, et il n'hésiterait pas à faire appel à eux.

Il se releva et chassa le sentiment de terreur qui s'était emparé de lui à l'idée de perdre Annabeth. Il ne pouvait laisser cette pensée prendre possession de son esprit ; il refusait d'accepter la perspective d'un monde dont elle ne ferait pas partie. Il glissa deux doigts dans sa bouche pour lancer deux longs sifflements sonores. Puis il partit vers les fiacres, marchant de plus en plus vite jusqu'à courir franchement.

Derrière lui, ses hommes émergèrent du bâtiment, bientôt suivis par deux acolytes de Parker qui leur lancèrent cris et railleries depuis la porte sans toutefois les poursuivre. Sloane et Nathan atteignirent la calèche qui les attendait et se jetèrent à l'intérieur, trop essoufflés pour pouvoir parler durant quelques instants.

— Je l'ai cru, dit enfin Nathan.

Sloane acquiesça d'un hochement de tête.

— Mais s'il ne l'a pas enlevée…, commença Nathan avant que sa voix ne s'éteigne.

— Alors comment diable allons-nous la retrouver ? dit Sloane pour terminer sa phrase.

Après un moment de silence, Nathan reprit :

— Je suis perplexe. Incapable même d'imaginer par où commencer. Il semble impossible de retrouver une vieille voiture à cheval dans cette ville.

— Nous retournerons chez Lady Lockwood. Nous interrogerons les domestiques et les voisins pour voir si nous pouvons trouver quelques bribes d'informations. C'est peu probable, bien sûr, mais il nous faut explorer toutes les possibilités. Si ce n'est pas mon ennemi qui l'a enlevée, alors il doit s'agir d'un kidnapping contre rançon et Lady Lockwood recevra une demande à un moment donné. Nous verrons bien comment agir à ce moment-là.

Nathan acquiesça et ils poursuivirent leur chemin en silence jusqu'à ce que, après un long moment, il demande :

— L'auriez-vous réellement tué ?

— Non, concéda Sloane et Nathan parut un peu soulagé.

Il poursuivit :

— On ne peut obtenir d'information d'un homme mort.

— Vous ne vous abstenez donc pas de commettre un meurtre en raison de scrupules personnels, réagit Nathan, affichant un petit sourire en coin.

— Ne saviez-vous pas que je suis une mauvaise graine ? La branche tordue de l'arbre généalogique des Rutherford ?

— Vous n'avez pas à m'en convaincre, lui répondit Nathan. J'ai toujours su que vous n'étiez pas quelqu'un d'assez bien. Certainement pas pour Annabeth.

Sloane laissa échapper un léger grognement amusé. Jetant un regard par la fenêtre, il dit :

— Vous ne tarderez pas à apprendre que je suis dépourvu du moindre scrupule lorsque la sécurité d'Annabeth est en jeu. Si Parker l'avait tuée, il serait mort à présent, c'est un fait dont vous pouvez être certain.

Il se tourna alors pour regarder Nathan droit dans les yeux.

— Ne le tueriez-vous pas pour Annabeth ?

Nathan plissa le front à ces mots.

— Oui, si cela devait la sauver. Mais… j'espère que je ne serais pas si impitoyable. Si insensible.

— Eh bien, Nathan, je croyais que vous le saviez, dit Sloane d'un ton désinvolte. Je n'ai pas de cœur.

Son compagnon lâcha un grondement irrité à ces mots.

— Vous en plaisantez, bien sûr. Mais je vous connais depuis l'âge de mes premiers pas. Vous avez toujours été coléreux, agaçant et impoli…

— Prenez garde, vous allez me tourner la tête, intervint Sloane d'un ton railleur.

Nathan ignora ses paroles.

— Mais vous n'étiez pas ainsi. Le Sloane que j'ai connu n'était pas froid et endurci comme vous l'êtes. Il n'aurait pas espionné pour le compte de l'ennemi ou pris la tête d'une bande de voyous.

Sloane leva une épaule négligemment.

— Oui, eh bien, sachez une chose, ce Sloane est mort il y a bien longtemps.

8

Annabeth eut tout d'abord conscience d'être étendue sur quelque chose de dur. Lentement son esprit flotta pour revenir à la conscience. Elle ouvrit alors les paupières et découvrit un mur recouvert de peinture blanche écaillée. Voilà qui était des plus étrange. Elle était manifestement allongée sur le sol. Elle commença à se redresser pour s'asseoir et sa tête se mit à tournoyer. Elle se redressa pour s'appuyer contre le mur et cette décision sembla aussitôt bénéfique. Sa nausée s'apaisa et son sentiment d'étourdissement se mua en une douleur lancinante dans la tête.

Elle parcourut lentement du regard l'espace qui l'entourait. La pièce était vide à l'exception d'un seau placé dans un coin, et un corps était étendu sur le sol à quelques mètres d'elle. Judy ! Annabeth parcourut en rampant la courte distance qui la séparait de sa femme de chambre et posa les yeux sur elle. La pommette de Judy était rouge et enflée. Il y avait deux ou trois marques rouges supplémentaires sur son bras ainsi qu'une coupure, longue et superficielle.

Ces hommes. Annabeth ferma les paupières, se souvenant d'être sonnée et d'avoir navigué entre conscience et inconscience tandis que quelqu'un la portait dans le couloir. La lueur vacillante d'une lanterne. Un plancher usé et un étroit couloir. Il l'avait portée après l'avoir jetée par-dessus son épaule, et elle avait eu le sentiment que sa tête risquait d'exploser à cause du sang qui s'y propulsait violemment. Puis il avait franchi le seuil d'une pièce et sa tête avait percuté le chambranle – un accident, sans doute, mais cela l'avait assommée malgré tout.

Tout comme ce qui s'était produit dans la calèche. La mémoire lui revenait peu à peu – il y avait eu cette voiture à cheval remontant la rue, ces hommes et une lutte violente. Elle baissa les yeux et constata que plusieurs marques rouges s'épanouissaient également sur ses bras. Mais Judy s'était battue avec bien plus d'acharnement qu'elle et Annabeth se souvint de son corps inanimé emporté par les hommes jusqu'à la calèche.

— Judy, murmura-t-elle.

Si quelqu'un montait la garde dans le corridor, elle ne voulait pas qu'il entende quoi que ce soit.

— Judy, réveillez-vous.

Elle tapota la joue de la femme et regretta de ne pas avoir avec elle un flacon de sels pareil à celui que sa grand-mère emportait toujours avec elle.

Ses pensées se portèrent sur Nathan. Était-il gravement blessé ? Elle serra la mâchoire de colère en se remémorant le moment où l'homme lui avait administré un coup de pied dans la poitrine pour le faire chuter dans la rue. Elle voulait savoir au plus tôt comment il se portait.

Elle continua de répéter le nom de sa femme de chambre et de tapoter sa joue, allant même jusqu'à secouer Judy doucement, et enfin celle-ci ouvrit les yeux et posa son regard vague sur Annabeth.

— Judy. Réveillez-vous. Je sais que vous êtes blessée, mais je crois qu'il nous faut être alertes et prêtes à… eh bien, faire quelque chose.

— Bon sang, murmura Judy, portant aussitôt ses mains à sa tête.

Son regard se fit un peu plus vif.

— Miss, dit-elle d'un ton teinté d'inquiétude.

À mi-voix, elle prononça un autre mot qu'Annabeth n'avait jamais entendu de sa vie mais qui selon elle était plus proche du juron que du compliment. Judy grogna alors sourdement et referma les paupières.

— Ma pauv'tête, gémit-elle.

— Je suis vraiment désolée. Ils vous ont frappée. Votre joue est rouge et gonflée. Je pense que vous devez avoir un vilain bleu à cet endroit.

— Ce n'est pas ma joue. C'est l'arrière d'mon crâne.

Elle fit pivoter sa tête et Annabeth l'examina de plus près.

— Oh. Vous avez une grosse bosse en effet. Mais je ne crois pas qu'elle saigne.

— Sales ordures, jura Judy en grimaçant.

— Voulez-vous vous relever ?

Annabeth tendit sa main vers elle pour l'aider.

— Non…, fit Judy en soupirant et en plaçant sa paume dans celle d'Annabeth. Mais il l'faut bien.

Annabeth tira sur son bras, et Judy se redressa en s'aidant de son autre main. Bien que fort pâle, elle réussit à se tenir sur ses pieds. L'une de ses manches était à moitié déchirée, sa charlotte blanche de femme de chambre avait été arrachée dans la lutte et ses cheveux châtains pendaient sur ses épaules. Voilà qui la rendait quelque peu différente.

Annabeth était certaine d'avoir l'air différente, elle aussi. On avait fait tomber son chapeau et ses cheveux étaient ébouriffés par endroits. Ses jupes étaient entièrement souillées de poussière. Elle ressentait d'intenses picotements sur sa joue, à l'endroit où l'homme l'avait giflée, et se demandait si son visage allait enfler et laisser apparaître un hématome comme celui de Judy.

L'autre femme jeta des regards à travers la pièce.

— Cet endroit n'est pas très agréable, n'est-ce pas, Miss ?

— Non, en effet. Je serais très heureuse de le quitter.

— Dans ce cas, j'crois qu'il va nous falloir voir ce qu'on peut faire à c'sujet.

Les deux femmes s'aidèrent l'une l'autre à se remettre sur pied. Judy gagna la porte et s'agenouilla pour examiner la serrure.

— Diable ! lança-t-elle.

— Qu'y a-t-il ? Puis-je aider ?

— Non, répondit Judy, en plongeant les doigts dans sa chevelure. Je cherche mes épingles, voilà tout. Ahah !

Elle tritura maladroitement l'encolure de sa robe et sortit deux petites tiges métalliques.

— J'les emporte dans mon chignon, vous voyez, et j'ai eu peur de les avoir perdues. Mais elles étaient juste tombées dans l'col de ma robe. C'est une chance, ça.

Nathan avait raison, se dit Annabeth tandis qu'elle regardait Judy s'attaquer à la serrure. Voilà une femme de chambre des plus inhabituelles, en effet.

— Vous semblez terriblement douée, nota-t-elle.

Judy sourit, semblant presque avoir retrouvé son état normal.

— *Aye*, c'est vrai.

— Comment faites-vous... Étiez-vous voleuse avant de devenir femme de chambre ?

Judy jeta un regard à Annabeth par-dessus son épaule.

— J'ai p't'être dérobé quelques objets par le passé, c'est vrai. Mais j'ai abandonné mon ancienne vie. J'ai choisi un travail respectable maintenant.

— Je vois.

Judy sourit à Annabeth.

— Ne vous inquiétez pas. Je n'ai jamais rien volé chez vous.

— Je n'imaginais pas que vous l'ayez fait, lui assura Annabeth.

Un petit bruit métallique résonna de l'autre côté de la porte au moment où la clé tomba de la serrure, puis il y eut un petit déclic et Judy put tourner la poignée. Elle entrebâilla légèrement le battant et Annabeth s'approcha. Devant ses yeux se déployait l'étroit couloir au plancher brut qu'elle se souvenait avoir vu quand on la portait. Et l'endroit était désert et silencieux comme une tombe.

Avec mille précautions Judy ouvrit la porte juste assez pour inspecter l'autre côté du couloir.

— Personne en vue, lâcha-t-elle.

Elle ouvrit la porte davantage et se glissa dans le corridor, examinant un côté puis l'autre. Finalement, elle désigna une direction d'un signe de tête en murmurant « Par ici » avant de se pencher pour ramasser la clé tombée au sol.

— Pourquoi la prendre ? questionna Annabeth à voix basse.

— On n'peut jamais savoir à l'avance si quelque chose sera utile. Silence maintenant.

Elle s'engagea dans le couloir presque sans bruit, se tenant aussi près que possible du mur.

Annabeth la suivit, ses propres bottines se révélant tout aussi silencieuses. Elles atteignirent une cage d'escalier et entamèrent la descente des marches à pas de velours. L'une des planches émit alors un craquement sourd et Judy recula et se figea un instant. Constatant que le bruit ne faisait surgir personne, elle contourna prudemment l'endroit où le grincement avait retenti et poursuivit sa descente, suivie d'Annabeth. Au bas des marches se déployait un couloir semblable à celui de l'étage. Une porte se dressait à l'une de ses extrémités.

Après avoir échangé un regard signant leur accord mutuel, elles s'avancèrent vers la porte mais durent stopper quand des voix d'hommes s'échappèrent d'une pièce située un peu plus loin devant elles dans le couloir. Elles se figèrent sur place tandis que les voix enflaient de colère.

— ... les deux. Il va nous tuer. Il ne voulait que l'une d'elles. Pourquoi diable avoir emmené l'autre également ?

— Ce n'est pas ma faute ! Elle refusait d'abandonner.

Les femmes commencèrent à reculer doucement. La porte de la pièce étant ouverte, jamais elles ne pourraient passer sans que les hommes les voient. Judy pointa le doigt en direction de l'endroit d'où elles étaient venues. De l'autre côté, un autre couloir s'ouvrait à l'extrémité du corridor. Elles opérèrent un demi-tour en silence et tournèrent dans cet autre couloir. Celui-ci, plus long encore, menait à un mur. Il était bordé de portes ouvertes – sauf une, située tout au fond – sur la droite mais n'était percé d'aucune ouverture sur son côté gauche.

Elles coururent aussi vite que possible dans un silence parfait, jetant un regard par-dessus leur épaule de temps à autre pour vérifier qu'elles n'étaient pas suivies. La porte au bout du couloir était robuste et fermée à clé. Elle pourrait, bien sûr, ne mener qu'à une autre pièce et elles se trouveraient alors dans une impasse. Mais l'absence de pièces sur la gauche, tout comme la présence du verrou sur la porte, indiquait qu'il s'agissait d'un mur derrière lequel se déployait la rue. Et, en toute sincérité, quel autre choix s'offrait à elles ?

— Pouvez-vous crocheter la serrure ? murmura Annabeth.

Il s'agissait là d'une phrase qu'elle n'avait jamais imaginé prononcer un jour.

— Oui, mais ceci pourrait être plus rapide.

Judy plongea la main dans la poche de sa jupe et en sortit la clé de la chambre où elles avaient été enfermées à l'étage. Elle la glissa dans la serrure et la fit tourner. Quelques efforts furent nécessaires et le verrou laissa échapper un petit couinement, mais il s'ouvrit.

Judy jeta un coup d'œil à l'extérieur puis ouvrit largement la porte. Face à elles, de l'autre côté d'une étroite ruelle, s'élevait le mur d'une autre bâtisse. Après avoir jeté un dernier regard derrière elle, Annabeth suivit Judy à l'extérieur et elles refermèrent la porte en silence. Judy prit le temps de la verrouiller à nouveau et glissa la clé dans sa poche.

— Comment saviez-vous que cette clé pourrait convenir pour une porte d'entrée ? chuchota Annabeth avec étonnement tandis qu'elles s'éloignaient de la maison en courant.

— Je sais juste c'bien les gens sont radins et paresseux, fit Judy en secouant la tête. Et ils sont imprudents aussi. L'est moins cher et plus facile d'avoir les mêmes serrures et une seule clé pour les ouvrir toutes.

Elle eut un petit haussement d'épaules et ralentit le pas au moment où elles atteignaient une intersection.

Elles jetèrent des regards à droite et à gauche dans la ruelle transversale. Celle-ci était étroite et il s'en dégageait une impression générale de délabrement, les bâtiments la bordant étant tous vieux et crasseux. Il était évident qu'elles n'étaient plus à Mayfair. Judy tourna vers la droite et s'engagea à vive allure dans la rue, en évitant de croiser le regard de quiconque.

— Pourquoi être partie dans cette direction ? demanda Annabeth.

Sa femme de chambre lui dispensait sans nul doute des leçons bien peu ordinaires. Mais elles se révélaient probablement plus utiles que celles qu'elle avait reçues pour apprendre à marcher comme une vraie lady.

Judy eut un petit haussement d'épaules.

— Il nous faut nous éloigner aussi loin qu'possible de ce bâtiment. Ils vont essayer de nous retrouver.

— Les gens se souviendront de nous. Nous devons avoir une allure épouvantable.

Judy baissa les yeux vers sa robe, poussiéreuse et déchirée.

— *Aye*, eh bien… ce n'est pas un endroit où l'on est choqué par quoi que ce soit. Ni un lieu où les gens sont susceptibles de jaser… à moins qu'on ne leur propose quelques pièces.

Elles continuèrent de marcher à vive allure, tournant fréquemment dans différentes rues jusqu'à ce qu'Annabeth se sente perdue. Avec un peu de chance leur trajectoire erratique déconcerterait également leurs poursuivants. L'angoisse étreignait sa poitrine, ses paumes étaient moites. Judy, à l'inverse, paraissait parfaitement calme et alerte, évaluant sans relâche et avec discrétion la dangerosité des rues et des personnes qui les entouraient.

Annabeth se demandait quelle sorte d'existence Judy avait menée avant tout cela et comment elle en était arrivée à prendre un emploi de domestique. Elle était visiblement habituée à fréquenter des rues telles que celles-ci, des rues qu'Annabeth, malgré toutes ses années passées à Londres, n'avait jamais vues.

Elles atteignirent enfin une artère plus large, et des bâtiments de meilleure facture commencèrent à apparaître au milieu des bâtisses vétustes. Puis, au loin, Annabeth aperçut le dôme de la cathédrale St. Paul et son cœur se fit plus léger. Mais ce ne fut qu'après que Judy eut hélé un fiacre et que celui-ci se fur arrêté pour les prendre à son bord qu'elle fut en mesure de se détendre et pour la première fois de réfléchir à autre chose qu'à leur fuite.

— Pourquoi nous ont-ils kidnappées ? demanda Annabeth à Judy tandis que le fiacre continuait de rouler.

— Aucune idée. J'ai eu l'impression qu'ils étaient censés n'enlever que vous. Peut-être voulaient-ils que vot'grand-mère leur donne de l'argent. Ou peut-être...

Elle jeta un regard lourd de sens à Annabeth.

— Ou peut-être que Sloane avait raison, dit Annabeth pour terminer sa phrase, tout en lâchant un profond soupir. J'aurais dû l'écouter mais cela paraissait si stupide, et je... Eh bien, c'est quelqu'un à qui je ne peux plus accorder ma confiance.

Elle s'interrompit un instant, le temps de jeter un regard par la fenêtre, puis dit :

— Pensez-vous que ce sont les mêmes personnes qui se sont introduites dans ma maison de ville l'autre jour ?

— Je ne sais pas, Miss. On dirait que ce n'est pas le cas... Enfin, j'veux dire, entrer par effraction dans une maison et tout mettre sens dessus dessous, c'est sans comparaison avec l'enlèvement d'une lady.

— Mais c'est une coïncidence troublante, ne pensez-vous pas, que ces deux événements aient eu lieu à si peu d'intervalle ?

— Oui, c'est vrai, acquiesça Judy, l'air soucieux. J'ne peux l'expliquer.

Quand le fiacre fit halte devant la demeure de Lady Lockwood, Annabeth ressentit une joie si intense qu'elle faillit fondre en larmes. Dès que la voiture se fut arrêtée, elle la quitta d'un bond et grimpa en courant les marches du perron, Judy sur ses talons. Le cocher du fiacre poussa des rugissements de protestation en les voyant ainsi partir.

Le valet de pied qui se trouvait dans la demeure sursauta brusquement en entendant la porte d'entrée s'ouvrir.

— Miss Winfield ! Vous êtes vivante, s'écria-t-il en l'apercevant.

— Oui, Harris, en effet ! Voulez-vous bien payer le cocher du fiacre, je vous prie ?

Pendant qu'il bondissait pour intercepter l'homme arrivant d'un air furieux, Annabeth et Judy traversèrent le vestibule en courant pour rejoindre la pièce d'où s'élevaient des éclats de voix.

— Ne restez donc pas planté là, jeune homme, faites donc quelque chose ! protesta Lady Lockwood.

— Croyez-moi, je voudrais vraiment le pouvoir ! répliqua Sloane avec emportement.

Annabeth s'arrêta un instant puis s'avança de nouveau.

— Je vous en prie, Lady Lockwood, pourquoi ne vous asseyez-vous donc pas ? proposa aimablement Nathan.

— Si j'avais la moindre idée de l'endroit où elle se trouve, j'y serais déjà en cet instant précis, poursuivit Sloane. J'ai parlé…

— *Nous* avons parlé, intervint Nathan.

— Nous avons parlé à chaque maudit domestique, résident des lieux ou passant, et personne n'a rien vu.

Annabeth et Judy, le son de leurs pas rendu inaudible par le fracas des voix mécontentes, s'arrêtèrent sur le seuil de la pièce. Face à elles, Lady Lockwood se tenait debout devant son fauteuil. Sloane et elle se fusillaient mutuellement du regard tandis que Nathan tentait de prendre d'un geste hésitant le bras de Lady Lockwood pour l'amener à s'asseoir dans le fauteuil. Pétunia s'était sagement retirée dans le coin le plus éloigné de la pièce, trouvant refuge sous une table basse.

— C'est vous qui frayez avec des voyous et des canailles, dit Lady Lockwood en pointant sa canne vers Sloane. Allez donc demander à vos amis où se trouve ma petite-fille.

La voix de la femme âgée tremblait de colère.

— Oh ! voulez-vous bien cesser de virevolter tout autour de moi, Nathan. Je n'ai aucunement envie de m'asseoir, fit-elle, en ponctuant ses paroles de coups de canne frappés au sol.

Annabeth était comme hypnotisée par la scène. Jamais elle n'avait vu Sloane afficher pareille allure, veste froissée, cravate chiffonnée, cheveux ébouriffés comme s'il n'avait cessé d'y enfouir fébrilement les mains, visage marqué par un sentiment de... était-il possible qu'il s'agisse de peur ?

Elle tenta de se faire entendre mais ses paroles se noyèrent au milieu des éclats de voix. Judy glissa alors deux doigts dans sa bouche et émit un sifflement perçant. Tous les protagonistes de la discussion sursautèrent et, subitement silencieux, se tournèrent vers la porte.

— Annabeth...

Le visage de Sloane se détendit instantanément, son corps entier semblant s'affaisser sous l'effet du soulagement. Il esquissa quelques pas vers elle mais stoppa net en voyant Nathan se précipiter à son encontre.

— Annabeth, chérie, allez-vous bien ? demanda-t-il en l'attirant entre ses bras et la serrant fort contre lui. Dieu soit loué, j'étais littéralement fou d'inquiétude.

Lady Lockwood émit un grognement de mécontentement sonore et asséna :

— Enfin, Dunbridge, maîtrisez-vous donc, voyons.

Nathan relâcha Annabeth et recula d'un pas, serrant sa main quelques instants encore tandis que son regard parcourait ses traits d'un air inquiet. Il inspira profondément.

— Votre visage...

Sa main approcha sans la toucher sa joue rougie.

— Que s'est-il passé ? Quelqu'un vous a-t-il frappée ?

— Je vais bien, Nathan, je vous l'assure.

Le regard d'Annabeth se porta un peu plus loin pour se poser sur Sloane.

— Que faites-vous là ?

— Où pourrais-je me trouver si ce n'est ici ? Vous aviez disparu !

— Où donc vous trouviez-vous, jeune fille ? lança Lady Lockwood d'un ton de réprimande.

— En toute sincérité, je n'en ai pas la moindre idée. Nous avons été jetées dans une voiture et je me suis réveillée dans une pièce fermée à clé, mais nous nous sommes échappées. Voilà tout ce que je sais.

Lady Lockwood affichait un air passablement contrarié.

— Voilà qui est des plus aberrant: Je ne sais pas ce qu'il arrive à cette ville, avec ces voleurs et kidnappeurs courant en tous lieux.

Elle fit volte-face et pointa sa canne vers Judy.

— Et qu'en est-il de vous ? Pourquoi l'avoir laissé se faire ravir ainsi ?

Pour la toute première fois depuis l'arrivée des deux jeunes femmes, Sloane et Nathan portèrent leur regard vers Judy, restée jusqu'à cet instant sur le pas de la porte.

Sloane la fixa longuement et, l'air abasourdi, lança :

— Verity ?

9

Annabeth le fixa d'un air perplexe. Verity ? Vérité ? De quoi Sloane parlait-il ?

Judy poussa un lourd soupir et s'avança dans la pièce.

— Oui, Sloane, c'est bien moi.

Dans sa voix ne subsistait soudain plus aucune trace de son accent du Yorkshire.

Nathan la dévisagea, bouche bée.

— Diable ! Mais qui êtes-vous donc ?

La femme de chambre se tourna vers Nathan. Elle planta un poing sur sa hanche, son impertinence se manifestant de nouveau avec sa vigueur habituelle.

— Bonjour, monsieur, énonça-t-elle avec un accent français. À Paris, je suis Angélique.

Sa voix se modifia de nouveau.

— Et à Bahston, dans le Massachusetts, je suis Mercy. Mais en Caroline du Sud, eh bien, je suis juste cette bonne petite Clara Ann. Ici et maintenant, j'm'appelle Judy.

Après avoir repris son accent familier du Yorkshire, elle se redressa et, avec le ton cristallin d'une lady anglaise, poursuivit :

— Mais ma mère m'a nommée Verity.

Tout le monde la fixa, bouche bée, durant quelques instants. Nathan lâcha un petit ricanement.

— Un prénom dont on peut dire qu'il est bien peu approprié.

— Pour vous, je suis Miss Cole, répliqua Judy.

Annabeth se sentait prise de vertige. Judy n'était donc pas une voleuse devenue femme de chambre. Elle était... qu'était-elle, à vrai dire ? Annabeth ne parvenait qu'à la fixer sans réussir à former la moindre pensée cohérente. Sloane, toutefois, ne semblait pas souffrir de ce problème. Il s'avança à grands pas vers l'autre femme, ses yeux lançant des éclairs.

— Ainsi voici la raison pour laquelle votre bureau était fermé. Vous étiez en train d'espionner Annabeth ? Que diable se passe-t-il ? Pour qui travaillez-vous ?

— Vous m'espionniez ?

Annabeth savait qu'il était stupide de ressentir un tel sentiment de trahison. Ce n'était pas comme si Judy était une amie de longue date ; Annabeth la connaissait depuis seulement un peu plus de deux semaines.

— Non ! tonna Judy en se tournant vers Annabeth. Vous devez me croire, ce n'était absolument pas le cas. J'étais juste...

Sloane prit la femme de chambre par le bras, ses traits trahissant une colère non feinte. N'importe qui d'autre qu'elle aurait voulu s'écarter de lui, mais elle se contenta de relever le menton et de lui adresser un regard tout aussi furieux que celui qu'il posait sur elle.

— Retirez votre main si vous voulez la garder.

— Je veux des réponses, cingla-t-il, la relâchant et reculant d'un pas. Après tout le temps où nous avons été ensemble, je crois mériter un peu d'honnêteté de votre part.

Ensemble ? Annabeth, brusquement prise de nausée, plaça instinctivement sa main sur son ventre. Judy et Sloane avaient été... quoi, au juste ? Mari et femme ? Amants ? Bien sûr, Sloane devait avoir fréquenté d'autres femmes, elle en était fort consciente. Il en avait aimé d'autres qu'elle. Douze années s'étaient écoulées, après tout. Mais que pareille réalité lui soit ainsi jetée au visage, voilà qui était tout à fait autre chose.

— Pour qui travaillez-vous ? Pourquoi cette personne veut-elle faire du mal à Annabeth ? s'enquit Sloane avant de poursuivre, sa bouche se tordant de dégoût : Jamais je n'aurais cru possible que vous acceptiez de faire subir pareil sort à une innocente jeune femme.

— Je ne lui ai rien fait à part mettre des épingles dans ses cheveux, cingla Judy (non, Verity) en plantant ses deux poings sur ses hanches d'un air pugnace.

Nathan intervint à son tour.

— Sommes-nous censés croire qu'il n'est que coïncidence que vous vous soyez glissée dans la peau de la femme de chambre d'Annabeth juste au moment où quelqu'un s'en prenait à elle ? Vous travailliez avec ces canailles, les informant du moment et de l'endroit où...

— Oh ! oui, bien entendu ! s'exclama Verity d'un ton plein de mépris en se tournant vers Nathan. C'est une évidence, je travaillais avec les hommes qui m'ont frappée au visage, tapée sur la tête et entaillé le bras.

Elle esquissa un geste en direction de la manche déchirée et ensanglantée de sa robe, à l'endroit où une fine ligne rouge courait le long de son bras.

— Je n'ai jamais agi contre Miss Winfield. C'est moi qui me suis battue pour lui venir en aide. Moi qui l'ai tirée des griffes des ravisseurs pendant que vous tous vous teniez assis ici, attendant et parlant à vos voisins.

— Elle a raison, acquiesça Annabeth. Elle a fait tout son possible pour empêcher mon kidnapping et je suis certaine que je n'aurais pu m'échapper sans elle. Je ne peux croire que Judy, hum, Verity ait eu la moindre part dans ce complot. Aussi étrange que cela puisse paraître, je pense qu'il doit y avoir deux personnes différentes qui essayent de... faire quelque chose.

— Jamais je ne vous ai espionnée, assura une nouvelle fois Verity à Annabeth. Et je suis désolée d'avoir eu à vous mentir.

— Alors que faisiez-vous, que diable ? demanda Sloane.

— J'essayais de trouver quelque chose.

— Et de quoi s'agissait-il ? Allons, voyons, Verity, livrez-nous donc la vérité !

— Je ne peux la dire, répliqua la jeune femme, exaspérée. J'agis pour notre ancien patron.

Elle jeta un regard de toute évidence éloquent à Sloane et ce dernier parut soudain sidéré.

— Asq...

Il ne prononça pas le nom tout entier.

— Vous plaisantez ?

— Pensez-vous que je plaisanterais à son sujet ?

— Je ne comprends pas, intervint Annabeth. Que recherchiez-vous ? Pour quelle raison ? Qui est votre ancien patron ?

— L'homme pour lequel nous travaillions durant la guerre, répondit Verity.

— Verity..., commença Sloane sur un ton d'avertissement.

— Qu'y a-t-il ? Il n'y a plus de raison de le cacher, non ? répliqua Verity.

Elle se tourna vers Annabeth.

— Cet homme était le maître espion aux ordres duquel nous étions Sloane et moi.

— Le maître espion ! s'exclama Annabeth, abasourdie.

— Vous voulez dire que vous espionniez également pour le compte des Français ? demanda Nathan, au comble de l'étonnement.

Verity regarda Nathan d'un air offensé.

— Pas pour les Français, voyons ! Pour le compte de l'Angleterre. Nous travaillions tous deux pour le ministère des Affaires étrangères.

— Ciel ! s'écria Lady Lockwood avant de se laisser retomber sur son siège.

Annabeth avait oublié la présence de sa grand-mère ; jamais Lady Lockwood n'était restée si longtemps silencieuse lors d'une conversation. Mais sa grand-mère se remit rapidement de son choc et tendit le bras pour piquer la jambe de Sloane du bout de sa canne.

— Quelle idée vous est donc passée par la tête, jeune homme ? Pourquoi ne pas nous avoir dit ce que vous faisiez réellement ?

— Il est assez contreproductif de raconter en tous lieux qu'on est secrètement un espion, répondit Sloane tout en se déplaçant pour se trouver hors d'atteinte de sa canne.

Lady Lockwood lâcha un petit ricanement.

— Vous voulez plutôt dire que vous êtes trop fier pour vous expliquer.

Annabeth eut l'impression qu'un poignard venait de transpercer sa poitrine. *Sloane ne me l'avait pas dit. Il ne se fiait pas suffisamment à moi pour m'apprendre la vérité.* Elle se laissa retomber sur le divan le plus proche et jeta un regard en direction de Nathan. Ce dernier paraissait aussi choqué et confus qu'elle. Au moins ne ressentait-il pas la douleur produite par cette révélation.

— Vous n'avez toujours pas dit ce que vous recherchez, jeune demoiselle, reprit Lady Lockwood, qui avait clairement retrouvé son aplomb. La guerre est finie depuis des années désormais et il n'y aurait de toute façon rien eu ici en rapport avec ce sujet. Alors pour quelle raison étiez-vous occupée à fouiner ?

— Je ne peux en parler, madame.

Verity adressa un autre regard lourd de sens à Sloane. Le visage de ce dernier se referma alors, son expression se faisant subitement dure et lointaine.

Verity poursuivit :

— Je n'y suis pas autorisée. C'est pour le compte des autorités. Je ne peux le dire à personne.

— Un instant je vous prie, dit Annabeth d'une voix pleine de défiance en se levant de nouveau. Le regard que vous venez tous deux d'échanger ne m'a pas échappé. Vous cachez quelque chose, l'un comme l'autre. De quoi s'agit-il ? Dites-le-moi. Je mérite de le savoir. C'est moi qui ai été frappée, transportée tel un sac de farine et enfermée à clé. Que se passe-t-il ?

— C'est ce que je compte découvrir, répondit Sloane d'un air grave. Verity, venez avec moi. Il nous faut avoir une conversation avec lui.

— Attendez. Je viens aussi, lança Annabeth.

— Et moi également, déclara Nathan.

— Non, en aucun cas, asséna Sloane, leur lançant un regard dur comme l'acier.

Il pointa un doigt vers Annabeth.

— Vous, vous restez ici. Et vous (son doigt lancé avec encore plus de vigueur en direction de Nathan), voyez si vous êtes capable d'assurer la protection d'Annabeth durant quelques heures.

Tous se mirent à protester bruyamment, mais Sloane les ignora et, après avoir adressé un geste à Verity, sortit à grands pas de la pièce.

— Espèce d'imbécile arrogant, lâcha Verity à mi-voix, mais elle tourna les talons à son tour et franchit la porte à sa suite.

Sloane gagna la rue pour héler un fiacre. Il entendit les pas de Verity derrière lui, mais il ne pouvait pas se résoudre à lui parler. Il se sentait toujours prêt à exploser. Où étaient passés tous ces maudits fiacres ? Juste au moment où l'on avait besoin d'eux, voilà qu'ils devenaient soudainement introuvables.

— Sloane, pour l'amour du ciel, voulez-vous bien ralentir ? lança Verity tout en courant presque pour le rattraper. Mes jambes ne font pas deux kilomètres de long et je viens de passer l'après-midi à me battre et à courir en tous sens pour tenter de sauver votre bien-aimée.

— Elle n'est pas ma... Oh ! au diable tout cela !

Sloane stoppa net et se tourna vers elle.

— Pourquoi ne pas m'avoir dit ce que vous faisiez ?

— Parce que je ne voulais pas vous affecter ! cingla Verity. Je savais que cela ferait resurgir en vous tous vos vieux souvenirs et votre douleur.

Elle croisa les bras et le fusilla du regard.

— Bien qu'en voyant la façon dont vous vous comportez, je ne sais vraiment pas pourquoi j'ai pris la peine d'essayer de vous protéger.

— Moi non plus, répliqua-t-il. Ce n'est pas là votre style.

Les yeux de Verity s'écarquillèrent sous l'effet de la stupéfaction et elle passa devant lui tout en agitant sa main en direction d'un fiacre tout juste apparu au coin de la rue.

Sloane soupira.

— Attendez, dit-il tout en rejoignant Verity. Je suis désolé. Je n'aurais pas dû parler ainsi. J'avais juste envie d'en découdre et vous en avez fait les frais car vous étiez près de moi en cet instant. Je ne le pensais pas. Vous êtes la seule au sein du réseau qui soit pourvue d'un cœur.

Verity grimaça à ces mots.

— N'ébruitez pas cette information, voulez-vous ? Vous ruineriez ma réputation.

Il sourit faiblement. En dépit de la pointe d'agacement dans sa voix, il savait qu'elle lui avait pardonné son offense.

— Je ne vous en veux pas, c'est là l'entière vérité. C'est Asquith que j'aimerais étrangler. Que diable mijote-t-il ? Et pourquoi entraîner Annabeth dans cette affaire ? Elle n'a jamais rien su de tout cela. Rien me concernant. Rien à propos de son père. Absolument rien.

— Je le sais. Mais, vraiment, cela n'a rien à voir avec Annabeth ; cela concerne son père.

— Bien entendu.

— Asquith veut des documents ayant appartenu à Hunter. Je n'ai pas tenté d'obtenir des informations de la bouche d'Annabeth ou de l'espionner, c'est là la vérité. Je n'ai fait que chercher.

— Mais que recherchiez-vous ? Qu'y a-t-il qui pourrait avoir de l'importance après toutes ces années ?

— Je lui laisserai le soin de vous l'expliquer. Tout ceci me semble un peu obscur.

Le fiacre qu'elle avait hélé stoppa près d'eux et Sloane transmit au cocher l'adresse du bureau d'Asquith. Verity se tourna vers lui d'un air surpris.

— Nous ne pouvons nous rendre là-bas. Je lui enverrai un message et il nous retrouvera au pub qui servait de cadre à nos rendez-vous.

Sloane l'aida d'une poussée à monter dans la voiture.

— Pas aujourd'hui. Je n'attendrai pas comme un loyal toutou qu'il apparaisse selon son bon plaisir. Nous allons affronter le lion dans sa tanière.

Verity haussa légèrement les épaules et s'assit. Sloane grimpa dans la voiture, s'installa auprès d'elle puis le véhicule se mit à rouler. Il garda le silence un instant, puis dit :

— Je suis surpris que vous ayez accepté de travailler pour lui. Si mes souvenirs sont exacts, vous deux ne vous êtes pas séparés dans les meilleurs termes.

— Non, à moins que vous considériez comme un exemple de conversation courtoise le fait que je menace de lui trancher la gorge.

La remarque fit naître un léger sourire sur les lèvres de Sloane.

— Alors pourquoi avoir accepté ce travail ? Du reste, pourquoi a-t-il fait appel à vous ?

— Il ne l'a pas fait. Il a embauché quelqu'un d'autre, Richard Forester, et c'est Richard qui m'a proposé le travail. Forester n'est pas un mauvais enquêteur, mais il savait qu'il ne pourrait s'acquitter de la tâche aussi aisément que moi. En toute franchise, je pense que mener l'enquête au sein de l'aristocratie l'intimidait grandement. Et chacun sait que je suis la plus douée pour ce qui est de se déguiser.

— C'est vrai. Je ne vous ai presque pas reconnue avec cette couleur de cheveux.

— Le point le plus crucial pour se glisser dans la peau d'une domestique est de ne rien faire pour attirer l'attention : vêtements mornes, cheveux tout ce qu'il y a de plus ordinaires, ne jamais regarder les gens dans les yeux.

Elle tira une mèche de cheveux devant ses yeux pour l'examiner.

— La teinture s'effacera. Au bout d'un moment.

Elle soupira et laissa retomber la boucle.

— Je dois dire que vous auriez pu attendre et me laisser faire un brin de toilette. Je ressemble à une loque.

— Absolument pas, voyons, répondit Sloane, d'un ton plein de désinvolture.

Verity ricana à ces mots.

— Ma robe est toute tachée, l'une de ses manches est pratiquement arrachée, j'ai du sang sur le bras et plus une seule épingle ne retient mes cheveux qui semblent avoir été piétinés par une troupe de rats.

Elle lui jeta un regard sévère.

— Non pas que vous offriez une apparence bien plus attrayante. À quoi étiez-vous donc occupé ? Vous êtes-vous battu dans la boue ?

Il haussa légèrement une épaule.

— J'ai essayé de trouver Annabeth. Qui vous a toutes deux kidnappées ?

Elle lui lança un regard surpris.

— Je croyais que c'était cet homme, Parker, qui avait ordonné ce rapt, celui contre lequel vous aviez mis Annabeth en garde.

— C'était ce que je pensais jusqu'à ce que je l'interroge aujourd'hui. Il a nié et vous savez combien je peux me montrer persuasif.

— C'est en effet une façon de décrire les choses, concéda Verity en haussant un sourcil.

— Je l'ai cru. Maintenant que je sais qu'Asquith est impliqué, je pense que cela pourrait être en rapport avec tout autre chose.

— L'Araignée n'a rien dit à propos du fait que quelqu'un d'autre cherche la même chose que lui.

Verity avait utilisé l'ancien nom de code employé par Asquith au sein du réseau. Sloane comprenait ; il était difficile de penser à Harold Asquith dans un autre contexte que celui de la toile obscure et secrète qu'il avait tissée.

— Et pour quelle raison aurait-il voulu enlever Annabeth alors qu'il savait que j'étais avec elle, occupée à chercher ce papier ? Il ne m'aurait certainement pas kidnappée, moi aussi.

— Chercher ce papier ? questionna Sloane.

— Il s'agit d'une confession que Hunter Winfield a peut-être rédigée. Elle pourrait figurer dans une lettre ou être notée sur un morceau de papier, qui pourrait être caché n'importe où.

— Voilà qui est très précis, dites-moi, fit Sloane en esquissant un sourire taquin.

— Oui, tout ceci me semble très improbable. Richard ne parvenait pas à expliquer l'affaire car il ne la comprenait pas, c'est la raison pour laquelle il m'a transmis cette tâche. Il a organisé une rencontre avec son client, et c'est à ce moment-là que j'ai découvert qu'il s'agissait d'Asquith. Bien sûr, Richard n'a pas la moindre idée de qui est Asquith ou de ce qu'il fait, ce qui explique également pourquoi il a eu tant de mal avec les instructions qui lui ont été données. L'Araignée s'est comporté de manière aussi énigmatique qu'à son habitude, ne partageant que ce qu'il estimait être absolument nécessaire.

— J'aurais aimé voir le visage d'Asquith quand il a découvert que c'était vous qui remplaciez Richard.

Elle étouffa un petit rire.

— Il n'était pas très réjoui, je peux vous le dire. Tout d'abord j'ai cru qu'il n'allait pas me confier le travail. Mais je pense qu'il a réalisé que je pouvais m'acquitter de cette tâche de bien meilleure façon que Forester ou quiconque. Asquith pouvait se montrer plus ouvert et franc avec moi également... enfin, aussi franc qu'il puisse l'être, bien sûr. J'aurais aimé me retirer quand j'ai découvert que c'était lui le commanditaire. Mais je ne pouvais le faire car l'affaire impliquait Annabeth. Je me suis dit que vous préféreriez que ce soit moi qui sois là plutôt qu'un inconnu.

— Oui, en effet, reconnut Sloane. Je suis désolé de m'être montré dur plus tôt. Je comprends et je suis sincèrement heureux que ce soit vous qui ayez été auprès d'Annabeth aujourd'hui. Je n'avais pas la moindre idée de l'endroit où elle se trouvait, ni ne savais comment le découvrir une fois que j'ai réalisé que Parker n'était pas le commanditaire de cet enlèvement.

Ils tombèrent alors dans le silence et poursuivirent ainsi leur trajet.

10

Sloane et Verity s'engagèrent d'un pas décidé dans le couloir menant au bureau d'Asquith, ignorant les regards curieux lancés à la jeune femme en raison de son allure et les vaines tentatives pour les stopper. Sloane s'était réconcilié avec Verity mais il bouillonnait toujours de rage envers Asquith.

Par la porte ouverte de son bureau, ils purent apercevoir l'homme assis à sa table et occupé à écrire. Le quinquagénaire offrait une apparence des plus ordinaires. De taille moyenne, il avait les cheveux brun clair et les yeux gris, n'était ni séduisant ni repoussant. Ce n'était qu'après qu'il eut fixé son regard sur vous que vous déceliez son aura de pouvoir.

Sloane entra d'un pas résolu et claqua la porte derrière eux. Asquith leva la tête, surpris, puis fixa son visiteur en plissant les yeux.

— Rutherford. Que faites-vous donc, bon sang ? C'est moi qui décide du lieu de nos rendez-vous. Vous n'avez pas à vous présenter ici.

— C'est pourtant ce que je viens de faire.

Le regard d'Asquith se porta alors sur Verity et ses yeux s'écarquillèrent quand il prit la mesure de son état.

— Que diable vous est-il arrivé ?

— J'ai été enlevée, jetée dans une pièce avec Miss Winfield et enfermée à clé.

Un air stupéfait se peignit sur les traits d'Asquith.

— Comment ? Mais pourquoi ?

Verity répondit dans un haussement d'épaules :

— À vous de me le dire.

— Hum, marmonna Asquith d'un air pensif, tout en se renfonçant dans son siège. Donc... quelqu'un d'autre la cherche.

— C'est là tout ce que vous avez à répondre ? s'insurgea Sloane.

— Que devrais-je dire d'autre ? Miss Cole n'a visiblement pas été blessée et je suppose qu'il en est de même pour Miss Winfield. Les seules questions à se poser sont « pourquoi » et « qui ». L'unique raison à laquelle je puisse songer est que quelqu'un désire ce que cherche Miss Cole. Cette personne pense qu'elle ou Miss Winfield l'a et qu'elle peut soutirer l'information à l'une ou l'autre de ces jeunes femmes.

— Annabeth ne sait rien à propos du moindre document secret, cingla Sloane. C'est vous qui l'avez impliquée dans cette affaire en plaçant Verity à ses côtés. Vous l'avez mise en danger.

— Ce n'était pas là mon intention, je vous l'assure. Bien au contraire, la présence de Miss Cole aurait dû renforcer sa sécurité. Je suppose que c'est elle qui les a tirées toutes deux des griffes des kidnappeurs, non ?

— J'exige que vous sortiez de l'existence d'Annabeth ! tonna Sloane. Je n'ai accepté de travailler pour vous que parce que vous avez juré que les Winfield ne courraient aucun danger.

— Mon cher garçon, sachez que j'ai toujours veillé à ce qu'il en soit ainsi.

— Dans ce cas, que Verity faisait-elle là-bas ?

— J'aurais cru qu'elle vous l'aurait dit, lança Asquith à voix basse.

— Elle l'a fait et cela n'avait aucun sens. Une confession supposée ? Écrite de la main de Hunter ? Après toutes ces années ? Je ne l'imagine pas rédiger une confession, et s'il l'a fait pourquoi ne l'a-t-il envoyée à personne ? Il est mort depuis longtemps et la guerre remonte à plus longtemps encore. Et, quoi qu'il en soit, pourquoi voudriez-vous détenir des aveux de sa part ? Vous savez déjà ce qu'il a fait.

— Je ne croyais pas non plus qu'il ait pu écrire une confession, concéda Asquith. Hunter ne m'a jamais semblé susceptible d'éprouver des remords. J'ai également écarté les rumeurs selon lesquelles il se serait suicidé.

— Suicidé !

Sloane laissa échapper un rire sardonique.

— Lui ? Voilà qui est bien improbable.

— C'est exactement ce que je me suis dit. C'est pourquoi nous n'avons pas passé beaucoup de temps à fouiller sa maison à la recherche d'une confession après sa mort.

— Vous aviez des hommes à l'intérieur de la maison d'Annabeth que vous aviez chargés de pareille quête ? demanda Sloane d'un ton furieux.

— Oh ! voulez-vous bien vous asseoir, Rutherford, et arrêtez d'avoir l'air d'une bombe prête à exploser.

Asquith fit un geste en direction de l'un des sièges placés face à son bureau.

— Vous aussi, Miss Cole. Il s'agit d'une longue histoire.

— Vous allez donc en dire plus à Sloane que ce que vous avez choisi de m'apprendre ? questionna Verity. Je suis ravie de découvrir que vous m'avez envoyée là-bas munie d'informations incomplètes.

— Je n'ai rien caché qui ait la moindre importance concernant votre tâche, répondit Asquith. Mais maintenant, après cet incident, cet enlèvement, je commence à me demander si peut-être il n'y a pas plus à retirer dans l'histoire livrée par cet homme.

— Quel homme ? s'enquit Sloane, s'asseyant à contrecœur ainsi que le lui avait proposé Asquith.

— Comme je l'ai dit, nous n'avons rien trouvé à l'époque du décès de Hunter et cette question m'est sortie de l'esprit. Mais il y a quelques semaines, nous avons réussi à capturer un agent français.

— Après tout ce temps ?

— Oui. Eh bien, il s'agissait d'un citoyen anglais, voyez-vous, il a donc continué à vivre ici. Je suis certain qu'il a cru ne plus courir le moindre risque. Mais je n'avais jamais cessé de chercher. J'ai toujours pensé que le chef du réseau d'espions ici était un Anglais. Quelqu'un en savait suffisamment à propos de Winfield pour faire pression sur lui et l'amener à trahir. Jamais Hunter n'aurait eu seul l'idée de voler la moindre information. Quelqu'un l'y a contraint.

— Une méthode que je connais bien, répliqua Sloane d'un ton caustique.

— Je suis pleinement conscient de votre rancœur envers moi, dit Asquith d'un ton sec. Mais je fais ce qui est le mieux pour l'Angleterre, et non pour de quelconques sentiments individuels. Parfois je suis dans l'obligation de faire des choses difficiles.

Sloane opina du chef, même s'il se doutait que les actions en question n'étaient pas si difficiles à accomplir pour Asquith.

— Donc le chef du réseau d'espions français dans ce pays, celui qui a obligé Winfield à lui donner l'information, est l'agent que vous avez capturé récemment ?

— Malheureusement, non. Mais cet homme était certain que Winfield avait laissé une confession qui, c'est ce que j'espère sincèrement, révélerait le nom du chef du réseau français. Cette confession, c'est cela que recherche Verity.

— Mais après tout ce temps... si son père avait laissé une confession, Annabeth en connaîtrait l'existence et je suis certain que ce n'est pas le cas.

— Miss Cole m'a dit la même chose quant au fait que Miss Winfield ne sait rien à propos de cette lettre d'aveux. Mais cela ne signifie pas qu'elle n'est pas en sa possession. Ou peut-être a-t-il donné ce document à son épouse.

— À la mère d'Annabeth ? lança Sloane en ricanant. Il est évident que vous ne connaissez pas Martha. Personne, pas même Hunter, ne lui confierait un document d'importance. Et il n'y a aucune raison de fouiller l'endroit où demeure Annabeth. Hunter n'a jamais vécu sous le toit de Lady Lockwood.

— Cet endroit n'est pas la maison d'Annabeth, intervint Verity. Celle qui lui appartient a été mise en location, elle lui a été laissée par son père.

— Vous voulez plutôt dire qu'il s'agit de la maison que son grand-père a été assez avisé de placer en fiducie pour son compte plutôt que de la donner à Hunter, répliqua Sloane.

— Ah, vraiment ? répondit Verity. Je l'ignorais. Annabeth m'a simplement dit qu'elle percevait un loyer pour cette demeure mais que, puisqu'elle allait se marier, son futur époux et elle s'y installeraient.

Sloane serra les mâchoires mais ne dit mot.

— Elle débarrasse toutes les vieilles affaires qui encombrent le grenier, dit Asquith. Elles appartenaient à son père, d'après ce que j'ai compris. Avant cela, je n'avais pas réalisé que des effets appartenant à Hunter étaient encore rangés quelque part.

— Comment diable saviez-vous qu'elle vidait le grenier de sa maison ? demanda Sloane.

Asquith lui jeta un regard.

— Mon cher ami…

Sloane secoua la tête.

— C'est vrai, j'avais oublié… vous savez tout.

— J'aime me tenir informé, voilà tout. C'était l'occasion parfaite, tout ce que j'avais à faire était payer une femme de chambre pour qu'elle quitte le service de Lady Lockwood et envoyer « Judy » avec des références remarquables.

— Pourquoi vous être initialement adressé à cet autre enquêteur, Forester, qui n'a pas la moindre idée de tout ce qui pourrait se cacher derrière tout cela ? Pourquoi ne pas vous être adressé directement à Verity ? Ou à moi ?

Asquith haussa un sourcil étonné.

— Je crois que Miss Cole et vous avez assez catégoriquement affirmé que vous ne travailleriez plus jamais pour moi. Et, en toute franchise, j'étais encore un peu sceptique à ce moment-là quant au fait que cette recherche mènerait à quelque chose. Il ne semblait pas valoir la peine d'essayer de convaincre Miss Cole de reprendre du service. Mais bien entendu, j'ai été ravi quand j'ai découvert qu'elle travaillait sur cette question à la place de Forester. Ce qui s'est passé aujourd'hui indique que quelqu'un d'autre cherche la même chose que moi.

Un sentiment d'exaltation inédit perça dans la voix d'Asquith.

— Qui d'autre voudrait cette lettre à l'exception de l'homme au centre du réseau d'espions ? Celui dont la confession de Hunter pourrait révéler qu'il est un traître ? Même s'il n'existe pas de confession, nous pouvons attraper le maître espion en trouvant l'homme qui a essayé de kidnapper Miss Winfield aujourd'hui.

— Asquith…

Sloane se pencha, plaquant ses mains sur le bureau de l'autre homme et rivant son regard à son visage.

— Je n'ai que faire de cette confession. Je n'ai que faire de l'autre homme. Tout ce qui compte à mes yeux est la sécurité d'Annabeth.

— Le seul moyen de s'assurer qu'elle ne court aucun danger est de découvrir qui l'a attaquée, fit remarquer Asquith. C'est pourquoi je suis certain que vous serez heureux de partir en quête de cette mystérieuse personne.

— Je vous demande pardon, cingla Verity, mais je peux fort bien m'en charger. Je suis déjà engagée sur ce dossier, l'avez-vous oublié ?

Asquith tourna son regard pâle vers elle.

— Non. Vous devez assurer la protection de Miss Winfield maintenant. Rutherford ne peut de toute évidence s'acquitter de cette tâche. Il est clair qu'il est la personne qui convient pour mener cette recherche et vous agirez par conséquent sous sa responsabilité.

Sloane serra les mâchoires sous l'effet de la contrariété. Il avait juré qu'il ne travaillerait plus jamais pour Asquith, mais voilà qu'il se retrouvait là, tout comme Verity, ramené au cœur de la toile tissée par l'homme.

— Je veux parler à cet agent français qui vous a donné cette information, lança Sloane.

— Ah. Très bien, fit Asquith en lâchant un soupir. Mais malheureusement, c'est impossible. Il est mort dans sa cellule. Il s'est pendu.

— Voilà qui est, sans nul doute, fort commode.

— Pas pour moi, rétorqua Asquith. Je suis sûr que j'aurais pu en apprendre davantage, avec le temps. Il a peut-être mis fin à ses jours pour ne pas avoir à affronter le scandale ou pour s'empêcher de me livrer ce que je voulais savoir.

Il garda le silence un instant avant de reprendre :

— Ou... peut-être que l'homme que nous recherchons a réussi à l'éliminer en prison.

Sloane soupira à son tour.

— Très bien. Je ferai ce que vous voulez. C'est là l'unique façon de m'assurer qu'Annabeth est en sécurité. Mais je ne lui dirai pas que son père était un traître, et ni vous ni personne d'autre ne le ferez. Je ne l'ai pas abandonnée autrefois pour qu'elle découvre cette vérité aujourd'hui.

— Comme il vous plaira, répondit plaisamment Asquith. J'ignore toutefois comment vous lui expliquerez tout cela.

— Je trouverai un moyen, n'en doutez pas, répliqua Sloane d'une voix tendue.

11

Depuis le départ brutal de Sloane, Annabeth n'avait cessé d'arpenter la pièce en tous sens. Pétunia avait trotté à ses côtés dans les premiers instants mais, ayant compris que nulle friandise n'était à espérer de sa part, elle s'était peu à peu désintéressée de cette activité et était retournée dormir sur son coussin placé au pied de Lady Lockwood.

— Asseyez-vous donc, Annabeth, lança cette dernière. Vous me donnez le tournis. Vous agiter ainsi ne le fera pas revenir plus tôt. Et regarder par la fenêtre toutes les deux secondes est tout aussi inutile. L'inquiétude ne peut rien pour faire passer le temps plus vite.

— Je ne suis pas inquiète… Je suis… Je ne sais pas ce que je suis, à vrai dire.

Une fois sa stupeur initiale dissipée, Annabeth s'était sentie profondément blessée. Sloane ne lui avait pas dit qu'il travaillait pour les Anglais. Durant tout ce temps il l'avait laissée croire le pire. Comme si elle n'était personne à ses yeux. Peu lui importait qu'elle ait été meurtrie intérieurement par ces rumeurs disant qu'il travaillait pour les Français, qu'elle ait souffert pour lui. Et quand il l'avait quittée, ce qu'il lui avait dit avait-il été un mensonge ? Ne lui faisait-il pas suffisamment confiance alors pour lui dire la vérité ? Tenait-il trop peu à elle pour apaiser un peu sa douleur en lui fournissant l'authentique explication ?

En comparaison, la trahison de sa femme de chambre ne représentait qu'un préjudice mineur. Cependant, Annabeth avait apprécié Judy, elle avait eu confiance en elle. Et pourtant, « Judy » n'avait même pas réellement existé. Il s'était agi de Verity, une femme qui se servait d'elle. Il était stupide de sa part, supposait-elle, de s'être ainsi laissée aller à croire qu'elles soient devenues des sortes d'amies.

Les douces tentatives d'apaisement de Nathan étant plus qu'elle ne pouvait en supporter, elle s'excusa pour gagner l'étage et réparer les dégâts causés à son apparence durant l'après-midi. Annabeth changea de vêtements, chassa toute trace de saleté de son visage, arrangea sa coiffure puis s'assit un instant pour tenter de retrouver son calme. Mais plus elle restait assise, plus elle réfléchissait et plus ses sentiments blessés se muaient en bouillonnement de colère. C'étaient Sloane et Verity qui avaient fait erreur puis ils s'étaient simplement enfuis sans un mot d'explication à propos de la quelconque étrangeté en cours.

Tout cela était parfaitement insensé et il ressemblerait tout à fait à Sloane de ne jamais revenir pour leur dire le moindre mot à ce sujet. Eh bien, les choses ne se passeraient pas de la sorte. Annabeth n'était pas aussi docile et douce que tout le monde semblait le penser ; il y avait en elle un peu de la personnalité de sa grand-mère, après tout. Si jamais ils ne réapparaissaient pas, elle partirait à la recherche de Sloane et l'obligerait à lui parler.

Par chance, elle n'eut pas à organiser de chasse à l'homme. Alors que, revenue au salon, elle écoutait Nathan lui livrer, ainsi qu'à Lady Lockwood, ce qui, elle en était certaine, était un récit très expurgé de la recherche menée avec Sloane durant l'après-midi, le bruit d'une voiture résonna au-dehors. Annabeth se rua vers la fenêtre et vit Sloane et Verity descendre d'un fiacre. Elle regagna le canapé et prit place auprès de Nathan, tout en s'efforçant de ne pas donner l'impression d'avoir arpenté nerveusement la pièce pendant la majeure partie des deux heures tout juste écoulées.

Le majordome ne prit pas la peine d'annoncer leur arrivée,

Sloane ne prêtant nulle attention à pareilles mondanités. Quand il entra à grands pas dans le salon, Annabeth sentit son cœur se soulever dans sa poitrine et la colère qui brûlait en elle se vit bientôt rejointe par un sentiment d'exaltation. Comment pouvait-il encore produire pareil effet sur elle quand elle avait depuis longtemps fait taire dans son cœur tout sentiment pour lui ? Pourquoi cette chevelure noire ébouriffée et ces yeux bleus perçants propulsaient-ils toujours à travers son être une étincelle si galvanisante ?

Verity paraissait contrariée, ce qui procura à Annabeth une petite bouffée de satisfaction. Elle jugea cependant sa réaction indigne quand elle détailla les lèvres entaillées et enflées de Verity. La jeune femme avait réussi à enrouler ses cheveux tressés en un chignon lâche au creux de sa nuque pour arranger sa coiffure, mais cela n'avait fait que rendre plus visibles son ecchymose et le gonflement de sa joue.

Avant qu'Annabeth puisse même y réfléchir, les mots franchirent ses lèvres :

— Vous devriez veiller à ce que quelqu'un s'occupe de cette coupure. Mrs Archer a de quoi vous panser. Elle est douée pour donner des soins.

Verity, d'abord surprise, sourit faiblement avant de grimacer.

— Je vous remercie. Je m'en chargerai dès que nous en aurons fini.

C'était si curieux d'entendre ce ton si typique de la haute société franchir les lèvres de Verity.

Sloane gardant le silence, Lady Lockwood, impatiente, frappa le sol de sa canne.

— Ne restez donc pas ainsi figé sur place, jeune homme, qu'avez-vous donc à dire ?

— Je ne sais par où commencer, concéda Sloane.

— Je vous aiderai.

Annabeth se redressa d'un bond, sa colère et sa douleur anciennes remontant brusquement à la surface. Leur vigueur était en outre renforcée par la contrariété d'avoir constaté l'effet que Sloane avait produit sur elle à son arrivée.

— Pourquoi « Judy » est-elle venue travailler ici ?

Elle pointa vivement son doigt dans la direction de Verity.

— Que cherche-t-elle ? Et que l'idée de me mentir de nouveau ne vous effleure même pas l'esprit, Sloane.

— Je ne vous ai pas menti, dit-il d'un ton outré. J'ignorais moi aussi ce qui se passait.

— Mais vous vous êtes enfui pour le découvrir, en refusant de m'emmener avec vous. J'ai le droit d'entendre l'histoire de première main. C'est moi qui me retrouve avec des inconnus occupés à fouiner dans mes affaires, pas vous. C'est moi qui ai été enlevée en pleine rue ! Je mérite de connaître la vérité, pas une quelconque histoire inventée par vos soins.

— Mais je n'invente rien.

Mâchoires serrées, il s'avança d'un pas vers elle.

— L'ennui est que je ne sais pas quand vous mentez et quand vous ne le faites pas, asséna Annabeth. Il est clair que vous vous livrez à ce jeu depuis longtemps.

— Jamais je n'ai...

— Un mensonge par omission est malgré tout un mensonge. Me dire que vous allez faire une chose quand vous en faites en réalité une autre est un mensonge. Me fournir des raisons erronées est un mensonge.

Verity s'éclaircit la voix et s'avança entre eux.

— C'est à moi de répondre à ces questions. Je suis ici parce que l'homme pour lequel je travaille a reçu des informations quant au fait qu'un document important se trouve ici.

— Dans la maison de ma grand-mère ?

Toute la colère qui emplissait la voix d'Annabeth céda la place à une forme de stupeur.

— Pas nécessairement. Plus probablement dans la maison que vous et moi avons vidée ces deux dernières semaines, expliqua Verity. Il s'agit d'une chose rédigée par votre père.

— Ha ! s'exclama Lady Lockwood. Hunter Winfield n'a jamais rien fait d'important dans sa vie. On vous a induite en erreur.

— Papa était un homme fort respecté dans certains cercles, Grand-mère, protesta Annabeth.

Lady Lockwood émit un petit ricanement, mais avant qu'elle ne puisse formuler sa réponse, Nathan, qui, comme toujours, était celui qui se chargeait d'intervenir en de tels cas, demanda :

— Que croyez-vous qu'il ait pu écrire ?

— Je ne peux vous le dire, répondit Verity.

Voyant l'air incrédule qui se peignait sur les traits des autres, elle poursuivit :

— C'est là la vérité. Il m'a été expressément interdit d'en parler. Il s'agit d'affaires concernant l'État.

— Les autorités n'entendent pas divulguer de secrets ayant trait à la guerre, ajouta Sloane. Même après plusieurs années, il y a encore des personnes et des faits qui doivent être gardés cachés.

— Mais Papa n'avait aucun lien avec la moindre de ces questions, insista Annabeth, plus perplexe que furieuse à présent. Il travaillait au sein de l'administration, mais son emploi n'avait aucun rapport avec les affaires étrangères ou la guerre. Il était important pour nous qui l'aimions, mais pas pour les autorités nationales.

— Il « travaillait », voilà un bien grand mot. En fait, il occupait un emploi dépourvu du moindre intérêt, asséna Lady Lockwood. Quelque chose qui convenait à un gentleman mais ne nécessitait pas de véritable effort. Drewsbury lui avait obtenu cette place par amour pour sa femme, afin d'aider la sœur d'Adeline.

Annabeth, bien que contrariée par l'attitude de sa grand-mère, ne pouvait cependant nier la vérité illustrée par ses mots. L'emploi occupé par son père avait été une sinécure, le genre d'activités auxquelles un gentleman pouvait se livrer sans que son statut se voie diminué.

— Quoi qu'il en soit, nous ne pouvons révéler le moindre détail concernant ce document, répliqua fermement Verity.

— Mais pourquoi une quelconque possession de Hunter se trouverait-elle ici ? s'enquit Lady Lockwood.

— C'était avant tout l'autre maison de Miss Winfield qui nous intéressait, madame.

— Bien sûr, reconnut Annabeth. C'est la raison pour laquelle vous avez fait semblant d'être femme de chambre, vous vouliez pouvoir travailler dans la maison mise en location. Mais il est impossible que vous ayez trouvé quoi que ce soit car autrement vous ne seriez plus là.

— Non, et nous avons presque entièrement exploré son contenu. Reste encore la malle que nous avons rapportée ici pour que vous puissiez la fouiller à loisir.

— Vous voulez dire que vous ne l'avez pas encore fait ? s'étonna Annabeth d'une voix froide. J'aurais pensé que vous en aviez crocheté la serrure il y a déjà bien longtemps.

Une légère rougeur s'épanouit sur les pommettes de Verity, mais elle se contenta de répondre :

— Non, je n'en ai rien fait.

— L'important est de découvrir qui vous a attaquée, lança Sloane, désireux de reprendre les rênes de la conversation. Quel qu'ait été l'auteur de ces faits, il s'agissait d'une personne qui voulait ce document et pensait que vous pourriez le lui donner. Le meilleur moyen de découvrir son identité est de retrouver le document.

— Y a-t-il une raison pour laquelle vous croyez que cet individu est un homme ? demanda Verity.

— C'est ce qui semble le plus probable, répondit Sloane simplement.

— Toutes les femmes ne sont pas dignes de confiance, lâcha Annabeth en jetant un regard à celle qu'elle avait cru autrefois être Judy, sa domestique.

— Et les personnes que vous pourriez soupçonner ne sont pas toutes des criminels, répliqua Verity d'un ton caustique.

— Homme ou femme, voilà qui n'a pas la moindre importance, intervint Nathan d'un ton exaspéré.

— Très bien, dit Annabeth. Je commencerai à chercher ce soir.

— Non, pas vous, asséna brusquement Sloane. Verity ou moi pouvons fouiller cette malle. Ce qu'il vous faut faire, c'est quitter la ville. Lady Lockwood et vous pourriez gagner Bath, Brighton ou n'importe quel lieu de votre choix.

— C'est si aimable à vous de nous laisser décider de notre destination, riposta Annabeth d'un ton teinté de sarcasme.

Sloane ignora sa remarque.

— Emmenez Dunbridge avec vous. Il dit être un bon tireur et il est capable d'user de ses poings.

— Je ne partirai pas, affirma Annabeth.

Les lèvres de Sloane se pincèrent à ces mots.

— Si, vous le ferez. Je ne doute pas qu'après cet après-midi, vous preniez conscience du genre de dangers que vous courez si vous demeurez à Londres.

— Mais à présent je connais la raison de l'attaque et je ne laisserai pas une telle chose se reproduire. J'accorderai plus d'attention à ce qui se passe autour de moi quand je quitte la maison.

— Vous prendrez la calèche, déclara Lady Lockwood.

— Oui. Quand je sortirai, je la prendrai.

— Je vous escorterai, annonça Nathan.

Il regarda Sloane.

— Et je serai armé.

— Et qu'en sera-t-il à l'intérieur de la maison ?

— À l'intérieur de la maison ! s'exclama Lady Lockwood. Qu'est-ce donc que cette absurdité ! Nous sommes parfaitement en sécurité à l'intérieur. Les portes et les fenêtres seront fermées et la demeure est pleine de domestiques. Personne n'oserait. En outre, nous avons avec nous cette personne.

Elle pointa un doigt en direction de Verity.

— Elle peut dormir sur un lit de camp dans la chambre d'Annabeth et rester vigilante durant la journée.

— Un instant, je vous prie, intervint Verity. Je ne suis pas réellement votre femme de chambre. Je ne m'installerai pas ici.

— Si, vous le ferez, s'exclamèrent en chœur Lady Lockwood et Sloane.

— Garantir la sécurité d'Annabeth est notre principale priorité, dit Sloane à Verity. Vous le savez fort bien. Je ne peux être là pour la protéger, ce qui signifie donc que vous aurez à vous en charger.

— Mais je..., commença Verity.

— Il m'a chargé de diriger cette opération, et vous avez accepté, lui rappela-t-il.

Les yeux de Verity semblèrent lui lancer un éclair furieux, mais elle cessa de protester, croisant les bras et s'appuyant contre le mur.

— Par conséquent, vous voyez, nous serons parfaitement en sécurité.

Lady Lockwood jeta un regard dédaigneux à Sloane.

— Je n'entends pas m'enfuir à Bath pour y végéter. Le gala d'anniversaire de Lady Bittersham a lieu la semaine prochaine et nous devons assister à une soirée à l'opéra jeudi.

Sloane leva des sourcils surpris.

— Vous préféreriez risquer la vie de votre petite-fille plutôt que de rater une fête ?

— Il ne s'agit pas de n'importe quelle fête. Les galas d'anniversaire de Lady Bittersham sont l'événement majeur hors saison.

Annabeth réprima un sourire en découvrant l'expression de Sloane. Sa grand-mère avait réussi à le réduire au silence, du moins pour le moment.

Il se tourna vers Annabeth.

— Pourquoi ne pas écouter la voix de la raison ? Vous mettez votre vie en péril.

— Je ne le crois pas, répliqua sèchement Annabeth. Si cet homme veut obtenir des informations de ma part, il ne va certainement pas me tuer.

— Vous tuer n'est pas la seule option, dit Sloane d'un ton sombre. Je vois que vous ne voulez rien faire de ce que je vous demande mais il est insensé de vous mettre en danger dans le seul but de me contrarier.

— Oh ! voilà une réaction bien typique ! Tout tourne autour de votre personne, comme toujours. Vous prenez des décisions et peu importe ce que tout autre que vous peut dire ou vouloir.

Un sentiment de fureur enfla dans le cœur d'Annabeth, sentiments appartenant au passé comme au présent se mêlant dans un même élan.

— C'est faux. J'essaye de vous protéger.

— Je n'ai nul besoin de votre protection. Je n'en veux pas.

— Dans ce cas, vos espoirs vont être déçus. Car je ne laisserai personne vous faire du mal.

— Quelqu'un d'autre que vous, voulez-vous dire ?

Les pommettes de Sloane s'empourprèrent et sa mâchoire se crispa comme s'il voulait contraindre certains mots à ne pas franchir la barrière de ses lèvres.

Annabeth poursuivit :

— Il me faut rester ici de sorte à pouvoir chercher ce document.

— Vous n'allez pas partir en quête. Il s'agit d'affaires en lien avec l'État. Cela ne vous concerne pas.

— Cela ne me concerne pas ? Vraiment ? lâcha-t-elle, d'un ton plus vif. Je dirais au contraire que cela me concerne au plus haut point. Je suis en vérité la personne la plus concernée par cette question. C'est mon père qui l'a écrit. C'est moi qui ai été enlevée à cause de ce document. Je vais donc aider à ce qu'on mette la main sur cet écrit.

— Fichtre, j'avais oublié à quel point vous êtes entêtée ! cingla Sloane.

— Vous n'auriez pas dû l'oublier. J'ai toujours été ainsi. Vous vous souvenez peut-être que je n'ai jamais baissé les bras quand je vous demandais de m'apprendre à naviguer.

L'espace d'un court instant le regard dur de Sloane se radoucit et un léger sourire effleura ses lèvres.

— Me demander ? Vous m'avez soumis à un harcèlement constant, c'est plutôt ainsi que je qualifierais les choses.

— Dans ce cas, vous devriez prendre conscience du fait que je ne vais pas renoncer non plus au sujet qui nous occupe.

— Anna...

— Ne me dites pas que je ne peux pas aider à trouver ce document, dit-elle en s'emportant. Je suis lasse que tout le monde pense que je suis faible, qu'il faut me protéger. Je suis tout à fait capable de me débrouiller.

— Je n'ai jamais pensé que vous étiez faible. Je sais combien vous êtes forte.

Sloane s'approcha d'un pas.

— Mais je ne peux m'empêcher de vous vouloir en sûreté. C'est trop dangereux.

Annabeth prit soudainement conscience du silence qui régnait autour d'eux. Elle jeta des regards alentour : tous les yeux étaient posés sur Sloane et elle. Une expression étrange s'était peinte sur les traits de Nathan, et Verity, tournée vers lui, lui adressait un regard lourd de sens. Une vive rougeur monta au visage d'Annabeth et elle recula brusquement – à quel moment Sloane et elle s'étaient-ils ainsi rapprochés l'un de l'autre ?

Menton fièrement relevé, elle lâcha alors d'une voix glaciale :

— Vous n'avez aucune autorité sur moi. Je me consacrerai à cette recherche si j'en ai envie.

Toute trace de douceur avait désormais disparu des traits de Sloane.

— Abandonnez donc cette idée. Je n'ai nul besoin de votre aide. Vous ne feriez que me gêner dans ma tâche.

— Très bien, fit Annabeth dans un petit haussement d'épaules. Si vous préférez travailler en avançant à l'aveuglette, cela ne me dérange pas le moins du monde. Il apparaît toutefois clairement que je vais devoir chercher ce document moi-même à présent, puisque c'est moi qui sais où Papa pourrait l'avoir caché.

12

Sloane se figea à ces mots.

— Comment ? Que voulez-vous dire ?

Annabeth inclina la tête d'un côté et dit d'un ton suffisant :

— Je croyais que vous ne vouliez pas de mon aide.

Sloane lui jeta un regard noir.

— Bon sang, Anna, il ne s'agit pas d'un jeu.

— J'en suis plus que consciente. C'est la raison pour laquelle je souhaite vous aider à trouver cette lettre. C'est vous qui refusez de me laisser faire.

— Très bien, gronda-t-il, mâchoire serrée. Vous pourrez nous aider dans cette quête. Eh bien… comment savez-vous où elle se trouve ? Vous l'a-t-il dit ?

— Non, bien sûr que non. Et je ne sais pas précisément où elle se trouve, mais je sais où regarder. Il est fort probable qu'elle soit dans l'une de ses petites boîtes.

— Ses boîtes ?

— Ne vous en souvenez-vous pas ? Il passait tout son temps dans son atelier quand nous nous trouvions à la campagne.

— Oui, je sais qu'il s'absentait parfois pour jouer avec ses casse-tête et ses inventions.

— Je m'en souviens fort bien, intervint Nathan tout en lançant un regard acerbe à Sloane. Il fabriquait des boîtes à astuces.

— Vous ne voulez pas parler de ces stupides objets impossibles à ouvrir, n'est-ce pas ? demanda Lady Lockwood.

— Mais il était tout à fait possible de les ouvrir, au contraire, Grand-mère. Il fallait en découvrir l'astuce, justement. Certaines étaient des boîtes « secrètes » de ce type, d'autres de véritables boîtes, comme celle que vous utilisez pour vos bijoux, mais elles étaient en général également dotées d'un compartiment secret.

— Fichtre, lâcha Sloane à mi-voix, le regard brillant de curiosité.

— Combien y en a-t-il ? questionna Verity dont le visage s'était lui aussi éclairé.

Manifestement elle était amatrice de casse-tête car, tout comme Nathan, elle s'était approchée en entendant la nouvelle.

— Je n'en ai pas la moindre idée. Mais il en a créé beaucoup. Il trouvait son bonheur dans leur fabrication, pas dans le fait de les collectionner, il en faisait donc présent autour de lui.

— Combien de personnes pourraient en avoir une ? demanda Verity.

— Je n'en ai pas la moindre idée, fit Annabeth en secouant la tête.

— Quelle importance ? grommela Nathan. Vous pouvez difficilement vous rendre chez tous les amis et parents de Mr Winfield pour leur demander de vous faire voir une boîte dont il leur a fait cadeau.

— Mon idée n'était pas de le leur demander, répondit Verity.

— Pourquoi le feriez-vous, en effet, quand entrer par effraction chez les gens est tellement plus commode ? répliqua Nathan d'un ton caustique.

— Parfois vous n'êtes pas aussi stupide que vous en avez l'air, riposta Verity en lui adressant un sourire plein de douceur.

— Je me montrais sarcastique, voilà tout.

— Cela n'enlève rien à la justesse de vos propos.

— Il me semble peu probable que Winfield ait placé un document secret dans une boîte qu'il s'apprêtait à donner, reprit Sloane. Il l'aura plutôt mis dans une boîte restant en sa possession ou, sinon, donnée à une personne proche, un membre de sa famille, quelqu'un chez qui il pouvait aisément le récupérer.

— Je possède une de ces boîtes, bien entendu, lança Annabeth, et il y en a une dans la malle que nous avons rapportée de ma maison. Grand-mère possède un coffret à bijoux et une boîte secrète. Y en a-t-il d'autres ?

Annabeth avait adressé cette dernière question à Lady Lockwood, dont le regard trahissait un inhabituel sentiment de culpabilité.

— Non. J'ai jeté la boîte secrète dont il m'avait fait présent. Ou bien l'ai-je donnée à quelqu'un ? J'avoue ne pas m'en souvenir.

— Avait-il d'autres endroits où il aimait dissimuler des choses ? demanda Sloane. À part les boîtes ?

— Oui, il y avait de petites cachettes dans la maison mais encore davantage dans son atelier. Il aimait y conserver les objets sur lesquels il travaillait. Mais, bien sûr, comme ils étaient par définition secrets, je ne connais peut-être pas l'emplacement de tous ces endroits.

— L'atelier existe-t-il toujours ? Vous avez vendu votre maison de campagne, n'est-ce pas ? Les nouveaux propriétaires ont-ils gardé ce bâtiment ?

— Je l'ignore. L'atelier se trouve à l'écart de la demeure, en un lieu plutôt isolé. Les Todd se sont peut-être épargné la peine de le détruire. Ou bien ont-ils décidé d'y entreposer certains de leurs biens.

— La maison est donc habitée, nota Sloane.

— Eh bien, quoi qu'il en soit, les cambriolages ne posent manifestement aucun problème à Miss Cole, intervint sèchement Nathan.

— Je le sais, répondit Sloane d'un ton détendu, comme s'il s'agissait là d'événements ordinaires. Le fait est que je déteste ne pas disposer d'éléments plus précis avant d'entamer une recherche de ce type.

— On peut sans doute considérer que le document aura été

caché dans une des boîtes sur lesquelles Papa travaillait à l'époque où il l'a rédigé. Voilà qui réduit le nombre.

— Oui, cela serait vrai si nous savions quand il a écrit le document en question, nota Sloane.

— Oh ! oui, vous avez raison. Je pensais qu'il devait dater d'une époque proche de la date de son décès mais, bien sûr, il est plus probable qu'il ait été rédigé il y a de nombreuses années, durant la guerre.

— Mais la personne à qui la boîte en question a été donnée ne l'aurait-elle pas déjà ouverte ? fit remarquer Nathan. Peut-être que cette lettre a déjà été découverte.

— S'il a offert cette boîte... Mais nous ne pouvons avoir aucune certitude quant à une potentielle découverte. Il est très envisageable que certains n'aient jamais réussi à découvrir comment fonctionnait leur boîte.

Annabeth poussa un lourd soupir.

— Et on ne peut pas exclure qu'ils s'en soient débarrassés.

— J'ignorais à l'époque que ma boîte pouvait contenir un important document, n'est-ce pas ? intervint Lady Lockwood, l'air soucieux.

— Tout à fait. Et vous n'étiez probablement pas la seule à ignorer que ces boîtes disposaient de compartiments secrets. Papa adorait l'idée que les gens puissent être surpris en le découvrant par eux-mêmes.

— C'est la raison pour laquelle le plus probable est que la lettre se trouve dans quelque chose appartenant à Hunter ou peut-être à Annabeth. Il n'aurait pas placé une information importante entre les mains de quelqu'un d'autre, laissant ainsi sa découverte soumise au hasard, analysa Sloane.

Il se tourna vers Annabeth.

— J'aimerais voir comment fonctionnent ces boîtes.

Annabeth songea à aller chercher sa boîte précieuse mais se ravisa. Elle n'avait pas envie de dévoiler son contenu devant les regards de toutes les personnes présentes. Au lieu de cela, elle lança :

— Examinons donc le coffret à bijoux de Grand-mère.

Elle jeta un regard interrogateur à Lady Lockwood et la vieille femme agita vaguement la main.

— Si cela doit m'absoudre du péché d'avoir jeté l'un de ces objets, je suppose que je n'ai d'autre choix que de permettre qu'on fouine dans mes affaires. Courez la chercher, Annabeth.

La jeune femme fut de retour quelques minutes plus tard, une grande boîte à bijoux entre les mains. Elle en ouvrit le couvercle.

— J'ai vidé tout son contenu, il sera plus facile ainsi de chercher l'astuce.

À l'intérieur se trouvaient deux plateaux destinés à accueillir des bijoux, tous deux à présent vides. Elle tendit le coffret à Sloane.

— Voyez-vous un moyen d'ouvrir un autre compartiment ?

Sloane et Verity examinèrent la boîte attentivement, puis Sloane fit non de la tête et rendit l'objet à Annabeth.

— Non, c'est très bien fait si un tiroir est caché ici.

— Eh bien, il y en a un, en effet. Je le sais car Papa me laissait toujours tester ses boîtes avant d'en faire don.

Annabeth posa la boîte sur la table basse située près de sa grand-mère et s'agenouilla devant elle. Elle ferma les paupières l'espace d'un instant, pour raviver ses souvenirs, puis elle ouvrit le couvercle, retira les plateaux, et glissa son ongle dans un coin de la boîte pour retirer la doublure de feutrine. Pressant sur le bois, elle saisit le coin arrière gauche et tira. Une étroite pièce à l'angle pivota, révélant une surface en bois juste en dessous. Annabeth fit de même avec le coin arrière droit ; elle exerça une poussée au milieu de l'arrière du coffret, entre les deux coins à présent ouverts, et un déclic retentit. Elle fit alors glisser vers elle un plateau d'environ trois centimètres de profondeur et vingt centimètres de long.

— Regardez, il y a un morceau de papier, dit Annabeth à sa grand-mère en retirant le document du plateau.

Derrière elle, Sloane et Verity se raidirent avant de se détendre à la vue du petit papier plié.

— Eh bien, qu'est-il écrit mon enfant ? s'enquit Lady Lockwood.

— Il est écrit...

Annabeth déglutit difficilement tandis que des larmes emplissaient son regard.

— Il est écrit : « Milady, sachez que je vous voue une reconnaissance éternelle pour m'avoir donné votre magnifique fille, l'amour de ma vie. »

— Eh bien.

Lady Lockwood battit des paupières comme pour maîtriser son trouble. Elle baissa les yeux vers ses mains et s'éclaircit la gorge.

— Les réalités fâcheuses n'ont jamais manqué concernant Hunter, mais on ne peut nier qu'il adorait votre mère, dit Lady Lockwood en se levant brusquement. Je crois que ce sera tout pour aujourd'hui. Avec tous ces événements, je n'ai pu profiter de mon repos de l'après-midi.

Elle lança un regard accusateur à Sloane et Verity.

— Et Annabeth est épuisée après l'épreuve qu'elle a subie.

— Lady Lockwood..., commença Sloane, mais elle lui jeta le regard qui avait déjà arrêté net dans leur élan nombre d'hommes avant lui.

— Non. Il suffit. Vous pourrez vous pencher de nouveau sur toutes ces absurdités demain. Nous comptons profiter de quelques instants paisibles et dîner tôt avant d'aller nous coucher. Et ces remarques valent également pour vous, Dunbridge.

Elle décrivit un large cercle de sa canne et son regard se posa sur Verity.

— Mais vous, vous n'êtes pas concernée. Vous restez et vous dormirez dans la chambre d'Annabeth.

— Vous ne dormirez en aucun cas dans ma chambre, lança Annabeth à Verity plus tard le soir même, debout sur le seuil de sa chambre, les bras croisés.

Elle ne pouvait s'empêcher de se sentir désolée pour l'autre femme – à ce stade, les marques sur le visage de Verity étaient plus visibles et gonflées qu'elles ne le seraient jamais. Mais Annabeth n'allait pas simplement ignorer la trahison de son ancienne femme de chambre.

Verity lâcha un soupir.

— Je comprends que vous soyez furieuse contre moi.

Elle ignora le léger ricanement d'Annabeth et poursuivit :

— Mais je ne pouvais vous le dire. J'étais tenue au secret. Ce n'était pas uniquement mon existence qui risquait d'être mise en péril si j'avais parlé, mais aussi celle d'autres personnes.

— Oui, comme la mienne. Nous pouvons d'ailleurs constater avec quelle efficacité votre « respect du secret » m'a protégée de toute atteinte contre ma personne.

— Je n'ai pas... Je n'ai jamais imaginé que la moindre attaque serait perpétrée contre vous. Ce qui, évidemment, était une grossière erreur de ma part. Mais voilà qui indique clairement qu'il vous faut faire l'objet d'une protection à chaque instant.

— Je verrouillerai ma porte. Les fenêtres sont fermées et se trouvent au deuxième niveau de la demeure, percées dans un mur de briques n'offrant aucune prise possible. Personne ne va entrer pour s'en prendre à moi. Et, de plus, j'aimerais être seule. Je pense que vous me devez au moins cela.

— Très bien, répondit Verity d'un ton dépité. Je ne peux vous contraindre à accepter ma protection. Mais laissez-moi au moins vous aider à vous préparer pour le coucher.

— Je peux fort bien enlever mes épingles et brosser mes cheveux moi-même.

— Et défaire toutes les agrafes qui ferment le dos de votre robe ?

Annabeth la regarda durant un long moment puis recula d'un pas.

— Entrez, dans ce cas.

Verity la suivit dans la pièce et referma la porte. Annabeth lui tourna le dos et la jeune femme commença à défaire la succession d'agrafes.

— Vous devez reconnaître qu'il était bon que je sois avec vous cet après-midi. J'ai fait de mon mieux pour vous protéger. Et je continuerai ainsi.

Annabeth fit brutalement volte-face et la fusilla du regard.

— Vous m'avez menti. Pire que mentir, vous avez fait semblant d'être mon amie.

— Je suis votre amie, dit Verity.

— Ne dites pas cela, voulez-vous ?

Annabeth se retourna.

— Vous vouliez obtenir des informations de ma part, voilà tout. Vous vouliez en apprendre plus au sujet de mon père. Vous vouliez que je me confie à vous. Je ne peux pas supporter de songer à la façon dont je vous ai tout dit à propos de Sloane et... et tout le reste.

Un sentiment d'humiliation enfla en elle.

— Personne n'apprécie de se faire ainsi ridiculiser.

— Rien de ce que vous m'avez dit n'était insensé, répondit Verity. Je ne vous ai pas parlé pour obtenir des informations. Je savais déjà tout ce que j'avais besoin de savoir à propos de votre père et à propos de Sloane et vous. J'ai conversé avec vous parce que je vous appréciais.

— Je vous appréciais, moi aussi, reconnut Annabeth d'une faible voix. Il semblerait que j'apprécie toujours les personnes qui me trahissent.

Elle pria pour réussir à retenir ses larmes.

— Je peux finir de me déshabiller seule.

Verity sembla vouloir ajouter quelque chose mais elle se dirigea toutefois vers la porte et se glissa hors de la pièce si silencieusement qu'on eût dit qu'elle n'avait jamais été là.

13

Annabeth rêva de Sloane cette nuit-là – de l'ancien Sloane, celui qu'elle avait aimé autrefois. Ils marchaient main dans la main et elle se sentait profondément heureuse. Ils continuaient d'avancer, n'arrivant jamais à destination, jusqu'à ce que l'humeur plaisante se mue en irritation. Alors que Sloane refusait de s'arrêter, elle se tourna et réalisa que son compagnon n'était plus Sloane, mais un homme dont elle ne pouvait voir le visage. Où donc était parti Sloane ? La peur la saisit et elle se tourna en tous sens, à sa recherche, sentant une panique toujours plus forte enfler en elle. Puis quelque chose frappa le sol d'un bruit sourd.

Ses paupières s'ouvrirent brusquement. Son cœur battait à tout rompre. Elle se sentait désorientée, comme prisonnière d'un espace à mi-chemin entre son rêve et la réalité. Elle entendit un doux bruissement près de la cheminée et sut que quelqu'un se trouvait dans sa chambre. Elle se redressa brusquement, dirigea son regard vers la cheminée, et à cet instant une forme sombre se redressa et se retourna dans sa direction.

Annabeth hurla et bondit hors de son lit, cherchant à tâtons une arme sur la petite table de chevet. L'ombre noire courut vers elle, tout en lâchant quelques mots d'une voix basse et éraillée. La main d'Annabeth se posa sur un livre qu'elle propulsa violemment en direction de l'intrus. Après avoir pris une profonde inspiration, elle cria de nouveau et chercha quelque chose d'autre à lancer. Il n'y avait rien à part un bougeoir qu'elle jeta donc également.

Le livre avait heurté le bras de l'homme et le bougeoir ne fit que percuter sa cheville mais il laissa échapper un juron sonore, fit volte-face et franchit le seuil de la pièce.

Annabeth s'élança derrière lui, armée d'un oreiller. Elle n'avait rien de mieux à lui jeter, mais elle pourrait trouver de meilleures armes dans le couloir. Au moment où il prenait la direction des escaliers, Verity se propulsa depuis la banquette placée sous une fenêtre et se jeta sur lui.

Le poids de son corps n'était pas suffisant pour le faire tomber mais l'homme tituba en arrière, percuta une des tables du corridor et trébucha avant d'atterrir sur ses genoux. Verity abattit alors brusquement ses mains jointes dans sa nuque, et quand il se fut remis péniblement debout, elle se précipita vers lui et lui administra un coup de pied à l'arrière des genoux, l'envoyant de nouveau au sol.

L'intrus se releva d'un bond en rugissant et propulsant son poing vers son visage, mais Verity esquiva habilement le coup et après avoir relevé jusqu'à ses genoux sa chemise de nuit qui entravait ses mouvements, elle envoya un coup de pied dans le ventre du cambrioleur. Ses poumons se vidèrent brusquement de tout l'air qu'ils contenaient. Penché en avant et cherchant à reprendre sa respiration, il avança en titubant.

Depuis l'autre bout du couloir s'éleva alors un son évoquant celui d'un troupeau d'oies et une petite chienne fit brusquement son apparition. Pétunia bondit et vint planter ses crocs dans le mollet de l'homme. L'intrus secoua la jambe, propulsant Pétunia dans les airs. Le carlin percuta le sol mais rebondit aussitôt pour revenir à la charge. La chienne se mit à tourner furieusement autour des chevilles de l'homme, mordillant, grognant et jappant. Des domestiques arrivèrent en courant dans le vestibule.

— Comment osez-vous ! tonna bientôt une voix aux accents aristocratiques.

Tout le monde se figea sur place et tourna la tête pour contempler, bouche bée, Lady Lockwood parée de son bonnet de nuit et de sa robe de chambre, tenant d'une main une bougie et brandissant sa canne de l'autre. Elle traversa l'espace d'un pas résolu, à la manière d'un ange vengeur.

Le cambrioleur eut assez de bon sens à cet instant pour se défaire de sa paralysie et partir en courant, trébuchant sur Pétunia au passage.

Il se mit à descendre les marches juste au moment où Lady Lockwood l'atteignait. Elle abattit alors sa canne dans son dos et il chuta, roulant dans l'escalier jusqu'au palier intermédiaire. Après s'être relevé, il gagna en boitant le bas des marches et franchit le seuil de la porte d'entrée, qui était restée ouverte. Verity s'élança à sa poursuite.

— Ça par exemple ! lâcha Lady Lockwood en jetant un regard accusateur au reste de l'assemblée et en abattant violemment la bougie sur une petite table console. Où va donc le monde ? Des enlèvements ! De parfaits inconnus entrant ici et ressortant subitement d'ici à leur guise !

Elle se pencha et gratta le pelage du carlin d'un geste rassurant.

— Allons, allons, Pétunia, cesse de t'inquiéter, dit-elle d'un ton doux dont Annabeth ne l'avait jamais vue faire preuve envers quiconque. Il est parti à présent.

— Et, selon moi, il ne reviendra pas, nota Annabeth en réprimant un sourire.

— Je ne le pense pas, en effet.

Le regard acéré de sa grand-mère se porta sur Annabeth puis courut sur sa chemise de nuit, ses cheveux défaits et ses pieds nus.

— Vraiment, Annabeth, vous ne devriez pas courir en tous lieux vêtue de la sorte. Allez donc mettre vos chaussons et votre robe de chambre.

— Oui, madame.

Annabeth rejoignit sa chambre pour saisir ses vêtements.

Quand elle revint dans le couloir, Verity venait de faire son retour, respirant presque aussi bruyamment que Pétunia, et elle recevait un sermon similaire à celui précédemment délivré par Lady Lockwood concernant la tenue qu'il convenait de revêtir. Verity adressa une petite révérence à la vieille dame, murmura quelques mots d'excuse et reprit le chemin de l'escalier des domestiques, mais elle s'arrêta quand elle aperçut Annabeth et dit en adoptant sa voix de femme de chambre :

— Désolée, Miss, j'n'ai pas pu l'attraper. Vous allez bien ?

— Oui, je vous remercie.

— Cet homme vous a-t-il attaquée, Annabeth ? s'enquit Lady Lockwood.

— Non, absolument pas. Je pense qu'il s'agissait d'un voleur. Je me suis réveillée parce qu'il fouillait ma chambre. J'ai crié, j'ai lancé des objets sur lui et il est parti.

Annabeth jugea que mieux valait ne pas dire qu'il avait tenté de se jeter sur elle.

— Comment est-il entré ici, enfin ? tonna Lady Lockwood en lançant un regard perçant au majordome. Avons-nous pour habitude de laisser nos portes déverrouillées ?

— Non, madame, répondit Cartwell, paraissant aussi digne que s'il n'était pas en cet instant muni de son bonnet et de sa chemise de nuit laissant apparaître ses maigres mollets blancs. Je l'ai fermée à clé moi-même.

— Il a crocheté la serrure, madame, expliqua Verity.

— Je vois, marmonna Lady Lockwood. Eh bien, je crois que je vais retourner me coucher à présent. J'aimerais profiter au moins de quelques heures de sommeil.

Elle regagna ses appartements en frappant le sol de sa canne et en parlant à voix basse à Pétunia.

Annabeth se retira dans sa chambre. Elle ramassa le bougeoir et la chandelle à présent brisée gisant tout à côté. Elle remit en place la plus grande partie restante de la bougie, l'alluma et s'approcha de la cheminée. La petite malle ancienne était ouverte.

C'était celle qu'elle avait prise dans la maison mise en location quelques jours plus tôt.

Elle sursauta en entendant sa porte s'ouvrir et elle se tourna pour voir Verity, à présent vêtue d'une tenue conforme aux attentes de Lady Lockwood – un peignoir de flanelle bleue –, qui traînait derrière elle un lit de camp replié.

— Peu m'importe ce que vous direz. Je dors ici ce soir, asséna Verity.

Après avoir reposé le lit de camp, elle se planta, bras croisés, face à Annabeth.

— Lady Lockwood l'a ordonné. Donc si vous ne voulez pas de moi ici, j'installerai mon lit devant votre porte, dans le couloir.

Annabeth opina du chef. En toute sincérité, après les péripéties de cette soirée, elle préférait que Verity dorme là. D'un ton un peu raide, elle dit :

— Merci d'être venue m'aider. Dormiez-vous sur cette banquette près de la fenêtre ?

— J'essayais, du moins.

Verity afficha le sourire spontané et communicatif qui faisait qu'il était si aisé de l'apprécier. Elle s'approcha d'Annabeth et baissa les yeux vers la malle, ses poings plantés sur ses hanches.

— Que regardez-vous ?

— Il est clair que le cambrioleur l'a fouillée. Je ne dormais pas avec tous ces papiers éparpillés par terre. Et ceci..., fit Annabeth en pointant le doigt vers un presse-papiers de verre, est probablement l'objet qui a produit le bruit sourd qui m'a réveillée.

— Quelque chose a-t-il été dérobé ? demanda Verity.

Annabeth explora le bric-à-brac et les lettres contenus dans le coffre, faisant courir ses doigts sur l'une des petites boîtes à astuces en bois de son père.

— Non, je ne crois pas.

Annabeth glissa ses doigts dans la boîte et en sortit une moufle très maladroitement tricotée, difforme et percée de trous aux endroits où des mailles avaient été perdues.

— Je peux voir pour quelle raison il a abandonné le tricot, dit Verity avec un petit sourire aux lèvres.

— À vrai dire il s'agit là de l'un de mes premiers essais, effectué lorsque j'étais enfant.

Annabeth serra le lainage dans son poing et son regard s'embua à la pensée que son père avait gardé l'objet.

— Je m'en doutais. J'essayais simplement de vous faire sourire. Je peux dire à en juger par vos larmes que j'ai réussi à la perfection.

— J'ai beau savoir que cinq années se sont écoulées depuis sa mort, j'ai parfois l'impression qu'elle ne remonte qu'à hier. Quels qu'aient pu être ses défauts, et je suis capable d'admettre qu'il n'en était pas dépourvu, mon père était doux et aimant et je l'adorais.

— Cela peut compenser bien des choses, répondit Verity en hochant la tête.

— Il a peut-être été négligent et irresponsable, il a parfois eu la tête dans les nuages, ainsi que Lady Lockwood aime le souligner, mais c'est de son sourire, de sa tolérance, de son sens de l'humour et de sa curiosité que je me souviens.

— Je ne peux pas dire que j'ai beaucoup d'expérience à titre personnel concernant les bons pères. Mais on dirait bien qu'il en était un.

Verity gagna son lit de camp et glissa une lame sous son fin oreiller. Annabeth remarqua la présence de l'arme.

— Vous devez être une dormeuse moins remuante que moi. Je me réveillerais avec un œil en moins si je faisais comme vous.

— Je doute fort qu'il me soit possible de bien dormir. Aussi inviolable que puisse être cette maison d'après les dires de Lady Lockwood, Sloane et moi supposions qu'il y avait un risque pour que notre adversaire effectue une nouvelle tentative.

Annabeth se sentit frappée par le tiraillement de curiosité déjà éprouvé, cette envie insistante de savoir la vérité à propos de ce qui avait pu se passer entre Sloane et Verity. C'était totalement insensé. Cela ne faisait aucune différence. Pourtant curieusement elle ne put s'empêcher de lancer :

— Sloane et vous semblez fort bien vous connaître.

— Oui, c'est vrai, reconnut Verity, une pointe de tendresse perçant dans sa voix. Nous avons beaucoup travaillé ensemble.

— Étiez-vous, hum, plus que… Quand vous avez dit que vous étiez ensemble, vouliez-vous dire…

Elle s'interrompit, incapable de terminer sa phrase.

— Me demandez-vous si nous avons jamais eu la moindre… relation romantique ? demanda Verity en levant un sourcil.

Annabeth rougit et acquiesça.

— Je suis désolée, cette question est bien trop personnelle. Je ne devrais pas…

— Non, cela ne nous est pas arrivé, répondit Verity. Ce qui ne veut pas dire que je n'y ai pas songé une fois ou deux au début – il s'agit d'un très bel homme –, mais de toute évidence il était encore amoureux de vous. Il parlait fréquemment de vous. Et pour ma part je n'ai jamais été très attirée par les hommes intéressés par une autre que moi. Dans tous les cas, nouer un trop grand attachement avec une personne du réseau n'est pas une bonne idée. Nous étions amis et collègues, rien de plus. Il m'a sauvé la vie une fois et en une autre occasion je l'ai fait échapper de prison.

— Vraiment ? s'étonna Annabeth. De quelle façon ?

Verity leva un regard fervent vers une personne invisible, joignant ses mains en prière sous son menton.

— Oh ! monsieur, je vous en prie, c'est mon frère. Il m'est insupportable de ne pas le voir… une dernière fois.

Elle tamponna avec art le dessous de ses yeux et renifla de façon sonore. Puis, se détendant soudain, elle afficha un large sourire.

— Le résultat est plus convaincant en français.

Annabeth ne put s'empêcher de rire.

— Vous êtes très douée pour ce qui est d'amener les gens à vous apprécier.

— Je ne crois pas que votre homme serait d'accord.

L'idée ne semblait pas beaucoup déranger Verity.

— Sloane n'est pas mon… Oh ! vous parlez de Nathan ? En

toute franchise, il vous apprécierait probablement davantage si vous n'étiez pas si désagréable avec lui.

— Moi ? Désagréable ? riposta Verity, dans une parfaite démonstration d'insolence.

— La plupart des gens apprécient Nathan.

— C'est un homme très aimable, reconnut Verity. Trop aimable, vraiment.

— Comment quelqu'un peut-il être trop aimable ? demanda Annabeth.

Verity n'offrit qu'un petit rire moqueur en guise de réponse.

— Eh bien, il est certainement fort différent de Sloane, poursuivit Annabeth. Ce qui est une bonne chose.

— Ah oui, vraiment ?

Annabeth n'avait pas de réponse à cette question.

14

Sloane se présenta si tôt chez Lady Lockwood le matin suivant qu'Annabeth n'avait pas encore terminé son petit déjeuner. Le majordome avait bien tenté de l'annoncer, mais Sloane avait, comme à son habitude, suivi l'homme, de sorte qu'il se trouva sur le seuil de la salle à manger avant que Cartwell ne puisse donner son nom.

— Je suis désolé, Miss, dit le majordome, en lançant un regard réprobateur à Sloane, mais monsieur ne voulait pas attendre dans le vestibule.

— Tout va bien, Cartwell. Vous pouvez vous retirer.

Annabeth se leva pour faire face à Sloane.

— Je constate que vos manières ne se sont pas améliorées au fil du temps.

— Probablement pas, en effet, reconnut Sloane.

Il jeta des regards autour de lui.

— Ai-je réussi à saisir un moment où vous n'étiez pas entourée de votre escorte ?

— Grand-mère apparaît rarement avant 11 heures du matin et bien sûr Nathan, tel le gentleman qu'il est, nous rend visite à un moment approprié de l'après-midi.

— Oh... un coup direct...

Sloane grimaça et plaqua une main contre sa poitrine, une étincelle d'amusement au fond des yeux. Et l'espace d'un instant il ressembla tant au garçon qu'Annabeth avait connu qu'elle sentit sa gorge se nouer douloureusement.

Elle se détourna pour dissimuler l'expression que trahissaient sans nul doute ses traits et s'approcha de la théière posée sur le buffet.

— Aimeriez-vous une tasse de thé ?

Après un instant d'hésitation, il répondit :

— Oui, je vous remercie. Ce serait fort agréable.

— Aimeriez-vous petit déjeuner ? demanda Annabeth, en regagnant son siège et en se penchant au-dessus de la table pour déposer la tasse devant lui, tout en prenant soin d'éviter de trop s'approcher.

Le pétillement au fond des yeux de Sloane apprit à Annabeth qu'il savait exactement ce qu'elle était en train de faire.

— Je ne vais pas vous attaquer, vous savez. Vous n'avez pas besoin de vous tenir à trois mètres de moi.

— Évidemment. Je le sais fort bien.

— Dans ce cas, est-ce en vous que vous n'avez pas confiance quand vous vous trouvez près de moi ? questionna-t-il en levant un sourcil interrogateur.

— Je ne peux déterminer si votre intention est de flirter avec moi ou bien de m'agacer, mais badiner avec vous ne m'intéresse pas, dit Annabeth d'un ton ferme.

Elle le regarda droit dans les yeux.

— Nous ne sommes plus ce que nous étions autrefois l'un pour l'autre, Sloane. Nous ne sommes même pas amis. Nous ne faisons que poursuivre un but commun et je suggère que nous nous en tenions à cet objectif.

Sloane haussa négligemment les épaules tandis que son visage demeurait parfaitement impassible.

— Où est Verity ? s'enquit-il.

— Je n'en ai pas la moindre idée. Je ne l'ai pas vue ce matin. Miss Cole et moi ne sommes pas des amies intimes.

— Mmm-humm. Je suppose que non, en effet. Mais ne vous

montrez pas trop sévère envers elle, Anna. Je ne crois pas qu'elle ait jamais voulu vous faire le moindre mal et elle pourra vous protéger quand je ne serai pas là.

Annabeth voulut faire remarquer que Verity avait échoué à empêcher l'intrusion d'un homme sous son toit la nuit précédente, mais elle s'en abstint. Moins Sloane en saurait à propos de ce cambriolage, mieux cela vaudrait. Car autrement il la sermonnerait de nouveau et voudrait l'inciter à quitter la ville.

— Consacrons-nous à l'examen des boîtes, voulez-vous ? J'imagine que c'est la raison pour laquelle vous êtes ici, n'est-ce pas ?

Elle se leva.

— Je vais les chercher.

Annabeth se demandait où était partie Verity. Elle aurait préféré ne pas se retrouver seule avec Sloane, mais elle savait qu'ils travailleraient de façon plus efficace sans la présence de la jeune femme ou de Nathan. Tous deux ne feraient qu'ajouter des piques aux échanges et Annabeth s'inquiéterait de savoir si Nathan serait blessé ou jaloux.

Elle revint quelques minutes plus tard avec les trois boîtes reçues de son père. La nuit précédente elle avait ouvert le tiroir secret de la plus grande d'entre elles et sorti la fleur séchée qui était le dernier des souvenirs qui lui restaient de son passé auprès de Sloane, ainsi que tous les autres objets divers conservés dans ce coffret.

— Voici la boîte qui se trouvait dans la malle que nous avons récupérée dans la maison mise en location, lui dit-elle en lui tendant la petite boîte secrète. Je ne l'ai pas ouverte. Et ces deux autres boîtes-ci sont également à moi.

Tandis que Sloane faisait coulisser les éléments de la boîte secrète, Annabeth ouvrit les compartiments secrets des deux autres coffrets. Ils étaient vides, comme elle le savait déjà, et comme l'était également la petite boîte secrète une fois que Sloane eut relevé l'emplacement dissimulé après avoir agencé les différentes pièces dans l'ordre requis.

— Eh bien, je ne m'attendais pas vraiment à ce que le document se trouve dans l'un de ces objets, car vous l'auriez déjà découvert il y a bien longtemps. Il ne doit pas non plus l'avoir laissé là où n'importe qui aurait pu le trouver. L'endroit le plus susceptible de l'abriter est l'une des cachettes de la maison de Hunter.

— Allons-y dans ce cas, répondit Annabeth.

— Sans chaperon ? interrogea Sloane en écarquillant les yeux, l'air faussement horrifié. Lady Lockwood s'insurgerait contre cette idée, voyons !

— Dans ce cas nous ferions mieux de partir au plus tôt, avant qu'elle ne quitte sa chambre, ne croyez-vous pas ?

Malgré le calme de sa voix, Annabeth sentait son cœur s'emballer soudain dans sa poitrine. Elle ne pouvait dire si c'était là l'effet de la panique ou de l'exaltation.

Sloane lui sourit et, s'apprêtant à partir, lui prit le bras ainsi qu'il le faisait autrefois. Ses doigts étaient brûlants contre sa peau nue, un contact à la fois si familier et si surprenant que le souffle d'Annabeth se coupa subitement. Sloane lui jeta alors un regard et laissa brusquement retomber sa main.

— Je dois me changer, lâcha Annabeth, reculant vivement avant de se précipiter à l'étage pour rejoindre sa chambre.

Là, elle revêtit en hâte une robe adaptée aux sorties et faite d'un tissu vert clair se mariant à ravir avec la couleur de ses yeux – non pas que ce détail ait la moindre importance, bien entendu. C'était simplement qu'il s'agissait là de sa toilette favorite. Après avoir ajouté à sa tenue son tout nouveau chapeau et une pelisse d'un bleu légèrement plus sombre, elle redescendit l'escalier.

Une fois qu'elle l'eut rejoint dehors, Sloane l'aida à grimper dans le fiacre, petit véhicule muni d'une unique banquette. Sloane prenait plus de place que nécessaire aux yeux d'Annabeth, mais elle ne comptait pas lui faire savoir que sa proximité la dérangeait. Elle serait distante. Froide. Ils n'étaient plus rien l'un pour l'autre et elle ne comptait pas le laisser la déstabiliser ou attiser ses émotions.

Toutefois, elle trouva quelque peu irritant qu'il n'accomplisse pas plus d'efforts qu'elle pour parler durant le trajet. On aurait pu penser qu'il dirait quelque chose. Il pourrait s'expliquer et expliquer ses actions, pourrait même présenter ses excuses pour l'avoir dupée. Non pas que la moindre de ses paroles puisse changer ce qu'elle pensait de lui. Ce qu'elle ressentait le concernant.

Néanmoins, dès qu'ils eurent quitté la calèche et furent entrés dans ce qui avait été autrefois sa maison, un lieu dans lequel elle se trouvait entourée de tant de souvenirs du passé, elle ne fut plus en mesure de retenir sa langue.

— Pourquoi ne pas me l'avoir dit ?

— De quoi parlez-vous ?

Sloane referma la porte derrière eux, gardant ses yeux rivés sur sa propre main tandis qu'il tournait la clé dans la serrure.

— Vous le savez parfaitement. Pourquoi ne pas m'avoir dit que vous travailliez pour les autorités de notre pays et non pour les Français ? Que vous n'étiez pas un traître.

— Je vous l'ai expliqué hier. C'eût été œuvrer contre l'objectif poursuivi que de le dire aux gens, répondit-il tout en s'abstenant toujours de la regarder.

— Je croyais être plus à vos yeux qu'une personne parmi les « gens », lâcha-t-elle d'une voix tendue.

Sloane se tourna vers elle, une authentique émotion brillant au fond de ses yeux bleus.

— Bien sûr que vous comptiez plus pour moi. Plus que quiconque. Je vous aimais. Vous le savez, n'est-ce pas ?

— Non, je l'ignore. C'est comme si je ne vous avais jamais réellement connu. Si vous m'avez caché un fait si important, que m'avez-vous dissimulé d'autre ? Lesquelles de vos paroles étaient vraies ? Lesquels de vos serments étaient sincères ?

— Je ne vous ai pas menti.

Son regard brûlant se riva au sien et il s'approcha davantage. Ainsi qu'il en avait toujours été lorsque les yeux de Sloane se posaient sur elle, Annabeth sentit une onde puissante la traverser, un frisson qui vint étreindre sa poitrine, lui faisant oublier ce qu'elle désirait dire. Il avait toujours gagné lorsqu'ils s'étaient opposés l'un à l'autre car quand il la regardait ainsi, elle ne parvenait à penser à rien d'autre.

Mais ce n'était plus le cas désormais. Elle ignora sa fébrilité et l'accélération de son souffle – la douleur restée gravée dans sa mémoire facilitait l'exercice – et asséna :

— Ne rien me dire équivaut à un mensonge. Me laisser me demander ce que j'avais bien pu faire et pour quelle raison vous vous étiez détourné de moi, me contraindre à examiner tout ce que nous avions fait et dit dans le but de trouver un indice, cela était terriblement cruel.

— Je suis désolé. Pour rien au monde je ne vous aurais causé la moindre souffrance...

Elle était là, bien visible sur les traits de Sloane, la preuve de son remords et de sa douleur. Il tendit la main vers le visage d'Annabeth et accueillit sa joue dans sa paume. Durant un moment vertigineux, elle crut qu'il allait l'embrasser et elle fut saisie du désir de sentir ses lèvres sur les siennes.

Mais Annabeth recula brusquement.

— Pourtant c'est ce que vous avez fait.

Sloane relâcha un souffle et s'écarta, comme si lui aussi avait été envoûté par ce moment de proximité. Il adopta l'air cynique qui lui était à présent coutumier et toute trace de désir et de regret disparut de sa voix.

— Il eût été dangereux que vous le sachiez. Mon existence même dépendait de ce respect de la confidentialité. Il ne s'agissait pas uniquement de ma vie mais aussi de celle d'autres personnes.

— Vous n'aviez pas confiance en moi.

— Bien sûr que j'avais confiance en vous. Mais vous auriez pu en dire aussi peu que possible, réussir à cacher la situation de la meilleure façon qui soit, vous auriez malgré tout paru différente, vous auriez agi de manière différente, parce que tout au fond de vous-même, vous auriez su la vérité. Cela aurait pu faire émerger des doutes. Des soupçons.

Annabeth sentit son sang se glacer avant de s'échauffer subitement.

— Donc mon cœur a été sacrifié dans le but de créer une parfaite illusion.

L'espace d'un instant, un éclair de colère traversa le regard de Sloane mais il regagna aussitôt son calme et haussa légèrement les épaules.

— J'imagine que c'est le cas, en effet, si l'on désire voir les choses de cette façon.

— Je ne veux pas voir les choses de telle ou telle façon, rétorqua Annabeth. Je veux juste que tout ceci soit fini. Je veux retrouver ma vie. Je propose par conséquent que nous retrouvions ce document aussi vite que possible.

Elle tourna vivement les talons et quitta les lieux à grands pas. Elle se rendit tout d'abord dans la pièce qui avait été le bureau de son père où la bibliothèque insérée dans le mur s'ouvrit quand elle releva un élément décoratif sculpté et pressa un petit bouton placé juste en dessous. À l'intérieur du mur apparut un meuble vide.

— Voilà qui est fort ingénieux, nota Sloane en faisant courir son doigt sur la bordure presque invisible séparant la partie sculptée du reste du bois.

— Je ne crois pas que nous trouverons quoi que ce soit. J'ai exploré toutes les cachettes potentielles quand nous avons quitté la maison, énonça Annabeth en se forçant à adopter un ton froid et pragmatique.

— Et si vous n'aviez pas connaissance de l'emplacement de chacune d'elles ? fit remarquer Sloane. Peut-être que votre père disposait d'un emplacement secret, inconnu de tous, même de vous.

— C'est possible, répondit Annabeth d'un ton dubitatif. Je suppose qu'il nous faudra tout examiner avec cela à l'esprit.

L'idée lui déplaisait toutefois. Cela signifiait qu'elle devrait passer plus de temps en ces lieux seule avec Sloane.

Ils parcoururent les différentes pièces, Annabeth lui montrant les quelques cachettes de son père. Elle ne révéla pas l'existence de l'endroit qui se trouvait dans sa propre chambre et qui avait autrefois abrité les lettres que Sloane lui avait envoyées. Celles-ci avaient depuis longtemps disparu, jetées dans la cheminée à l'occasion d'une crise de larmes, mais étrangement même voir l'endroit où elles s'étaient trouvées paraissait trop intime à ses yeux.

Ce fut Sloane qui découvrit qu'en pressant la base de l'élément décoratif ornant le sommet de l'un des poteaux de la rampe de l'escalier, celui-ci pouvait se détacher. Dans la cavité ainsi révélée se trouvait un petit étui de cuir. Il s'agissait du seul objet qu'ils aient trouvé et ils se sourirent mutuellement, signe de leur impatience partagée.

— C'est léger, nota Annabeth en sortant le petit sac. Il est fort possible qu'il n'y ait rien à l'intérieur.

Elle tira sur les cordons noués qui fermaient l'étui.

— Je vais les trancher, intervint Sloane.

Il plongea la main dans sa botte et en retira une lame fine et aiguisée.

— Vous rendez-vous en tous lieux muni d'une arme ? interrogea Annabeth.

— Pas jusqu'à une période récente, qui a commencé avec mes problèmes avec Parker. Du moins, je n'étais pas auparavant aussi bien armé que cela. Il m'a semblé être une bonne idée que de reprendre mes anciennes habitudes.

Il tendit la main vers l'étui.

— Attendez donc, voulez-vous ? Vous vous montrez toujours si impatient. J'ai presque dénoué les cordons. Voilà.

Annabeth plongea la main dans le sac et en sortit un petit carnet à la couverture de cuir.

— C'est cela !

Elle le lui tendit.

— N'est-ce pas ?

Sloane lui arracha l'objet des mains et l'ouvrit, le front soucieux.

— Qu'est-ce…

Annabeth, qui n'avait pas vraiment vu ce qui figurait sur les pages, s'approcha, tendant le cou pour voir par-dessus le bras de Sloane. Machinalement, elle posa doucement une main dans son dos pour assurer son équilibre puis réalisa ce qu'elle venait de faire et combien elle se tenait près de lui.

Une onde de chaleur parcourut son visage et elle effectua un léger bond en arrière.

— Je… je suis désolée…

— Pour quelle raison ? questionna Sloane en tournant la tête vers elle.

Il n'avait semble-t-il pas même pris conscience de son geste. Ce qui rendait la situation encore plus embarrassante.

— Pour rien. Alors, qu'est-il écrit ?

Sloane lui tendit le carnet déformé d'avoir été glissé sous la forme d'un rouleau dans sa cachette et elle dut lisser les pages pour pouvoir lire. Chacune d'elles était identique, à savoir pourvue de deux colonnes. Celle de gauche contenait quelques lettres sur chaque ligne que venaient compléter dans la colonne de droite des nombres suivis du dessin d'un triangle ou d'un cercle. Des fioritures ornaient les marges et à quelques endroits apparaissait un point d'interrogation ou d'exclamation.

— Qu'est-ce donc que tout cela ? demanda Annabeth.

— Je n'en ai pas la moindre idée. J'espérais que vous pourriez me le dire.

— Eh bien, je peux vous confirmer que ceci est bien de la main de mon père. Il avait pour habitude de tracer ces petits motifs décoratifs sur ses dessins et ses messages. Je ne comprends pas en revanche la signification de tous les nombres et lettres.

— Moi non plus, concéda Sloane, tout en poursuivant l'examen attentif des pages. J'imagine qu'ils pourraient former une sorte de code. Voilà qui ne ressemble guère à…

— À quoi ?

— Au document. Je m'attendais à quelque chose ayant l'aspect d'une lettre.

Il eut un petit haussement d'épaules avant de glisser le mince carnet à l'intérieur de sa veste.

— Quoi que cela puisse être, je pense que nous avons épuisé toutes les possibilités offertes par cet endroit. Nous devrions rentrer.

— Oui. Nous sommes partis plus longtemps que je l'avais imaginé. Grand-mère sera furieuse. J'ai dit à Cartwell où nous nous rendions, ainsi elle ne se sera pas inquiétée.

— Mais elle ne sera certainement pas ravie malgré tout.

15

Nathan se trouvait dans le salon en compagnie de Lady Lockwood lorsque Sloane et Annabeth revinrent. Annabeth se sentit soudainement submergée par un lourd sentiment de culpabilité. *Tu n'as rien fait de mal*, se répéta-t-elle. Mais ses actions en elles-mêmes n'avaient pas réellement d'importance – elle savait quelles émotions s'étaient agitées en elle du simple fait de la présence de Sloane à ses côtés.

— J'ai été surpris que Sloane et Miss Cole n'aient pas été présents à mon arrivée, dit Nathan. Mais je suppose que vous étiez tous partis en quête de ce mystérieux document. Où se trouve Miss Cole, au fait ?

Son regard la chercha derrière Sloane et Annabeth.

— Cette mystificatrice est partie voir leur « maître espion ». Un cambriolage a eu lieu ici la nuit dernière, répondit Lady Lockwood avant qu'Annabeth puisse l'arrêter. Je vous l'aurais dit sans détour si vous l'aviez demandé au lieu de tourner autour du pot et de vous livrer à un bavardage inepte.

— Un cambriolage ! lâcha Nathan en la fixant, stupéfait. Que s'est-il produit ? Quelqu'un s'est introduit par effraction dans cette maison ?

— C'est très aimable à vous de m'en avoir informé, cingla Sloane en dardant un regard noir sur Annabeth.

— Je n'avais pas l'intention de le dire à qui que ce soit, répliqua cette dernière. Tout a pris fin très vite. Grand-mère a donné à cet individu un grand coup de canne.

— Voilà qui suffirait en effet à mettre en fuite n'importe qui, nota Sloane.

— Si seulement vous m'aviez avoué il y a des années que c'était là le fond de votre pensée, répliqua Lady Lockwood en l'observant d'un air sombre, j'aurais essayé cette méthode sur vous, avec grand bonheur.

Nathan laissa entendre un gargouillis, celui du rire qu'il échouait à réprimer parfaitement.

— J'aurais bien aimé voir cela, dit-il.

— Pétunia m'a aidée. C'est une petite bête redoutable dans le fond.

Annabeth ne put s'empêcher de sourire à ces mots.

— L'état de mes bottes le démontre amplement, continua Nathan d'un ton d'ironie désabusée avant de s'approcher d'Annabeth. Allez-vous bien ? Avez-vous été blessée ?

— Non, commença Annabeth, mais Lady Lockwood l'interrompit en frappant sa canne sur le sol.

— Et donc, Rutherford, qu'avez-vous l'intention de faire ?

— De faire ? répéta Sloane.

— Oui. À propos de tout ceci, fit Lady Lockwood tout en effectuant un large geste devant elle. De ces voleurs et vagabonds entrant et sortant de cette demeure comme bon leur semble.

Annabeth prit pitié de Sloane et dit :

— Nous ne pouvons être sûrs qu'il s'agissait d'un vagabond, Grand-mère. Cet homme peut tout à fait avoir un toit à Londres.

— Vous savez fort bien ce que je veux dire, asséna Lady Lockwood. Kidnappeurs, canailles, rôdeurs, charlatans et voleurs. Des gens se livrant à toutes sortes de tours dans ma propre maison. Voilà qui est parfaitement scandaleux.

— Il y a toujours pour vous la solution de partir pour Bath, ainsi que je l'ai suggéré, dit Sloane à Lady Lockwood.

— Je n'irai pas à Bath, asséna Lady Lockwood avant de pousser un lourd soupir. Je vois que tout ceci va prendre un certain temps. Puisque vous êtes là, pourquoi ne pas vous asseoir et prendre le thé ?

Elle agita sa main en direction du chariot où était disposé le service de porcelaine.

Alors qu'Annabeth était occupée à servir une tasse de thé, le majordome apparut dans l'embrasure de la porte, Russell Feringham à ses côtés.

— Mr Feringham, milady.

— Oncle Russell ! Quelle plaisante surprise.

— J'ai entendu dire qu'il y a eu ici une certaine agitation hier soir et je voulais prendre de vos nouvelles et voir si je pouvais me rendre utile d'une façon ou...

— Humph, marmonna Lady Lockwood. Quelle qu'en soit la raison, il est tout à fait contraire aux usages d'arriver aussi tôt dans la matinée pour effectuer une visite, n'est-ce pas, Feringham ? Et si ce dont nous avions eu besoin avait été de dormir tard après cette rude épreuve ? Non pas que cela ait eu la moindre importance à vrai dire avec ces jeunes hommes cherchant à voir Annabeth dès le lever du jour. Tout le monde sait que Sloane agit à la façon d'une petite souris grise, entrant et ressortant d'ici comme il lui plaît. Mais on aurait pu espérer de Mr Dunbridge qu'il se comporte mieux. Malheureusement il vit ici, apparemment.

— Maintenant que nous en avons fini avec cette leçon de bonne conduite, pouvons-nous je vous prie revenir au sujet de cette intrusion ? questionna Sloane.

À cet instant des voix retentirent dans le vestibule. Lady Lockwood jeta un regard noir en direction de la porte ouverte du salon.

— Que se passe-t-il encore ?

Alors que les voix se faisaient plus proches, elle poussa un lourd soupir.

— C'est Martha et Edgerton. Manifestement, tout le monde a décidé de me tourmenter ce matin.

La mère d'Annabeth se précipita à l'intérieur de la pièce en s'exclamant :

— Oh ! ma chère enfant ! Allez-vous bien ?

Elle saisit le bras d'Annabeth et plongea son regard inquiet dans les yeux de sa fille. Martha était une version plus théâtrale mais étrangement plus fade et fragile de sa sœur, Lady Drewsbury.

— Oui, Mère, je vais parfaitement bien.

Annabeth lui sourit d'un air rassurant.

— Je suppose que tout le monde se présente ici après avoir appris qu'Annabeth a été victime d'un enlèvement, intervint Lady Lockwood. Et dire que faire fuir un cambrioleur aux premières lueurs de l'aube n'était que le début d'une série de dérangements...

Russell lui adressa un regard incrédule et bondit hors de son siège, un air d'effroi sur le visage.

— Annabeth, très chère, comment vous sentez-vous ?

— Je vais bien, se hâta de répondre Annabeth. Il n'y a vraiment nul besoin de s'inquiéter.

— Mais bien sûr que nous sommes inquiets !

La main de Martha se porta sur sa poitrine.

— Mon esprit n'a pas connu un instant de quiétude depuis que j'ai été informée des incidents.

— Je ne comprends pas comment vous avez pu apprendre l'un ou l'autre ces événements, fit Annabeth. Tout cela n'a eu lieu qu'il y a quelques heures à peine.

— Eh bien, je dois ces informations à ma femme de chambre, bien entendu, répondit Martha comme s'il s'agissait là d'une explication évidente.

— Mon valet de chambre l'a appris de la bouche du vendeur d'œufs, me semble-t-il, expliqua Russell. C'est une vraie mine d'informations. Avec lui, il n'est plus utile de lire les journaux à sensation.

Il ajouta :

— Bien que je doive admettre qu'ils sont divertissants. L'éditeur de l'*Onlooker* a une manière piquante de jouer avec les mots.

— Cessez donc de vous éloigner du sujet, Russell…, fit Lady Lockwood en lui jetant un regard sévère. Un enfant dans un magasin de bonbons serait plus attentif que vous.

— Edgerton et moi avons été *si* bouleversés quand nous avons appris la nouvelle, n'est-ce pas, mon chéri ?

Martha se tourna vers son époux, un homme de grande taille, aux cheveux blancs, vêtu sobrement et qui affichait en permanence une expression de réprobation.

— Oui, Martha était totalement ébranlée, bien entendu, dit-il.

Il salua d'un signe de tête Nathan et Russell et sa bouche se pinça quand il découvrit la tenue de ce dernier.

Russell Feringham était petit, doté d'une silhouette piriforme et ses cheveux étaient clairsemés au sommet de son crâne, mais il était toujours vêtu à la dernière mode. En ce jour il portait des pantalons couleur chamois et une veste vert sombre ornée sur le haut du buste d'une double rangée de boutons dorés et voyants et laissant apparaître un gilet à motifs cachemire colorés et une cravate artistiquement nouée.

Le regard de Lord Edgerton se porta alors sur Sloane et il se renfrogna avant de s'avancer pour s'incliner de façon formelle devant la grand-mère d'Annabeth.

— Je ne doute pas que vous ayez été effrayée, milady.

— Effrayée ? lâcha Lady Lockwood en se raidissant soudain. Par un petit criminel ? Certainement pas.

— Lady Lockwood n'a jamais fait preuve de la moindre lâcheté, Edgerton, lança Sloane. Même s'il s'agit là d'une attitude qu'il vous soit peut-être difficile à comprendre.

— Me traitez-vous de lâche ? s'insurgea Edgerton, le visage écarlate. Eh bien, sachez que pareils mots ont bien peu de poids quand ils sont proférés par un traître à la Couronne tel que vous.

Il se tourna vivement vers Lady Lockwood.

— Milady, qu'aviez-vous donc en tête en accueillant pareille canaille dans votre maison ?

Russell, qui jusqu'à cet instant avait observé le spectacle en silence, intervint :

— Il suffit à présent.

Edgerton lui jeta un regard méprisant et se tourna vers Sloane.

— Quittez cette maison sur le champ. M'entendez-vous ?

— J'ai l'impression que la maisonnée entière est en mesure de vous entendre, répondit Sloane à voix basse.

— Ne vous avisez pas de bouger d'un pas, jeune homme, ordonna Lady Lockwood à Sloane. Je suis ici chez moi et je ne suis pas sénile. Je vous garantis que ma réputation résistera à bien plus que la visite de l'un des anciens amis d'Annabeth et Nathan. Si je dis que Rutherford est le bienvenu ici, alors il l'est. À présent asseyez-vous, Edgerton, et cessez de vous comporter en imbécile.

Lord Edgerton sembla touché dans son orgueil mais il serra fermement les lèvres, et quand sa femme lui dit dans un murmure « Je vous en prie, très cher », il s'assit sans un mot.

— Fort bien, commença Sloane. Avant que tout le monde n'arrive, nous évoquions un départ de Lady Lockwood et Annabeth pour Bath.

— S'enfuir n'est pas la solution, dit Annabeth. Nous devrions concentrer nos efforts sur la découverte de ce que Papa a écrit.

Sloane lui jeta un regard sévère. Mais à ce stade peu importait à Annabeth que Sloane et les autorités nationales veuillent garder la question secrète. Tout ce qu'elle désirait, c'était que cette histoire prenne fin.

— Hunter ? s'étonna Martha.

Annabeth se tourna vers sa mère.

— Quelque chose que Papa a écrit était apparemment important.

Edgerton, qui se tenait près d'elle, ricana avant de déclarer :

— Hunter Winfield n'a jamais écrit quoi que ce soit d'important.

— Quelqu'un semble penser le contraire, intervint Nathan.

— Mais, mon garçon, dit Russell, déconcerté. Hunter était un homme merveilleux mais il n’avait pas le moindre talent littéraire.

— Il n’est pas question de littérature, répliqua Annabeth. Mais d’un secret…

16

— Annabeth recherche les messages que Mr Winfield a laissés pour elle, l'interrompit Sloane. Des mots réconfortants. Des paroles de sagesse. Ce genre d'écrits. À l'image de ceux qu'il a laissés dans le coffret à bijoux de Lady Lockwood.

— Bien sûr. Comme le charmant poème qu'il a placé dans l'une des boîtes dont il m'a fait présent.

Un sourire éclaira les traits de Martha au souvenir de ce texte.

— Oui, comme cela. Exactement.

Annabeth se conforma au récit entrepris par Sloane. Les raisons qu'il avançait étaient plausibles et certainement plus faciles à expliquer que la vérité, mais mentir la mettait malgré tout mal à l'aise.

— Annabeth a trouvé un message dans une boîte secrète alors qu'elle débarrassait le grenier de sa maison l'autre jour, poursuivit Sloane. Mr Winfield a indiqué qu'il y en aurait d'autres à dénicher.

Annabeth lança à Sloane un regard d'avertissement. Elle n'avait pas besoin qu'il invente des histoires qu'elle aurait à entretenir auprès de sa famille - même s'il apparaissait clairement à la lumière de l'exercice qu'il était expert dans l'art du mensonge.

— Vous devez vous souvenir, Mama, que Papa était coutumier de cela, c'était un petit jeu auquel lui et moi jouions.

— Oh oui, ma chère enfant. Lui et vous étiez si astucieux. Je n'ai jamais rien pu y comprendre.

— Possédez-vous toujours certaines de ces boîtes ? Pourrais-je les voir ?

— Bien entendu, répondit Martha, un large sourire aux lèvres. J'en ai plusieurs. Néanmoins j'ai déjà exploré leur contenu et sorti les messages qu'elles pouvaient renfermer.

— Je vous remercie, fit Annabeth avant de se tourner vers Russell. Et vous-même ? En détenez-vous ?

— Oui, en effet, mon enfant, j'en possède plusieurs, et je serais heureux que vous puissiez les examiner. Malheureusement elles ne sont pas là. Elles se trouvent dans ma maison de campagne.

— Oh. Eh bien...

— Je peux aller les chercher pour vous, si vous le souhaitez, indiqua Russell qui sembla s'égayer à cette perspective. Je dois rentrer chez moi pour quelques jours : ce pénible régisseur veut encore me parler. Je ne doute pas un instant que ce sera mortellement ennuyeux, mais, enfin, bien sûr, on ne peut se soustraire à pareil entretien. J'espère cependant qu'il ne sera pas trop long...

— Merci, fit Annabeth en lui adressant un regard empli de gratitude. Je vous en serais extrêmement reconnaissante.

Edgerton émit un faible grondement de mécontentement.

— Assez parlé de ces stupides boîtes, lâcha-t-il. L'important est que nous garantissions votre sécurité, Annabeth. La solution n'est pas de s'enfuir, ainsi que certains sont enclins à le faire.

Il jeta un regard lourd de sens à Sloane.

— Il est clair que vous devriez venir vivre avec nous.

— Chérie, revenez donc à la maison, l'exhorta Martha.

— Ce n'est pas ma maison, dit Annabeth à mi-voix.

— Bien sûr que ce n'est pas votre maison, acquiesça Lady Lockwood. Votre maison est ici et cet endroit est parfaitement sûr.

— Je pense clairement qu'il ne l'est pas, étant donné qu'Annabeth a été attaquée ici à deux reprises, riposta Edgerton. Vous devez venir vivre avec nous, Annabeth.

Annabeth se hérissa, mais avant qu'elle ait pu formuler sa réponse, sa grand-mère déclara :

— Il ne vous revient pas, Edgerton, de décréter ce que ma petite-fille peut ou ne peut pas faire. C'est sous ma responsabilité que se trouve Annabeth.

— Personne n'est responsable de moi, cingla Annabeth. J'ai trente ans, j'ai dépassé depuis longtemps l'âge de la majorité.

— Oh ! non, très chère, s'exclama sa mère, saisie d'inquiétude et se penchant pour tapoter son bras. Une lady ne doit jamais mentionner son âge, voyons !

Sloane laissa échapper un rire et Annabeth dut plaquer sa main sur sa bouche pour s'empêcher de l'imiter. Eh bien, au moins sa mère avait-elle réussi à diriger la discussion sur la plus futile des frivolités.

Lord Edgerton paraissait toujours courroucé, mais avant qu'il puisse parler, Nathan décida d'apaiser les tensions en changeant de sujet de conversation.

— J'ai cru comprendre que vous possédiez un nouveau véhicule, milord. Le sujet était sur toutes les lèvres, au club.

Russell, lui aussi accoutumé à l'art de calmer les discussions trop enfiévrées, renchérit :

— J'ai entendu dire qu'il est superbe, Edgerton. Même si jamais je n'achèterais moi-même de phaéton. Ils se renversent trop facilement. Je n'ai jamais été expert dans la conduite des voitures à cheval. C'est pourquoi je ne participais pas aux courses de cabriolets avec Hunter.

— Et Londres n'en a été que plus sûr, lâcha en ricanant Edgerton.

Russell se contenta de répondre à ses mots par un gloussement.

— Êtes-vous venu avec votre phaéton aujourd'hui ? Vous pourriez me le montrer quand nous repartirons.

— Je suis certaine qu'Edgerton adorerait cela, dit Lady Lockwood.

Elle se tourna vers son gendre.

— Vous vous apprêtiez sans nul doute à repartir, de toute façon, étant donné que vous ne voudriez pas rester plus longtemps que la durée appropriée pour une visite, en particulier quand celle-ci a lieu de manière si matinale.

Peu de choix s'offraient à Lord Edgerton après le clair congédiement formulé par Lady Lockwood.

— Vous avez raison, bien entendu, madame. Martha, nous devrions partir.

Martha se leva, l'air déçu, et Annabeth lança :

— Je suis certaine que Grand-mère ne voulait pas dire que vous aviez à nous quitter vous aussi, Mère.

— Bien sûr que non, confirma la vieille dame.

— Il y a une éternité que nous n'avons pas parlé, vous et moi, ajouta Annabeth. Restez, je vous prie.

— Ce serait fort plaisant, en effet.

Martha se tourna vers son époux.

— Qu'en pensez-vous, très cher ?

— Je ne peux pas rester, lui répondit Edgerton, même si l'invitation ne le concernait pas. J'ai promis de retrouver Hanborough au club. Et je ne veux pas que vous rentriez chez nous seule. Annabeth pourrait vous rendre visite chez nous.

— Vous avez raison, c'est certain.

Le visage de Martha s'assombrit un peu mais elle se ressaisit aussitôt et sourit à son mari.

— Vous prenez si bien soin de moi, Edward. Je suis la plus chanceuse des femmes.

— Vous êtes tout pour moi, ma chérie.

Edgerton leva la main de Martha jusqu'à ses lèvres pour déposer un baiser furtif sur ses doigts.

Lady Lockwood laissa entendre un grognement.

— Désolée, dit-elle lorsque les autres personnes présentes se tournèrent pour la regarder.

Elle tapota son ventre.

— Quelques soucis de ballonnements.

Après le départ de sa fille, Lady Lockwood ajouta :

— Je remercie le ciel qu'Alistair n'ait jamais pris aussi bien soin de moi.

Annabeth pouffa de rire en songeant à son si doux grand-père qui ne s'aventurait jamais à dire à Lady Lockwood ce qu'elle devait faire. À dire vrai, la réponse qu'il apportait fréquemment à la moindre question ou inquiétude était : « Allez donc poser la question à votre grand-mère. »

— Le voir lui dire quoi faire me rend si furieuse, lâcha Annabeth avec humeur. Il agit comme si elle était une enfant. Pourquoi ne lui tient-elle jamais tête ?

— C'est la façon dont il plaît à votre mère d'être traitée, déclara Lady Lockwood. C'est la raison pour laquelle elle a épousé Edgerton dès que l'année consacrée au deuil de son mari est arrivée à son terme. Elle ne peut supporter de ne pas avoir de mari.

Annabeth se dit que le départ de sa mère était probablement davantage dû à son désir d'échapper à une vie passée sous le toit de Lady Lockwood qu'à toute autre raison mais elle se garda bien d'émettre pareille vérité.

— Martha n'est responsable de rien de cette façon et pourtant elle réussit tout de même généralement à obtenir ce qu'elle veut en se montrant docile. Elle aime qu'on s'occupe d'elle, qu'on la dorlote et elle décide simplement d'ignorer ce qu'il y a de déplaisant dans la personne d'Edgerton. Si vous voulez bien vous en souvenir, elle ne s'opposait jamais à votre père non plus. Elle se contentait tout simplement de ne pas prêter cas à sa manière de gaspiller l'argent et à son attitude irresponsable.

— Oui, mais Papa était gentil et agréable… et amusant également.

— Ce qui ne veut pas dire qu'il était un bon mari. Au moins Edgerton paye ses factures, donne à Martha une somme d'argent confortable pour ses vêtements et les diverses babioles qui lui font envie et il ne l'amène pas à s'inquiéter au sujet des huissiers. Il ne joue ni ne boit et elle n'a pas à se demander quelle idée saugrenue – faire la course avec leurs cabriolets en tous lieux – va encore germer dans sa tête et celle de ses amis déchaînés. Mon Dieu, j'étais certaine que Hunter se romprait le cou dès la première année de leur union.

— Papa menait une vie si trépidante que cela ? Je pensais qu'il appartenait au cercle de Lord Drewsbury.

— Oui, tout comme mon père, nota Nathan.

— Oh ! non, détrompez-vous. Hunter fréquentait la plupart du temps un autre groupe d'amis : votre père, Marcus, par exemple, dit-elle en donnant un coup de menton en direction de Sloane.

— Oui, je m'en souviens, acquiesça ce dernier. Russell et lui venaient chez nous pour boire et jouer aux cartes avec mon père.

— Mais Oncle Russell n'est pas un homme si fougueux que cela, intervint Annabeth.

— Il ne l'est plus, fit Lady Lockwood. Pour être juste, votre papa s'était quasiment assagi au moment de votre naissance, lui aussi. Il avait abandonné ses courses insensées. Par conséquent Russell a mené une existence plus calme également. Il suivait toujours l'exemple donné par Hunter. Hunter était ainsi... les gens étaient attirés par lui.

La popularité de son gendre avait fait percer une note d'admiration dans sa voix.

— Pas Lord Edgerton, assurément.

Lady Lockwood laissa échapper un éclat de rire sonore.

— Non, en effet. Lui comme Hunter faisaient la cour à Martha, voyez-vous. Bien sûr, Edgerton détestait Hunter plus que Hunter ne le détestait, c'était là une question de différence de nature.

Lady Lockwood jeta un regard vers Sloane et Nathan.

— Puisque tous deux n'avez pas eu la politesse de partir avec les autres, asseyez-vous et décidons de ce que nous allons faire.

Une fois que les deux hommes se furent installés, elle poursuivit :

— À présent, Rutherford, j'espère que vous avez pensé à un meilleur plan que celui consistant à fuir pour Bath.

— J'aimerais entendre ce plan, moi aussi, lança Verity depuis le seuil de la pièce.

Elle arborait une tenue de femme de chambre et avait un plumeau en main, afin de conserver sa couverture aux yeux des autres domestiques. Mais elle referma la porte, mit l'objet sur une table et adopta bientôt une pose qui n'avait rien de celle d'une domestique, bras croisés et menton relevé.

— Puisque Sloane semble prendre des décisions pour nous tous.

Il lui jeta un regard de reproche.

— Vous avez disparu ce matin sans attendre d'instructions.

Verity haussa légèrement les épaules.

— J'avais à parler à certaines personnes.

Nathan s'éclaircit la voix.

— Vous aviez un plan, Sloane ?

— Oui, en effet.

Sloane se tourna de nouveau vers les autres et déclara :

— Dès que possible, demain serait parfait, Annabeth et Lady Lockwood partiront pour Stonecliffe.

— Stonecliffe ! Je vous ai dit que je n'irai nulle part. Et je compte encore moins faire irruption chez un couple de jeunes mariés, protesta Annabeth.

— Noelle et Carlisle ne sont pas là. Ils sont partis pour sa propriété, qui est exactement le genre d'endroits insipides que Carlisle choisirait pour sa lune de miel. Il n'y a donc personne chez eux à part Lady Drewsbury. Il s'agit semble-t-il du moment parfait pour que la mère de Lady Drewsbury et sa nièce lui rendent visite.

— Hum.

Lady Lockwood réfléchit un instant à la question et son regard s'éclaira.

— Il serait plaisant de partir un peu, en effet, nota-t-elle. D'aller voir l'enfant.

L'aspect plus doux du tempérament de la grand-mère d'Annabeth se révélait toujours quand elle se trouvait en présence du jeune Gil.

— Et Adeline, bien entendu, ajouta-t-elle comme si elle venait de se souvenir à l'instant de l'existence de sa fille.

— Stonecliffe est la demeure la plus sûre à laquelle je puisse penser, poursuivit Sloane. Les domestiques ont tous l'habitude de se tenir sur leurs gardes, après les ennuis que Noelle et Carlisle y ont vécus. Il est possible de fermer les portes donnant sur la cour afin que seule la porte du jardin nécessite une surveillance. Verity peut vous accompagner pour assurer votre protection et Nathan peut vous escorter.

— Je vous l'ai dit, je n'entends pas m'enfuir, rétorqua Annabeth d'un ton agacé. Et je ne vois pas en quoi me cacher à Stonecliffe vous aidera à découvrir le document rédigé par Papa.

— Je n'ai pas dit que vous y resteriez, dit Sloane, un éclat malicieux brillant au fond des yeux. Verity va cesser d'être femme de chambre et... devenir vous.

— Mais comment ?

— Elle enfilera vos vêtements, se coiffera de vos chapeaux et Nathan viendra fréquemment lui rendre visite. Tous deux feront des promenades dans le jardin et s'assiéront sur la terrasse ou dans la cour. De loin, elle peut sans peine passer pour vous, par conséquent si l'ennemi vous suit, nous l'amènerons à croire que vous séjournez à Stonecliffe dans le Kent. Pendant ce temps-là nous partirons fouiller l'atelier de votre père dans le Sussex.

— Merveilleux !

Annabeth sentit un élan d'enthousiasme enfler dans sa poitrine.

— Non ! s'exclamèrent Nathan et Verity d'une même voix.

— Si vous croyez que je vais rester assise dans un château à la campagne à ne rien faire tandis que vous profitez de tout l'amusement, vous avez perdu la raison, dit Verity à Sloane.

— Vous avez accepté d'apporter toute l'aide dont vous êtes capable, rétorqua Sloane d'une voix dure comme l'acier. C'est agir ainsi qui nous aidera. Il n'est nul besoin de quatre personnes pour fouiller un atelier, et Annabeth est la seule qui sache où trouver ce dont nous sommes en quête. Si les gens pensent qu'elle se trouve à Stonecliffe, ils ne la chercheront pas dans le Sussex. En outre, vous ne ferez pas « rien ». Je suppose que Hunter Winfield a peut-être donné une boîte ou deux à sa belle-sœur.

— Ciel, oui, confirma Lady Lockwood. Il les éparpillait un peu partout. Il avait beaucoup d'affection pour Adeline et elle est le genre de personnes qui ne se serait jamais débarrassé de pareil présent.

— Vous savez qu'il vous plairait de mettre la main sur certaines de ces boîtes, dit Sloane à Verity pour l'encourager.

— J'aime beaucoup les casse-tête, reconnut Verity.

— Et vous pourriez avoir envie de travailler sur ceci tandis que vous resterez sans grande occupation.

Il plongea la main à l'intérieur de sa veste, en sortit le petit carnet qu'ils avaient trouvé le matin même et le tendit à Verity.

— Qu'est-ce donc ?

Nathan vint se placer aux côtés de la jeune femme pour examiner les pages qu'elle s'était aussitôt mise à feuilleter.

— Ce n'est que galimatias. Pourquoi est-ce important ?

Annabeth répondit :

— Parce que nous l'avons trouvé soigneusement dissimulé dans l'une des cachettes de Papa, une cachette dont j'ignorais même l'existence.

Lady Lockwood grommela et frappa sa canne contre le sol, réveillant Pétunia et déclenchant ses aboiements.

— Ne restez donc pas planté là, Dunbridge. Donnez-moi cela.

Nathan s'exécuta mais après avoir posé les yeux sur l'objet, la grand-mère d'Annabeth parut tout aussi perplexe.

— J'ai pensé que ce pourrait être une sorte de code, expliqua Sloane après que Lady Lockwood lui eut rendu le petit carnet. Je ne le reconnais pas cependant.

— Moi non plus, précisa Verity.

Elle jeta un regard par-dessus l'épaule de Sloane en direction des pages, visiblement intriguée.

— Peut-être une chose sert-elle de clé pour le déchiffrer… un livre, par exemple. Le nombre pourrait être un numéro de page, ou celui d'une page et d'une ligne. Les lettres pourraient indiquer de quel livre il s'agit.

— Voilà qui pourrait expliquer pourquoi deux ou trois des groupes sont constitués des mêmes lettres, nota Sloane.

— Ou peut-être la clé est-elle déjà là, tracée à l'encre invisible...

Verity prit le carnet, s'approcha d'une lampe à huile et retira sa cheminée de verre pour tenir une page au-dessus de la flamme. Le papier commença à brunir mais aucune nouvelle ligne d'écriture n'apparut.

— Faites attention, ne le brûlez pas, lui dit Nathan.

Elle lui jeta un regard plein de dédain.

— Je vous remercie, Mr Dunbridge. Je n'y aurais pas pensé moi-même.

Elle referma le carnet et l'enfouit dans sa poche.

— Cependant, je n'ai pas besoin de rester dans une maison ennuyeuse à la campagne pour travailler sur ceci.

Nathan jeta un regard noir à Verity et dit :

— Que Miss Cole puisse connaître l'ennui n'est pas mon problème principal. Annabeth ne peut pas courir la campagne seule avec Rutherford. Sa réputation serait ruinée.

— Ce qui est la raison pour laquelle nous quitterons Stonecliffe secrètement, expliqua Sloane, comme s'il parlait à une personne lente d'esprit.

Nathan lâcha un petit ricanement.

— Vous ne pouvez pas entrer ou sortir de Stonecliffe sans que quelqu'un le remarque.

— J'en suis parfaitement capable tout au contraire, répondit Sloane en haussant les épaules d'un air détaché.

— Et je suppose que personne d'autre ne vous remarquera non plus, est-ce bien cela ?

— Nous allons séjourner chez les Haverstock. Rendre visite à nos amis d'enfance.

— Priscilla et Timothy sont-ils informés de notre venue ? demanda Annabeth.

— Non. Je viens d'en avoir l'idée à l'instant. Mais j'enverrai un message ce soir. Cela ne posera pas le moindre problème. Sprague était un bon ami.

Une ombre passa sur les traits de Sloane à ces mots.

— Je suis désolée, dit Annabeth regrettant d'avoir posé sa question d'un ton trop léger.

La mort de l'aîné de la fratrie Haverstock avait sans aucun doute été très douloureuse pour Sloane. Hormis Annabeth elle-même, Sprague avait été son ami le plus proche.

— Ce sont des choses qui arrivent. Les gens meurent, c'est ainsi, fit Sloane avant de s'adresser à Nathan : Vous voyez ? Toutes vos craintes quant à la réputation d'Annabeth ont trouvé une réponse.

— Je vous accompagnerai, riposta Nathan.

— Et laisser ainsi la pauvre Miss Cole sans protection à Stonecliffe ?

— Je suis certain que Miss Cole peut très bien se débrouiller sans ma protection, répliqua sèchement Nathan.

— Et vous ne vous trompez pas sur ce point, acquiesça Verity.

Sloane poursuivit :

— Mon cabriolet n'est doté que de deux places. Et il serait grossier de ma part d'amener un invité surprise chez les Haverstock.

— C'est moi qui devrais..., commença à s'emporter Nathan.

— De grâce ! s'exclama Lady Lockwood, abattant brusquement sa canne sur le sol et déclenchant de ce fait une nouvelle salve d'aboiements de la part de Pétunia. Cessez je vous prie toutes ces futiles jérémiades. Je suis d'accord avec le plan de Rutherford. Annabeth et lui partiront en quête de cette stupide boîte. Vous resterez chez vous, Nathan – choix, je dois le dire, que vous devriez adopter plus souvent qu'à votre habitude –, et viendrez nous rendre fréquemment visite à Stonecliffe. Ce sera pour moi une épreuve que de supporter Miss Cole, je vous le concède, mais chacun doit faire ce qui est nécessaire.

Nathan, interloqué, se tourna vivement vers Lady Lockwood.

— Vous ne pouvez certainement pas approuver l'idée qu'Annabeth voyage avec lui !

— En temps normal, je suis certaine que vous seriez tout à fait à même d'assurer la protection d'Annabeth, répondit Lady Lockwood. Mais il est clair que ces hommes sont des canailles.

Il faudra donc une canaille pour les combattre, ajouta-t-elle en pointant sa canne vers Sloane pour souligner ses paroles.

— Un instant je vous prie, dit Annabeth d'un ton sec. Je déteste interrompre cette discussion concernant ce que je devrais faire, où je devrais aller et qui m'accompagnera, mais je me permets de vous faire remarquer que c'est moi qui suis responsable de mes propres actions.

— Bravo ! lança Verity, un large sourire aux lèvres.

— Je dois me rendre dans l'atelier de mon père en compagnie de Sloane, fit Annabeth en rejoignant Nathan, peinée par l'expression blessée qui se lisait sur ses traits.

Après avoir pris sa main, elle poursuivit :

— Je vous en prie, comprenez. Je suis de l'avis de Grand-mère. Agir dans le plus grand secret et affronter le danger, voilà de quoi a été fait le quotidien de Sloane durant des années. Votre valeur à mes yeux est incontestable mais pour cette tâche bien particulière, Sloane est l'homme dont j'ai besoin.

L'anéantissement qui emplit le regard de Nathan fit regretter à Annabeth de ne pas pouvoir effacer ses paroles. Malheureusement, il était impossible de revenir en arrière. Et elle ne pouvait pas prétendre que ses mots n'étaient pas le reflet de l'entière vérité.

Blesser ainsi Nathan fit se serrer douloureusement son cœur. Annabeth ne pouvait se consoler qu'en se disant qu'une fois que tout ceci serait fini, elle n'aurait plus jamais à lui faire du mal. Elle pourrait oublier Sloane et reprendre le cours de son existence. Et elle passerait le reste de ses jours à essayer de se racheter aux yeux de Nathan.

— Je vous en prie, accordez-moi votre confiance. C'est cela que je dois faire.

Nathan se contenta de la regarder durant un long moment puis il hocha légèrement la tête et pressa sa main. Il n'y déposa pas toutefois un délicat baiser ainsi qu'il l'avait fait si souvent.

— Bien sûr, Annabeth. J'ai toujours pleinement confiance en vous.

17

Ils partirent le matin suivant pour Stonecliffe, Annabeth, sa grand-mère et Verity voyageaient dans la vaste calèche à l'ancienne de Lady Lockwood. Nathan avait fait le choix de chevaucher sa propre monture, expliquant poliment qu'ainsi les dames disposeraient de plus d'espace dans la voiture. Annabeth ne savait pas vraiment si la véritable raison de sa décision était liée à sa volonté d'échapper aux plaintes de Lady Lockwood, aux assauts de Pétunia sur ses bottes ou aux piques acerbes de Verity. Probablement les trois à la fois. Annabeth chassa la petite voix honteuse qui lui répétait que c'était parce qu'il ne pouvait supporter de se trouver si près de sa fiancée après la décision qu'elle venait de prendre.

À leur arrivée à Stonecliffe, Adeline accueillit Annabeth et Lady Lockwood en se montrant comme à son habitude heureuse et anxieuse à la fois. Gil était absolument ravi de les retrouver. Il serra Annabeth dans ses bras, s'inclina à la manière d'un véritable gentleman devant son arrière-grand-mère puis la gratifia d'un baiser sur la joue quand elle se pencha vers lui – malgré la dureté de son tempérament, Lady Lockwood était véritablement conquise par Gil. Le petit garçon observa Verity d'un air sérieux pendant quelques instants puis lui sourit. Il prit ensuite Nathan par la main et l'entraîna avec lui pour voir ses nouveaux soldats de plomb.

Si Adeline trouvait étrange de voir une inconnue coiffée d'une charlotte et portant un tablier de femme de chambre prendre place dans le salon aux côtés des autres ladies, elle fut assez aimable pour ne pas le faire remarquer et elle écouta avec grand intérêt ce que toutes avaient à lui apprendre. Quand elles eurent fini, elle dit simplement :

— Eh bien. Je pense qu'il vaudrait mieux que vous abandonniez dès le départ votre rôle de femme de chambre ici, Miss Cole, ne croyez-vous pas ? J'insisterai sur le fait que personne ne doit parler de vous en dehors de la maison, bien sûr, mais moins de trouble sera semé dans l'esprit des domestiques, mieux cela vaudra. De plus, Gil trouvera à n'en pas douter fort amusant de faire comme si vous étiez Annabeth.

Tandis que la chambre de Verity était préparée, elle rejoignit celle d'Annabeth avec cette dernière et y revêtit les vêtements que la jeune femme avait portés. Elle effectua ensuite une promenade aux abords de la demeure avec Nathan et Gil, qui, ainsi que sa grand-mère l'avait dit, trouva qu'il s'agissait là d'un jeu fabuleux et imagina une raison de crier le prénom d'Annabeth au moment de s'adresser à Verity chaque fois que quelqu'un pouvait les entendre.

Avant le dîner, Nathan et Annabeth flânèrent ensemble dans la longue galerie. Il y avait une gravité chez le jeune homme, un air de tristesse qui la mettait légèrement mal à l'aise. Il s'arrêta devant la porte de la bibliothèque et dit :

— Allons nous asseoir ici un instant, voulez-vous ? J'ai à vous parler.

La gêne d'Annabeth se mua instantanément en profonde inquiétude.

— Nathan, qu'y a-t-il ? s'enquit-elle.

Il referma la porte de la bibliothèque derrière eux.

— J'ai réfléchi à ce que je vais vous dire durant tout le trajet. C'est... Je...

Il s'éclaircit la gorge et reprit d'une voix déterminée :

— J'ai décidé de rompre nos fiançailles.

Annabeth le fixa, muette de stupéfaction.

Il poursuivit :

— J'ai eu tort de vous demander de m'épouser. C'était égoïste de ma part... Je savais combien vous étiez vulnérable à ce moment-là, je savais que vous aviez éprouvé une peur terrible à l'idée que je meure puis un intense soulagement quand cela ne s'est pas produit.

— J'ai accepté ce que vous m'avez proposé. Vous ne m'avez pas obligée à me fiancer à vous, protesta Annabeth tout en ne pouvant nier la vérité que reflétaient les paroles de Nathan.

Elle avait été folle d'inquiétude, priant de toutes ses forces pour que l'un de ses amis les plus chers ne lui soit pas enlevé. Quand son état s'était amélioré, c'était comme si le ciel venait de décider de leur offrir un merveilleux cadeau.

— Mais j'ai tiré parti de vos émotions.

Nathan détourna les yeux, comme s'il était incapable de croiser son regard.

— Je savais que vous ne m'aimiez pas, mais je me suis dit que si nous nous mariions, je serais un mari et un père si merveilleux que vous finiriez par concevoir de l'amour pour moi. Je justifiais cette position en me disant que vous seriez au moins plus heureuse ainsi que vous ne l'êtes actuellement en vivant avec Lady Lockwood.

— Vous serez un père et un époux merveilleux, en effet.

Annabeth s'avança en tendant une main vers lui mais Nathan s'écarta et enfouit ses propres mains dans ses poches.

— Annabeth, je vous en prie... Ne rendez pas tout ceci plus difficile que ça ne l'est déjà. Autrefois j'ai cru que vous épouser suffirait.

Le sourire plein de tristesse de Nathan fit se serrer douloureusement le cœur d'Annabeth.

— Je me disais que je serais capable de vous aimer tant que cela compenserait ce que vous ne ressentiez pas.

— Mais je vous aime vraiment.

Il hocha la tête d'un air raide.

— Mais pas comme vous l'aimez, lui.

Annabeth se figea sur place, décontenancée.

— Nathan, si tout ceci découle de mon choix de partir mener cette quête avec Sloane plutôt qu'avec vous, sachez qu'il s'agissait uniquement d'une décision d'ordre pratique. Je n'aime pas Sloane.

— Nommez vos sentiments à son égard comme vous l'entendez, très chère. Mais quand vos yeux se posent sur lui, il y a quelque chose dans votre regard qui... Eh bien, j'aurais aimé y lire la même chose me concernant mais ce n'est pas le cas. Et je ne peux l'ignorer.

— Je vous en prie, ne faites pas cela. Il n'y a pour moi nul avenir avec Sloane. Vous et moi serons heureux une fois que tout ceci sera terminé.

— Je ne prétendrai pas que cette décision ne me fait pas souffrir. Et il y a une part de moi, une part très égoïste, qui a envie de vous faire tenir votre promesse, de vous faire rester auprès de moi. Mais je refuse de céder à cet élan.

Annabeth se sentait écartelée. Nathan avait été son ami depuis aussi longtemps qu'elle pouvait s'en souvenir.

— Nathan, je ne peux pas vous perdre.

Il sourit, alors même que ses yeux brillaient de larmes contenues.

— Vous ne me perdrez pas. Jamais. J'étais votre ami avant de tomber amoureux de vous. Je serai toujours là.

Annabeth déglutit difficilement, réprimant le flot de larmes tout prêt à jaillir. Nathan se comportait en gentleman exemplaire, comme toujours, contrôlant ses propres émotions, facilitant les choses. Mais elle pouvait voir la douleur flamber au fond de ses yeux – une douleur dont elle était la cause, peu importait avec quelle force il essayait d'endosser la responsabilité de la situation. Les protestations d'Annabeth ne feraient que rendre la situation plus difficile pour lui. Elle se contenta donc de dire :

— Je veux cela.

— Je sais que vos intentions sont bonnes, Annabeth. Mais sur le long terme ce sera mieux ainsi. Pour vous comme pour moi. Je veux trouver quelque chose de vrai. Quelque chose d'indéniable. Je mérite plus que la moitié de votre cœur.

— Bien sûr. Vous méritez le meilleur de toute chose.

Et je l'empêche d'y accéder.

— Tout comme vous, ajouta Nathan.

— Vous êtes un homme bien meilleur que Sloane.

Nathan lui adressa un petit sourire mi-malicieux, mi-peiné.

— Eh bien, c'est là une référence bien peu prestigieuse, non ? dit-il.

Il lâcha un soupir et replongea nerveusement sa main dans ses cheveux.

— Écoutez. Je ne suis pas en train de vous dire que Sloane est l'homme avec lequel vous devriez être. Dieu m'en est témoin, j'espère que vous ne le choisirez pas. Mais ce n'est pas à moi de juger de cette question. Vous seule pouvez prendre cette décision.

Il s'interrompit un instant et prit une profonde inspiration.

— Qui que soit l'homme fait pour vous... tout ce que je sais, c'est que ce n'est pas moi.

Annabeth tenta d'afficher un air aussi maîtrisé que possible.

— Me raccompagnerez-vous jusqu'à ma chambre ? Je pense qu'il est temps pour moi d'aller dormir.

— Bien sûr.

Nathan lui offrit son bras et remonta les escaliers avec elle.

— Annabeth, dit-il une fois qu'ils furent devant sa porte. Je vous en prie, soyez prudente durant votre périple avec Sloane. Vous m'êtes très chère.

Il prit son menton entre ses doigts, inclina la tête et, un sourire aux lèvres, plongea son regard dans le sien.

— Et, ne l'oubliez pas... je suis toujours à votre disposition.

Il s'inclina légèrement pour la saluer et s'éloigna.

Annabeth le regarda partir, le cœur étreint par une vive douleur. Elle entra dans sa chambre et referma la porte derrière elle. Une fois là, elle laissa les larmes couler librement, pleurant en songeant à un amour qu'elle aurait aimé différent.

18

Plusieurs heures avant l'aube, Sloane se glissa dans le jardin. Il se tint près des ombres projetées par les haies et évita le sentier éclairé par la lune. Longeant la terrasse, il tourna au coin de la bâtisse pour gagner le treillage. Son père l'avait envoyé suffisamment souvent chez le comte pour qu'il sache comment s'échapper furtivement de Stonecliffe.

Il tira sur le treillage courant sur le côté de la demeure et constata qu'il était encore suffisamment solide. Après avoir distingué des trouées dans le lierre là où de vieilles pièces de bois avaient été remplacées par de nouvelles, il entama son ascension, aussi silencieux et discret qu'un chat, trouvant des prises dans le treillage et les tiges robustes des vieux végétaux grimpants.

En procédant de la sorte, il était facile d'atteindre l'étroite corniche courant le long de la façade. Il s'arrêta devant la quatrième des fenêtres dont il avait demandé à Annabeth de relever légèrement le panneau coulissant peu après leur arrivée à Stonecliffe. Il le remonta tout à fait et se glissa dans la demeure.

Sloane balaya la chambre du regard. Il était évident qu'Annabeth n'avait pas eu l'intention de s'endormir. Une lampe à huile était toujours allumée, baignant la pièce d'une douce lueur. La jeune femme, toujours entièrement vêtue, était étendue sur le couvre-lit. Sloane s'approcha.

L'espace d'un instant il ne put résister à l'envie de la contempler alors qu'il se trouvait à l'abri des regards. Le visage d'Annabeth était détendu et empreint d'une infinie douceur, ses longs cils projetant de douces ombres sur ses joues, son teint réchauffé par la lueur dorée dispensée par la lampe. Voyant ses lèvres légèrement ouvertes, il eut envie, presque férocement, de se pencher vers elle et de l'éveiller d'un baiser.

Ce serait la pire façon de commencer leur périple. Passer les prochains jours en sa compagnie serait déjà sans le moindre doute une assez terrible torture – entendre sa voix, voir son sourire, être si proche d'elle dans le cabriolet que leurs flancs se toucheraient presque. Peu importaient les couches de vêtements séparant leurs deux corps – le feu du désir s'animerait malgré tout en lui. Diable, le simple fait d'y penser le troublait déjà.

Il aurait probablement dû emmener Verity ou même Nathan avec eux pour dresser un obstacle entre lui et Annabeth. Que le cabriolet ne fût pourvu que de deux places ou qu'il eût été étrange d'arriver chez les Haverstock avec un invité supplémentaire n'avait pas d'importance, au fond. Il s'agissait là d'excuses, pas d'explications valables. La raison pour laquelle il n'avait pas voulu que Verity et Nathan les accompagnent était qu'il désirait être seul avec Annabeth, pour retrouver – même si ce n'en était qu'une pâle version et qu'elle ne durerait que quelques jours – la proximité qu'ils avaient partagée autrefois.

Voilà qui était diablement dangereux. Tout était bien allé pour lui durant toutes ces années, quand il ne la voyait pas ; les souvenirs pouvaient facilement être enfermés à double tour et l'amour semblait alors perdre sa force d'autrefois. Mais revoir Annabeth – cette petite fossette dans sa joue et l'éclat rieur de ses yeux, sa peau veloutée comme un pétale de rose et sa somptueuse chevelure – avait comme créé une brèche dans la digue. Dans cette fissure s'était violemment engouffrée une foule de souvenirs. Des sentiments que l'on croyait morts depuis longtemps s'étaient réveillés avant de gagner en force et d'abattre les murs que Sloane avait soigneusement édifiés autour de son cœur.

Cependant, il avait beau désirer puissamment l'avoir dans sa vie, il ne pourrait jamais y avoir rien de plus entre eux. Annabeth était fiancée à Nathan, et elle le détestait désormais. Et même si Sloane réussissait à la reconquérir, il serait malvenu de le faire, sachant que leur histoire se terminerait de manière identique. Qu'elle épouse un homme tel que lui susciterait encore un immense scandale.

Mais il ne pouvait se priver de ces quelques jours, de l'occasion de passer du temps avec elle, de la regarder, de l'écouter et de simplement profiter de sa présence. Il se conduirait en gentleman à la manière de Nathan et ne s'emploierait ni à tenter de la séduire, ni à la dissuader d'épouser son fiancé. Quelle que soit la douleur que cela pourrait lui causer plus tard, faire ce choix en vaudrait la peine.

— Anna, murmura-t-il, abaissant sa main vers son visage pour caresser sa joue de son pouce. Anna, je suis là. Il est l'heure de partir.

Il se tenait prêt à couvrir sa bouche de son autre main pour étouffer un cri si elle était violemment surprise à son réveil de le voir ainsi penché au-dessus d'elle. Mais quand ses paupières s'ouvrirent, elle se contenta de lui sourire, le regard brillant.

— Sloane.

Il put déceler le moment où la réalité l'emportait sur le plaisir qu'elle avait inconsciemment ressenti à sa vue. Les traits de son visage se figèrent, l'éclat de ses yeux se fit glacial et elle s'assit d'un air raide en disant :

— Je suis désolée, je me suis endormie. Est-il trop tard ?

— 4 heures du matin, répondit-il. Nous avons tout le temps nécessaire.

Elle se leva et rejoignit la chaise pour récupérer la cape qu'elle y avait déposée. Elle se tourna vers la fenêtre.

— Allons-nous sortir par là ?

— C'est ce que je vais faire, en effet. Si vous devez croiser quelqu'un, cela n'aura pas d'importance tant que je ne me trouve pas à vos côtés. Les domestiques vont bientôt apprendre que vous n'êtes pas là, de toute façon. L'important est qu'ils ne sachent pas que vous êtes avec moi. Refermez et verrouillez cette fenêtre derrière moi.

Il sortit par la fenêtre et entama sa descente. Il jeta un nouveau regard en direction de la fenêtre de la chambre, vit qu'Annabeth avait éteint la faible lumière et regagna alors le jardin aussi silencieusement et rapidement qu'il était venu.

Se tenant caché au milieu des ombres, Sloane observa ensuite Annabeth tandis qu'elle émergeait de la demeure. Munie de sa cape, elle en releva la capuche au moment d'entamer sa traversée de la terrasse. Elle emprunta ensuite instinctivement les marches latérales sur lesquelles les buissons projetaient des ombres pour venir le rejoindre.

Elle paraissait plus éveillée à présent et il brillait dans ses yeux un sentiment d'exaltation et une pointe de quelque chose d'autre qu'il ne parvenait pas vraiment à définir. Bien qu'il se soit trouvé dans des situations bien plus dangereuses à de nombreuses reprises de son existence, Sloane sentait l'euphorie monter en lui également. Il ne pouvait s'empêcher de se souvenir de ces moments passés à l'attendre dans le jardin ou à s'éclipser lors de fêtes pour gagner ensemble un endroit isolé, tandis que la fièvre et l'impatience montaient en eux, le risque de se faire surprendre faisant battre follement leurs deux cœurs.

Annabeth avait toujours été prête à affronter n'importe quelle aventure ; sa tendance à se comporter en « garçon manqué » avait été un sujet de discorde avec sa mère au temps où ils étaient des enfants turbulents courant au travers des bois de leurs propriétés de campagne. Et elle avait beau paraître calme et réservée, elle n'avait jamais manqué de courage, jamais renoncé en raison d'un subit accès de panique. Elle avait toujours fait confiance à Sloane, certaine qu'il ne lui ferait jamais de mal, convaincue qu'ils pourraient toujours se tirer du moindre mauvais pas. Rétrospectivement, il comprenait qu'elle avait été malavisée de lui accorder une si grande confiance. Il n'aurait jamais fait quoi que ce soit susceptible de la mettre en danger, c'était vrai, mais il ne s'était pas montré aussi capable qu'ils l'avaient cru tous les deux. Sloane avait appris au fil des ans qu'il valait toujours mieux se méfier des gens dans un premier temps.

Une fois qu'ils ne furent plus visibles depuis la maison, ils regagnèrent le chemin pour se diriger vers le fond du jardin. Après quelques regards jetés rapidement alentour, Sloane traversa la bande de terre nue pour gagner les bois qui se déployaient au-delà, prenant la main d'Annabeth pour la guider. Ils avaient presque atteint les arbres quand il réalisa que son geste était trop familier; il avait simplement été inscrit dans la mémoire de son corps. Il ne fit cependant rien pour rompre le contact de leurs mains.

Il faisait sombre sous le couvert des arbres, mais Sloane y avait laissé une lanterne. Il l'alluma et la cacha en partie de sa main de sorte qu'elle ne projette qu'une faible lueur juste devant leurs pas. Annabeth murmura :

— Comment savez-vous où aller ? Nombre d'années se sont écoulées depuis votre dernière visite.

— Il y a une sorte de sentier et j'ai laissé des repères en arrivant.

Il pointa le doigt en direction d'une branchette cassée puis la regarda, un petit sourire aux lèvres.

— Je pense que j'aurais pu trouver mon chemin sans cela, mais je préfère ne rien laisser au hasard.

— Dans ce cas, vous avez assurément changé.

— Oui, je suppose que c'est le cas, en effet.

Ils atteignirent bientôt une clairière où se dressait une cabane délabrée. Un cheval était attaché à l'un des poteaux du porche et attendait patiemment.

— Nous allons le chevaucher ensemble ? demanda Annabeth d'un ton hésitant.

— Cela ne durera pas longtemps, le temps simplement de gagner la maison où mon cabriolet doit nous attendre. J'ai demandé à l'un de mes palefreniers de le conduire là-bas, et je suis pour ma part venu à cheval. Il aurait été trop visible d'emmener avec moi une monture sans cavalier.

— Vous pensez que quelqu'un vous a suivi ?

— Pas à ma connaissance. Je n'ai vu personne.

Il haussa légèrement les épaules et détacha sa monture, la conduisant jusqu'aux marches du porche.

— Mais..., poursuivit-il.

— Vous préférez ne rien laisser au hasard, termina-t-elle à sa place.

— Exactement, répondit-il en lui décochant un sourire.

Sans qu'aucune parole soit échangée, Annabeth gagna le sommet des marches ; ils avaient chevauché de cette façon suffisamment souvent autrefois. Sloane monta en selle et tendit son bras vers Annabeth. Elle le saisit et au moment où elle effectuait un petit saut, il profita de l'élan pour la hisser sur le cheval derrière lui. Elle s'installa à califourchon, ses bras noués autour de sa taille, son corps plaqué contre le sien.

Se retrouver ainsi était douloureusement familier et terriblement dévastateur pour les sens de Sloane. Mais il n'aurait pas échangé cet instant, ce sentiment, contre la moindre parcelle de quiétude.

19

Depuis que Sloane avait éveillé Annabeth, des émotions contraires s'affrontaient en elle. Son enthousiasme à l'idée de vivre cette aventure avec l'homme qu'elle avait autrefois aimé se mêlait à une amère tristesse.

Annabeth détestait la façon dont les choses avaient pris fin avec Nathan. Elle ne pouvait plus se dire qu'elle trouverait un moyen de remédier à la douleur qu'elle lui avait causée. Cette possibilité ne lui était plus offerte désormais. Elle supposait que Nathan romprait tout lien avec elle une fois neutralisée la personne se cachant derrière les attaques. Imaginer qu'il ne viendrait plus chaque jour pour le thé provoqua un douloureux pincement dans sa poitrine.

Elle savait que Nathan avait raison de rompre leurs fiançailles – elle s'était peut-être résignée à ne plus jamais ressentir ce qu'elle avait jadis éprouvé pour Sloane, mais Nathan ne méritait pas pareille union. Il méritait tellement plus que la moitié de son amour. Il devait avoir à ses côtés une compagne qui soit son égale, une femme qui l'aime autant qu'il l'aimait lui-même. Et à présent qu'il avait cessé de chercher ce bonheur qu'il espérait depuis si longtemps concrétiser avec Annabeth, il serait en mesure de trouver cette femme. Mais elle savait néanmoins qu'en ce moment même, Nathan souffrait, et pour cette raison, elle souffrait également.

Tout cela ne semblait guère réel. Il y avait encore quelques semaines, elle envisageait un avenir optimiste mais pragmatique. Plutôt que de vivre en suivant les règles dictées par sa grand-mère, elle aurait sa propre famille, fondée avec un homme auquel elle tenait et dont elle savait qu'il ferait un merveilleux père. Un père aussi doux et aimant que le sien l'avait été.

Pourtant voilà qu'elle se trouvait là à présent, non pas occupée à s'engager dans ce futur imaginé, mais se replongeant dans un passé exaltant et néanmoins risqué avec un homme auquel elle ne devait se fier.

En chevauchant de cette façon avec Sloane, son corps si fermement pressé contre son dos, elle se voyait submergée par les souvenirs d'hier autant que par les sensations de l'instant – le doux mouvement du cheval sous eux, la chaleur du corps de Sloane, sa présence, l'odeur de sa peau, tout cela lui procurait une sorte de vertige.

L'aube n'avait même pas encore commencé à poindre qu'Annabeth se sentait pleinement éveillée, débordant de l'énergie procurée par leur fuite secrète et les possibilités semblant s'ouvrir à eux. Le risque n'aurait sans doute pas dû susciter chez elle pareil enthousiasme ; une véritable lady ne devait certainement pas céder à pareille émotion. Mais elle ne pouvait nier l'attrait de l'inconnu, de la découverte, et, oui, d'une touche de danger.

Elle ne pouvait pas non plus nier que son souffle se faisait plus court et que la fébrilité la gagnait quand elle était si près de Sloane, sentant son corps puissant et musclé pressé contre son bras. Sans réfléchir, elle se rapprocha un peu plus de lui et fit reposer sa tête contre son dos avant de se ressaisir subitement. Ce n'était pas le temps passé. Ils n'étaient pas ce qu'ils avaient un jour été l'un pour l'autre.

Ils quittèrent le couvert des arbres et traversèrent un village plongé dans l'obscurité avant de tourner sur un vague sentier, l'une de ces anciennes pistes sillonnant encore la Grande-Bretagne. Il faisait encore sombre lorsque Sloane quitta la voie et s'arrêta enfin devant une ferme. Bien qu'aucun signe de vie ne soit a priori décelable, un jeune homme émergea bientôt de la grange délabrée pour s'avancer vers eux. Il se découvrit et salua Sloane d'un signe de tête.

— Monsieur. Je vois que vous arrivez sans retard.

— En effet, notre trajet s'est déroulé sans encombre.

Sloane mit pied à terre et contourna la monture pour venir aider Annabeth. Elle sentit le rouge lui monter aux joues quand il plaça fermement ses mains autour de sa taille pour la soulever. Elle s'écarta de lui dès que ses pieds eurent touché la terre ferme, mais ses jambes étaient raides en raison de l'inhabituelle chevauchée et elle trébucha. Sloane saisit aussitôt son bras pour l'empêcher de tomber. Sa main s'attarda un instant, puis il relâcha son étreinte et se tourna vers le palefrenier.

— Y a-t-il eu le moindre problème de votre côté ?

— Non, monsieur. L'attelage se porte au mieux. Les sacs sont à l'intérieur.

— Bien. Dans ce cas, nourrissez et brossez Carotte, je vous prie.

Sloane caressa affectueusement l'encolure du cheval.

— Laissez-le prendre du repos et reconduisez-le à la maison demain.

— *Aye*, monsieur.

L'homme hocha de nouveau la tête et s'éloigna avec le cheval.

— Carotte ? s'étonna Annabeth sans pouvoir réprimer un petit rire ravi. Le rude et dangereux contrebandier espion a nommé sa monture « Carotte » ?

Les coins de la bouche de Sloane se relevèrent en un sourire sincère.

— Eh bien, il possède un nom plus prestigieux, mais c'est ainsi que l'appellent les garçons d'écurie. La raison en est qu'il adore ce légume.

Il se tourna vers l'habitation.

— Venez donc. Vous pourrez au moins profiter de quelques

heures de sommeil, et nous partirons après le lever du soleil pour rejoindre la demeure des Haverstock.

— Il ne semble pas très clandestin de voyager durant la journée, s'étonna la jeune femme.

— Le point principal était de vous faire sortir de Stonecliffe en secret et de laisser notre ennemi occupé à surveiller la maison, et c'est ce que nous avons fait. À partir de maintenant il est important que nous protégions votre réputation. Si jamais quelqu'un devait nous apercevoir ensemble dans un cabriolet, ce serait bien pire si le moment avait lieu de nuit. En outre, nous avancerons plus rapidement de jour et il vous faut prendre un peu de repos.

— Et quel est donc cet endroit ? Qui vit ici ? demanda Annabeth au moment où ils pénétraient dans la ferme.

— Il appartient à une personne de ma connaissance, répondit Sloane, ramassant la lanterne posée près de la porte et l'allumant.

— Ce n'est pas vraiment une réponse, fit Annabeth.

— Il s'agit de quelqu'un qui me doit un service ou, du moins, qui croit que c'est le cas. Le nom ne vous dirait rien. C'est une personne ordinaire.

La lanterne éclaira alors son visage d'une étrange façon, projetant sur ses traits des ombres rendant son expression indéchiffrable.

— Vous parlez comme si nous vivions dans deux mondes totalement séparés, protesta Annabeth. Comme si je ne connaissais pas la moindre personne « ordinaire ». Vous et moi avons grandi ensemble, je vous le rappelle.

— Oui, et j'ai quitté ce monde il y a bien longtemps déjà. Bien sûr, vous connaissez des gens ordinaires… des domestiques ou, disons, la jeune femme qui vous vend un chapeau chez la modiste. Peut-être un médecin ou un notaire. Mais ces gens évoluent à la marge de votre existence. Moi, je vis avec eux.

— Je ne suis pas snob, répliqua Annabeth, piquée au vif.

— Je le sais fort bien. Vous êtes douce et charmante envers chacun. Tout ce que je dis est que votre place est à Mayfair. Et que la mienne est sur les quais.

Il tourna les talons avant qu'elle puisse lui répondre et traversa l'entrée d'un pas décidé pour s'approcher d'une porte ouverte.

— Wright a installé un lit de camp pour vous dans l'une des chambres.

— Qu'est-il arrivé aux habitants de cet endroit ? Où sont-ils ? s'enquit Annabeth en pénétrant dans la petite pièce, qui ne renfermait qu'un lit de camp, des couvertures et le bagage qu'elle avait donné à Sloane la veille.

— Soyez sans crainte, répondit Sloane d'un ton froid et distant. Je ne tenterai pas de profiter de la situation.

Annabeth leva un sourcil étonné.

— Je n'ai jamais pensé que vous le feriez.

Manifestement Sloane était résolu à interpréter de façon erronée la moindre de ses paroles.

— Oui, eh bien... vous ne devriez pas prendre pareilles choses pour acquises, dit-il d'un ton bourru.

— Dites-vous que je devrais redouter que vous me fassiez des avances malvenues ?

— Non, bien sûr que non. Vous savez que jamais je n'agirais ainsi.

Sa mâchoire se crispa et il détourna les yeux tout en ajoutant à mi-voix :

— Mais ce matin, quand je vous ai vue, c'est ce dont j'ai eu envie.

Le pouls d'Annabeth s'affola à ces mots. Que lui répondre ? Elle ne pouvait lui dire que dès son réveil, un intense sentiment de joie l'avait submergée tout entière. Avant qu'il ne lui revienne à l'esprit qui ils étaient et où ils se trouvaient.

Sloane cependant recula d'un pas et dit soudain d'une voix tendue :

— Je me réjouis que vous épousiez Nathan.

— Comment ? Voilà qui est tout à fait nouveau de votre part !

Elle aurait dû être heureuse d'entendre pareils mots franchir ses lèvres, supposait-elle, mais curieusement ceux-ci l'irritaient terriblement.

Comme s'il était en train d'avaler une pilule amère, Sloane poursuivit :

— Je... Quoi que je puisse dire à propos de Nathan, je sais qu'il est un homme bien meilleur pour vous que je ne le suis moi-même. Vous méritez d'avoir une vie heureuse et il est certain qu'il ferait n'importe quoi pour garantir votre bonheur.

— Contrairement à vous, riposta Annabeth sans pouvoir masquer la rancœur dans sa voix.

— Il est clair que j'ai échoué, répondit-il.

— C'est très clair en effet.

Annabeth savait que c'était là le moment de lui apprendre qu'elle n'était plus fiancée à Nathan. Mais si elle l'annonçait à cet instant, elle pourrait donner l'impression d'inviter Sloane à lui faire des avances et ce n'était pas ce qu'elle voulait. Il semblait plus sûr de garder cette barrière invisible entre eux, même si elle n'était que factice.

— Nathan est peut-être aussi ennuyeux qu'on puisse l'être... même si Carlisle, peut-être, serait en mesure de lui voler ce douteux honneur, poursuivit Sloane. Mais il sera un bon mari.

Sloane se tut alors et Annabeth crut qu'il en avait fini mais il s'éclaircit la voix et termina à voix basse :

— Il sera en outre un bon père. La vérité est que votre place est à ses côtés.

Même s'il s'agissait là précisément de ce qu'Annabeth avait elle-même pensé, entendre ces mots dans la bouche de Sloane déclencha son emportement.

— Je suis si heureuse que tout le monde se sente libre de décider ce qu'il y a de mieux pour moi. De toute évidence vous pensez que je suis trop stupide pour gérer ma vie moi-même ! Que je suis si peu pourvue de volonté ou de raison que je tomberais aussitôt dans vos bras s'il vous prenait l'envie de me faire des avances ! Je peine à décider si vous exprimez là une trop haute opinion de vous-même ou une bien piètre opinion de moi.

— Ni l'un ni l'autre, répliqua-t-il, mâchoire crispée.

— Les deux, voilà la réponse la plus probable, selon moi. Vous avez toujours été arrogant. Vous croyiez être un meilleur cavalier que quiconque. Un meilleur marin. Un homme plus rapide. Plus vif d'esprit. Plus séduisant.

Elle n'avait pas l'intention d'ajouter qu'il avait eu de bonnes raisons de se mettre pareilles idées en tête.

— Pour l'amour du ciel, Annabeth !

La lanterne cogna bruyamment le sol quand Sloane l'y reposa.

— Pourquoi êtes-vous toujours diablement adorable et docile avec tout le monde et si querelleuse et hostile avec moi ?

— Parce que je n'ai que faire de...

Elle s'interrompit juste à temps.

— Enfin... je n'ai que faire de la façon dont vous essayez de me contrôler.

— Moi ? Vous contrôler ? Je ne possède pas le moindre contrôle sur vous. Il n'en a jamais été ainsi. Et je ne désire nullement vous contrôler en aucune manière. Mais un petit mot gentil de votre part de temps à autre ne me dérangerait pas.

Il détourna le regard pendant un long moment avant de reprendre :

— Lady Lockwood dirige votre vie sans que vous émettiez la moindre protestation. Vous vous contentez de sourire et de vous courber tel un roseau. Jamais vous n'agissiez de la sorte lorsque nous étions plus jeunes. Vous avez changé.

Ses mots donnaient à réfléchir à Annabeth. Après un instant elle répondit : « À cette époque, je pensais ne pas avoir à cacher mes émotions. Ne pas avoir à plaire à tout le monde. »

Elle n'ajouta pas qu'elle s'était sentie ainsi parce qu'elle s'était sentie si protégée par l'amour de Sloane, si sûre de lui et de leur avenir. Quand il avait rompu leurs fiançailles, il lui avait semblé que la terre s'ouvrait sous ses pieds, la laissant s'accrocher désespérément à ce qui lui restait. Elle ne lui dirait pas qu'un terrible engourdissement l'avait accablée et qu'elle avait suivi le chemin le plus simple depuis lors.

— Vous n'avez pas à plaire à quiconque, lui dit-il. Et encore moins à moi.

— Je le sais. Vous plaire ne m'intéresse pas le moins du monde, en vérité.

Songeant à la robe de soirée bleue qu'elle avait glissée dans ses affaires, Annabeth se douta que ses paroles n'étaient que mensonge.

Sloane lui lança un regard contrarié puis soupira et sembla se détendre.

— À quel sujet nous disputons-nous déjà ?

— Je l'ignore, concéda Annabeth.

— Fort bien, répondit-il avant d'ajouter après quelques instants d'hésitation : Dans ce cas, il ne me reste qu'à vous souhaiter une bonne nuit.

Au moment d'atteindre la porte, Sloane se retourna et dit, tout en pointant le doigt vers la clé fichée dans la serrure :

— Cette porte peut être verrouillée, sachez-le.

— Je vous l'ai dit. Je n'ai pas peur de vous, Sloane, répondit Annabeth d'un ton aigre.

— Non, je le sais.

Il la fixa pendant un long moment puis lui décocha un sourire sarcastique.

— Peut-être est-ce moi qui ai peur.

Annabeth croisa les bras sur sa poitrine et le regarda partir, tout en lâchant à mi-voix :

— Vous ne craindriez pas même le diable en personne.

20

Annabeth fut tirée du sommeil quelques heures plus tard par un coup frappé à sa porte. La lumière du soleil se déversait à travers la petite fenêtre et quand elle s'assit dans son lit, elle sentit les multiples raideurs qui nouaient son corps. Il y avait bien longtemps à vrai dire qu'elle n'avait pas chevauché. En outre, dormir sur l'étroit lit de camp dépourvu de matelas n'avait pas contribué à améliorer son état.

Un second coup retentit et elle lança :

— Oui, je suis réveillée. Entrez donc.

Le battant s'ouvrit et Sloane passa sa tête dans l'entrebâillement.

— J'ai...

Il se figea et ses yeux coururent aussitôt sur la silhouette d'Annabeth. Son visage s'adoucit alors et l'ombre d'un sourire passa sur ses lèvres.

Annabeth était certaine d'avoir une allure abominable avec sa coiffure à moitié défaite et sa robe froissée par une nuit de sommeil. Mais ç'aurait pu être pire – Dieu merci elle avait été trop épuisée pour enfiler sa chemise de nuit.

Sloane s'éclaircit la voix et annonça :

— J'ai apporté un petit déjeuner.

— Auriez-vous du thé ? demanda Annabeth d'un ton plein d'espoir.

— Non, désolé, pas de thé.

Il ouvrit alors la porte plus largement et entra, un panier d'osier en main.

— Mais j'ai demandé à Wright de nous procurer quelques provisions.

Sloane déposa le panier sur le sol devant elle et s'agenouilla pour l'ouvrir. Il en sortit deux petits pains, une pomme et un morceau de fromage.

— Ce n'est pas très élégant, je le crains, s'excusa-t-il en souriant.

— Peu m'importe, répondit Annabeth. Je meurs de faim. Hier soir je… eh bien, je n'ai pas beaucoup mangé au dîner.

Elle évita de préciser qu'elle avait été trop bouleversée par sa conversation avec Nathan pour pouvoir avaler la moindre bouchée. Sloane finirait par découvrir qu'elle et Nathan n'étaient plus fiancés mais il n'y avait aucune raison de le lui apprendre à cet instant. La situation était déjà chargée d'intensité et il n'était pas besoin d'ajouter pareille complication à leur voyage. En outre, Sloane lui avait lui-même caché plus que sa part de secrets.

Quand Annabeth prit le petit pain qu'il lui tendait, leurs doigts se frôlèrent ; la peau de Sloane était chaude et de délicieux picotements se mirent à parcourir ses doigts. Elle s'assura toutefois de lui prendre le fromage des doigts sans le toucher. Elle rompit le pain et en dégusta une bouchée tout en l'observant. Elle se réjouissait de constater que Sloane ne semblait pas plus apprêté qu'elle ne l'était. Sa chemise était froissée, ses cheveux décoiffés, il ne portait ni veste, ni gilet, ni cravate et un léger duvet ombrait sa mâchoire. Et ce qui était fort regrettable, c'était qu'il était vraiment terriblement séduisant ainsi.

Sentant sa bouche s'assécher, Annabeth détourna le regard. Elle regrettait de ne pas avoir eu le temps de peigner et attacher ses cheveux avant que Sloane ne pénètre dans la pièce. Toutefois la voir offrir pareille image échevelée ne devait pas avoir grande importance à ses yeux. Il l'avait déjà vue à maintes reprises avec ses cheveux volant en tous sens – secoués par le vent quand ils naviguaient, s'agitant dans l'air après qu'elle eut perdu son chapeau en galopant... ou ébouriffés après qu'il eut plongé ses doigts dans sa chevelure, l'embrassant tout en retirant négligemment les épingles de ses cheveux.

Mais c'était le genre de réalités auxquelles elle n'allait pas se mettre à songer. Levant de nouveau les yeux vers lui, elle nota que Sloane était occupé à l'observer, son propre pain à demi mangé en main, le regard subitement ardent, comme s'il avait deviné les pensées venant d'occuper son esprit. Le cœur d'Annabeth se mit à battre follement, tandis que des souvenirs des baisers de Sloane la submergeaient tout entière.

Sloane laissa alors échapper un juron à mi-voix et il se leva, jetant le reste de pain dans le panier. Il s'avança vers la petite fenêtre et regarda à l'extérieur, bien qu'il y ait bien peu à voir à travers la vitre sale. Annabeth se demandait si lui, également, avait été occupé à penser au passé et à leurs baisers d'alors.

Annabeth chercha quelque chose à dire pour alléger l'atmosphère soudain devenue pesante.

— Vous avez envoyé un billet aux Haverstock concernant notre visite ?

Il se tourna vers elle, opina du chef et revint à ses côtés.

— Sachez que j'ai par ailleurs toujours la possibilité de me rendre chez eux à ma guise. Grâce à Sprague.

Une ombre de tristesse passa sur son visage mais il se ressaisit presque aussitôt.

— Je suis vraiment désolée concernant Sprague. Je sais que vous deux étiez très proches, dit Annabeth d'un ton plein de douceur, posant une main sur son bras.

Sloane baissa les yeux vers sa main et Annabeth retira celle-ci promptement avant de s'écarter.

— Vous êtes-vous rendu chez les Haverstock depuis que vous êtes de retour ? demanda-t-elle après s'être éclairci la voix.

— J'y suis allé à quelques reprises, en effet. Mais il m'a semblé préférable de ne pas nuire à leur réputation en les retrouvant dans des lieux publics. Il y avait déjà trop de commérages à cause de la façon dont Lord Haverstock a bu jusqu'à presque en perdre la vie après le décès de Sprague... Ils n'avaient pas besoin d'être également connus comme étant les amis d'un paria social.

— Vous n'en seriez pas un si vous aviez simplement expliqué à tous pourquoi vous vous livriez à la contrebande, souligna Annabeth.

Il eut un petit haussement d'épaules.

— Je ne vois nulle raison de justifier mes actions auprès des gens de la haute société. Je doute qu'ils m'auraient cru, de toute façon. Les gens croient ce qu'ils veulent croire. Et je fais un parfait méchant.

— Certains d'entre nous vous auraient fait confiance.

Il lui jeta un regard sarcastique.

— Ainsi que vous m'avez fait confiance lorsque je suis venu au mariage ?

— Décidément, vous êtes impossible, le sermonna gentiment Annabeth.

— On me l'a déjà dit, en effet, répondit-il avant de s'éloigner.

Annabeth termina son petit déjeuner puis fit sa toilette du mieux qu'elle put avec le seau d'eau que Sloane lui avait apporté. Elle se vêtit et rassembla ses cheveux en un simple chignon torsadé au creux de sa nuque.

Quand elle sortit de l'habitation, Sloane attendait près de son cabriolet. Il était rasé de frais, cheveux peignés, vêtu une fois encore en grande tenue de gentleman. Et il paraissait tout aussi désirable qu'il l'avait été avec la mâchoire ombrée de duvet et les vêtements froissés. Annabeth chassa bien vite cette pensée troublante de son esprit.

Elle grimpa dans le cabriolet tandis que Sloane sanglait son bagage à l'arrière. La banquette, remarqua-t-elle, n'était pas large, et quand Sloane s'assit auprès d'elle, elle se trouva bien trop proche de lui pour se sentir à son aise. Elle pouvait percevoir la chaleur de son corps et son bras frôla accidentellement le sien à plusieurs reprises.

Sloane ayant relevé la capote pliable du cabriolet pour aider à la cacher aux regards de tout passant, l'espace clos se faisait en outre très intime. La journée serait longue, à n'en pas douter. Elle releva sa capuche sur sa tête et s'absorba dans le silence.

L'équipage de Sloane, formé de deux alezans, était fabuleux et les chevaux s'arrêtèrent devant la porte de la demeure des Haverstock tard dans l'après-midi. Priscilla Haverstock se précipita au-dehors pour les accueillir, le visage souriant et les mains tendues vers eux.

— Sloane. Annabeth. Nous sommes si heureux que vous soyez là.

Cela faisait des années qu'Annabeth n'avait pas revu Priscilla. Elles avaient été proches durant leur jeunesse, mais Annabeth s'était enfuie à Stonecliffe quand Sloane l'avait quittée, et après cela, elle avait passé le plus clair de son temps à Londres.

Priscilla avait peu changé. Elle avait les traits typiques des Haverstock : yeux gris, cheveux roux clair et joues parsemées de taches de rousseur.

Annabeth avait craint que la jeune femme ne se montre froide et distante avec elle, mais elle les accueillit tous deux avec un plaisir évident et les entraîna rapidement vers le petit salon afin d'y rejoindre son frère Timothy.

Un feu crépitait dans la cheminée et une chaleur étouffante baignait la pièce, sans doute pour le confort de Timothy, qui était assis dans un fauteuil roulant, une couverture posée sur les genoux. Son air de fragilité était si frappant que le cœur d'Annabeth se serra de douleur. Il avait toujours eu une santé délicate, mais son état s'était visiblement dégradé depuis leur dernière rencontre.

Néanmoins, le jeune homme leur adressa un sourire sincère et serra la main de Sloane, tout en disant :

— Ravi de votre venue. Et Annabeth, quelle joie de vous voir. Vous êtes plus belle que jamais.

— Vous me flattez, très cher, répondit-elle en prenant sa main. Cela fait bien trop longtemps que je ne suis pas venue vous rendre visite.

— Je vous en prie, asseyez-vous donc, proposa Priscilla. Nous sommes impatients d'entendre toutes les dernières nouvelles de Londres.

Ils s'assirent donc pour discuter et la conversation se déroula sur un ton léger et désinvolte, se concentrant sur les rumeurs concernant des membres de la haute société et des personnes des environs que Sloane et Annabeth avaient connus autrefois.

Annabeth était frappée de constater combien Sloane était différent en ces lieux, en compagnie de ses amis. L'air cynique, le sourire sarcastique, les paroles tranchantes - tout cela s'était envolé. Il ressemblait davantage à l'ancien Sloane, celui qui savait sourire et se montrer bienveillant, laissant ainsi le frère bien plus jeune de Sprague les accompagner à l'occasion. Celui qui la taquinait avec un pétillement de malice au fond des yeux et lui racontait ses espoirs et ses rêves. Celui qu'Annabeth avait aimé alors.

— J'espère que cela ne vous dérangera pas. J'ai invité les Todd et Mr Feringham à dîner ce soir, annonça Priscilla. Tous voulaient vous voir, et je ne savais pas combien de temps vous resteriez ou, hum... ce que vous vouliez faire.

Annabeth songea que Priscilla était trop polie pour demander de façon directe pourquoi Sloane et Annabeth avaient accouru pour leur rendre visite, mais il était clair qu'elle tournait autour du sujet. Annabeth jeta un regard à Sloane. Soit, qu'il soit celui qui mente à leurs amis.

— Nous n'abuserons pas de votre bonté longtemps, dit Sloane à Priscilla sans manquer d'accompagner ses paroles d'un sourire chaleureux. Annabeth m'a dit combien elle aimerait pouvoir visiter l'ancienne propriété de sa famille. Elle souhaiterait en particulier voir si l'atelier de son père existe toujours.

Annabeth trouva la raison avancée bien futile mais Priscilla et Timothy ne parurent nullement sceptiques. Ce qui ne fit que renforcer le sentiment de culpabilité d'Annabeth.

Elle se hâta d'ajouter :

— Oui, bien sûr. Nous serions ravis de voir vos invités. Les Todd forment un couple charmant et j'aime beaucoup Oncle Russell.

— Nous avions d'ailleurs prévu de profiter de notre présence pour rendre visite à Mr Feringham, ajouta Sloane. Annabeth était intéressée par l'idée de voir certaines des boîtes que son père a conçues pour lui.

Timothy sourit, son regard s'illuminant soudain.

— Ces boîtes ! Mr Winfield avait pour habitude de me les donner lorsque j'étais malade, pour occuper mon esprit quand j'étais incapable de faire quoi que ce soit. C'était un homme si attentionné.

— Oui, c'est vrai, acquiesça Annabeth.

— Les avez-vous toujours, Timothy ? demanda Sloane.

— Je les ai toutes gardées dans un coffre. Aimeriez-vous les voir ?

Annabeth opina du chef et Priscilla prit les dispositions nécessaires pour que le coffre leur soit apporté.

Deux valets de pied entrèrent bientôt avec et Priscilla en ouvrit le couvercle, dévoilant ainsi un ensemble de boîtes. Elle les sortit l'une après l'autre et toutes passèrent de main en main.

— Un certain temps m'a été nécessaire pour percer le secret de plusieurs d'entre elles mais j'ai fini par découvrir les astuces de chacune, précisa Timothy.

Il leur montra alors les solutions pour ouvrir tous les coffrets, ses joues soudain rosies par le plaisir de l'instant et lui donnant presque l'air du jeune garçon qu'il avait été jadis. Voir le mal que son père s'était donné pour l'aider au long de ses maladies fit venir des larmes dans les yeux d'Annabeth.

Mais la recherche n'aboutit à la découverte d'aucun document. Annabeth sentait la nervosité nouer son estomac. Et si après tous les problèmes que ce voyage avait provoqués – la pénible rupture avec Nathan, les tensions avec Sloane, son sentiment de culpabilité à l'idée de mentir à de vieux amis – ils ne trouvaient rien du tout ?

21

Sloane avait imaginé que le dîner prévu le soir même serait mortellement ennuyeux, mais Annabeth avait revêtu pour l'occasion une robe bleue dont le profond décolleté le déconcentrait tant que même suivre les propos prosaïques de Russell Feringham s'avérait difficile.

Les yeux de Sloane ne cessèrent de venir se poser sur elle tout au long du dîner alors qu'elle était occupée à converser plaisamment avec les Todd et leurs hôtes. Une seule pensée occupait son esprit : embrasser l'épaule d'Annabeth puis faire courir ses lèvres sur sa délicate clavicule avant de venir se perdre dans son cou. Il pouvait presque sentir sur ses lèvres le goût de sa peau ; il se rappelait avec une assez belle précision avoir autrefois embrassé cette chair si tendre, douce et délicate.

Sloane ne cessait de se répéter qu'il était bien trop vieux et aguerri pour être si troublé par la vue des épaules dénudées d'une femme, mais il ne pouvait que constater que l'âge et l'expérience n'avaient pour seule vertu que de le rendre parfaitement conscient de son incapacité à museler son désir.

Pourtant jamais il ne ferait le choix de se trouver dans un autre endroit que celui-ci. Il serait même prêt à accomplir dix fois l'effort de discuter avec Feringham pour pouvoir se trouver en présence d'Annabeth.

Sloane ne s'intéressait pas beaucoup à l'homme – il avait été un ami trop intime du père d'Annabeth pour l'apprécier. Mais Annabeth était heureuse de voir Feringham, et l'éclat de sa joie brillait au fond de ses yeux, les rendant encore plus magnifiques.

Chaque fois que Sloane parvenait à détacher son regard d'Annabeth et à le diriger vers Russell, il voyait que l'autre homme l'observait, le front soucieux. Après dîner, alors qu'ils dégustaient quelques verres de porto, Russell lui dit à voix basse :

— Ne faites pas souffrir ma chère enfant une fois encore.

— Je n'ai aucunement l'intention de blesser Annabeth, répondit Sloane.

— Vous n'avez jamais été un bon parti pour elle. Hunter n'appréciait d'ailleurs pas l'idée d'un mariage entre vous.

— Je connais fort bien l'opinion que Mr Winfield avait de moi, rétorqua Sloane.

Cette opinion ne s'était pas améliorée lorsque Sloane avait contraint Hunter à démissionner de son poste au sein de l'administration. Et, étrangement, le fait que Sloane l'ait sauvé du scandale et de la ruine avait semblé lui faire détester le jeune homme encore davantage.

— Et il s'est avéré qu'il avait raison. Des années ont été nécessaires à Annabeth pour tourner la page de votre histoire. Mais elle est heureuse désormais et elle va épouser un homme bon.

— Je le sais, répondit Sloane en conservant un ton égal.

— Alors cessez de vous immiscer de nouveau dans son existence.

— Ce n'est pas ce que je fais. Je suis ici en tant qu'ami. Voilà tout. Je n'essaye pas de la séduire.

Sur ces mots, Sloane se leva et quitta la pièce.

Il ne tentait pas de la conquérir. Il avait été prudent et avisé. Peu importait combien il brûlait intérieurement de désir pour Annabeth, il ne l'avait pas embrassée, ni n'avait commis le moindre geste inapproprié à son encontre. Il s'était assuré que Priscilla était auprès d'eux pour tenir le rôle de chaperon quand ils étaient ensemble. Bon sang, il avait même dit à Annabeth qu'elle devrait épouser Nathan. Quand tout ceci serait terminé, quand il serait certain qu'elle était hors de danger, il sortirait de son existence. Il ne la reverrait plus jamais. Et il eût préféré que cette idée ne lui donne pas le sentiment de filer droit vers un malheur sans fin.

L'atelier de Hunter Winfield était difficile à rejoindre avec le cabriolet, par conséquent le matin suivant Sloane et Annabeth empruntèrent deux chevaux dans l'étable des Haverstock avant de s'engager sur un chemin menant au domaine des Todd. Comme ils avaient vu les Todd à l'occasion du dîner donné la veille au soir, au moment d'atteindre la longue allée menant à leur demeure, ils opéreraient un virage et traverseraient un pré pour gagner les bois situés au-delà plutôt que de faire halte pour une brève visite.

Ils n'étaient qu'à quelques mètres de l'allée des Todd, parlant et prêtant peu d'attention à ce qui les entourait, lorsqu'un tir résonna. Le cheval d'Annabeth se cabra, la projetant aussitôt au bas de sa selle. La monture de Sloane, quant à elle, s'emballa mais son cavalier parvint à la maîtriser et à lui faire tourner bride.

Sloane sentit son sang se glacer en apercevant Annabeth ainsi étendue sur le sol, mais au moment où il revenait près d'elle, il la vit se remettre déjà tant bien que mal debout. La jument qui l'avait désarçonnée s'était enfuie au loin et courait toujours.

Sloane sauta au bas de son cheval, gardant une main fermement serrée sur les rênes, et lui tendit son autre main pour l'aider à se relever.

— Allez-vous bien ? La balle vous a-t-elle atteinte ?

Elle fit non de la tête.

— Le vent… s'est soudain levé.

— Venez. Il nous faut partir avant que le tireur ne recharge son arme.

Il l'entraîna vers son cheval et juste à l'instant où ils s'éloignaient, quelque chose s'écrasa au sol à quelques mètres d'eux et une détonation résonna au loin.

Sloane jeta pratiquement Annabeth en selle et grimpa sur le cheval derrière elle. La monture n'avait nul besoin d'être éperonnée ; elle galopait avant que Sloane n'ait placé son autre pied dans l'étrier. Il dirigea l'animal vers un bosquet d'arbres et se hâta de le rejoindre, sans s'arrêter avant d'avoir atteint l'abri. Les bras de Sloane étaient serrés fermement autour d'Annabeth, son cœur tambourinait follement dans sa poitrine, et sa respiration était rauque et rapide. Il pouvait sentir Annabeth trembler ou peut-être était-ce lui ?

Il fit reposer son front contre le sien.

— Je vous ai crue morte. Quand je vous ai vue ainsi étendue sur le sol, je...

Sloane serra encore plus fort ses bras autour d'elle et vint déposer un baiser dans ses cheveux.

Annabeth resserra elle aussi son étreinte tout en hochant la tête. Sa joue était pressée contre son torse et il sentit sa tête bouger doucement contre lui. Même à travers ses vêtements, le contact suffisait à déclencher un frisson nerveux à travers son corps. Il frotta doucement sa joue contre ses cheveux et déposa un baiser sur son front. La sentir dans ses bras, goûter sa peau, entendre son souffle tremblant mettaient à bas toutes ses défenses, déjà affaiblies par le danger. Ses lèvres coururent un peu plus bas, effleurant sa tempe puis sa pommette. Quand elle inclina légèrement la tête, lui donnant ainsi plus librement accès à son visage, il se sentit presque entièrement désarmé.

Sloane étouffa avec peine un juron. Que diable faisait-il ? C'était là pure folie. Quelqu'un venait tout juste de tenter de les tuer et voici qu'il ne pouvait songer qu'à faire l'amour à une femme qu'il ne pouvait avoir. Au prix d'un fantastique effort de volonté, il releva la tête et relâcha l'étreinte de son bras.

Il fit tourner bride au cheval et jeta un nouveau regard en direction du pré et de la route.

— Je ne distingue personne.

Ce qui n'était pas surprenant étant donné qu'il venait de passer les derniers instants à ne prêter attention à rien de ce qui les entourait.

— Bon sang, j'aurais dû me montrer plus vigilant, gronda-t-il.

— Cette personne a pu repartir de là où elle était venue, énonça Annabeth d'un ton morne tout en se redressant, mouvement qui l'amena à frotter son corps contre celui de Sloane d'une façon qui mit en péril la maîtrise déjà affaiblie qu'il gardait sur lui-même. Ou elle a pu s'échapper pendant que nous nous enfuyions nous-mêmes.

Sloane resta immobile un instant encore mais, malgré son observation attentive, échoua à détecter le moindre mouvement.

— D'où provenaient les tirs selon vous ? questionna Annabeth.

— De là, je pense, répondit-il en pointant le doigt en direction d'un taillis d'ajoncs situé près d'un muret. Impossible d'en être sûr toutefois. Il était probablement un peu trop loin. Les deux tirs ont été trop courts.

— Mais ils sont arrivés trop dangereusement près à mon goût, ajouta Annabeth.

— Oui, en effet. Mais nous pouvons supposer que le tireur se trouve toujours ici, attendant notre retour. Je ne repartirai pas sur la route pour le vérifier.

Il dirigea alors sa monture vers un petit groupe d'arbres.

— Ce n'est pas le chemin de l'atelier, nota Annabeth.

— Je vous reconduis chez les Haverstock, répondit Sloane. Là où vous auriez dû vous trouver depuis le début.

— Non, certainement pas ! protesta vivement Annabeth. L'atelier n'est pas loin d'ici. J'étais sur le point de vous demander de tourner quand les tirs se sont produits. Partez vers la gauche et je serai en mesure de trouver l'endroit.

— Anna... soyez raisonnable. Ils seront inquiets lorsque le cheval reviendra chez eux sans cavalier.

— Je me montre tout à fait raisonnable. Nous n'allons pas perdre une journée pour que vous me rameniez chez Priscilla. Et nous expliquerons ce qui s'est passé quand nous serons bel et bien de retour. Quelques heures consacrées à nous poser des questions pourraient apporter un peu d'excitation bienvenue à une routine ennuyeuse.

— Vous êtes bien désinvolte pour quelqu'un qui a failli se faire tuer à l'instant, répliqua Sloane d'une voix éraillée.

Au moins son agacement l'aidait-il à ignorer ces courbes fermes et rebondies qui venaient se presser contre lui à chaque pas du cheval.

— Il vous faut être en lieu sûr, poursuivit-il.

— Ce qu'il me faut, c'est trouver ce que cherchent ces personnes, car autrement elles continueront d'essayer de me tuer, riposta Annabeth.

— Oui, mais je suis tout à fait capable de fouiller l'atelier seul. Vous pouvez m'indiquer où se trouvent les différentes cachettes.

— Ce n'est pas si simple que cela. Je n'ai pu me souvenir de la façon d'ouvrir la boîte de Grand-mère que lorsque j'ai pu la regarder. Mes mains se sont alors naturellement portées aux bons endroits. Certaines astuces sont difficiles à expliquer, et je ne suis pas sûre de me souvenir de tous les endroits ayant servi de cachettes à Papa. Toutefois, je sais que le souvenir me reviendra lorsque je reverrai la pièce. Vous avez besoin de moi et vous le savez.

— Ce dont j'ai besoin, c'est que vous soyez en sécurité, riposta Sloane d'une voix tendue. Comment suis-je censé me concentrer alors que je m'inquiète que quelqu'un puisse faire irruption et vous tirer dessus ?

— Dans ce cas, vous pourrez mener une surveillance à l'extérieur tandis que je fouille les lieux.

— Vous savez que je ne ferai pas cela.

— Oui. Et pour ma part je ne vais pas vous laisser y aller seul, asséna-t-elle en lui lançant un regard farouche.

Elle avait raison, bien sûr, et nul autre choix ne s'offrait à Sloane que de réprimer tout agacement et de céder. Il engagea sa monture dans la direction indiquée par Annabeth. Ils chevauchèrent pendant un moment en silence, mais celui-ci était agréable, exempt de colère ou d'étrangeté. Il s'agissait du silence pouvant exister entre deux personnes qui se connaissaient mutuellement et se comprenaient si parfaitement qu'il n'y avait nul besoin pour elles d'échanger la moindre parole. Un silence dépourvu d'attentes et d'inconfort.

Enfin, sans inconfort pour elle tout du moins. Sloane, lui, était tout sauf à son aise. Son corps était brûlant et avide, chaque pas nourrissant la tentation, le plaisir se mêlant à la frustration pour produire en lui un élixir puissant. Annabeth était assise en travers de la selle et les bras de Sloane l'entouraient. Se laissant aller à une douce détente, elle appuyait légèrement contre lui son corps souple et chaud avec une aisance exprimant sa confiance en lui. Son odeur venait titiller diaboliquement les narines de Sloane – un mélange formé par son parfum et l'odeur de sa peau et qui produisait une senteur qui n'appartenait qu'à Annabeth ; il aurait reconnu ce parfum en tous lieux, car il ne manquait jamais de déclencher cette sourde pulsation tout au creux de son ventre.

Pire encore – enfin, c'était là à vrai dire le plus exquis –, il y avait ce mouvement permanent de son corps, pressé contre lui, entre ses jambes, provocant sans qu'elle en ait conscience, si subtil et pourtant si affolant qu'il devait lutter pour ne pas laisser échapper de sourds grognements. Ils auraient pu changer de position de sorte qu'elle chevauche comme elle l'avait fait l'autre nuit, assise derrière lui, avec ses bras noués autour de sa taille, pressée contre son dos. Mais laquelle de ces deux solutions était-elle la pire ? Mieux valait-il que Sloane l'entoure de ses bras ou bien qu'elle noue les siens autour de lui, posant ainsi ses mains sur lui ?

La solution évidente, bien sûr, eût été qu'il quitte la selle et qu'il prenne le cheval par la bride ou marche à ses côtés. Mais il était inenvisageable qu'il le fasse. Il n'avait nullement l'intention de renoncer à ce moment. Douze années s'étaient écoulées ; il avait oublié comme il était doux de la tenir entre ses bras, combien la sensation procurée par son corps lové contre le sien était ensorcelante et satisfaisante à la fois. C'était comme vivre tout autant en enfer qu'au paradis, mais il savourerait chaque seconde.

— Il y a là le ruisseau, dit Annabeth en pointant un doigt devant elle. Remontez son cours et nous trouverons le sentier.

Après un instant, elle ajouta :

— Qui que cette personne ait pu être, elle nous a suivis.

— Oui. À moins que vous pensiez que notre agresseur soit Feringham ou les Haverstock.

Annabeth gloussa à ces mots.

— Je pense que nous pouvons sans crainte les exclure de la liste des suspects.

— Eux seuls savaient où nous comptions nous rendre ce matin, par conséquent la seule autre explication est en effet que nous avons été suivis jusqu'ici depuis la demeure des Haverstock. Ce qui signifie que quelqu'un nous a suivis depuis notre départ. J'étais certain que personne n'était sur nos pas. J'aurais dû me montrer plus vigilant.

Se trouver auprès d'Annabeth détournait toujours son attention de tout autre sujet mais Sloane s'en voulait terriblement de ne pas avoir repéré un poursuivant. Il avait vraiment perdu la main. Mieux valait cependant qu'il reprenne la maîtrise de tous ses talents, et ce au plus tôt. La vie d'Annabeth était en danger. Le kidnapping et le cambriolage, bien qu'alarmants, avaient laissé penser que leurs ennemis avaient besoin d'Annabeth vivante pour retrouver ce qu'ils cherchaient. Mais, cette fois-ci, ils avaient clairement essayé de la tuer.

— Le fait qu'on nous ait tiré dessus montre que nous sommes proches de trouver le document, ne pensez-vous pas ? demanda Annabeth.

— Ou bien certains craignent-ils que nous le trouvions, justement. Si ces personnes savaient précisément où il est, elles s'en seraient déjà emparées.

— Et qu'est-ce donc déjà ? demanda-t-elle, une pointe d'irritation s'insinuant dans sa voix. Il est quelque peu difficile de trouver quelque chose quand on en ignore la nature.

— Je ne sais pas exactement. Et si tel était le cas, je ne pourrais vous le dire.

Ce n'était pas vraiment un mensonge ; ils ne savaient pas précisément ce que contenait le document, et il ne pouvait certainement pas apprendre à Annabeth la vérité à propos de son père.

— Diable, je ne sais même pas si ce fichu écrit existe vraiment. Je serais fort surpris si nous mettions la main dessus dans l'atelier de votre père.

Sloane espérait à vrai dire que le papier ne s'y trouvait pas. La dernière chose dont il avait envie était qu'Annabeth lise la confession des fautes de son père. Mais il ignorait comment il pourrait l'empêcher d'en prendre connaissance s'ils mettaient la main dessus ensemble. Devrait-il le lui arracher des mains ? Refuser de le lui montrer ? Il pouvait s'imaginer sans peine à quel point cela lui déplairait.

Mieux vaudrait que la lettre se trouve dans la maison des Todd. Sloane pourrait se faufiler hors de sa chambre et la chercher au milieu de la nuit, sans que personne n'en sache rien. Le problème était qu'il ne savait où chercher et qu'Annabeth insisterait pour l'accompagner. Cette situation tout entière représentait bien un fichu bourbier. Hunter Winfield était en mesure de tout gâcher même depuis l'au-delà.

— Et si elle n'existait pas ? Ou si nous nous révélions incapables de la trouver ? interrogea Annabeth. Quiconque agit de la sorte n'en saurait rien. Qu'y aurait-il pour l'empêcher de continuer à me pourchasser ?

— J'espère que ce que nous pourrons découvrir nous fournira une indication quant à l'identité de la personne qui vous poursuit. Et ensuite je la retrouverai.

— Comment ferez-vous ? Et que se passera-t-il ensuite ?

— Faites-moi confiance. Une fois que je l'aurai localisée, vous n'aurez plus jamais à vous inquiéter d'elle, répondit-il d'un air sombre.

22

Annabeth avait du mal à retrouver l'emplacement de l'atelier. Plusieurs années s'étaient écoulées depuis sa dernière visite et la croissance des buissons et des arbres avait quelque peu modifié les contours du paysage. En outre, elle ne s'était jamais approchée des lieux en venant de cette direction. Se trouver entre les bras de Sloane rendait par ailleurs difficile tout effort de concentration. Son esprit ne cessait de s'égarer, s'animant de pensées ayant trait à la façon dont le corps de Sloane se pressait contre son dos tandis que ses bras étaient noués autour d'elle ; sans oublier ce feu qui s'attisait de plus en plus fortement tout au creux de son ventre.

Plusieurs fois déjà elle avait eu à s'arracher à diverses rêveries éveillées et à ignorer la tension fiévreuse enflant au creux de son ventre ; elle réussit toutefois à identifier suffisamment de points de repère pour finir par les conduire jusqu'à l'atelier.

Plus vaste qu'une simple cabane, plus petite qu'une grange, il s'agissait d'une bâtisse cubique, faite d'un bois que les années avaient délavé au point de le parer d'une teinte brun pâle. Elle n'attirait guère l'attention nichée ainsi au milieu des arbres. Sloane stoppa devant le bâtiment et mit pied à terre mais Annabeth, elle, n'était capable que de contempler l'atelier, les yeux emplis de larmes.

Sloane se tourna, levant le bras pour aider Annabeth à quitter la monture, mais quand il aperçut son visage, il dit :

— Anna... vous n’avez pas à faire cela. Nous pouvons revenir plus tard. Je peux aussi aller à l’intérieur et chercher seul, si vous voulez bien me fournir quelques indications.

Annabeth déglutit avec peine, battant des paupières pour chasser ses larmes, et secoua la tête.

— Non. Je veux le voir. Je ne suis pas revenue depuis la mort de Papa. J’aurais dû venir pour ranger, emballer et emporter ses affaires. Mais je n’avais pas le courage de me trouver dans la pièce où il est mort.

— Très bien.

Sloane la saisit par la taille, la soutenant tandis qu’elle se laissait glisser contre le flanc de la monture.

— Laissez-moi m’occuper du cheval, dit Sloane, je vais le reconduire jusqu’au ruisseau pour qu’il s’abreuve puis je l’attacherai à un arbre entouré d’herbe afin qu’il puisse brouter.

Annabeth attendit son retour, réticente à l’idée de pénétrer seule dans l’atelier. C’était sans doute lâche de sa part, mais elle ne voulait pas affronter souvenirs et tristesse sans Sloane à ses côtés. Cela n’aurait pas dû avoir d’importance ; elle n’aurait pas dû avoir ainsi besoin de lui. Mais elle ne pouvait nier qu’elle se sentait en parfaite sécurité avec lui, que sa présence seule lui procurait réconfort et courage.

Pourquoi fallait-il que ce soit cet homme qui la fasse se sentir ainsi ? Pourquoi fallait-il que Sloane soit celui qui l’attire, la tente ? Pourquoi cette personne n’avait-elle pas pu être Nathan ? Quelqu’un de bon, de doux et d’aimant plutôt qu’un homme lui ayant brisé le cœur avant de la quitter ?

Le retour de Sloane l’arracha à ses pensées et ils pénétrèrent ensemble dans les lieux. Tout y était recouvert d’une épaisse couche de poussière. La fenêtre du fond de la pièce avait été brisée. La pluie qui s’était engouffrée par cette ouverture avait déformé une partie du plancher et le vent avait propulsé une multitude de feuilles et de branchettes sur le sol. La table, les tabourets et les meubles familiers étaient bien là mais les lieux semblaient si vides et sans vie qu'elle ne ressentait presque aucun lien avec l'endroit.

Annabeth leva les yeux vers le garde-corps manquant près du haut des escaliers, preuve muette de la mort de son père. Elle s'obligea ensuite à baisser les yeux vers la partie du sol située sous le garde-corps, bien que prise de la crainte que son regard se pose sur une tache de sang. Mais, bien entendu, il n'y en avait pas ; Hunter était mort parce qu'il s'était brisé la nuque. Prenant une courte inspiration, elle s'avança plus avant d'un pas vif.

C'était une chance qu'elle porte les gants de cuir souple que Priscilla lui avait prêtés pour monter à cheval, car ses mains auraient rapidement été couvertes de poussière à force d'examiner les livres et instruments posés sur la table de travail de son père. De l'autre côté de la pièce, Sloane ouvrait et refermait portes et tiroirs et passait au crible le contenu de la bibliothèque.

Œuvrant tout en avançant en direction d'Annabeth, Sloane sortait chaque ouvrage des rayonnages pour voir s'il ne dissimulait pas un compartiment caché dans le mur. Il les secouait pour s'assurer qu'aucun papier n'avait été plié et dissimulé entre leurs pages. Parallèlement, Annabeth était occupée à trouver et à ouvrir toutes les cachettes secrètes de son père.

Elle découvrit une boîte dont il avait commencé la fabrication avant sa mort et cela fit naître des larmes dans ses yeux. Elle trouva des morceaux de bois de diverses essences mais aussi des vis, des clous, du fil de fer, de la ficelle et des ressorts petits et grands. Il y avait des boîtes avec des mécanismes telles que celles que Papa avait données à Timothy. D'autres étaient des essais ratés ou des projets simplement abandonnés en cours de fabrication.

Il y avait aussi des plans, des dessins et quelques lettres, et à chaque fois que les yeux d'Annabeth se posaient sur l'une d'elles, son cœur bondissait dans sa poitrine. Mais, après examen, il s'avérait qu'il ne s'agissait là que d'une correspondance tout à fait ordinaire à propos de fournitures, d'échanges d'informations ou de messages de ses amis.

Son père n'avait pas été très porté sur l'écriture. Elle sourit en songeant à lui muni de son écritoire portable, fronçant les sourcils devant une feuille de papier, une plume en main. Le souvenir arracha à Annabeth une exclamation qui fit se retourner Sloane.

— Quoi ? Qu'avez-vous trouvé ?

— Son secrétaire ! Pourquoi n'y ai-je pas pensé ?

— Quel secrétaire ?

Il s'approcha d'elle tout en jetant des regards à travers la pièce.

— Il possédait une écritoire portable, destinée à être utilisée en voyage, mais dont il se servait pour rédiger la plupart de ses lettres. Tous ses côtés se dépliaient, elle était munie de supports pour les plumes, les encres et le papier, et d'une surface sur laquelle écrire. Une fois qu'elle était soigneusement repliée, elle ressemblait à une boîte d'environ trente centimètres carrés et peut-être haute de vingt-cinq centimètres.

De ses mains elle en dessina la forme.

— Il l'avait fabriquée lui-même et elle était superbe, faite de teck, vernie et fort élégante. Il l'adorait. Il l'emportait avec lui à chaque fois qu'il voyageait et s'en servait ici. Il la préférait au secrétaire présent dans la maison. C'est là que devrait se trouver ce mystérieux document, conclut-elle en souriant d'un air triomphant.

Sloane laissa échapper un rire et la souleva de terre. Annabeth jeta ses bras autour de son cou, sans cesser de sourire tandis qu'il la faisait tourner dans les airs. Mais quand il s'arrêta et la laissa reposer ses pieds au sol, elle se trouva subitement consciente de la sensation de son corps glissant le long du sien. Les rires et le joyeux enthousiasme s'éteignirent ; son esprit sembla se vider de toute pensée quand elle leva lentement les yeux vers Sloane.

Il n'existait rien d'autre en cet instant à part le corps de Sloane si près du sien et le feu brûlant dans son regard baissé vers son visage. Il n'existait rien à part les sentiments et le désir s'épanouissant en elle. Ses mains étaient toujours posées sur son torse et elle les fit glisser plus haut tout en s'approchant plus près.

— Anna…, lâcha-t-il dans un souffle avant de poser son front contre le sien.

Les bras d'Annabeth se nouèrent autour de son cou au moment où son visage s'approcha du sien, ses lèvres touchant presque les siennes l'espace d'un instant au goût d'éternité. Puis il l'embrassa, sa bouche jouant sur la sienne avec une lenteur enfiévrée, et Annabeth se cramponna alors à lui tandis que s'abattait sur eux la déferlante du désir. Toute l'impatience ardente qui avait grandi en elle durant la chevauchée – durant les derniers jours, pour être honnête – se libéra, balayant en elle toute retenue et toute raison.

La main de Sloane parcourait son corps tandis qu'il l'embrassait encore et encore. Son souffle était saccadé, son corps en feu et son désir ne faisaient qu'attiser plus fortement celui d'Annabeth. Elle laissa échapper un petit gémissement au moment où les lèvres de Sloane quittèrent les siennes pour s'aventurer plus bas, dans son cou, et elle s'agrippa à sa veste pour qu'il ne s'écarte pas d'elle.

Mais il était évident qu'il ne comptait aller nulle part. Il la souleva de terre, ses bras passés sous elle, et elle noua instinctivement ses jambes autour de lui. Il avança presque à l'aveuglette jusqu'à ce qu'il atteigne la table et l'y asseye. Ses jambes fermement serrées autour de son corps, elle le sentait ainsi tout près du cœur d'une douloureuse et enivrante tension qui lui procurait tout à la fois plaisir et frustration.

Voulant être plus près de lui encore et sentir sa peau nue sous ses doigts, elle glissa ses mains sous sa veste. Tout en continuant à l'embrasser, Sloane tentait de défaire les boutons de son corsage. Ses doigts s'égarèrent sous le tissu, effleurant la peau veloutée de ses seins, et il poussa un doux grognement, tandis qu'un violent frisson le traversait.

— Lady Priscilla ? Miss Winfield ? appela une voix de femme depuis l'extérieur. Mr Rutherford ?

Annabeth et Sloane s'écartèrent d'un bond l'un de l'autre et se tournèrent vivement vers la porte.

23

La voix résonna une nouvelle fois, plus proche encore du bâtiment :

— Quelqu'un est-il ici ?

Sloane lâcha un juron, gagna en hâte l'autre côté de la pièce et fit mine de regarder par la fenêtre. Annabeth quant à elle se précipita vers la porte tout en reboutonnant sa robe les doigts tremblants. Elle était sans nul doute décoiffée, mais peut-être pourrait-on mettre son état sur le compte du travail qu'elle avait mené sur place. Dieu seul savait toutefois ce que pouvait bien trahir son visage ; ses joues lui semblaient brûlantes. Elle était néanmoins probablement mieux à même que Sloane de faire face au moindre visiteur.

Elle pressa ses deux paumes contre ses joues et inspira profondément avant d'ouvrir la porte.

— Mrs Todd. Quel plaisir de vous voir !

— Miss Winfield. Je dois avouer que j'étais inquiète.

Elle fit un geste derrière elle en direction d'un palefrenier tenant la tête du cheval qu'Annabeth avait chevauché le matin même.

— L'un des garçons d'écurie a trouvé cette jument qui errait et a vu qu'il s'agissait du cheval de Lady Priscilla. J'ai craint qu'elle ait pu être victime d'un accident et je me suis dit que peut-être vous et elle vous trouviez ici. Est-ce que tout va bien ?

— Oui. Je suis affreusement désolée. Entrez, je vous prie.

Annabeth recula pour laisser l'autre femme pénétrer dans la pièce.

— J'ai emprunté le cheval de Priscilla. Et j'ai bien peur qu'il m'ait désarçonnée.

Mrs Todd lâcha une exclamation stupéfaite.

— Oh ! mon Dieu ! Avez-vous été blessée ?

— Seul mon orgueil a subi un dommage en l'espèce, répondit Annabeth en souriant. Par chance, Mr Rutherford se trouvait avec moi.

— Ah, oui, je vois.

Sloane se tourna et s'inclina poliment vers la femme.

— Mrs Todd. C'est un plaisir de vous revoir.

— Mr Rutherford.

La femme plus âgée fixa Sloane, un air de curiosité brillant au fond des yeux.

— Je devrais m'occuper du cheval. Veuillez m'excuser, dit-il d'un ton abrupt avant de quitter l'atelier à grands pas.

Avant que Mrs Todd ne l'interroge quant à leur présence en tête à tête dans cet endroit retiré, Annabeth dit :

— J'espère que vous ne voyez pas d'inconvénient à ce que nous soyons venus ici. Je sais que j'aurais dû vous en demander la permission, mais je n'y ai pas pensé hier, et alors que nous étions en promenade, nous avons chevauché tout près d'ici. Je me suis dit que cela ne vous dérangerait pas.

— Non, bien entendu, vous pouvez tout à fait venir dans cet endroit.

La femme plus âgée balaya du regard d'un air de doute l'espace de la pièce sale, dont leur recherche avait augmenté le désordre.

— Ce lieu m'évoque tant de délicieux souvenirs, reprit Annabeth en guise d'explication. Mon père l'adorait, vous savez. Je suis si heureuse que vous ne l'ayez pas détruit.

— Il eût été dommage de le faire. Mr Todd pensait que nous pourrions peut-être lui trouver une utilité, un jour, fit Mrs Todd en jetant à l'espace un autre regard sceptique.

— Il y a une ou deux choses que je pourrais vouloir emporter avec moi. Cela vous dérangerait-il ?

— Non, absolument pas, très chère.

Ce souhait, à son tour, semblait difficile à envisager pour Mrs Todd.

— Eh bien… Je devrais vous laisser retourner à votre tâche, je crois. Mais peut-être aimeriez-vous venir jusqu'à la maison pour prendre le thé ?

— C'est une charmante idée, répondit Annabeth. Merci pour cette invitation. Mais comme vous pouvez le constater, nous ne sommes pas assez présentables pour rendre visite à quiconque.

Annabeth désigna son corsage d'un large geste pour souligner combien ses vêtements étaient poussiéreux. À sa grande horreur, elle découvrit alors qu'elle avait mal reboutonné le devant de sa robe. Elle sentit une rougeur lui monter aux joues, mais elle réussit à continuer de sourire à sa visiteuse, même si son expression s'était légèrement crispée.

— Bien sûr. J'espère vous revoir bientôt.

Sans jamais cesser de sourire, Annabeth raccompagna Mrs Todd jusqu'à la porte et la regarda s'engager sur le sentier remontant vers la maison, le palefrenier sur ses talons. Elle lâcha un soupir de soulagement et se laissa retomber contre le montant de la porte.

Si Mrs Todd ne pensait pas déjà que quelque chose de scandaleux s'était produit en ces lieux, elle allait forcément arriver à cette conclusion quand elle repenserait à toute la scène. Et elle ne tarderait pas à répandre maints commérages à ce sujet dans tous les environs. Eh bien, au moins Annabeth aurait-elle la chance de ne pas être là pour les entendre. Les Haverstock et Oncle Russell étaient les seuls à les connaître en ces lieux et Annabeth était certaine que ni Priscilla ni Russell ne répandraient la moindre rumeur préjudiciable.

Mais le véritable problème n'était pas ce que Mrs Todd pensait d'elle ou quelles rumeurs elle propagerait. C'était ce qu'Annabeth avait fait. Elle laissa échapper un grognement de mécontentement et s'assit sur l'une des dernières marches de l'escalier où, les coudes sur les genoux, elle enfouit sa tête entre ses mains.

Comment avait-elle pu agir de la sorte ? Après avoir tant nié ses sentiments auprès de Sloane, après tous ces mots durs et amers, elle était tombée dans ses bras à la façon d'une véritable dévergondée. Que penserait-il donc d'elle – qu'elle était une menteuse, une hypocrite, une femme légère ? Et il croyait en outre qu'elle était toujours fiancée à Nathan ; à aucun moment elle ne lui avait dit le contraire. Il penserait donc également qu'elle avait manqué à la promesse qui la liait à son fiancé.

Peu importait ce que Sloane pensait d'elle, se répéta-t-elle. Il avait pris part à leur comportement insensé, lui aussi.

La véritable question était : que devait-elle penser d'elle-même ? Elle n'aimait pas Sloane. L'amour ne durait pas ainsi des années, quand il n'était pas réciproque, et elle ne pouvait pas être tombée de nouveau amoureuse de lui après qu'il était revenu dans sa vie. Leur relation depuis lors avait été plutôt hostile.

Cet élan brûlant de passion n'avait été rien d'autre que l'expression d'un désir purement physique. Mais cela ne disait rien de bon à son propos. Elle pouvait se répéter que l'élan fiévreux éprouvé pour lui il y avait de cela douze années, resté inassouvi, s'était réveillé. Elle pouvait se dire que la peur et l'épisode dramatique des tirs l'avaient plongée dans un état d'exaltation et avaient aiguisé tous ses sens, transformant ce qu'elle avait ressenti durant leur chevauchée en quelque chose de plus puissant encore.

Mais rien de tout cela ne parvenait à la faire se sentir mieux. Rien de tout cela n'apaisait sa crainte croissante, celle de se sentir sur le point de se jeter à corps perdu dans un tourbillon enfiévré bien trop familier, de faire don à Sloane de son corps et de son cœur et de se retrouver anéantie une nouvelle fois. Elle devait absolument reprendre le contrôle sur elle-même, instaurer une ferme distance avec lui.

La porte s'ouvrit à cet instant et Sloane entra, mâchoires crispées, visage fermé. Il ne lui adressa pas le moindre regard.

— Je vous prie de m'excuser pour mon comportement. J'ai eu tort de vous embrasser. Je...

Il lui lança un rapide coup d'œil brûlant avant de poursuivre :

— Je ne regrette pas un seul instant. Jamais je ne pourrai le regretter. Mais j'ai manqué à ma parole envers vous. Je vous avais dit que je ne vous importunerais pas et j'ai échoué à tenir ma promesse. Et pour cela je suis sincèrement désolé. Cela ne se reproduira plus. Je sais que je l'ai déjà promis, mais je serai plus prudent à présent. Je resterai maître de moi-même.

— J'accepte vos excuses.

Annabeth était prise de l'envie de pleurer, ce qui était plus que stupide en l'espèce. Elle aurait dû se sentir soulagée. Heureuse.

— J'ai eu tout autant tort que vous, répondit-elle. Je propose que nous laissions tout cela derrière nous et que nous nous consacrions à la question qui nous occupe.

— J'en suis d'accord.

Il s'interrompit un instant avant de reprendre :

— Cette boîte... l'écritoire portable. Savez-vous où elle se trouve ?

— Non, je n'y avais pas repensé depuis des années. Il est certain qu'elle n'est pas en ma possession. Ni en celle d'Oncle Russell, à mon avis. C'est ma mère qui doit la détenir. Je ne pense pas qu'elle s'en serait débarrassée. Papa y tenait beaucoup.

— Pourrait-elle encore être ici ? Sloane leva les yeux en direction de l'escalier. Nous n'avons pas regardé là-haut.

— C'est possible, en effet.

Annabeth se tourna pour regarder la volée de marches, le cœur empli de réticence à l'idée de gagner l'endroit où son père avait fait une chute mortelle.

— Je vais le faire, clama Sloane avant d'entamer l'ascension de l'escalier.

— Non, il me faut y aller, moi aussi. Je ne serai pas peureuse.

Sloane s'écarta pour la laisser monter les marches devant lui et Annabeth se tint près du mur, prenant soin de ne pas poser les yeux sur le garde-corps endommagé. Mais elle ne pouvait s'empêcher d'apercevoir du coin de l'œil le trou béant. La marche trembla un peu au moment où elle passait au niveau de l'espace vide trouant la rampe d'escalier et Sloane tendit la main pour l'aider à conserver son équilibre.

C'est ainsi que mon père est mort, songea-t-elle, *une planche mal fixée sur une marche l'a fait trébucher et s'écraser sur le sol.* Elle réprima l'élan de tristesse qui enflait dans sa poitrine et poursuivit son ascension.

Le petit grenier ne renfermait que quelques meubles – un placard, un fauteuil confortable, une table et une lampe à huile, et le télescope de son père sur son trépied devant la fenêtre ronde. Elle ne connaissait aucune cachette potentielle dans cette partie de la bâtisse et il ne fallut pas longtemps pour explorer la pièce. L'écritoire portable ne s'y trouvait pas.

Sloane entama la descente de l'escalier tandis qu'Annabeth, après s'être approchée de la fenêtre, regardait dehors, sa main reposant légèrement sur le télescope, son esprit empli de souvenirs de son père.

— Annabeth...

La voix de Sloane était étrange – basse mais trahissant une forme d'insistance pressante.

Elle se retourna et le vit qui se tenait quelques marches plus bas, à l'endroit où son père était tombé.

— Qu'y a-t-il ?

— Venez donc.

En temps normal elle se serait raidie en entendant un ordre si péremptoire, mais l'expression de Sloane avait quelque chose de si singulier qu'elle alla le rejoindre.

— Cette planche était instable parce qu'il manque des clous, commença Sloane. Je pense que votre père a trébuché dessus et qu'il est tombé contre le garde-corps.

— Oui, en effet, dit Annabeth d'un ton légèrement interrogateur.

Voilà qui semblait assez évident, pourquoi Sloane insistait-il donc ?

Il pointa alors son doigt vers l'extrémité de la rampe d'escalier, à l'endroit où elle s'était cassée.

— Le bois du garde-corps à cet endroit n'a pas été brisé, le relief de ses rebords est lisse et intact. Il a été scié. Je pense que… la chute de votre père a été orchestrée.

24

— Quelqu'un l'a tué ?

Annabeth fixait Sloane, les yeux écarquillés. Son visage pâlit et elle sembla sur le point de s'effondrer.

Sloane referma aussitôt ses bras autour d'elle, l'attirant tout contre lui avant qu'elle ne risque de chuter au bas des marches. Il avait envie de continuer à la tenir ainsi, mais il l'amena précautionneusement à s'asseoir dans l'escalier. Il prit place à ses côtés et l'entoura de son bras – uniquement pour la soutenir, tenta-t-il de se convaincre.

— Toutes mes excuses. Je n'aurais pas dû laisser échapper ces paroles de cette façon.

La vérité était que Sloane avait été lui-même trop abasourdi pour ne serait-ce que penser à ne rien exprimer. Hunter avait été assassiné. Pourquoi cette pensée ne lui avait-elle jamais effleuré l'esprit ? Pourquoi n'avait-il jamais douté de l'histoire selon laquelle le père d'Annabeth était mort victime d'une chute accidentelle ?

La guerre était finie depuis longtemps au moment du décès de Winfield et le père d'Annabeth aurait été inutile pour les Français après que Sloane avait pris le document compromettant qu'ils avaient initialement utilisé pour le contraindre à jouer les espions pour eux. Sloane se trouvait à l'étranger lorsque cela s'était produit, pourtant cela n'excusait pas le fait qu'il ne se soit pas penché sur la question des circonstances exactes de sa disparition à son retour en Angleterre. La raison en avait sans aucun doute été qu'il avait fait de son mieux alors pour ne pas songer à Annabeth et à son père.

— Mais pourquoi ?

Annabeth tourna la tête vers lui.

— Il n'avait pas d'ennemis. C'était un homme bon et doux. Pourquoi quiconque aurait-il voulu tuer mon père ?

Sloane savait parfaitement pourquoi. Si, ainsi qu'Asquith l'avait suggéré, Winfield s'apprêtait à se livrer à une confession, de toute évidence le traître qu'il citait dans cette lettre n'aurait pas voulu que le contenu de celle-ci soit révélé. La mort de Winfield aurait permis de s'assurer de son silence. Mais Sloane ne pouvait dire cela à Annabeth.

Il énonça prudemment :

— Il me semble que la personne ayant provoqué la mort de votre père pourrait très bien être la même qui est après vous.

— Après tout ce temps ? Comment les deux pourraient-elles être liées ?

— Quelqu'un a assassiné votre père et désormais quelqu'un vous poursuit, essayant d'attenter à vos jours. Il semble improbable, n'est-ce pas, qu'il puisse s'agir de deux hommes différents animés par des mobiles différents ? Vous m'avez demandé pour quelle raison quelqu'un voudrait éliminer votre père ? Eh bien, pour quelle raison quelqu'un désirerait-il vous tuer ? Voici pourtant où nous en sommes. Quelqu'un a organisé « l'accident » de votre père et quelqu'un a essayé de vous abattre aujourd'hui.

— Tout cela à cause de ce document dont vous avez parlé ? Quelle est cette chose que nous recherchons ? demanda Annabeth en lui jetant un regard perçant. Et ne me dites pas que vous ne pouvez me l'apprendre. Je mérite de savoir pourquoi quelqu'un tente de m'ôter la vie.

— Je ne sais pas exactement ce que contient ce document, biaisa Sloane. Je ne suis même pas sûr qu'il existe.

Ce point précis était vrai ; même Asquith avait des doutes quant au fait qu'existe réellement une confession.

— Pourquoi quelqu'un serait-il si désireux de l'obtenir s'il n'existe pas ?

— Visiblement cette personne croit fermement à son existence.

— Mais mon père est mort depuis plusieurs années déjà. Pourquoi cette personne aurait-elle attendu si longtemps pour partir en quête de ce document ?

— Je l'ignore. Asquith, l'homme pour lequel je travaillais autrefois, a appris que votre père avait rédigé une lettre et que quelqu'un tentait de la retrouver. C'est à ce moment-là qu'il a commencé à la chercher. Supposez que votre père ait eu connaissance d'une chose capable de ruiner la réputation d'une personne, que nous appellerons Lord X, et qu'il ait été sur le point de la révéler. Lord X a tué votre père pour l'empêcher de révéler son secret. Il a fouillé l'atelier et peut-être votre maison mais a échoué à trouver la lettre. Il s'est donc dit que soit elle n'existait pas, soit elle était cachée là où elle ne serait jamais retrouvée. Il pensait être en parfaite sécurité.

— Mais lorsque j'ai commencé à fouiller les affaires de mon père dans la maison de ville, il a eu peur que je mette la main dessus.

Sloane acquiesça d'un hochement de tête.

— Ou peut-être était-ce parce que mon ancien patron a entendu parler de cette information détenue par votre père, a chargé Verity de la chercher et que Lord X en a eu vent.

— Alors pour quelle raison n'a-t-il pas tenté d'éliminer Verity ?

— Verity n'est pas facile à tuer, dit Sloane dans un haussement d'épaules. Et, souvenez-vous qu'il vous a kidnappées toutes les deux. Rien ne dit qu'il n'essayera pas également d'assassiner Verity. Cependant vous semblez représenter la cible la plus probable car vous êtes la personne la plus susceptible de trouver le document convoité. Vous savez où votre père cachait les choses. Peut-être aurait-il même pu vous dire explicitement où il l'avait mise. Par conséquent notre adversaire a essayé de vous kidnapper pour vous amener à le lui dire. Quand cette manœuvre s'est soldée par un échec, il a décidé qu'il lui faudrait vous tuer, vous aussi, pour vous empêcher de trouver la lettre.

— Mais pourquoi mon père aurait-il su quoi que ce soit à propos de cette personne ? De ce Lord X ? Pourquoi aurait-il écrit une lettre et à qui l'aurait-il adressée ? J'aimais énormément Papa mais, aux yeux du monde, il n'était pas un personnage important.

— Ce qui ne veut pas dire qu'il ne savait rien d'important.

Sloane se trouvait de nouveau en territoire dangereux. Mentir à Annabeth était une torture qui faisait naître en lui une immense culpabilité, mais il ne pouvait pas non plus supporter d'abîmer le souvenir qu'elle avait de son père. Il faudrait qu'une vérité tronquée suffise.

— Asquith croit qu'il y avait en Angleterre un homme travaillant pour les Français, le chef de leur réseau d'espions. Il pense que votre père a rédigé une lettre révélant l'identité de ce traître.

Annabeth le fixa, un air de pure stupéfaction sur le visage.

— Vous pensez que mon père a découvert que quelqu'un était un espion ? Comment aurait-il pu le savoir ?

— Mr Winfield avait un grand nombre d'amis.

Annabeth opina du chef.

— Oui, il était très apprécié. Mais la plupart de ses amis étaient des gens ordinaires et dépourvus du moindre pouvoir.

— Quelqu'un d'important n'est pas toujours une personne haut placée. Et des informations semblant ordinaires peuvent être dangereuses.

Annabeth acquiesça d'un hochement de tête. Elle regarda le garde-corps, cet espace vide qui avait causé la mort de son père.

— Oh ! Sloane...

Ses yeux s'emplirent de larmes et elle enfouit son visage contre son épaule.

— Je ne peux le supporter. Penser que Papa a été assassiné... Imaginer que quelqu'un ait pu le détester avec une telle force...

Sloane passa son bras autour d'elle et la serra contre lui tandis qu'elle laissait s'exprimer sa douleur. Il était presque insupportablement doux de la protéger, de la voir ainsi se tourner vers lui dans sa détresse. Pourtant il savait aussi qu'il n'avait nul droit de tenir ce rôle.

Il la voulait. Il voulait être avec elle de toutes les façons imaginables. Ainsi, de sorte à la réconforter et aussi pour pouvoir la protéger farouchement et s'en prendre à quiconque lui ferait du mal. Et il la désirait également comme quelques instants plus tôt, son corps soudain emporté par un accès de passion, brûlant de s'enfouir en elle, de savoir qu'elle le désirait ardemment elle aussi.

Mais cela ne pourrait jamais se produire.

Les sanglots d'Annabeth se calmèrent et pendant un long moment, elle se contenta de laisser reposer sa tête contre l'épaule de Sloane. Puis elle se redressa et sortit son mouchoir pour essuyer les larmes. Elle se tourna vers lui.

— Si jamais vous avez raison, cela signifie que si nous trouvons la lettre écrite par Papa, elle révélera l'identité de son assassin.

— Je le pense, en effet.

— Dans ce cas, je la retrouverai, dit-elle, son regard soudain dur comme l'acier. Je vais retrouver cet homme. Et il payera pour ce qu'il a fait.

25

Il n'y avait rien d'autre à trouver dans l'atelier, et Sloane et Annabeth quittèrent les lieux peu après, empruntant pour rejoindre la demeure des Haverstock un chemin plus long à travers bois afin de ne pas être exposés aux regards sur la route. Annabeth se rendit à l'étage, laissant à Sloane le soin d'expliquer à Priscilla et Timothy ce qui s'était passé avec leur cheval durant l'après-midi.

Annabeth se fit monter plus tard son repas dans sa chambre. Elle ignorait quelle part de vérité Sloane livrerait aux Haverstock, mais elle se sentait tout simplement incapable de se trouver face à quiconque et de continuer de jouer la comédie.

Un coup fut frappé à la porte. Elle espérait qu'il ne s'agissait pas de Priscilla venue prendre de ses nouvelles. Mais, dès qu'elle découvrit Sloane sur le seuil, elle se détendit. Elle fit signe à son visiteur d'entrer et referma la porte derrière lui. En cet instant, les questions de bienséance lui importaient bien peu. Elle se rassit dans le fauteuil placé près de la fenêtre et Sloane approcha le siège délicat qui se trouvait devant la coiffeuse pour s'y asseoir d'un air hésitant.

— Je ne vous demanderai pas comment vous vous sentez. Je sais que le chagrin vous afflige.

Elle acquiesça d'un hochement de tête.

— Je pensais avoir versé toutes les larmes destinées à Papa il y a bien longtemps, mais ceci a fait remonter à mon esprit toutes mes émotions. Et ce que je ressens est encore pire, maintenant que je sais que quelqu'un l'a tué. Il a toujours semblé si injuste que sa vie s'interrompe si brusquement, mais savoir que cette mort a été provoquée de façon intentionnelle… que quelqu'un l'a privé de nombreuses autres années d'existence… qu'il nous a tous privés de ces années… C'était un père merveilleux… le genre de pères que Nathan aurait été. Juste et gentil.

Il y eut un moment de silence, puis Sloane dit d'un ton prudent :

— Que Nathan aurait été ? Que voulez-vous dire ?

Annabeth lâcha un lourd soupir.

— Nathan a rompu nos fiançailles. Il semblerait que je rencontre quelques difficultés pour ce qui est de conserver un fiancé.

Sloane la dévisagea, stupéfait.

— Mais pour quelle raison ? Je sais que cet homme est amoureux de vous. Qu'il l'a toujours été. Est-ce parce que vous êtes venue jusqu'ici avec moi ?

— Non, il a affirmé qu'il n'en était rien. Il a simplement… réalisé qu'il s'agissait d'une erreur. Pour nous deux. Et il a raison. Je ne crois pas être faite pour le mariage. Je crains de ne jamais ressentir ce que je devrais pour un époux.

— Parce que j'ai détruit cela en vous. Vous ai-je tant blessée que vous ne vous laisserez plus jamais tomber amoureuse ? demanda Sloane à voix basse.

— Non. Enfin… oui, répondit-elle, soudain pensive. Je ne sais pas. Cela remonte à des années et tout cela est derrière moi désormais. Mais… eh bien… je pense qu'il n'y avait peut-être qu'une certaine quantité d'amour à donner dans mon cœur et que je vous ai aimé si ardemment, si follement, que je l'ai entièrement consumée. J'ai éprouvé des sentiments trop puissants, trop durs, pendant trop longtemps. Tout ceci… l'amour, la colère, la douleur. Je n'ai simplement rien ressenti d'aussi profond depuis.

Annabeth savait qu'elle mentait – le désir qui l'avait submergée l'après-midi même quand il l'avait embrassée avait été aussi puissant, aussi ardent qu'au temps de sa jeunesse. Il semblait que seul

Sloane était capable d'allumer ce brasier, tout comme il pouvait déclencher sa colère ou son rire. Mais elle n'avait aucunement l'intention de le lui avouer.

— Anna, je suis si désolé, fit-il en prenant sa main entre les siennes. Si je pouvais changer ce qui s'est passé, ce que j'ai fait, je le ferais.

— Je le sais.

Elle se redressa et retira sa main.

— Ce n'est pas ce qui importe à présent. Ce qui compte, c'est de retrouver l'homme qui a tué mon père.

Sloane accepta sans protester son mouvement de recul et s'écarta également.

— Je le retrouverai. Je vous le promets.

— *Nous* le trouverons, corrigea-t-elle, sentant ce qu'il s'apprêtait à dire.

— Anna, je dois vous ramener à Stonecliffe. Il est clair que vous courez un danger et j'ai échoué à vous protéger. Je croyais que je pourrais vous emmener loin sans que nul s'en aperçoive. J'étais certain de pouvoir repérer le moindre poursuivant. Mais tel n'a pas été le cas. Je me pensais capable de vaincre quiconque menaçant de vous kidnapper ou de vous faire du mal, mais je ne peux vous protéger d'un tireur cherchant à vous atteindre de loin.

— Pour quelle raison pensez-vous que je serai en sécurité à Stonecliffe ? répliqua Annabeth. Quelqu'un pourrait me tirer dessus tandis que je me promène dans le jardin. Suis-je censée passer le reste de mon existence cachée et tremblante à l'intérieur ? Je suis en danger où que j'aille, quoi que nous fassions. L'unique façon de garantir ma sécurité est de retrouver la personne qui fait tout cela et l'arrêter.

— J'y réussirai, dit Sloane d'un air sombre. Je ferai tout ce qui sera nécessaire pour y parvenir.

— Vos chances de la trouver seront meilleures avec moi que sans moi.

— Nous avons déjà fouillé tous les endroits que vous connaissez pour ce qui est du document. Vous m'avez dit qu'il n'y a rien dans la maison des Todd. Feringham nous a apporté ses boîtes hier soir et elles étaient vides aussi.

— Je crois que l'écritoire de Papa est l'endroit où il est le plus probable qu'il ait rangé la lettre. Il n'a peut-être même pas eu l'intention de la cacher. Il était peut-être occupé à sa rédaction quand il a été tué et elle est tout simplement restée dans son écritoire, inachevée depuis lors. Je ne sais pas ce qui est arrivé au bureau portable, mais le plus probable est qu'il se trouve dans la maison de ma mère, tout comme les boîtes secrètes qu'il lui a données et que nous n'avons pas encore examinées.

— Je pourrais me charger moi-même d'examiner le contenu de l'écritoire et des autres boîtes.

— Si elle vous laisse faire, répondit Annabeth en levant un sourcil et affichant presque un air de défi. On ne peut pas vraiment dire que vous soyez très apprécié de Lord Edgerton. Vous pourrez déjà vous estimer chanceux s'il vous laisse franchir le seuil de sa demeure.

— Anna… vous causerez ma perte, soupira Sloane.

— Non, en aucun cas. Et vous ne causerez pas la mienne non plus. Étant donné que je pourrais me faire abattre partout où je me trouve, ne pensez-vous pas que je suis plus en sécurité avec vous qu'à Stonecliffe sans vous ?

— Vous aurez Verity auprès de vous là-bas. Vous aurez Nathan.

— Je pense que c'est demander un peu trop à Nathan que de vouloir qu'il assure ma protection alors qu'il vient tout juste de rompre nos fiançailles. Et ce n'est pas Verity que je veux, mais vous.

Cette phrase n'avait pas sonné ainsi qu'Annabeth l'aurait voulu.

— Ce que je veux dire, c'est que j'ai plus confiance en vous qu'en Verity, précisa-t-elle.

Sloane poussa un soupir et Annabeth sut alors qu'elle avait gagné.

— Très bien. Nous irons à Londres demain.

— Qu'avez-vous dit à Priscilla et Timothy à propos de cet après-midi ?

— La vérité… en quelque sorte. J'ai indiqué que quelqu'un vous avait tiré dessus, et que votre cheval vous avait désarçonnée. Je me doutais que Mrs Todd leur raconterait avoir trouvé votre cheval seul dans la nature, il fallait donc qu'ils apprennent une partie de ce qui s'était passé. Et je devais avoir une raison suffisamment valable pour justifier le fait que nous quittions cet endroit sans avoir fait aucune des choses que Priscilla avait prévues. En outre, je voulais qu'ils soient sur leurs gardes au cas où quelqu'un viendrait ici en posant des questions sur nous. Ils savent qu'il se passe quelque chose, mais je ne leur ai pas dit de quoi il s'agissait.

— Nous partons demain ?

— Oui, tôt demain, avant l'aube. Même si ce tireur est éveillé et qu'il surveille la maison, la lumière ne sera pas assez vive pour qu'il puisse viser correctement. Nous emprunterons la route payante, qui je l'espère sera peuplée de tant de voyageurs qu'il ne prendra pas le risque de vous tirer dessus.

Sloane prit congé et Annabeth prépara ses bagages, heureuse d'avoir de quoi s'occuper. Les activités de la journée l'avaient fatiguée mais ses pensées entretenaient son agitation. Bien que consciente de devoir se lever avant l'aube, elle peina à trouver le sommeil. Trop de pensées concernant son père et sa mort occupaient son esprit ; malgré la preuve découverte, il était difficile de croire qu'il ait été assassiné. Qui pouvait avoir commis un tel acte ? Et pour quelle raison ? Qu'avait bien pu savoir son père qui ait pu représenter un tel danger pour quiconque ?

Une fois qu'elle eut réussi à extraire son esprit de ce cercle sans fin de pensées, c'est à Sloane qu'Annabeth se mit à songer. Elle ne pouvait s'empêcher de s'inquiéter qu'il lui en veuille de ne pas lui avoir appris qu'elle n'était plus fiancée.

Mais il était insensé de sa part de se sentir coupable d'avoir caché la nouvelle. Sloane n'avait nulle raison d'attendre quoi que ce soit d'elle, il n'avait aucun droit sur elle. Quoi qu'il en soit, peut-être avait-il été reconnaissant d'avoir une raison pour ne pas l'embrasser. Il pouvait très bien ne pas vouloir que son désir pour elle l'amène à lier une nouvelle relation.

Il était manifeste toutefois qu'il avait ressenti de la passion pour elle. La ferveur de ses baisers était indéniable. Mais cela ne signifiait pas qu'il avait envie de nouer de nouveaux liens avec elle. Bien sûr, elle ne le voulait pas non plus... n'est-ce pas ? Le souvenir des baisers échangés durant l'après-midi attisait un feu au plus profond de son âme. S'ils n'avaient pas été interrompus par Mrs Todd, Annabeth se doutait qu'elle se serait donnée tout entière à Sloane, toute considération en lien avec la bienséance, la raison ou les blessures du passé ayant déserté son esprit.

Mais il s'agissait là de désir, non d'amour, et il était certainement possible d'avoir l'un sans l'autre. Après tout, il en avait été ainsi avec Nathan, dans la configuration inverse cependant. Elle avait aimé Nathan, et elle avait eu envie de – tenté de – ressentir l'élan de passion qui surgissait si aisément quand Sloane l'embrassait, mais cela ne s'était jamais produit.

Il était si facile de ressentir du désir pour Sloane – l'étincelle dans ses yeux bleus faisait naître naturellement une enivrante chaleur en elle. Tout comme son sourire entendu, plein de nonchalance, sa chevelure noire ébouriffée dans laquelle on avait aussitôt envie d'enfouir ses doigts pour la discipliner, son corps musclé et puissant, ses mains souples et habiles... Ciel, penser à lui suffisait à faire monter la fièvre en elle.

Mais elle ne pouvait rien faire pour concrétiser cette ardente attirance. Elle devait cacher son désir à tous. C'était là l'unique façon de garantir sa sécurité. Parce que l'aimer conduirait au désastre. Aimer Sloane signifiait finir par souffrir et voir son cœur voler en éclats, même si cela la faisait se sentir terriblement vivante dans l'instant.

26

Annabeth fut tirée du sommeil par les coups frappés à sa porte. Elle bondit hors de sa couche et enfila promptement les vêtements disposés quelques heures plus tôt dans le fauteuil en préparation de cet instant. Son bagage avait été placé dans le cabriolet la veille au soir, elle n'avait donc qu'à descendre les escaliers en silence et à rejoindre la porte d'entrée où Sloane l'attendait. Il semblait quelque peu délictueux de se glisser ainsi furtivement hors de la maison, au beau milieu de la nuit et sans adieux. Elle ne pouvait pas s'empêcher de s'imaginer dans la peau d'une femme s'enfuyant avec son amant.

Mais bien sûr telle n'était absolument pas la réalité. Sloane la salua d'un hochement de tête plutôt que d'une étreinte et ils quittèrent la maison pour gagner le véhicule sans même échanger un mot. Annabeth ne pouvait nier qu'elle en ressentait un petit pincement de déception.

Une demi-lune brillait dans le ciel, rendant la route assez visible, mais ils avancèrent au pas le long du chemin. La nuit était silencieuse autour d'eux, seuls le son des sabots des chevaux ou les cliquètements métalliques de leurs harnais parvenaient à leurs oreilles. De temps à autre une sorte de bruissement s'élevait des buissons ou des arbres, et à chaque fois Sloane lançait un regard perçant vers l'endroit d'où provenait le son.

Il conserva une extrême vigilance même après que le ciel eut commencé à être baigné de plus de clarté, ses yeux ne cessant de courir sur le paysage, et ne se détendit un peu qu'une fois qu'ils eurent atteint la route payante menant à Londres, sans cesser toutefois de surveiller la voie.

— Une fois à Londres, nous utiliserons des fiacres, annonça Sloane. Il ne sera plus question de marcher ou de nous déplacer dans une voiture ouverte comme ceci.

— Pensez-vous vraiment que le tireur tentera de nouveau sa chance ? Il semble bien plus difficile de se cacher et de tirer sur quelqu'un en ville. En outre, êtes-vous absolument certain qu'il s'agissait d'une attaque délibérée et non pas simplement d'un accident ?

Voyant le regard sceptique que Sloane posait sur elle, Annabeth soupira et dit :

— Oui, je le sais : vous ne croyez pas aux coïncidences.

— C'est exact. Nous étions assez visibles sur la route, un chasseur n'aurait pas pu nous confondre avec un animal.

— Mais nous ne savons pas qui était la cible, fit remarquer Annabeth. La balle aurait pu atteindre n'importe lequel d'entre nous. Peut-être est-ce votre ennemi qui vous traque.

— Parker ? s'étonna Sloane avant de laisser échapper un petit ricanement. Je ne peux l'imaginer, ou imaginer l'un de ses acolytes nous suivre à travers la campagne. Ce sont des hommes de la ville, c'est là le seul terrain qu'ils connaissent. Ils auraient largement pu profiter de leur proximité avec moi à Londres pour me trancher la gorge. Inutile d'être tireur d'élite pour s'en prendre à moi. C'est bien à vous que cette personne veut nuire, même si vous n'avez guère envie de le croire.

— Mais cet homme sait certainement que vous continuerez à chercher cette lettre sans moi.

— Oui. Et son sort aurait été scellé s'il vous avait tuée.

Le ton de sa voix se durcit et Annabeth songea que nul n'aurait pu voir l'expression qui se peignait en cet instant sur les traits de Sloane sans ressentir un tressaillement de peur.

— Mais je ne sais pas s'il en a conscience.

Après un instant, Sloane reprit :

— Je pense que vous devriez rester auprès de votre mère plutôt que de résider chez Lady Lockwood.

— Je n'ai pas envie de séjourner chez ma mère et son époux. Et j'aurai besoin de plus de vêtements.

— Je vous ramènerai tout d'abord chez votre grand-mère pour que vous puissiez préparer une malle de voyage, répondit-il. Je sais que vous n'aimez pas Edgerton, mais la demeure de Lady Lockwood est le premier endroit où se rendrait quiconque désirant vous retrouver. Vous n'auriez pas Verity pour vous protéger car elle se trouve à Stonecliffe.

— Ou Grand-mère et Pétunia, nota Annabeth, un sourire venant relever les coins de sa bouche, et Sloane lui adressa alors un regard amusé. Mais il y aura des domestiques là-bas, et tout le monde sera sur le qui-vive. Les serviteurs travaillant pour Lord Edgerton ne seraient pas moitié aussi alertes, et Lord Edgerton ne me donne pas l'impression d'être un homme prompt à se battre. En outre, s'ils ne me trouvaient pas chez Grand-mère, la maison de ma mère serait de manière logique le deuxième endroit où me chercher.

Sloane poussa un soupir et garda le silence durant un long moment avant de dire :

— L'endroit le plus sûr est ma demeure.

L'atmosphère se fit soudain pesante. Sloane garda son regard fermement rivé sur la route, quant à la voix d'Annabeth, elle sembla ne plus pouvoir fonctionner – ce qui était tout aussi bien, car son esprit semblait avoir cessé de fonctionner également.

— Votre demeure ? Sloane, ce serait... Ma réputation serait... C'était une chose que de nous rendre chez les Haverstock ensemble, mais cela serait irréparable.

— Personne ne le saura, lui répondit-il. Pour tout Londres, vous êtes partie à Stonecliffe avec votre grand-mère. Il fera sombre au moment de notre arrivée. Vous relèverez votre capuche et nous

nous glisserons rapidement à l'intérieur. Il y a un petit espace de verdure à l'avant de la maison, caché par une haie. Vous n'aurez qu'à faire deux pas en sortant du cabriolet, et vous serez hors de vue même durant la journée.

— Mais vos domestiques sauront !

— Non. Vous oubliez mon passé mouvementé. La discrétion la plus totale est essentielle pour moi. Personne ne pénètre dans mes appartements privés, à l'étage, sans avoir obtenu ma permission ou celle de mon majordome. Il est le seul de mes serviteurs qui réside sur place et j'ai une telle confiance en lui que je mettrais ma vie entre ses mains. Une femme de chambre et une cuisinière viennent chaque jour, mais je leur ai accordé un congé durant mon absence et je ne les ferai pas revenir tant que vous serez là. Quant à mon père, je l'ai envoyé dans les Cornouailles.

Ce n'étaient pas les domestiques. Ce n'était pas son père. Ce n'était même pas la peur du scandale. Non, ce qui nouait la gorge d'Annabeth et semblait la faire vibrer tout entière était la même chose qui déclenchait une douce chaleur tout au creux de son ventre : la pensée de se retrouver seule avec Sloane. En vérité, il eût mieux valu qu'il y ait sur place une foule de domestiques ou son père, n'importe qui pour empêcher que tous deux se retrouvent seuls.

— Je n'en veux nullement à votre vertu, si c'est là ce qui vous inquiète, ajouta Sloane d'un ton caustique.

— Je ne pensais pas que c'était le cas.

Elle ne craignait ni Sloane ni son pouvoir de séduction. Ce qu'elle redoutait se trouvait à l'intérieur d'elle-même – le brasier qui brûlait en elle quand elle était avec lui, l'élan avide qui l'avait poussée entre ses bras la veille, l'étourdissante liberté de faire tout ce qu'elle voulait. Elle devait rejoindre la demeure de sa mère, ainsi qu'il l'avait suggéré. Elle devait s'éloigner de toute tentation.

— Très bien. Dans ce cas nous devrions nous rendre chez vous... après avoir fait halte chez ma grand-mère pour que je puisse prendre quelques vêtements.

Le ton d'Annabeth établissait clairement qu'elle resterait sourde à tout argument avancé par Sloane au sujet de sa réputation s'ils devaient être vus ensemble.

Le reste du trajet jusqu'à Londres fut étrange. Annabeth ne pensait qu'à une chose : la nuit à venir. Elle se demanda pourquoi elle avait accepté. Était-ce parce qu'elle voulait prouver qu'elle était capable de résister à Sloane ? Ou bien parce qu'elle avait envie de céder à la tentation ?

Sloane était tout aussi silencieux et bien que son visage n'exprime pas le moindre sentiment de gêne, la façon dont ses yeux évitaient de croiser les siens était parlante.

Ils arrivèrent à Londres à la tombée du jour et quand Annabeth eut fini son bagage chez Lady Lockwood, la nuit était venue.

— Nous voici arrivés, annonça Sloane en arrêtant un peu plus tard son attelage devant sa demeure.

Annabeth ne savait pas vraiment ce qu'elle avait attendu de cet endroit, mais elle n'avait pas imaginé pareil bâtiment étroit de briques brunes s'élevant dans un quartier banal de la ville. La bâtisse était de taille modeste et n'avait rien d'ostentatoire, rien qui évoque une grande fortune ou la présence d'un membre de l'aristocratie. Elle ne s'était certainement pas attendue à découvrir la haie de houx qui offrait un bel effet décoratif le long de la façade ou les jardinières devant les fenêtres à chaque niveau, si remplies de plantes que celles-ci semblaient déborder de tous côtés.

Bien que toutes les maisons n'adoptent pas un style uniforme, toutes se dressaient en léger retrait de la rue de sorte que des espaces de pelouse ou de petits jardins se déploient devant leur façade. Une grille noire de fer forgé séparait la maison de la rue, mais le portail en était ouvert et donnait accès à une courte allée menant au perron.

Il s'agissait en effet d'un endroit protégé, ainsi que le lui avait dit Sloane, car l'allée était abritée d'un côté par un arbre et de l'autre par une haie qui matérialisait la limite entre le jardin de son voisin et celui de Sloane.

Annabeth releva sa capuche pour dissimuler son visage autant que possible et Sloane la guida rapidement vers la porte d'entrée.

— Je dois descendre pour informer Antoine de notre présence puis conduire le cabriolet aux écuries. Sentez-vous libre de parcourir la maison à votre guise. Vous pourriez choisir une chambre où dormir ?

— Où voulez-vous que je passe la nuit ? demanda alors Annabeth.

Les yeux de Sloane se mirent à briller et elle prit conscience du potentiel sous-entendu.

— Enfin… Ce que je veux dire…

Il sourit faiblement à ces mots.

— Je sais ce que vous voulez dire. Choisissez celle qui vous plaira.

Sur ces mots, Sloane tourna les talons et partit vers l'escalier des domestiques, à l'arrière de la bâtisse. Annabeth se tint immobile un instant, jetant des regards tout autour d'elle. Il était étrange de se trouver ainsi dans la maison de Sloane, c'était comme être dans un endroit interdit… ce qui, supposait-elle, était effectivement le cas. Mais ce n'était pas réellement au solécisme social qu'elle pensait.

Son esprit était occupé par le fait que cette demeure appartenait à l'univers de Sloane, un univers auquel elle était tout à fait étrangère. Tout était nouveau à ses yeux, dépourvu des souvenirs qu'elle avait retrouvés dans les maisons de ses parents ou chez les Haverstock. Il s'agissait de la part de Sloane qui lui était inconnue, celle concernant cet homme qui avait risqué sa vie, bâti une affaire florissante et fait fortune.

Annabeth déambula dans la maison, parcourant le salon, la salle à manger et le bureau à l'arrière de la demeure. Elle se sentait quelque peu coupable de fureter ainsi, mais Sloane lui avait dit qu'elle était libre de le faire. Elle avait sous les yeux le mobilier qu'il avait acheté lui-même, les œuvres d'art signant son propre choix et pourtant nul sentiment de vie ne semblait émaner de l'endroit. Annabeth se demanda combien de temps il passait en ces lieux.

Elle gravit les marches menant à l'étage supérieur et fit halte devant chacune des pièces se succédant le long du couloir, regardant à chaque fois à l'intérieur. La première lui sembla être la chambre que devait utiliser Marcus quand il était présent, car il y avait quelques affaires personnelles disséminées çà et là. La chambre suivante semblait n'avoir jamais été occupée. Son mobilier se résumait à un lit tout simple, une chaise et une commode.

Elle poursuivit son exploration pour arriver jusqu'à ce qui était clairement un petit salon à la décoration fort sobre et dans lequel de confortables fauteuils étaient disposés près de la cheminée. Le mur intérieur était percé d'une porte. Elle s'en approcha, l'ouvrit et découvrit une autre chambre.

Il s'agissait manifestement de celle de Sloane – une veste avait été jetée négligemment sur une chaise, des brosses étaient éparpillées sur la commode, tout près d'une paire de boutons de manchette, un livre était ouvert sur l'assise d'un fauteuil. Le parfum de son savon à barbe flottait encore dans l'atmosphère, se mêlant à l'odeur qui n'appartenait qu'à Sloane.

— Le cabriolet est aux écuries, lança une voix derrière elle.

Annabeth sursauta et se tourna vers Sloane, le visage subitement empourpré. Pourquoi l'avait-il surprise en cet endroit, comme si elle était occupée à jouer les espionnes sous son toit, comme si elle était en train de songer à quoi ressemblerait de se trouver étendue dans ce lit luxueux ? Ce qui, bien entendu, était le cas. Mais elle détestait l'idée qu'il s'en aperçoive.

— J'étais, eh bien, simplement occupée à découvrir les lieux, dit-elle en faisant mine de se diriger vers la pièce.

Il sourit.

— Voilà qui me réjouit. Il me plaît de vous voir ici.

Il passa alors nerveusement sa main dans ses cheveux comme gêné par ses dernières paroles.

— Enfin, je veux dire que... vous êtes la bienvenue ici, en tous lieux de la maison.

Si elle ne s'était pas sentie si raide et gênée elle-même, Annabeth aurait souri. Il était si rare de voir Sloane manquer d'assurance. Le cadre de lit en noyer noir et son matelas visiblement si incroyablement moelleux et accueillant semblaient remplir la pièce et elle se doutait que l'idée de s'y étendre avec lui était autant dans l'esprit de Sloane que dans le sien, car ses yeux s'y posèrent un instant avant de s'en détourner promptement. Une légère rougeur teintait ses pommettes également, signe aux yeux d'Annabeth que ce n'était probablement pas un quelconque sentiment d'embarras mais bien tout autre chose qui fouettait ainsi son sang.

— Eh bien, dit-elle comme pour clore un sujet, avant de tourner les yeux vers la porte. Euh, je... je suppose que j'ai tout vu à présent.

Annabeth s'avança vers la sortie et Sloane s'écarta poliment avant de la suivre à l'extérieur de la pièce.

— Avez-vous choisi l'endroit où vous aimeriez vous installer ?

— N'importe laquelle des chambres fera l'affaire. Toutes sont très agréables. Je me disais que celle placée près des escaliers était peut-être celle de votre père.

— Oui. C'est ici que loge Marcus en général, dit Sloane en désignant la porte située de l'autre côté du couloir. Il s'agit de la plus confortable des chambres. Elle se trouve à l'arrière de la maison et on n'y entend pas les bruits de la rue. Et c'est la plus proche de la mienne. Ce que je veux dire, c'est que s'il y avait le moindre danger ou... quoi que ce soit d'autre, je pourrais vous entendre crier.

— Oui, bien sûr. Cela semble la meilleure solution en effet.

Annabeth pouvait difficilement avouer que se trouver dans une chambre située face à la sienne ne ferait qu'alimenter les pensées coupables qu'elle ne cessait d'avoir.

— Eh bien... je vais vous laisser dans ce cas. Peut-être aimeriez-vous vous débarrasser de la poussière de la route et vous reposer un peu ? Je peux vous faire monter un pichet d'eau si vous le désirez.

— Oui, je vous remercie. Ce serait fort aimable.

— Je serai au rez-de-chaussée. Antoine nous prépare une collation.

Annabeth hocha la tête et gagna sa chambre. Elle la quitta quelques instants plus tard, se sentant fort revigorée par sa toilette et son changement de tenue. Elle n'avait pas pris de repos toutefois. Elle avait beau être fatiguée, elle était également trop tendue pour réussir à s'assoupir quelques instants.

Le repas était simple – viandes froides, fromage et pain – mais délicieux, et si tel n'avait pas été le cas, Annabeth n'en aurait eu que faire tant elle était affamée. Une fois leur faim rassasiée, ils s'attardèrent un peu plus pour déguster un café et une tranche de gâteau.

— Votre maison ne ressemble pas à ce que j'avais imaginé, dit Annabeth.

— Vraiment ?

Sloane leva les sourcils d'un air surpris.

— Vous pensiez à quelque chose d'un style plus tapageur ?

— Non, fit-elle en souriant. Mais à un choix plus hardi de votre part, j'imagine. Noelle a décrit votre maison de campagne comme ayant une allure de château hanté, je crois.

— Oui, en effet.

Un sourire éclaira les traits de Sloane.

— Ce choix convenait à mon goût pour les cadres théâtraux. Mais il n'y a rien à des kilomètres à la ronde là-bas. Tandis qu'ici…

Il eut un petit haussement d'épaules.

— Je trouve préférable de ne pas proclamer ma présence. Ici je réside à proximité du lieu où je mène mes affaires et le cadre est agréable. Il est en outre difficile de s'introduire dans la maison. Une unique porte, peu d'ouvertures. La gouttière est éloignée des quelques fenêtres et il n'y a pas de treillage ni d'arbre suffisamment grand et proche pour qu'il serve à quoi que ce soit d'y grimper. La haie qui court devant la façade couvre la base des fenêtres du rez-de-chaussée, tenter de forcer les fermetures est donc très difficile, et à l'étage les grandes jardinières débordantes de plantes créent un bel obstacle protégeant les fenêtres. Celles du grenier ne s'ouvrent pas et sont si petites que seul un enfant pourrait se glisser dans l'ouverture.

Annabeth le fixa d'un air intrigué.

— C'est pour cette raison que vous avez ces plantes ?

— Eh bien, j'apprécie également leur aspect esthétique. Mais j'ai pris l'habitude d'éviter tout danger.

Elle secoua la tête.

— J'ai l'impression de ne guère vous connaître parfois. Vous ne faisiez jamais preuve de prudence autrefois.

— Quelques cicatrices m'ont appris à être plus méfiant. La témérité est une bien bonne chose jusqu'au moment où vous recevez un coup de couteau dans le flanc.

— Sloane, non…, murmura Annabeth d'un ton atterré.

Il haussa légèrement les épaules.

— Il a atteint une côte. J'ai perdu un peu de sang.

— À quelle fréquence survenaient pareils événements fâcheux ?

— Ils étaient plus fréquents au début. J'ai appris avec le temps à prendre des précautions, à ne faire confiance à personne et à repérer les lieux avant tout rendez-vous.

— Tout cela a l'air épouvantable.

— Par moments, en effet, mais je ne nierai pas que c'était aussi terriblement exaltant. J'aimais déjouer les plans de l'ennemi. Le temps que j'ai passé en Amérique était moins plaisant. J'ai appris à connaître les ennemis qui se trouvaient là-bas et apprécié nombre de ces personnes. Il ne s'agissait que de gens insensés voulant raviver la gloire de la France… à bonne distance. C'est à ce moment-là que j'ai cessé de travailler pour Asquith et trouvé une nouvelle source d'enthousiasme dans le fait de gagner de l'argent.

— Et que vous avez connu le succès.

— Hum. On peut le dire, en effet, dit-il avant de poursuivre d'un air songeur : Parfois je me demande pour quelle raison j'ai bâti tout cela.

— Pour une famille ? En guise d'héritage à transmettre à vos enfants ?

— Je n'ai aucun penchant pour l'idée du mariage, répondit-il, un sourire froid aux lèvres. Ou pour celle d'avoir des enfants.

— Mais vous parliez de ces choses autrefois. Vous disiez vouloir une maison pour votre famille.

— J'étais jeune, fit-il. J'ai abandonné ces idées depuis.

— Mais certainement que…

Un éclair traversa le regard de Sloane.

— C'était avec vous, Anna, dit-il en s'inclinant vers elle. C'était avec vous que je désirais tout cela. Je voulais que ce soit vous dans ma maison. Vous, dans mon lit.

Le souffle d'Annabeth se bloqua dans sa gorge, et elle plongea dans les eaux sombres et enfiévrées de son regard. L'atmosphère se chargea de tension – certaines possibilités semblaient s'offrir à eux – et l'espace d'un instant, Annabeth eut la certitude que Sloane allait l'attirer à lui et l'embrasser fougueusement. Elle se raidit, dans l'attente de cet instant, sachant qu'elle accueillerait ce baiser avec bonheur. Qu'elle brûlait du désir de sentir ses mains sur elle.

Mais il recula vivement son siège et se leva brusquement.

— Diable ! tonna-t-il.

Sloane gagna l'autre bout de la pièce et se tint debout un long moment, bras croisés, semblant examiner un ensemble de porcelaine dans une vitrine.

Anna se contenta de rester assise. Elle ne savait que faire. Elle avait envie de le rejoindre, de poser la main sur son bras aux muscles noueux et de lui dire… quoi, exactement ? Qu'elle se sentait bouleversée au moindre regard de sa part ? Que ses paroles étaient capables d'allumer un brasier tout au creux de son ventre ? Qu'elle aurait aimé qu'ils soient jeunes de nouveau pour pouvoir tout faire de manière différente ?

Il prit une profonde inspiration, tentant visiblement de détendre ses épaules, et souffla :

— Je vous prie de me pardonner, Annabeth. Je n'aurais pas dû dire cela. Tout cela remonte à fort longtemps et n'existe plus.

Il se retourna, l'air posé.

— Je ne suis pas de bonne compagnie ce soir. Vous devriez gagner l'étage et tâcher de vous endormir. La journée a été longue.

Annabeth se leva, brûlant d'envie de contrarier son ordre mais consciente de ce que ce geste aurait d'insensé. Si Sloane faisait le moindre pas vers elle, elle se sentait prête à aller vers lui et à oublier toute raison. Mais Sloane demeura immobile et sa sagesse l'emporta. Elle quitta la pièce et monta l'escalier pour rejoindre sa chambre, tendant l'oreille dans l'espoir qu'il l'appelle ou que ses pas se mettent à résonner derrière elle, mais il ne la suivit pas.

Et cela, songea-t-elle en refermant la porte derrière elle, était un vif soulagement. Un sursis pour ne pas avoir à décider entre céder à la tentation et demeurer du côté de la raison et de la sécurité.

Elle ne pouvait nier le fait qu'elle désirait Sloane. Si elle était capable de partager sa couche sans lui faire don de son cœur, elle le ferait dans l'instant. Mais elle savait, tout au fond d'elle-même, que cela serait impossible.

En effet, Annabeth ressentait déjà pour lui bien plus de sentiments qu'il n'était sage d'en concevoir. Si elle voulait se montrer honnête envers elle-même, elle se devait de reconnaître qu'une part de la raison pour laquelle elle insistait tant pour poursuivre leur recherche n'était pas simplement qu'elle était déterminée à retrouver l'assassin de son père, mais qu'elle avait simplement envie de continuer à être en compagnie de Sloane.

Chaque matin elle s'éveillait avec le désir impatient de le voir. Quand, en quelques occasions, il lui souriait à la manière d'autrefois – la gratifiant de ce sourire enfantin familier, si plein de vie et de légèreté –, son cœur se soulevait dans sa poitrine. Où qu'ils se trouvent, quelles que soient les personnes à leurs côtés, c'était toujours lui que son regard cherchait. La vie paraissait plus exaltante, plus douce, plus riche d'opportunités en sa présence. C'était si facile de rire avec lui, de parler avec lui ; avec Sloane, elle ne sentait jamais la moindre contrainte peser sur ses épaules. Avec Sloane, tout paraissait toujours parfait.

Mais tout cela n'était qu'un miroir aux alouettes. Tout disparaîtrait en même temps que Sloane quand cette épreuve aurait pris fin. Les liens et certitudes d'autrefois n'étaient plus. Il partirait et elle retournerait à son existence. Elle serait en parfaite sécurité, entourée de personnes qu'elle connaissait. Elle se laisserait flotter sur les eaux de l'existence tel un petit bateau, un jouet d'enfant.

En repensant aux douze années écoulées depuis que Sloane avait disparu de son existence, elle pouvait voir que c'était ainsi qu'elle avait vécu, avançant dans la vie comme les autres le voulaient, se pliant aux circonstances, organisant son existence sans prendre de grandes décisions, ne franchissant jamais les limites des règles établies, ne prenant jamais le contrôle de quoi que ce soit. Allant là où sa grand-mère choisissait qu'elle aille, apaisant par sa douceur les tensions créées par l'attitude de Lady Lockwood. Acceptant la demande en mariage de Nathan parce qu'elle avait été folle de bonheur et reconnaissante qu'il ne meure pas.

Avait-elle toujours été ainsi ? Il serait aisé d'imputer son comportement au coup terrible causé par le départ de Sloane. Mais cela n'avait fait que révéler ses hésitations et sa dépendance à sa famille. Qu'avait-elle fait quand il avait rompu leurs fiançailles ? Elle s'était empressée de fuir chez sa tante à Stonecliffe.

Elle n'avait pas tenu bon face à l'ouragan, n'avait pas refusé sa décision, n'avait rien exigé de sa part. Certes, elle avait été trop abasourdie par ses paroles pour penser à une réponse, mais elle aurait pu l'affronter plus tard. Elle aurait pu se rendre chez lui et avoir une discussion franche. Elle aurait pu insister pour qu'il lui dise la vérité. Mais, fière, blessée, elle n'avait rien fait de la sorte. Au lieu de cela, elle s'était enfuie.

Eh bien, elle n'allait pas fuir plus longtemps. Elle était lasse de laisser les autres décider à sa place. Quoi qu'il puisse se passer avec Sloane, que la situation soit favorable ou compliquée, elle l'affronterait, cette fois-ci.

27

À l'occasion du petit déjeuner, le lendemain matin, Sloane annonça qu'il allait rendre visite à Mr Asquith.

— Je dois découvrir ce qu'il pourrait savoir d'autre.

— Je pars avec vous, lança Annabeth.

— Non. Moins vous en saurez à propos d'Asquith, mieux cela vaudra, vous pouvez me faire confiance. Et plus important encore, moins il en saura vous concernant, mieux ce sera.

Annabeth le fixa du regard.

— Que voulez-vous dire ? Je croyais que vous travailliez pour cet homme.

— Cela ne signifie pas que je l'apprécie. Il serait prêt à utiliser n'importe qui et n'importe quoi s'il pensait que cela peut profiter à l'Angleterre. Il s'agit d'un maître espion, Anna. Il n'a pas de cœur. Il était appelé « l'Araignée » pour une raison bien précise. Il attire tous ceux qu'il peut dans sa toile. S'il imagine avoir un moyen de vous utiliser, il n'hésitera pas à le faire.

— En quoi pourrais-je bien lui être utile ? s'étonna Annabeth. Je n'ai pas la moindre importance.

— Vous en avez pour certains ! tonna Sloane.

Il détourna rapidement le regard et poursuivit d'une voix plus apaisée :

— Un certain nombre de personnes pourraient être poussées à agir si on exerçait une menace sur vous... Ne croyez-vous pas que Lady Lockwood ferait n'importe quoi pour vous protéger ? Ou votre mère ?

— Et vous ?

Dès que la question eut franchi ses lèvres, Annabeth regretta de ne pouvoir la faire disparaître. Il était pathétique, vraiment, d'être ainsi avide d'obtenir un indice prouvant que Sloane tenait à elle.

— Oui, moi aussi.

Il la regarda, les yeux emplis d'émotion – était-ce un sentiment de regret qu'elle y lisait ? De tristesse ? Elle aurait aimé le savoir, aurait aimé pouvoir explorer son esprit et savoir ce qu'il pensait, ce qu'il ressentait.

— Vous savez que je ferais n'importe quoi pour vous.

À part rester avec moi. Mais Annabeth préféra garder cette pensée pour elle.

— Dans ce cas, emmenez-moi avec vous pour voir l'homme pour lequel vous travaillez.

Sloane lâcha un soupir.

— Très bien. Mais prenez garde à ce que vous lui direz.

— Vous parlez comme s'il était l'ennemi.

— Non. Mais il n'est pas non plus votre ami.

L'homme dans le bureau duquel ils pénétrèrent un peu plus tard ce matin-là ne ressemblait pas à la personne extraordinaire contre laquelle Sloane avait mis en garde Annabeth. Il n'était ni grand, ni petit, ni corpulent, ni maigre et sa tenue vestimentaire était aussi parfaitement appropriée qu'elle était ennuyeuse. Il paraissait non pas dangereux mais très ordinaire, le genre d'hommes dont on aurait oublié le visage quelques heures après l'avoir rencontré. C'était, supposait-elle, une apparence nécessaire pour être espion.

Il releva brusquement la tête quand Sloane ouvrit la porte et ses lèvres se pincèrent à sa vue.

— Je vous ai dit de ne pas venir ici.

— Vos petits jeux d'espion ne m'intéressent pas, lança Sloane en refermant la porte derrière eux. Je vous l'ai dit. Toutefois, si vous préférez ne pas entendre ce que nous avons appris…

Il se tourna vers la porte.

— Cessez donc de prendre de grands airs, Rutherford, et asseyez-vous.

L'homme tourna son regard perçant vers Annabeth.

— Et vous êtes Miss Winfield, j'imagine.

— C'est moi, en effet.

Annabeth prit un siège tandis que Sloane s'appuyait contre un mur, bras croisés.

Asquith leva les yeux vers lui, un air interrogateur sur le visage.

— Et Miss Winfield est informée que…

— Elle sait que vous recherchez la lettre de son père. Bien qu'elle n'ait aucune idée de son contenu et qu'elle n'ait appris son existence qu'après que Miss Cole et moi-même avons abordé ce sujet. Lady Lockwood, je me dois de vous le dire, était moins que ravie d'apprendre que vous aviez introduit une espionne sous son toit.

— Je vous présente mes excuses sincères, Miss Winfield, dit Asquith. Miss Cole ne se trouvait pas là pour vous espionner. Nous essayions de trouver cette lettre sans vous impliquer dans cette histoire. J'espère que votre grand-mère n'a pas été incommodée.

— Seulement si l'on considère comme désagrément le fait que quelqu'un s'introduise par effraction chez vous, répondit Annabeth d'un ton calme.

— Une intrusion ? demanda Asquith, visiblement surpris, en se tournant vers Sloane. Vous n'avez rien dit d'une intrusion ?

— Elle ne s'était pas encore produite lorsque je vous ai parlé.

— Ciel, voilà qui est alarmant, dit Asquith, l'air soucieux. Il m'avait semblé comprendre, Miss Winfield, que vous aviez quitté Londres pour trouver refuge à la campagne.

— Nous avons bien quitté Londres, mais ce n'était pas pour la raison que vous évoquez. Nous sommes partis en quête de cette lettre que, d'après vous, Papa a écrite, dit Annabeth d'un ton sec.

Il me serait fort utile d'apprendre ce qu'elle est censée renfermer. Comment pourrais-je sinon la reconnaître lorsque je la verrais ?

— Sloane le saura. Mieux vaut, je le crois, le laisser gérer cette question. Et où se trouve Miss Cole ?

— Elle demeure à la campagne, afin d'envoyer notre ennemi sur une fausse piste.

Sloane s'approcha de l'homme.

— Non pas que cela ait été d'un grand bénéfice pour Miss Winfield car elle a été visée par des tirs et a échappé de peu à la mort.

— Ah, vraiment ?

Asquith afficha un air de légère surprise. Annabeth se demanda s'il arrivait jamais à l'homme de se montrer autrement qu'imperturbable.

— Vous devriez peut-être rejoindre Miss Cole à la campagne, Miss Winfield, et laisser Rutherford poursuivre la quête.

— Je suis capable de trouver ce que nous cherchons, répliqua Annabeth.

Sloane fournit à l'homme les dernières informations puis demanda :

— Que se passe-t-il, Asquith ? Que nous cachez-vous ?

— Mon cher garçon... pourquoi vous cacherais-je quoi que ce soit ?

— Parce que c'est là votre nature, rétorqua Sloane. Toute cette affaire est louche depuis le début. Pourquoi avoir embauché une personne extérieure à l'organisation pour mener l'enquête ? Pourquoi vous être tourné vers quelqu'un qui ignore tout de la question, quelqu'un à qui vous ne pouvez même pas révéler tous les faits ? Je vous connais et vous n'agissez jamais de manière illogique. Pourquoi ne pas vous être adressé à Verity de façon immédiate ? Ou à moi, d'ailleurs ?

— Comme je l'ai déjà dit, vous m'avez tous deux indiqué que vous en aviez fini avec les affaires que nous menions. J'ai supposé que vous ne voudriez pas accepter ce travail.

Sloane ricana à ces mots.

— Voilà qui ne vous a jamais stoppé jusqu'alors. Vous savez que nous représentions le choix logique. Vous savez que nous sommes les meilleurs. Les plus habitués à ces questions.

Asquith articula d'un ton prudent :

— Parfois mieux vaut faire appel à quelqu'un qui ne soit pas proche des différents protagonistes. Une personne extérieure peut apporter un regard neuf sur une question interne.

Sloane se redressa.

— Que voulez-vous dire ? Vous soupçonnez quelqu'un au sein de l'organisation ? Y aurait-il un traître en son sein ?

Asquith accueillit ces questions avec un haussement d'épaules.

— Certains faits indiquent que quelqu'un au sein de l'organisation a pu nous trahir. Je dois considérer toutes les possibilités. Vous souvenez-vous de cette fois, à Lyon, quand vous avez été capturé et jeté en prison ? Ou de cette « cargaison » que vous étiez censé décharger mais pour laquelle vous avez essuyé des coups de feu et failli ne pas en réchapper ? Et il y a eu d'autres fois, n'est-ce pas, où il semblait que les Français savaient où vous alliez vous trouver et quels étaient vos plans ?

— Oui, bien sûr. Mais l'espionnage est le genre d'activités où rien n'est jamais certain. Les bévues ne sont pas rares.

Sloane fronça les sourcils, intrigué.

— Pour autant, si vous pensiez qu'il y avait un traître parmi vos hommes, pourquoi ne pas avoir embauché la meilleure personne pour dénicher la source de la trahison ? Quelqu'un qui connaissait parfaitement ce milieu sous toutes ses coutures et toutes les personnes impliquées ? C'est-à-dire Verity.

Asquith remua sur son siège et détourna le regard, semblant mal à l'aise pour la première fois de leur entrevue.

— Eh bien, il y avait certaines raisons…

Sloane l'observa, abasourdi.

— Êtes-vous en train de dire que Verity est le traître agissant de l'intérieur ? Voilà qui est parfaitement ridicule.

— Non, bien sûr, je ne pense pas qu'il s'agisse de Verity. Mais, quels que puissent être mes sentiments personnels en la matière, je me dois de faire preuve d'objectivité. Et d'envisager toutes les possibilités. Nous ne pouvons pas l'exclure de la liste des suspects au seul prétexte qu'elle est une femme. Une femme peut jouer les traîtres tout autant qu'un homme. Et je ne peux ignorer le fait que Verity était impliquée dans la plupart de ces missions qui ont échoué.

— Verity était l'une des personnes courant un risque dans nombre de ces occasions. Quand j'ai été arrêté, c'est elle qui m'a fait sortir de prison. Pourquoi l'aurait-elle fait si elle avait été responsable de mon arrestation ?

— C'eût pu être un excellent moyen de gagner votre confiance justement. Ce qui aurait pu s'avérer plus important à long terme que le fait de vous capturer à ce moment-là. Sachant en particulier que vous semblez assez doué pour vous sortir de pareilles situations.

— C'est absurde. Vous pourriez tout aussi bien porter vos soupçons sur moi dans ce cas.

Asquith ne répondit pas, se contentant de garder ses yeux rivés sur Sloane.

— Oh. Bien sûr. Je fais également partie de la liste de vos suspects, dit Sloane d'un ton empli de mépris.

Asquith eut un petit haussement d'épaules.

— Pas vraiment. Mais, comme je l'ai dit plus tôt, il me faut envisager...

— Toutes les possibilités, termina Sloane à sa place. Très bien. Qui d'autre soupçonnez-vous d'être le traître au sein de votre petit réseau ? Verity et moi ne sommes certainement pas les seuls.

— Non, bien sûr que non. Mais mes soupçons ne portent sur personne en particulier. Sans la moindre preuve, je ne peux réduire le nombre de noms sur ma liste. Il me faut me pencher sur le cas de chacun.

— Dans ce cas, donnez-moi tous ces noms.

— Rutherford ! s'exclama alors Asquith, visiblement choqué.

C'est impossible. Voilà qui compromettrait l'intégrité de toute l'opération. Vous savez bien que l'une des règles les plus fondamentales à mes yeux consistait à garder secrètes les identités de tous. Vous ne connaissiez que les personnes qui ont participé de manière active avec vous, à l'image de Miss Cole, et vous n'auriez d'ailleurs jamais su son véritable nom si vous n'aviez pas partagé cette information, contrairement à ce qui vous avait été ordonné.

— Je me moque éperdument de « l'intégrité » de votre réseau d'espionnage, répliqua Sloane. La guerre est finie depuis longtemps. Il n'existe nulle raison de continuer à garder les noms secrets. Nous sommes à court d'options. Nous n'avons que quelques possessions de Lady Edgerton à examiner et plus nous cherchons, plus il semble improbable que nous trouvions la moindre lettre laissée par Mr Winfield. Soit ce document a depuis longtemps été perdu ou jeté, soit il n'a jamais existé.

— N'existe-t-il nul autre endroit à explorer ? Êtes-vous sûr d'avoir tout examiné ?

— Oui, j'en suis certain. Mais la personne qui essaye de nuire à Annabeth ignore que nous avons peu d'espoir de découvrir son identité. Vous êtes peut-être confronté à l'échec d'une mission, mais la vie même de Miss Winfield est, elle, en péril. Je dois découvrir qui était ce traître par tous les moyens en ma possession.

Sloane le fixa calmement, son expression semblant taillée dans le marbre, et Asquith poussa alors un lourd soupir.

— Très bien. Je rédigerai une liste de noms et vous l'enverrai. Bien que je doute qu'elle vous soit d'une quelconque utilité. J'ai passé au crible toutes les hypothèses durant des semaines pour tenter de trouver cet homme.

Annabeth garda le silence durant le reste de leur réunion. Une fois qu'ils eurent quitté les lieux et pris le chemin de leur calèche, qui les attendait, Annabeth demanda :

— Croyez-vous que Verity puisse être le traître ?

Sloane eut un petit haussement d'épaules.

— Difficile pour moi de le croire. Elle m'a sauvé la vie et je l'ai moi-même tirée d'un mauvais pas une fois ou deux également. Mais Asquith a raison. Un certain nombre de missions ont mal tourné : un agent à qui j'étais censé permettre de quitter la France s'est fait abattre sur la plage et une autre fois, par exemple, les Français m'ont capturé au point de rendez-vous où j'étais censé retrouver Verity. Mais, comme je l'ai dit, c'est elle qui m'a fait sortir de prison et ramené en lieu sûr. Je ne peux pas vraiment croire que c'était elle. Néanmoins, nous ne pouvons pas nous fier à notre foi en chacun. Il nous faut soupçonner tout le monde.

— Je sais qu'elle m'a menti et bien que je me sois sentie trahie dans un premier temps, je l'apprécie toujours. J'ai confiance en elle. Et nous savons qu'elle est allée à Stonecliffe, elle n'aurait donc pas pu nous tirer dessus lorsque nous étions à l'atelier de mon père.

— Non. Je pense qu'il est plus probable qu'il s'agisse d'un autre des membres du réseau, si cela devait être pour finir d'une personne issue de notre ancien groupe. Asquith voit des ennemis dans chaque ombre. Ce pourrait d'ailleurs tout aussi simplement n'être personne qui soit en lien avec le réseau. Mais cela me fournit un point de départ.

— Vous croyez donc vraiment que nous n'allons pas trouver la lettre de Papa ?

— Je pense que les chances s'amenuisent. Nous disposons seulement des boîtes qu'il reste à votre mère et de l'écritoire portable. Mais le même problème s'impose à nous dans tous les cas : si l'un de ces objets avait contenu pareille lettre, il semble bien improbable qu'elle n'ait pas été trouvée au cours de toutes ces années écoulées.

— Oui, en effet, reconnut Annabeth en poussant un lourd soupir. Si Russell avait par hasard mis la main sur une telle missive, il aurait fait ce que souhaitait mon père. Il l'aurait montrée aux autorités. Mère aurait agi de même... ou au moins en aurait-elle parlé à Grand-mère. Toute cette histoire semble sans espoir, n'est-ce pas ?

— Non. Je pense encore trouver le document. Cela prendra

peut-être un peu plus longtemps, mais mes efforts ne cesseront que lorsque j'aurai réussi.

— Pensez-vous réellement que Mr Asquith vous donnera cette liste ? Il n'a pas eu l'air très coopératif.

Sloane laissa échapper un petit rire étouffé.

— Oh ! il l'enverra. Il a beau désirer garder tout secret, il veut encore davantage mettre la main sur quiconque l'a trahi. Il ne s'agit pas simplement de trahison mais d'une insulte personnelle envers lui.

Il haussa légèrement les épaules.

— En outre, il sait que j'obtiendrai ces noms… d'une manière ou d'une autre.

Annabeth l'observa avec attention. Il n'y avait eu nulle trace de fanfaronnade dans les mots de Sloane, seulement une froideur pragmatique assez effrayante. Parfois Sloane ressemblait beaucoup à celui qu'il était autrefois – avec ce sourire éclatant, cette espièglerie dans ses yeux, ses baisers chaleureux ou sa tendre étreinte, à l'image de celle qu'elle avait connue quand elle avait fondu en larmes entre ses bras dans l'atelier.

Mais le plus souvent, comme en cet instant, il lui était rappelé qu'il n'était pas le même homme qu'autrefois. Il y avait quelque chose de dur et de froid en lui désormais, l'impression qu'une part de son être était verrouillée à double tour. Autrefois ses émotions frémissaient juste sous la surface, puissantes et faciles à déchiffrer. Mais c'était bien loin d'être le cas à présent. Annabeth était certaine qu'il lui avait caché des choses et il refusait de lui dire quoi que ce soit à propos de la vie qu'il avait menée au cours des douze dernières années. Il semblait avoir un lien étroit avec Verity, pourtant il était suffisamment insensible pour la considérer également comme suspecte. Les mensonges franchissaient ses lèvres avec une facilité déconcertante et il pouvait briser un homme en deux d'un seul regard. Et pourtant… il n'y avait personne au monde en qui Annabeth avait plus confiance, personne sur qui elle pouvait compter davantage. Personne qu'elle ne désirait plus que lui.

Sloane n'était pas le garçon qu'elle avait aimé. Mais elle avait un drôle de sentiment, celui d'être en train de tomber amoureuse de l'homme qu'il était devenu.

28

À présent que certains points semblaient réglés – au moins Asquith avait-il cédé et promis de lui envoyer cette liste de noms –, Sloane trouvait de plus en plus difficile d'ignorer la tension couvant en lui depuis qu'il avait proposé à Annabeth de loger sous son toit. Il s'était agi d'une idée parfaitement ridicule et insensée à vrai dire. Combien de temps encore pourrait-il résister à la tentation ? Mais, malgré ses questionnements, Sloane savait que s'il avait pu revenir en arrière, il aurait agi exactement de la même façon. La présence d'Annabeth à ses côtés avait bien plus de valeur que la maîtrise de ses émotions.

Après que Sloane eut ordonné au cocher de les conduire au domicile de Lord et Lady Edgerton, Annabeth se pencha plus près de lui et son doux parfum l'enivra aussitôt, emplissant son esprit de pensées sensuelles.

Diable, comme il était dur de ne pas céder à l'impulsion de l'embrasser, de la séduire en usant de mots tendres, de la tenir entre ses bras ! Cela avait déjà été fort difficile du temps où elle était jeune et naïve, mais curieusement il était encore plus ardu de se comporter en gentleman avec la femme qu'elle était devenue.

Elle était encore plus adorable qu'autrefois, sa silhouette pourvue de courbes plus attirantes, son visage aux traits affinés lui conférant une beauté encore plus frappante. Une certaine maturité émanait d'elle à présent. Son expérience de la vie avait probablement été fortement marquée par la douleur, une douleur dont il était sans nul doute en grande partie responsable. Mais cela lui donnait encore plus envie de la protéger de sorte qu'elle n'ait jamais plus à connaître pareille souffrance. Il ne devait pas cependant s'autoriser à s'imaginer dans la peau de son protecteur car il était plus susceptible de causer sa perte.

Ou peut-être Annabeth n'avait-elle pas autant changé qu'il ne l'imaginait ? Peut-être avait-il oublié comment elle était à cette époque, sa mémoire tentant sans cesse d'apaiser la douleur de leur séparation ? Il avait emporté avec lui à son départ une peinture miniature d'elle – volée dans le bureau du père d'Annabeth, mais ce méfait avait semblé mineur en comparaison de toutes ses autres transgressions – mais il n'avait pas eu besoin d'un souvenir pour faire resurgir son image dans son esprit. Il était capable de se remémorer chaque trait et chaque courbe de son visage, ses lèvres charnues et la fossette qui naissait par instants au coin de sa bouche.

Finalement, prenant pitié de lui-même, il avait rangé la petite peinture au fond de sa malle et, au fil des ans, avait moins pensé à Annabeth, moins brûlé d'amour pour elle. Il avait cessé de regretter d'avoir agi ainsi qu'il l'avait dû. Il avait caché cette faiblesse sous une armure d'acier, usé ses émotions toutes juvéniles en les frottant à la réalité de sa nouvelle existence.

Sloane se maudissait d'avoir mêlé de nouveau sa vie à celle d'Annabeth, mais il savait qu'il n'aurait renoncé à ce moment avec elle pour rien au monde. Il était infernal de la désirer en permanence mais c'était là une torture dont il se délectait. Il était, en résumé, un parfait imbécile.

À leur arrivée dans la demeure de la mère d'Annabeth, ils découvrirent que Martha était absente. Ce fut par conséquent Lord Edgerton qui les reçut.

— Bienvenue, lança-t-il, malgré un regard fort peu amical

adressé à Sloane. Je vous en prie, asseyez-vous. Il est bien rare que vous veniez nous rendre visite, Annabeth. Quel plaisir de vous voir.

— Je vous remercie.

Annabeth essayait de songer à une manière polie d'indiquer que c'était à sa mère et non à lui qu'ils désiraient parler.

Sloane, lui, ne s'encombra pas de tant de subtilités.

— Miss Winfield espérait poser quelques questions à sa mère. Savez-vous quand Lady Edgerton sera de retour ?

— Elle est en ville pour visiter les boutiques, donc...

Edgerton leur adressa un léger sourire qu'il accompagna d'un petit haussement d'épaules.

— Puis-je vous aider de quelque façon ? Je crois pouvoir affirmer que mon épouse partage tout avec moi.

— Mère m'avait dit qu'elle me montrerait les boîtes que mon père lui a données.

— Ces boîtes, encore ? lança Edgerton d'un ton mêlant condescendance et amusement. Pourquoi cet intérêt soudain pour quelques petites boîtes ? J'imagine que Martha les a jetées.

— J'espère sincèrement qu'il n'en est rien, répondit Annabeth. Elle a dit détenir certaines d'entre elles. Ce que j'aimerais plus particulièrement trouver, c'est l'écritoire de Papa.

— Ces objets sont importants, commença Sloane tout en jetant un regard interrogateur à Annabeth pour savoir s'il pouvait en dire davantage.

Elle hocha la tête. Son beau-père avait raison de dire que sa mère partageait tout avec lui ; Lord Edgerton apprendrait sans tarder la moindre information qu'ils partageraient avec Martha.

— Nous nous sommes rendus dans l'atelier de Mr Winfield, poursuivit Sloane. L'endroit où il est mort.

— Voilà qui semble quelque peu macabre, mais quel rapport avec ces boîtes ?

— Mon père a été assassiné, asséna Annabeth sans ménagement, l'attitude hautaine de l'homme l'agaçant prodigieusement.

— Comment ? fit Edgerton en haussant brusquement les

sourcils et se raidissant sur son siège. Assassiné ? Mais c'est parfaitement absurde, voyons ! Il est mort d'une chute. C'était un accident. Tout le monde le sait fort bien.

— C'est ce que tout le monde a *supposé*, indiqua Sloane. Personne n'était là pour le voir tomber.

— Ce qui ne signifie en rien qu'il ait été assassiné, protesta Edgerton. Je ne comprends pas pourquoi vous propagez pareilles absurdités.

— Nous ne propageons rien. Vous êtes le seul à qui nous l'ayons dit. Et il ne s'agit en aucun cas d'absurdités ou de vaines hypothèses. Nous avons examiné l'escalier duquel il a chuté. Une planche avait intentionnellement été défaite, ses clous en avaient été retirés, de sorte que Winfield soit déséquilibré et amené à saisir la rampe pour tenter de ne pas perdre l'équilibre. Mais le garde-corps avait été nettement scié de chaque côté de sorte à entraîner sa chute au moment où il s'y appuierait.

— Scié ?

Lord Edgerton se releva brusquement.

— Vous faites erreur. Je suis sûr que vous vous trompez.

— Aucunement, rétorqua Sloane d'un ton morne. Je sais reconnaître un acte de sabotage quand j'en vois un. Quelqu'un a voulu qu'il tombe.

— Mais on aurait vu que le bois avait été scié.

— Vous voulez parler de son valet de chambre bouleversé, qui l'a trouvé gisant sur le sol ? De sa veuve éplorée ou de sa fille au comble du chagrin ? Je doute que quiconque ait réellement examiné le garde-corps au moment du drame.

Edgerton afficha un air pensif.

— J'imagine en effet que tel a été le cas... mais cela semble si peu vraisemblable. Pourquoi quelqu'un aurait-il assassiné Winfield ?

— C'est la raison pour laquelle nous voulons examiner les boîtes.

— Vous pensez qu'elles ont quelque chose à voir avec sa mort ?

Edgerton se rembrunit encore.

— Je ne vois pas comment...

Il secoua la tête comme pour clarifier ses pensées puis se tourna vers Annabeth.

— Ne racontez pas cela à votre mère, je vous prie.

— Elle a le droit de savoir, protesta Annabeth.

— Non, jamais elle ne voudrait savoir une chose pareille, cingla Edgerton. Cette nouvelle ne ferait que raviver de mauvais souvenirs dans l'esprit de Martha. Rouvrir la blessure. Elle ne devrait pas avoir à traverser de nouveau tout ce calvaire.

Il fixa sur sa belle-fille un regard aussi dur que l'acier.

— Laissez-la en paix. En fait, rien de tout cela n'a besoin d'être évoqué.

— Papa a été assassiné, répliqua Annabeth. Il mérite que justice lui soit rendue.

— Voilà qui lui sera fort peu utile à présent, rétorqua Edgerton. Tout cela appartient au passé. C'est fini à présent. Vous ferez jaser les gens inutilement et personne n'en retirera le moindre bénéfice. Vous ne devriez pas poursuivre cette « enquête » que vous menez.

— D'autres choses sont en jeu, plus importantes qu'un petit scandale ou le fait de rappeler de pénibles souvenirs, dit Sloane, s'avançant entre Edgerton et Annabeth comme pour protéger cette dernière. Et je me fais un devoir de découvrir ce qui s'est passé.

— Un devoir ! s'emporta Edgerton. Que pouvez-vous bien savoir du devoir ? Vous n'avez été rien d'autre qu'une honte pour votre famille.

— Vous n'avez aucun droit de vous adresser à Sloane de cette façon, s'insurgea Annabeth, contournant Sloane pour venir de nouveau faire face à Edgerton. Vous n'avez pas la moindre idée de ce qu'il a accompli, des dangers qu'il a affrontés, sans se voir jamais gratifié du moindre honneur, ne récoltant que le mépris de gens tels que vous qui n'ont pas la moindre connaissance des faits.

— Annabeth..., murmura Sloane, un air d'amusement relevant le coin de ses lèvres. Il n'est pas utile que vous voliez à mon secours, même si vous remplissez cette tâche à la perfection. Peu m'importe ce que des personnes telles que cet homme pensent de moi.

Ils furent interrompus à cet instant, quand le son de la voix de Lady Edgerton résonna dans le vestibule :

— Sont-ils là ? Comme c'est charmant.

La mère d'Annabeth entra bientôt dans la pièce.

— Annabeth, ma chère enfant, quelle plaisante surprise. Je vous croyais partie à Stonecliffe avec Mère.

— J'y suis allée en effet.

Annabeth ne voyait aucune raison de lui apprendre qu'elle en était aussitôt repartie. Et il serait encore pire de lui dire où elle logeait désormais.

— Je suis allée rendre visite à des amis.

— J'aurais aimé savoir que vous feriez halte ici. Nous aurions pu aller faire les boutiques ensemble.

Martha entama le récit détaillé de sa matinée passée chez la modiste.

Annabeth sourit et lui répondit avant d'aborder la raison de sa présence :

— Vous m'avez dit avoir certaines boîtes de Papa que je pourrais examiner.

Elle n'était pas prête à parler à sa mère du meurtre de son père ici et maintenant, avec Edgerton pour témoin. Elle le ferait plus tard, une fois que toutes deux seraient seules.

— Oui, bien sûr. J'ai demandé à une femme de chambre de les trouver au grenier et de les descendre ici.

Lady Edgerton se leva et alla actionner la sonnette.

— J'ai essayé de réfléchir à d'autres amis de votre père qui pourraient être en possession de pareils objets également.

Annabeth doutait qu'il ait pu leur laisser quoi que ce soit d'important, mais il pourrait s'avérer utile de converser avec ses autres connaissances.

— Vous souvenez-vous de personnes ayant rendu visite régulièrement à Papa ?

— Oh ! eh bien, certes, il avait beaucoup d'amis, mais peu d'entre eux venaient le retrouver quand il était à la campagne. Nous y passions de plus en plus de temps avant sa mort. Et la plupart des membres de son groupe d'amis préféraient la ville.

Elle laissa échapper un petit rire contrit.

— Tout comme moi, du reste. Bien sûr, ce cher Russell venait fréquemment à la maison. Ils avaient pour habitude de se rendre souvent visite tous les deux.

Elle adressa un petit signe de tête à Sloane.

— Une fois ou deux, votre père est également venu nous voir. Quand les choses n'étaient pas… plaisantes pour lui en ville.

Sloane accueillit ses paroles avec une petite grimace.

— Quand il était endetté jusqu'au cou, voulez-vous dire.

— Vraiment, Rutherford…, protesta Lord Edgerton.

Mais Martha se contenta de sourire.

— Exactement. C'était comme si l'un ou l'autre se retrouvait toujours en pareille situation. Hunter, également.

Elle lâcha un soupir.

— Il n'a jamais eu beaucoup de chance avec ses investissements.

Un petit grognement résonna au fond de la gorge d'Edgerton mais il ne dit mot.

— Oh ! et vous vous y êtes rendu une fois ou deux, dit-elle à son mari. Vous en souvenez-vous ?

— Lord Edgerton a rendu visite à Papa ?

Annabeth regarda l'homme d'un air stupéfait.

— Je pensais que… Je n'avais pas conscience que tous deux étiez amis, monsieur.

Edgerton s'agita nerveusement sur son siège à ces mots.

— Mr Winfield et moi-même étions de simples connaissances. Toutefois, il y a eu une question d'héritage pour laquelle j'ai eu à le voir.

— Oui, en effet, acquiesça Martha. C'était une parente éloignée, une grand-tante, je crois. Quel était son prénom déjà ?

— Mary, lança sèchement Edgerton. Ce n'était rien, vraiment.

— Oui, Mary. Je ne me souvenais pas d'elle, à vrai dire, mais cet événement fut des plus providentiels. Le pauvre Hunter avait investi beaucoup d'argent dans cette mine d'or qui avait fait faillite, voyez-vous, par conséquent, cet héritage s'est révélé fort utile à l'époque. C'était une triste nouvelle, certes, mais...

— Je n'en ai aucun souvenir, nota Annabeth.

— C'était il y a longtemps, durant la guerre, et vous étiez toute jeune, expliqua Martha. Hunter ne vous en aurait certainement pas parlé.

— Milady.

Sloane se pencha vers elle tout en disant d'un ton doux :

— Avez-vous souvenir d'une personne en particulier qui soit venue rendre visite à Mr Winfield dans les temps précédant sa mort ? Y avait-il quelqu'un avec vous lorsque son accident s'est produit ?

— Non. J'étais toute seule. C'était absolument bouleversant. Annabeth rendait alors visite à Adeline. Mais Russell a accouru sur place dès qu'il a reçu mon message et il a été d'un grand réconfort. Puis Mère est arrivée et elle s'est chargée de tout.

— Naturellement, commenta d'un ton sec Edgerton.

Une femme de chambre pénétra dans la pièce et déposa les trois boîtes qu'elle portait face à Annabeth.

— Et voici pour vous, très chère, emportez-les donc avec vous si vous le désirez.

— Je vous remercie. Mais vous souvenez-vous de cette écritoire que possédait Papa, celle qui se repliait ?

— L'écritoire de voyage ? Hunter l'aimait beaucoup.

— L'avez-vous toujours ?

Annabeth sentit soudain sa gorge se nouer. Et si l'objet avait été jeté ?

— Pourrais-je le voir ?

— Je suis désolée, ma chère enfant, mais je ne l'ai plus. Je l'ai donné à Simpson, le pauvre homme. Il était si attaché à votre père.

— Le valet de chambre de Papa ?

— Oui. Simpson le portait toujours quand ils voyageaient pour qu'il ne subisse ni choc ni rayure. Je n'en avais aucune utilité et Simpson était si affligé par la mort de Hunter…

— Oui, je m'en souviens. Savez-vous qui emploie cet homme à présent ?

— Je ne pense pas qu'il occupe encore un poste de valet. Hunter lui a laissé un petit héritage, et je crois qu'il est parti s'installer dans la campagne. Je ne sais pas vraiment où. Chez sa sœur, peut-être ?

Edgerton, qui visiblement était plus que lassé de cette conversation à propos de Hunter et de sa mort, changea de sujet sans la moindre subtilité.

— Martha, très chère, vous souvenez-vous que nous devons nous rendre au dîner organisé par Lady Ambrose, ce soir ?

— Oui, en effet, répondit Martha en grimaçant. Très sincèrement, je déteste ces dîners en compagnie des personnes du ministère de l'Intérieur. Il n'y est toujours question que de sujets politiques qui me donnent envie de dormir. Et j'ai tant de mal à choisir la robe adaptée à l'occasion ! Il n'est pas aisé de trouver une toilette qui soit en harmonie avec les autres sans être terne et ennuyeuse.

Edgerton sourit avec tendresse.

— Certes. Mais il est nécessaire d'entretenir ses relations, vous savez. Et vous réussissez toujours à vous vêtir de la toilette qui convient parfaitement.

— Je vous remercie, mon chéri, fit Martha en adressant un sourire radieux à son époux. Mais je crois toutefois qu'il me faut faire une petite sieste avant notre départ, juste pour m'éviter de m'endormir ce soir au moment où la soupe sera servie.

— Nous devrions partir, nous aussi, annonça Sloane, et Annabeth se leva également, impatiente de gagner un endroit où ils pourraient parler de ce qu'ils venaient d'apprendre.

Une fois dehors, Annabeth saisit le bras de Sloane alors que celui-ci s'avançait vers sa voiture et il s'immobilisa, balayant aussitôt du regard les environs.

— Qu'est-ce qui ne va pas ? Avez-vous vu quelqu'un ?

— Non. Rien de la sorte. Mais je pense que je peux découvrir où se trouve Simpson.

Annabeth se tourna en direction des marches descendant vers le demi-sous-sol où se situaient les appartements des domestiques.

— La femme de chambre de Mère, Frances, travaille toujours à son service et je pense qu'elle devrait le savoir.

Il s'avéra qu'Annabeth avait raison et quelques minutes plus tard, ils quittèrent la demeure avec le nom du village de Simpson en main.

— La région des lacs, grommela Sloane tandis que leur calèche s'élançait dans un cliquètement métallique dans la rue. C'est un trajet qui prendra trois jours. On aurait pu imaginer qu'il choisirait un endroit non loin de son domicile précédent.

— Simpson n'y peut rien si la seule famille qui lui reste est une sœur qui s'est mariée et est partie s'installer là-bas. Bien sûr, Frances ne semblait pas s'en réjouir, elle non plus. J'ai toujours pensé qu'elle avait un petit faible pour lui.

— Vous imaginer voyager dans un cabriolet ouvert durant deux trajets d'une durée de trois jours chacun me déplaît grandement. Je peux vous protéger si quelqu'un vous attaque physiquement, mais pas arrêter une balle. Et apparemment, la personne qui vous poursuit est suffisamment maligne pour que j'aie échoué à détecter sa présence quand elle nous a suivis, dit Sloane d'un ton contrarié.

— Si vous vous apprêtez à suggérer de nouveau qu'il me faut aller me cacher à Stonecliffe, il est inutile que vous vous donniez cette peine. Simpson ne permettra pas à un inconnu d'examiner les affaires de mon père.

— Je ne suis pas un inconnu. Il me connaît forcément.

— Tout ce qu'il a pu entendre dire vous concernant n'aura

certainement pas été très positif, fit remarquer Annabeth. Vous avez besoin de mon aide.

— Êtes-vous certaine que le papier sera là ?

— Bien sûr que non. J'ignorais même qu'il existait avant que vous commenciez à le chercher. Mais voilà qui semble la possibilité la plus probable. Je ne crois pas que les boîtes récupérées chez Maman nous seront d'aucune aide.

Elle avait déjà ouvert l'une d'elles et, n'ayant rien trouvé à l'intérieur, elle explorait à présent le contenu d'une autre. Tout en s'activant, Annabeth dit d'une voix pensive :

— Sloane… cela vous a-t-il semblé étrange… ce qu'a dit ma mère à propos du fait que Lord Edgerton avait rendu visite à Papa ? Grand-mère a indiqué qu'ils étaient des ennemis jurés. Il est certain que je ne l'ai jamais entendu avoir la moindre parole aimable au sujet de mon père.

— Il semble qu'il ne s'agissait que d'une affaire à régler. En lien avec un héritage.

— J'imagine que c'est ce dont il s'est agi, en effet. Mais cette question n'aurait-elle pas pu être traitée par courrier ? Pourquoi serait-il venu leur rendre visite ?

— Pour voir votre mère, peut-être ?

Un éclair de colère traversa le regard d'Annabeth.

— Ma mère n'entretenait pas de liaison avec lui, voyons !

— Ce n'est pas ce que j'ai dit. Bien sûr, elle n'éprouvait pas les mêmes sentiments que lui. Je ne parle que d'Edgerton. Parfois, on donnerait tout juste pour voir une personne même si l'on sait que c'est sans espoir.

Annabeth le fixa, soudain incapable de formuler la moindre parole. Voulait-il dire que c'était ce qu'il avait ressenti à son sujet ? Le ciel lui en était témoin, elle avait elle-même souvent brûlé du désir de voir Sloane, même en sachant la douleur que cela lui causerait. Il détourna la tête et elle s'éclaircit la voix.

— Peut-être avez-vous raison. Mais si tel est le cas, cela prouve une fois encore combien Edgerton avait envie de l'épouser. Je ne peux m'empêcher de penser... Et si le meurtre de Papa n'avait rien à voir avec cette lettre que nous recherchons ? Et si son mobile était la jalousie ?

Sloane leva les yeux au ciel puis se tourna vers elle.

— Accusez-vous votre beau-père de meurtre ?

Annabeth fit une petite grimace.

— Je ne sais pas. Grand-mère a dit qu'Edgerton avait toujours été amoureux de Mère. Puis, après la mort de Papa, une fois respectée une période conforme aux règles de la bienséance, il s'est empressé de l'épouser. Et il était si résolu à ce que nous ne disions pas à Mère qu'il s'agissait d'un meurtre. Il voulait garder cette information absolument secrète. N'est-ce pas le comportement d'une personne coupable ?

— Ou d'une personne qui n'a pas envie que des rumeurs scandaleuses se propagent au sein de toute la haute société, répondit Sloane. Si Edgerton a tué Mr Winfield pour pouvoir épouser sa femme, alors il doit y avoir un tout autre ennemi qui essaye de vous faire du mal. Je n'aime pas beaucoup ces coïncidences.

— Ou peut-être ne s'agit-il pas de deux hommes différents ?

— Pourquoi Edgerton rechercherait-il la lettre rédigée par votre père ? Pourquoi tenterait-il de vous faire kidnapper et abattre ? Voilà qui ne le ferait guère aimer par votre mère.

— Pas si elle ignorait que c'était lui qui se cachait derrière ces actes, rétorqua Annabeth. Ni vous ni moi ne savons ce que contient cette lettre. Peut-être son contenu n'a-t-il rien à voir avec ce que le ministère des Affaires étrangères imagine. Papa aurait pu l'avoir écrite parce qu'il avait découvert que Lord Edgerton avait prévu de le tuer. Je suppose qu'Edgerton aurait grandement envie de trouver la trace de ce document.

29

Sloane songea à la théorie d'Annabeth durant le reste du trajet du retour. Il était difficile d'imaginer un homme aussi froid et rigide que Lord Edgerton commettre un crime passionnel. Mais le crime en question avait été mis en œuvre à distance et élaboré de manière fort calculée. Peut-être s'agissait-il donc là d'une question valant la peine d'être examinée.

Une fois qu'ils furent arrivés chez lui, Sloane chassa de son esprit toutes les questions sur le « pourquoi » et le « comment » et inspecta soigneusement la rue avant de quitter la voiture. Ce qu'ils avaient pu apprendre en cette journée ne suffisait pas à garantir la sécurité d'Annabeth, pas encore. Il scruta une nouvelle fois la rue d'un côté puis de l'autre. Ne remarquant rien de particulier, il se tourna vers Annabeth.

— Vous pouvez…

C'est alors que, du coin de l'œil, il perçut un vif mouvement. Il se retourna à l'instant même où le cocher du fiacre bondissait sur lui. Sloane projeta ses bras devant lui, attrapant l'homme par les épaules, et ils s'écrasèrent contre la portière ouverte de la calèche. La puissance de la collision les propulsa en arrière et ils heurtèrent bientôt le trottoir. Sloane entendit Annabeth crier son nom et il espéra de tout son cœur qu'elle resterait dans la voiture à cheval. *Ne sortez pas. Ne sortez pas*, se répétait-il tandis qu'il luttait à présent à terre avec son assaillant. Ce dernier, plus lourd que lui, était difficile à repousser et les coups portés par Sloane étaient rendus compliqués par leur position.

C'est alors qu'Annabeth apparut au-dessus d'eux, tenant en l'air l'une des boîtes de son père. Elle l'abattit de toutes ses forces dans le dos de l'assaillant. Le cocher laissa alors échapper un rugissement de douleur et Sloane put repousser l'homme et se remettre péniblement debout.

— Bon sang, Anna ! Courez ! Courez !

L'autre homme se releva à son tour, tirant un couteau de sa ceinture. Il se rua vers Sloane, qui s'écarta vivement. Le couteau trancha le tissu de son gilet et Sloane put sentir la lame glacée effleurer la peau de son ventre. Il saisit violemment le bras de son adversaire et propulsa l'homme contre le fiacre.

Ils se battirent âprement, Sloane réussissant à repousser la main dans laquelle son adversaire tenait son couteau mais s'avérant incapable de libérer son autre bras de la poigne de fer de l'assaillant. C'est alors qu'il aperçut un autre homme courir vers eux. Il devait venir en aide à son acolyte, ce fut là la première pensée de Sloane. Mais alors il aperçut le couteau étincelant dans sa paume.

Annabeth, qui, naturellement, n'avait pas fait ce qu'il lui avait demandé, laissa échapper un cri à glacer le sang avant de projeter la boîte de bois en direction du deuxième attaquant. Elle le percuta en pleine poitrine, suffisamment fort pour qu'il s'arrête, stupéfait, et se tourne vers elle. La diversion donna à Sloane l'opportunité de saisir son adversaire par sa veste et de le propulser contre son complice.

Les deux hommes chutèrent en arrière. Sloane glissa une main dans sa veste et en sortit un pistolet. Ses assaillants s'immobilisèrent, les yeux rivés sur son arme.

— Je crois avoir l'avantage, claironna Sloane.

Tandis que les deux hommes le quittaient des yeux pour se regarder l'un l'autre, il poursuivit :

— Bien sûr, une balle en pleine poitrine ne tuerait que l'un de vous deux. Il est donc heureux que j'aie également ceci en ma possession.

De sa main gauche il tira un couteau de sa ceinture et un sourire féroce se peignit sur ses lèvres.

— Lequel de vous deux veut mourir sur-le-champ ? Et lequel préfère trépasser plus lentement ?

À ces mots, les deux hommes s'enfuirent en courant dans la rue. Sloane laissa échapper un long souffle et vint s'adosser contre le flanc de la voiture.

— Le cocher du fiacre, pesta-t-il. Je n'ai pas vu venir ce danger. Voilà que je vieillis, sans doute.

— Oh ! oui, vous êtes clairement un ancêtre, répondit Annabeth.

Elle parvint à garder un ton nonchalant, mais sa voix tremblait.

Elle s'approcha de lui.

— J'ai eu si... Sloane ! Mais vous saignez !

Il avait soulevé sa veste pour replacer le pistolet dans sa poche intérieure et baissa les yeux vers l'endroit qu'elle indiquait.

— Flûte ! J'aimais beaucoup ce gilet.

Annabeth lui lança un regard noir.

— J'espère que vous n'aimiez pas tout autant cette veste... sa manche est également tailladée.

— Fichtre !

— Sans compter qu'il y a aussi une tache de sang, poursuivit Annabeth d'un ton sec. Sincèrement, Sloane, comment pouvez-vous être si désinvolte ? Vous avez été poignardé. Il vous faut voir un médecin.

— Pas poignardé. Juste coupé.

— Oh ! parfait, tout va bien dans ce cas.

Elle secoua la tête et, tout en marmonnant, ramassa la boîte qui lui avait servi d'arme.

— Je n'aurais jamais imaginé que les créations de votre père s'avéreraient si utiles, nota Sloane tout en retirant les autres coffrets du fiacre.

Une fois à l'intérieur de la maison, Sloane lança :

— Je pense qu'une larme de whisky est tout indiquée. Aimeriez-vous boire quelque chose ?

— Un peu de sherry, pourquoi pas ? répondit Annabeth.

Tout en servant leurs boissons dans le bureau, Sloane grommela :

— Pour quelle raison n'êtes-vous pas partie en courant quand je vous ai demandé de le faire ?

— Pensiez-vous sincèrement que j'allais m'enfuir et vous laisser vous battre seul contre deux hommes ?

Annabeth prit le verre de sherry qu'il lui tendait.

— Vous rappelez-vous cette fois avec les abeilles ?

— Les abeilles ?

Sloane la fixa un instant avant d'éclater de rire.

— Vous avez surgi en agitant votre châle en tous sens à la manière d'une femme ayant perdu la raison pour chasser celles qui m'attaquaient.

Il soupira et but une gorgée.

— Non, je plaisante. Mais j'imagine que je m'attendais à ce que vous fassiez exactement ce que vous avez fait. Toutefois, si vous vous en souvenez, vous avez fini avec presque autant de piqûres que moi. Et ce qui s'est produit est plus grave qu'un incident avec des abeilles. Ces hommes veulent vous faire du mal.

— Je ne suis pas sûre que ce soit à moi qu'ils en voulaient. C'est vous qui avez été attaqué.

— On a essayé de se débarrasser de moi pour pouvoir vous atteindre, vous.

— Si c'était vrai, pourquoi ce second homme ne m'a-t-il pas capturée pendant que vous étiez occupé avec le premier assaillant ? Au lieu de cela, il est allé aider son acolyte.

— Dans ce cas, ils espéraient se débarrasser définitivement de moi, mais une fois encore, c'était dans le but de vous atteindre.

— Peut-être.

Annabeth baissa les yeux vers son verre, le front plissé.

— Mais si votre ami Asquith voit juste et que ceci a quelque chose à voir avec ce traître, eh bien, je penserai que vous êtes bien plus dangereux pour eux que je ne le suis. Après tout, vous savez quelque chose à propos de cette époque et de ces personnes. Vous êtes bien plus susceptible d'éclaircir toute cette affaire, même sans la lettre de Papa. Et vous êtes plus à même que moi de localiser l'homme qui a tué mon père.

— Eh bien, quoi qu'il en soit, j'espère être en mesure d'assurer votre protection comme la mienne, répondit Sloane à voix basse dans un haussement d'épaules qui lui arracha une petite grimace.

— Vous êtes blessé, fit Annabeth en reposant son verre de sherry. Étant donné que vous êtes trop entêté pour voir un docteur, j'espère que vous me laisserez au moins soigner vos petites « coupures ».

— Ce n'est pas nécessaire. Je peux m'en occuper moi-même, j'en suis certain.

Le seul fait d'imaginer Annabeth toucher sa peau lui coupait presque le souffle.

Elle planta les poings sur ses hanches et l'observa en plissant les yeux.

— Croyez-vous sincèrement que je suis si incapable ? Que je ne serais pas apte à nettoyer une blessure ? Ou me pensez-vous si fragile que je pourrais m'évanouir ?

— Non, ni l'un ni l'autre. Je ne pense pas le moins du monde que vous soyez incapable. Mais c'est juste que… eh bien… vous savez…

— Non, je ne sais pas, répondit-elle en le fixant. Quelles sont les… Oh ! je comprends ! Vous ne voulez pas retirer votre chemise devant moi ? Est-ce bien cela ?

Sloane sentit une onde de chaleur gagner ses joues. Que Dieu lui vienne en aide, voilà qu'à présent il se mettait à rougir à la manière d'une vierge effarouchée !

— Non. Je veux dire… enfin… oui, mais ce n'est pas…

Il s'interrompit et lui jeta un regard noir.

— Oh ! bon sang, venez donc dans ce cas.

Sloane sortit à grands pas de la pièce et Annabeth le suivit dans l'escalier menant à sa chambre.

— Il y a des bandages là-dedans, dit-il en pointant le doigt en direction d'un petit meuble. Et vous trouverez des linges près du nécessaire de rasage.

Il commença à ôter sa veste, mais Annabeth s'approcha aussitôt pour faire glisser le vêtement le long de son bras blessé et le retirer. Il sentit un nœud se former au creux de son ventre.

— Une telle intervention de votre part n'était pas nécessaire.

— Oh ! voulez-vous bien cesser d'être stoïque. Votre bras vous fait souffrir. Je vous ai vu grimacer.

Elle recula d'un pas, examina la manche déchirée, puis plia le vêtement et le posa sur une chaise.

— C'est juste que le sang séché sur la veste a un peu tiré la peau au niveau de la blessure.

Sloane commença à déboutonner son gilet. Annabeth l'observait et il trouvait diablement troublant de se dévêtir devant elle. Ce fut pire quand elle s'approcha et l'aida à retirer le vêtement ainsi qu'elle l'avait fait pour sa veste. Et il avait déjà trouvé ce moment difficile à traverser. À présent ils étaient plus proches et l'instant avait un accent plus intime alors qu'Annabeth faisait glisser ses doigts le long de son bras et que seule sa chemise séparait leur peau.

Il dénoua gauchement sa cravate tout en espérant qu'elle ne baisse pas les yeux pour constater la réaction flagrante de son corps. Il se tourna pour finir de défaire le long tissu étroit, feignant d'agir de la sorte dans le but de jeter ensuite l'accessoire sur la chaise avec ses autres affaires. Sloane demeura le dos tourné tandis qu'il sortait sa chemise de son pantalon que tendait un renflement révélateur. Elle était suffisamment longue pour couvrir celui-ci mais ce qui était regrettable c'était qu'elle cachait également ses blessures.

Sloane tira d'un coup sec pour dénouer les liens fermant le col qui s'ouvrit seulement à moitié, puis tenta de la faire passer par-dessus sa tête, hésitant un instant quand un élancement de douleur traversa son bras.

— Oh ! pour l'amour du ciel, Sloane. Laissez-moi donc vous

aider, lâcha Annabeth d'un ton impatient. Vous êtes l'homme le plus entêté au monde. Arrêtez-vous donc. Laissez-moi mouiller ce linge pour que le tissu ne colle plus à la plaie.

Elle gagna le meuble où était posée la vasque et revint munie d'un linge humide qu'elle tint plaqué sur la blessure de son bras.

Elle était si proche qu'il pouvait sentir les notes légères de son parfum et la douce chaleur de son corps. Elle était en outre un peu décoiffée et il brûlait d'envie de repousser ses mèches rebelles et de les glisser tendrement derrière ses oreilles.

Annabeth souleva délicatement l'étoffe à présent assouplie pour libérer son bras puis se livra au même exercice sur la coupure barrant l'abdomen de Sloane. Reposant le linge humide de côté, elle saisit le bas de sa chemise et la tira vers le haut.

— Penchez-vous, je vous prie, autrement je ne pourrai pas vous l'ôter.

Il n'avait aucune envie qu'elle agisse de la sorte. Et c'était également ce qu'il désirait plus que tout. Il se courba ainsi qu'elle le demandait, et elle fit glisser la chemise sur son bras avant de la jeter de côté.

— Oh ! Sloane.

Annabeth fit doucement glisser ses doigts le long de son bras.

— Cette coupure est si longue, ajouta-t-elle en passant son doigt sur son abdomen. Êtes-vous bien certain que nous ne devrions pas appeler un docteur ?

Sloane prit une courte inspiration et s'arma de toute sa volonté pour affronter le contact de ses doigts sur sa peau.

— Non, ce n'est pas si profond.

Sa voix était tendue. Peut-être Annabeth supposerait-elle que la cause en était sa douleur physique.

— Si cela avait été plus profond... eh bien, il n'y aurait pas lieu d'y penser.

Elle leva les yeux vers lui, une lueur d'inquiétude au fond du regard.

Autrefois, il aurait souri et balayé son inquiétude grâce à ses baisers. Tout ce qu'il pouvait faire à présent était détourner le regard.

— C'est un peu froid.

En vérité, il avait l'impression que son corps était bouillant. Mais il avait avant tout besoin qu'elle se hâte.

— Oui, bien sûr.

Elle mouilla de nouveau le tissu et se remit à nettoyer délicatement son bras.

— Vous avez raison. La plaie n'est pas très profonde, Dieu merci. Il ne sera pas utile de la recoudre.

Elle enroula une bande autour de son bras et en noua les extrémités.

Sloane se dit qu'il avait plutôt bien réussi ce test. Mais le suivant se solda par un échec complet. Tandis qu'elle faisait délicatement glisser le tissu mouillé sur son abdomen, sa peau et ses muscles tressaillirent vivement. Si jamais une douleur était causée par ce geste, elle était surpassée par une onde de plaisir. Il serra fermement la mâchoire, réprimant ainsi un petit grognement de satisfaction, mais l'ardent élan de désir qui pulsait tout au fond de lui ne pouvait être dompté. Ce fut un soulagement lorsqu'elle s'arrêta, mais il brûlait d'envie de ressentir de nouveau le même feu.

Annabeth leva les yeux vers lui et il lut au fond de son regard une expression douce et rêveuse qui manqua d'anéantir toutes ses bonnes intentions. Mais à cet instant elle laissa échapper un petit soupir et s'écarta de lui pour prendre le bandage. Elle l'enroula autour de son abdomen, se tenant si près de lui qu'il semblait n'y avoir qu'une distance infime entre eux deux lorsqu'elle passa sa main de l'autre côté de son torse pour saisir l'extrémité de la bande. L'espace d'un instant, il se retrouva ainsi pris dans le creux de ses bras.

Annabeth noua le bandage et recula d'un pas. Ses yeux parcoururent lentement son buste.

— Il y a ici une autre cicatrice, nota-t-elle en faisant glisser son doigt sur une petite marque visible sur le haut de son torse. Que s'est-il passé ?

— C'était une balle de mousquet.

— Et ceci, qu'est-ce donc ?

Annabeth suivit du bout du doigt une cicatrice plus longue barrant son flanc.

— Un coup de couteau dans une allée de La Nouvelle-Orléans. J'avais baissé ma garde en cette occasion. Mon esprit était entièrement occupé par des questions d'espionnage et je n'ai pas songé aux voleurs.

— Et ici ?

Elle toucha son autre bras.

— Je n'en ai pas le moindre souvenir.

Elle marcha lentement tout autour de lui.

— Il y en a tant.

Elle s'arrêta devant lui et leva les yeux vers son visage.

— Sloane..., fit-elle d'un ton inquiet.

— L'essentiel est que j'aie survécu à toutes ces blessures, non ?

Il essayait de garder un ton léger, mais quand son regard plongeait dans les lumineux yeux verts d'Annabeth, la tâche devenait presque impossible. Il déglutit avec peine.

Elle posa alors sa main sur son torse, paume largement ouverte, et Sloane eut le sentiment que le contact imprimait en lui une vive brûlure. Il plaça sa main sur la sienne pour la garder bien en place.

— Cela en valait-il la peine ?

— De quoi parlez-vous ?

Il avait du mal à réfléchir. Tout ce qui occupait ses pensées en cet instant était Annabeth et la fièvre qui bouillonnait à l'intérieur de lui.

— Du navire... la raison pour laquelle vous êtes parti avec Asquith. La raison pour laquelle vous m'avez quittée.

— Non. Aucun navire n'aurait valu pareille décision. Vous hantiez mes pensées, mes rêves. Je vous aimais au-delà de toute raison. Je vous désirais de tout mon être.

— Alors pourquoi...

Il secoua la tête.

— Je vous en prie... Je le devais, Anna. C'est juste que... il fallait que je le fasse.

— Avez-vous toujours envie de moi ?

— Vous savez que c'est le cas. Vous devez vous en être rendu compte lorsque je vous ai embrassée. Mais je ne peux pas...

— Non.

Elle posa un doigt contre ses lèvres.

— Ne me dites pas ce que vous ne pouvez pas faire, ni ce que je ne peux pas faire, ou quelle règle il nous faut suivre.

Libérant la main qu'il tenait sous la sienne, elle fit glisser ses doigts brûlants sur sa poitrine musclée.

— Vous êtes le seul homme pour lequel j'aie jamais éprouvé de désir. Le seul pour lequel j'en éprouverai de toute mon existence, c'est ce que je commence à croire, ajouta-t-elle d'un ton légèrement ironique.

Le cœur de Sloane battait à coups sourds, son esprit luttant pour s'arrimer à la raison alors que chaque parcelle de son corps était douloureusement tendue par le désir.

— Anna, s'il vous plaît...

Il ne savait même plus très bien ce qu'il désirait implorer de sa part.

— Vous auriez pu mourir aujourd'hui. J'aurais pu mourir moi-même. Et jamais je n'aurais su.

Elle pressa doucement ses lèvres contre son torse et ce fut comme si la foudre traversait soudain son corps. Elle leva de nouveau les yeux vers lui. Le feu qui y brûlait était aussi ardent que celui qu'il sentait flamber en lui.

— Je veux savoir, Sloane. Je croyais que je vous aurais pour le reste de ma vie et je sais que tout cela est fini désormais. Mais je veux savoir à quoi cela aurait ressemblé. Ce que j'aurais ressenti. Ce que j'aurais possédé.

Pendant quelques instants, il se tint immobile, son regard plongé dans le sien. Puis il se pencha vers elle et l'embrassa avec ardeur.

30

La voix de la raison, presque inaudible, se manifesta dans un recoin de l'esprit d'Annabeth pour faire résonner un signal d'alarme : s'aventurer sur ce chemin était périlleux, le risque était grand qu'elle y brise son cœur. Mais Annabeth la fit taire tant elle était enivrée par les sensations affluant en elle. C'était ce qu'elle avait désiré durant toutes ces années – se trouver dans les bras de Sloane, sentir son corps puissant pressé contre le sien, s'abandonner au plaisir de ses baisers. Elle avait envie de lui. Elle avait toujours eu envie de lui. Et elle allait avoir ce moment, ce lien avec lui, et si ce devait être tout ce qu'elle posséderait pour le reste de sa vie, eh bien, elle était prête à ce qu'il en soit ainsi. Le souvenir d'une joie réellement éprouvée valait bien mieux que le sentiment amer avec lequel elle avait vécu jusque-là.

Elle s'abandonna au délice de savourer le baiser de Sloane et l'entoura de ses bras. Il la souleva de terre et elle noua ses jambes autour de son corps. Laissant échapper un grognement rauque, Sloane se tourna pour l'asseoir sur la commode, balayant d'un geste les objets qui s'y trouvaient.

Pressée contre lui de cette façon si délicieusement intime, Annabeth sentait le gonflement de son désir et la pulsation persistante qui s'animait en elle malgré l'obstacle de leurs vêtements. La bouche de Sloane quitta la sienne pour s'enfouir dans son cou, et sa main glissa plus bas pour accueillir son sein. Le contact la surprit un peu – mais pas autant que la vive chaleur qui naquit au creux de ses jambes. Chaque baiser, chaque caresse nourrissait une tension à chaque instant plus forte et Annabeth se serra plus fort contre lui. Tout son être était empli d'un désir pressant, avide de satisfaction.

Le moment arracha à Sloane un autre grondement sourd et il releva la tête, plongeant son regard au plus profond du sien. D'une voix rauque, il demanda :

— Annabeth, êtes-vous sûre ? C'est un cadeau qui ne devrait revenir qu'à votre futur époux.

— C'est à moi qu'appartient le présent en question, rétorqua-t-elle fièrement. Et c'est à moi de choisir à qui le donner.

Elle plongea ses mains dans la masse des cheveux de Sloane afin qu'il ne détourne pas son regard du sien.

— Le moment est venu et vous êtes l'homme de mon choix. Faites-moi l'amour, Sloane.

Elle s'empara alors de sa bouche et l'embrassa avidement, fougueusement.

Sloane saisit les plis de sa robe. Il releva de nouveau la tête, le souffle court, sonore, le regard assombri par le désir.

— Cela me paraît fort injuste, lâcha-t-il. Vous êtes encore bien trop vêtue.

Il glissa ses mains dans le dos d'Annabeth et lutta avec les agrafes fermant sa robe, les défaisant avec une telle vitesse qu'elle crut qu'il allait en arracher quelques-unes. Sloane glissa ensuite deux doigts sous l'encolure de sa toilette, au niveau des épaules, et abaissa l'étoffe lentement, ses yeux rivés sur elle. Il s'absorba dans sa contemplation pendant un long moment puis dénoua le ruban qui fermait sa chemise avant de l'en délester.

— Mon Dieu, vous êtes splendide, murmura-t-il.

Il referma délicatement ses mains sur l'arrondi voluptueux de ses seins et en titilla la pointe de son pouce.

Les sensations qui s'agitaient en elle coupèrent un instant le souffle d'Annabeth. Sloane leva les yeux vers elle d'un air interrogateur tandis que ses mains s'immobilisaient.

— Est-ce trop ?

— Non, ne vous arrêtez pas. C'est nouveau, voilà tout. J'ignorais combien… à quel point ce serait délicieux.

Un sourire sensuel vint lentement se peindre sur les lèvres de Sloane.

— Oh ! je peux faire mieux que cela, mon amour.

Il se pencha et traça du bout de sa langue un cercle autour de son mamelon, ce qui arracha à Annabeth une petite exclamation de surprise. Un doux gémissement lui échappa et elle serra ses doigts plus fort dans ses cheveux. La bouche de Sloane se porta alors vers son autre sein. Elle se sentait entièrement vaincue, propulsée dans un autre univers de plaisir.

Il s'écarta, le visage enfiévré. Ses lèvres d'un rouge profond appelaient un baiser qu'Annabeth lui prodigua avec fougue, élan qui lui valut d'être aussitôt récompensée par la façon dont Sloane articula son prénom dans un grognement. Il la souleva pour qu'elle puisse se tenir de nouveau debout et, sans jamais la quitter du regard, retira ce qu'il restait de ses propres vêtements.

Les yeux d'Annabeth s'écarquillèrent à mesure qu'elle découvrait son corps nu. Ce n'était nullement de l'inquiétude mais bien une vive impatience qui s'emparait d'elle. Elle se délesta en hâte de sa robe et de son jupon. Délacer ses bottines lui demanda plus d'efforts, mais Sloane la souleva de nouveau, la déposa sur le lit et saisit sa jambe pour se charger de cette tâche. Le simple fait de sentir ses doigts, si robustes et puissants, autour de son mollet était affolant, mais il fit alors glisser ses mains vers le haut de sa jambe pour la délester de son bas et le frôlement de sa peau sur la sienne éveilla une sensibilité dont elle ignorait jusqu'alors l'existence.

La chaleur au creux de son ventre redoubla d'intensité. Sloane défit ensuite les rubans fermant les dessous d'Annabeth et les lui retira, et quand son regard parcourut son corps nu, son visage marqué par la tension du désir, elle crut que le feu brûlant en elle allait la consumer tout entière.

Sans réfléchir, elle leva son bras au-dessus de sa tête et s'étira. Et le son qui franchit les lèvres de Sloane à cet instant était bel et bien un grognement sensuel.

Il s'étendit à ses côtés, en appui sur un coude et fit glisser sa main le long de son corps, effleurant ses seins, son ventre et ses jambes. Ses doigts frôlèrent l'intérieur de sa cuisse. Puis sa main se trouva tout près du plus intime des sanctuaires, et malgré sa surprise elle sentit que ce geste aiguillonnait son désir avec encore plus de force. Sloane laissa ses doigts experts s'aventurer sur sa peau et Annabeth échoua à retenir un long gémissement. Le contact était plus exquis que tout ce qu'elle avait pu imaginer. Sloane variait ses caresses, glissant l'un de ses doigts en elle, puis un autre, et Annabeth se tordait sous ses assauts sensuels, pressant son corps contre sa main, guidée par une fièvre dont elle ne pouvait dire le nom.

Sloane se pencha pour prendre son sein dans sa bouche alors que sa main poursuivait son exploration, et elle fut submergée par le plaisir. L'orage de la passion gonfla en elle jusqu'à ce qu'elle se sente comme au bord du précipice, prête à tout pour connaître enfin la satisfaction. Elle lâcha un cri au moment où l'orgasme explosa en elle, propulsant à travers son corps d'intenses vagues de plaisir – bien que le terme « plaisir » semble un mot bien trop faible pour décrire cette sensation divine.

— Sloane…

Elle leva les yeux vers lui, étourdie et le corps délicieusement alangui.

Les yeux de Sloane brûlaient du feu de son désir inassouvi et les coins de sa bouche se relevèrent en un sourire de satisfaction confinant à la suffisance. Il se pencha pour déposer un doux baiser sur son front.

— Ma douce…

Alors qu'il s'écartait et se tournait comme pour quitter le lit, Annabeth saisit son poignet.

— Attendez. Que faites-vous donc ? Il y a plus que cela, n'est-ce pas ?

Peu importait combien la déferlante de passion qui l'avait emportée avait produit sur elle un effet merveilleux, il y avait toujours une impression douloureuse de vide en elle, un sentiment persistant d'inachèvement.

— Oui, en effet. Mais de cette façon, votre réputation est...

— Oh ! non, ne dites surtout rien.

D'un mouvement vif Annabeth s'assit à califourchon sur lui pour le maintenir en place.

— Je vous interdis de parler du risque de ruiner ma réputation. Indiquez-moi plutôt ce que je devrais faire. Vous étiez d'accord.

— Anna, je vous en prie...

Elle s'agenouilla tandis que le membre viril de Sloane, tendu d'une façon révélant combien il était proche de ses propres limites, exerçait sur elle une attraction fascinante.

— Non, je vous prie... Ne me désirez-vous pas ? La pensée de vous trouver en moi est-elle si répugnante ?

Il ferma les yeux d'un air de lassitude tandis que tout son corps trahissait ce que la pensée d'être en elle provoquait en lui.

— Non, vous savez bien que ce n'est pas le cas. Tentez-vous de me rendre fou ?

— Non, j'essaye d'obtenir de vous que vous me fassiez vôtre.

Elle glissa sa main plus bas et se livra à une enivrante caresse sur son sexe qui arracha à Sloane un violent frisson ponctué d'un juron.

— Je veux tout, Sloane. Je vous veux tout entier.

— Vous me mettez au supplice, gronda-t-il, mâchoires serrées. J'essaye d'être un homme meilleur.

— Je ne veux pas l'homme meilleur, rétorqua-t-elle, faisant courir ses doigts sur sa peau. C'est vous que je veux.

Lâchant un grondement rauque, Sloane noua son bras autour

d'elle et l'amena à s'allonger sur le lit, la couvrant de son corps. Presque comme vibrant de colère il l'embrassa, mais tandis qu'Anna caressait son dos, son élan se mua en désir pur, empressé et insistant. Sloane multiplia caresses et baisers sur son corps puis, écartant ses cuisses de son genou, vint se glisser entre ses jambes. Elle pouvait sentir son érection presser contre la partie la plus tendre et la plus intime de son être et elle renforça son étreinte, impatiente de connaître l'assouvissement. Elle lui arracha alors un son sourd qui attisa encore davantage le feu de sa passion.

Elle en voulait plus. Elle voulait tout. Lentement il s'enfonça en elle, sa chair s'immisçant dans la sienne, poussant plus profondément, jusqu'à ce qu'enfin un éclair de douleur la saisisse. Annabeth bloqua son souffle et Sloane s'immobilisa aussitôt. Il plongea dans ses yeux un regard interrogateur, le souffle rauque et saccadé.

— Ne vous arrêtez pas, je vous prie, lâcha-t-elle, tandis que ses doigts s'enfonçaient plus fermement dans la chair de ses épaules. Je veux...

Son souffle se coupa quand il s'enfonça plus loin à l'intérieur d'elle, la faisant tout entière sienne.

— Oui. Cela. C'est cela que je veux.

Il commença à se mouvoir en elle. Le désir se mit à décrire une affolante spirale à l'intérieur de son corps, exacerbant tous ses sens – entendre le son du souffle court de Sloane, sentir sa peau brûlante sous ses mains, contempler la fièvre flambant dans ses yeux, tout cela amplifiait le plaisir que faisaient monter en elle les lentes et profondes poussées de son amant. Il avait entièrement pris possession d'elle et il la comblait d'une façon dont elle n'avait jamais rêvé. Une fois encore, le nœud de désir ardent se renforça en elle tout comme la volonté fébrile, avide, d'atteindre quelque chose de plus.

La déferlante du plaisir ultime la submergea bientôt une

nouvelle fois, traversant son corps si puissamment qu'elle lâcha un cri, mais cette fois-ci Sloane la suivit dans cet éclatant déchaînement de plaisir, la rejoignant dans un moment d'union absolument bouleversant.

31

Annabeth ouvrit les yeux. Elle était étendue, enveloppée d'une douce chaleur, le bras de Sloane étreignant toujours son corps. Un sourire serein naquit sur les lèvres de son amant. Il ne paraissait pas le moins du monde étrange de s'éveiller là, à ses côtés. À dire vrai, elle avait le sentiment d'être enfin de retour chez elle après une longue absence.

Quand elle se tourna vers lui, Sloane resserra son bras autour d'elle un instant. Puis il ouvrit les paupières et lui adressa un sourire somnolent.

— Annabeth.

La voix de Sloane était douce et indolente, son regard d'un bleu vif comme radouci, et il paraissait aussi alangui et satisfait qu'un chat allongé dans un carré de soleil. Il fit courir tendrement sa main le long de son bras.

— Vous êtes… parfaite.

Annabeth éclata de rire à ces mots.

— Je ne manquerai pas de vous le rappeler la prochaine fois que vous vous disputerez avec moi.

— Me disputer avec vous ?

Il sourit et prit sa main qu'il porta à ses lèvres pour baiser ses doigts.

— Jamais cela n'arrivera.

Elle posa tendrement sa main sur sa joue et tendit son visage vers lui pour l'embrasser. Son baiser était fiévreux, profond, et elle sentit une chaleur familière s'éveiller en elle. Quand elle détacha ses lèvres des siennes, Sloane vint plonger ses doigts dans sa chevelure. Durant un long moment il se contenta de la regarder, puis il poussa un lourd soupir.

— Nous ne devrions pas...

— Chut, ne dites rien, fit Annabeth en posant son index sur ses lèvres pour le réduire au silence. Vous ne vous querellez jamais avec moi, vous en souvenez-vous ?

Un feu s'alluma au fond du regard de Sloane et il se retourna, l'attirant sous lui.

— Je m'en souviens, en effet, dit-il avant de l'embrasser.

Ils firent une nouvelle fois l'amour, avec lenteur et application cette fois-ci, se tourmentant mutuellement avec délice, se livrant à de tendres explorations, échangeant longs baisers et patientes caresses, menant peu à peu à un déchaînement de passion aussi enfiévré que précédemment.

Annabeth avait cru que rien ne pourrait être aussi puissant que la sensation qui l'avait envahie la première fois, mais, étonnamment, savoir ce qui allait arriver la rendait non pas plus faible, mais plus puissante. Et quand ils chutèrent dans l'abîme divin du plaisir, elle se sentit encore plus étroitement liée à Sloane.

Il était sien. Pour toujours. Quoi qu'il puisse arriver à l'avenir, il était le seul qu'elle désirait, le seul qu'elle pouvait aimer.

Annabeth avait le sentiment de pouvoir simplement se laisser flotter dans le brouillard du plaisir pour l'éternité, bien à l'abri dans la maison de Sloane, tandis que le reste du monde poursuivait son existence autour d'eux. Mais ils ne le pouvaient pas, bien sûr. Ils devaient voyager jusqu'à la région des lacs pour trouver le valet de chambre de son père et examiner l'écritoire.

Par conséquent, après un petit déjeuner assez tardif, ils se mirent de nouveau en route dans le cabriolet de Sloane. Mais leur voyage fut entièrement différent. Comme s'ils avaient conclu un accord tacite, ils ne s'inquiétèrent pas de savoir s'il avait été une erreur ou non de se livrer à ces étreintes passionnées, ni ne s'interrogèrent sur ce qui se passerait une fois résolu le problème qui les occupait. Et bien que Sloane reste aux aguets pour tenter de repérer la présence d'un éventuel poursuivant, ils ne parlèrent même pas beaucoup de leur quête de l'homme ayant tué le père d'Annabeth.

Le trajet en voiture fut rempli de rires et de taquineries, et les nuits, de passion enfiévrée. Ce moment partagé semblait coupé de toute réalité. C'était comme un lieu abrité, à l'écart, où il n'y avait personne à part eux. Annabeth se surprit à souhaiter que leur voyage puisse durer plus longtemps encore que prévu.

Ce ne fut pas le cas, bien sûr. Ils atteignirent bientôt le village où vivait Simpson et firent halte dans une petite auberge. Le matin suivant, ils demandèrent comment rejoindre sa maison et s'y rendirent à pied. Annabeth éprouvait une étrange réticence à l'idée de parler à cet homme. Aborder cette étape signifiait qu'après le trajet les ramenant à Londres, il leur faudrait de nouveau vivre dans le monde réel.

Une jeune fille ouvrit la porte et parut stupéfaite quand ils demandèrent à voir le valet. Elle les conduisit toutefois au bout d'un couloir qui menait à un petit salon à la décoration soignée.

— Oncle Alfred, des personnes sont là pour vous voir, dit-elle, avant d'ajouter ingénument : Des gens bien.

Le regard d'Annabeth se porta derrière elle, vers l'homme vêtu avec soin assis près de la fenêtre et occupé à coudre un tissu. Il leva les yeux vers sa nièce en retirant ses lunettes et découvrit qui se tenait à ses côtés.

— Miss Annabeth !

— Bonjour, Simpson. J'espère que nous ne vous dérangeons pas.

— Non, non, absolument pas !

Le petit homme mit de côté le tissu sur lequel il travaillait et se précipita vers eux.

— Je réalise quelques travaux pour un tailleur de temps à autre, juste pour occuper mon temps.

Il s'inclina légèrement vers Annabeth.

— C'est un grand honneur, Miss.

Il se tourna vers la jeune fille.

— Apporte donc du thé pour nos visiteurs, Jessie, et des biscuits également.

Le plaisir de l'instant rosissait ses joues et c'est les yeux pétillants qu'il guida Annabeth et Sloane vers un ensemble de fauteuils disposé devant la cheminée.

— Je vous en prie, prenez place, Miss.

— Vous vous souvenez sans doute de Mr Rutherford, dit Annabeth.

Le valet de chambre regarda Sloane avec moins d'enchantement qu'il n'en avait montré à la vue d'Annabeth, mais il s'inclina poliment.

— Oui, bien sûr. Mr Rutherford. Je vous en prie, asseyez-vous.

Simpson resta debout, dansant d'un pied sur l'autre tandis qu'ils s'installaient, jusqu'à ce qu'Annabeth dise :

— S'il vous plaît, vous devez vous asseoir vous aussi.

— Je… eh bien… c'est juste qu'il est si étrange…, lui répondit-il en prenant place au bord d'un des sièges. De m'asseoir en votre présence, je veux dire.

— Mais vous n'êtes plus un serviteur désormais, souligna Annabeth.

— Non, Miss, c'est vrai. Que Dieu bénisse votre père qui a pensé à moi dans son testament.

Ils consacrèrent les minutes suivantes à échanger des nouvelles quant à la santé du valet et à celle de tous les membres de la famille d'Annabeth et à confirmer que tous coulaient des jours heureux. Puis l'échange d'amabilités toucha à son terme et Annabeth déclara :

— Nous sommes venus jusqu'ici pour vous parler de Papa.

— Ah. Mr Winfield, dit Simpson en souriant tristement. Quel

homme bon et cher à mon cœur. Ce fut un plaisir, vraiment, de travailler pour lui.

Sous l'effet de l'émotion, sa voix se teinta d'un accent plus prononcé.

— Personne d'autre que lui, Miss, n'aurait embauché comme valet de chambre un garçon de seize ans venu du village. Mais il était si bon. Il savait dans quel mauvais pas nous nous trouvions après l'accident.

— L'accident ?

— Mon père, voyez-vous, a été percuté sur une route une nuit et il est mort. Nous nous sommes retrouvés sans argent et sommes sur le point d'être chassés de notre maison. Mr Winfield a appris notre histoire. Il est venu avec sa dame et a donné à ma maman un peu d'argent pour nous aider dans ce moment terrible. Quel autre homme de son rang aurait fait une chose pareille ? Je vous le demande ! Je me souviens, il m'a regardé et m'a demandé si j'aimerais être son valet. J'étais si stupéfait qu'un souffle de vent aurait suffi à me faire tomber. Un valet de chambre, rien de moins ! Je n'avais jamais travaillé au service de qui que ce soit, pas même pour les tâches les plus ingrates.

Des larmes se mirent à briller dans les yeux de Simpson.

— Il m'a dit plus tard qu'il avait vu que j'étais un garçon désireux de s'élever au-dessus de sa condition. Mais je savais que son acte n'était que l'expression de sa pure générosité.

Annabeth sentit les larmes emplir ses yeux.

— Papa était bon, certes. Mais je sais qu'il vous appréciait grandement. Il vous faisait toute confiance.

— Mon regret est de ne pas être venu plus tôt lui apporter son thé. Peut-être aurais-je pu l'empêcher de tomber.

— C'est vous qui l'avez découvert ? demanda Sloane.

Simpson acquiesça.

— Jamais je ne me suis senti si bouleversé de toute ma vie. Je suis entré avec le panier contenant le repas, et il était là, étendu sur le sol. J'ai lâché mon panier et couru vers lui, mais… j'ai vu que je ne pouvais plus lui venir en aide.

— Il est tombé de l'escalier ? demanda Sloane. Êtes-vous monté examiner le garde-corps ?

— Non, répondit Simpson, les sourcils froncés. Ce qui s'était passé était évident. Je suis retourné en courant aussi vite que possible jusqu'à la maison pour chercher de l'aide – pour l'y ramener, vous voyez. Personne n'aurait pu le sauver à ce moment-là.

Il poussa un lourd soupir avant de poursuivre :

— J'aurais dû apporter à Mr Winfield quelque chose pour le déjeuner mais il avait pris son petit déjeuner tardivement. Il a dit qu'il ne voulait rien manger avant l'heure du thé.

— Avez-vous remarqué quoi que ce soit de différent dans l'endroit ? Quelque chose de curieux ou qui n'était pas à sa place ?

Le valet fixa un regard étonné sur Sloane.

— Non, monsieur. Enfin, je n'ai pas vraiment fait attention à autre chose qu'à Mr Winfield. Son atelier était en désordre, comme toujours.

— Papa travaillait toujours entouré d'un joyeux bric-à-brac, acquiesça Annabeth.

— J'ai essayé de ranger un peu tout cela, à une ou deux reprises, mais il ne voulait rien savoir.

L'ancien valet de chambre sourit avec tendresse.

— Et avez-vous vu quiconque dans les environs ce jour-là ? s'enquit Sloane.

— Aux abords de l'atelier ?

Le valet réfléchit.

— Non. Personne ne s'y rendait jamais à part Mr Winfield.

— Comment Mr Winfield vous semblait-il aller ? À cette époque, je veux dire. Était-il différent ? Inquiet, peut-être ? Perturbé ?

— Pourquoi ces questions ? interrogea Simpson en se raidissant. Si vous essayez d'insinuer que Mr Winfield aurait pu mettre fin à ses jours, je peux vous affirmer que ce n'est pas le cas !

Simpson se tourna vers Annabeth.

— Miss, restez sourde à quiconque vous dira qu'il s'agissait d'un suicide. Ce n'est pas vrai. Jamais il n'aurait fait tant de mal à vous-même et à son épouse.

— Non, en effet, je suis sûre qu'il n'en est rien, dit Annabeth d'une voix apaisante. Je sais que Papa ne s'est pas jeté lui-même de cet escalier.

— Bien.

Il hocha vivement la tête et jeta un regard plein d'aversion à Sloane.

— Parce que c'est totalement faux.

— Nous le savons, répondit Sloane d'un ton dénué de la moindre agressivité. Nous essayons juste de trouver une réponse à quelques questions qui ont émergé.

Simpson regarda de nouveau Annabeth.

— C'est vous, Miss, qui voulez savoir ?

— Oui, je veux savoir. Je n'étais pas là, vous vous en souvenez, et j'étais si malheureuse que je n'ai posé de questions à personne à propos de ce qui s'est passé ce jour-là. J'essaye de me faire une image plus claire de cette époque.

Il opina du chef.

— Très bien, Miss. Mr Winfield était allé à Londres et était rentré chez lui une semaine environ avant l'accident. Il paraissait... un peu préoccupé, peut-être. Ou abattu. Mais c'était probablement simplement dû à la fatigue du voyage.

— Quelqu'un est-il venu rendre visite à Papa après qu'il est rentré de la ville ? S'est-il disputé avec quiconque ?

— Non. Il est allé voir Mr Feringham un jour, bien sûr, mais personne ne lui a rendu visite. Quant aux querelles, votre père n'en avait jamais aucune avec personne.

Il fusilla Sloane du regard.

— À part avec vous, monsieur. Je vous ai entendu hurler contre lui dans son bureau un jour. Vous avez dit... eh bien, je n'ai pas entendu les mots échangés, vraiment, juste quelques paroles à la fin. Quelque chose à propos du fait que s'il poursuivait une certaine chose, vous le tueriez.

— Comment ?

Annabeth bloqua son souffle et jeta un regard alarmé vers Sloane. Ce dernier lâcha un lourd soupir et enfouit ses mains dans ses cheveux.

— Oui, j'ai probablement dit quelque chose de la sorte. Mais c'était bien longtemps avant qu'il ne meure.

— C'est exact, reconnut Simpson à contrecœur. Cela remonte à l'époque où, eh bien, vous savez, quand Mr Rutherford...

— Quand il est parti, l'aida à préciser Annabeth.

— Oui, Miss. Vous étiez allée rendre visite à Lady Drewsbury, je crois.

— Je vois.

Annabeth n'avait aucun mal à imaginer son père et Sloane échanger des mots durs à l'époque.

— Merci d'accepter de répondre à nos questions. Je sais qu'il doit être difficile de vous remémorer cette époque.

— En effet.

Il secoua la tête.

— Mr Winfield était un homme tellement bon.

— Ma mère m'a dit vous avoir donné l'écritoire portable de Papa.

Il acquiesça d'un hochement de tête.

— C'était très aimable de sa part.

— Je me demande si nous pourrions le voir. Je recherche un mot que mon père a écrit et l'idée m'est soudain venue qu'il pourrait se trouver dans cette boîte.

— Oh. Bien sûr, Miss. Si vous voulez bien m'excuser, je vais aller le chercher pour vous.

Il quitta la pièce pour revenir quelques minutes plus tard, tenant entre ses mains une boîte rectangulaire d'une trentaine de centimètres, faite d'acajou, avec un élégant motif gravé sur le dessus.

La gorge d'Annabeth se serra ; elle ne pouvait la voir sans songer à son père. Simpson posa la boîte sur l'ottomane capitonnée face au fauteuil d'Annabeth et elle se pencha pour l'ouvrir. Cette boîte-ci n'abritait aucune cachette astucieuse. Elle se dépliait simplement sur tous ses côtés pour dévoiler un espace pour écrire et des compartiments dédiés aux crayons, aux encres et aux plumes.

Un morceau de papier se trouvait en effet à l'intérieur et elle le prit. La signature de son père se déployait au bas de la page et le cœur d'Annabeth s'emballa en parcourant celle-ci du regard. Le second paragraphe sembla lui sauter littéralement aux yeux :

> *À l'occasion d'une soirée de beuverie, j'ai fait la course avec mon cabriolet contre un camarade. Résolu à gagner, je n'ai pas ralenti l'allure de ma voiture au moment de traverser le village de Billingscote et n'ai pas vu un homme s'engager à pied sur la route. Mon véhicule l'a percuté, le tuant sur le coup. Comme il était fort tard, personne n'a été témoin de l'accident et, dans un moment de lâcheté, j'ai décidé de rentrer chez moi et de garder le silence quant au méfait que j'avais commis.*

Annabeth bloqua brusquement son souffle et son visage devint blême.

32

— Annabeth ? Qu'y a-t-il ?

Sloane lui arracha le papier des mains et son regard balaya aussitôt la page.

Il lança un regard perçant au valet de chambre.

— Avez-vous lu ceci ?

Simpson rougit, visiblement gêné.

— Non, monsieur. Je n'en suis pas capable... Je ne suis qu'un garçon de la campagne, n'ayant reçu aucune éducation. Je ne sais pas lire.

— C'est... c'est ce que nous recherchons, n'est-ce pas ? lâcha Annabeth d'une voix à peine plus audible qu'un murmure.

— Voulez-vous récupérer l'écritoire ?

Simpson faisait visiblement de son mieux pour réprimer toute trace d'émotion dans sa voix, mais une expression de profond désarroi se lisait sur ses traits.

— Non.

Abasourdie et luttant pour retenir ses larmes, Annabeth s'efforçait de ne pas montrer son trouble.

— Non, Papa aurait voulu que vous ayez son écritoire. Mais j'apprécierais que vous me laissiez garder cette page.

— Bien sûr, Miss, bien sûr, se hâta-t-il d'accepter, tout en repliant l'objet.

— Je vous remercie, dit Annabeth en prenant la main du valet entre les siennes. Merci beaucoup.

— C'est tout à fait normal, Miss, répondit-il. Je ferais n'importe quoi pour la fille de Mr Winfield.

Annabeth ne dit mot tandis qu'ils regagnaient l'auberge à pied et Sloane l'imita, un épais silence s'installant pesamment entre eux. Une foule de pensées tournoyait dans l'esprit d'Annabeth, submergé par le choc et la douleur. Sloane l'escorta à l'intérieur de la salle privée de l'auberge, là où ils avaient pris leur petit déjeuner, mais elle fut incapable de s'asseoir. Elle se mit à arpenter la pièce, frictionnant ses bras comme s'il régnait un froid glacial.

— Anna..., finit par dire Sloane.

Comme si ce surnom venait d'ouvrir une porte en elle, Annabeth s'exclama :

— Comment a-t-il pu faire cela ? Il était toujours si bon, si gentil. Je ne peux pas comprendre une chose pareille.

— Je suis désolé, Anna. Je sais combien cela doit vous être douloureux.

Elle se tourna vers lui, les yeux emplis de larmes.

— Je ne peux pas supporter d'y penser. D'imaginer que Papa ait pu agir de la sorte !

— Il était jeune et les jeunes hommes font souvent des choses insensées et inconsidérées.

— Il a fui les lieux ! Il n'a pas arrêté sa voiture. Il a tout simplement laissé cet homme sur la route. Pauvre Simpson ! Songez qu'il adorait tant Papa, alors qu'il était coupable de la mort de son père, un secret gardé pendant tant d'années. Et durant tout ce temps il avait entre les mains la lettre d'aveu de Papa, sans savoir ce qu'elle disait. Sans jamais avoir connaissance de l'ignoble vérité. Oh ! Sloane !

Annabeth fondit en larmes et il l'entoura aussitôt de ses bras. Il la tint serrée contre lui tandis qu'elle sanglotait, caressant doucement son dos et murmurant des paroles de réconfort à son oreille. Enfin, ses larmes finirent par se tarir. Pendant quelques instants, elle resta simplement immobile, tentant de puiser de la force dans la solidité et la chaleur émanant du corps de Sloane avant de s'écarter doucement de lui en lâchant un soupir.

— Je savais que Papa n'était pas... un fort caractère. Qu'il se comportait de façon impulsive et insensée avec l'argent : difficile de vivre avec Grand-mère sans entendre la liste de ses faiblesses et de ses échecs. Mais je pensais que tout cela était plus que compensé par toutes ses qualités. L'homme que j'avais devant moi était un père qui avait toujours du temps à me consacrer, qui répondait à mes questions et m'avait construit une maison de poupée avec un petit monte-plats qu'on pouvait actionner. Nous inventions ensemble des histoires à propos des personnes qui vivaient dans cette maison.

— Votre père était tout cela également, lui dit Sloane. Et il a subvenu aux besoins de la famille de cet homme du mieux qu'il a pu, en embauchant à son service le fils du défunt.

— Vous prenez sa défense à présent ?

— Non. Mais je déteste l'idée que tout cela vienne ternir chaque souvenir que vous avez de votre père. Je déteste l'idée que vous soyez si profondément affectée. Je suis désolé que vous ayez eu à voir cela.

— La vie serait plus simple si tel n'était pas le cas, en effet, mais je préfère connaître la vérité.

Annabeth soupira et prit enfin un siège tandis qu'un sentiment d'abattement l'envahissait. Sloane s'assit face à elle, lui tenant la main jusqu'à ce qu'elle dise enfin :

— Eh bien, je crois qu'il ne reste plus rien à trouver ici. Nous devrions prendre le chemin du retour et regagner Londres.

— Entendu, je vais faire atteler et approcher l'équipage.

Annabeth garda le silence durant la plus grande partie du trajet. Elle était trop épuisée et désenchantée pour parler, ses pensées étaient trop chaotiques, mais à mesure que le jour avançait, celles-ci commencèrent à s'éclaircir.

Ce soir-là, alors qu'ils avaient pris place dans la salle privée où ils prenaient leurs repas, elle dit :

— Je ne saisis toujours pas quel pourrait être le lien entre la confession de Papa et ce que Mr Asquith recherche. Comment ce terrible accident pourrait-il avoir le moindre rapport avec la guerre, la France, ou ce maître espion que Mr Asquith veut démasquer ?

Elle regarda Sloane, mais ce dernier secoua la tête.

— Annabeth, s'il vous plaît, ne ressassez pas cette question. Vous ne feriez qu'empirer les choses. Chassez cela de votre esprit.

— Comment le pourrais-je ? répondit Annabeth. Je veux lire le reste de cette lettre. Je n'ai fait qu'apercevoir le début. Je n'ai pas… Je ne pouvais pas poursuivre ma lecture. Pas avec Simpson à nos côtés, si béatement inconscient de l'horreur du contenu de cette lettre.

— Anna…

Sloane eut un air peiné.

— Il n'est pas nécessaire que vous la lisiez.

— Refusez-vous de me la donner ? questionna Annabeth, abasourdie. Me cachez-vous autre chose ?

— Ce ne sont que des… secrets concernant l'État… des faits dont personne ne devrait être informé.

Pour une fois, l'imperturbable Sloane était visiblement ébranlé.

— Vous comptez me dire que je ne peux pas voir cela alors que j'ai couru en tous sens pour la retrouver ? dit-elle en le fixant intensément. Vous n'auriez même pas trouvé ce message sans moi.

— Anna, répondit-il d'un ton implorant. Vous n'avez certainement pas envie de la voir. Elle pourrait contenir des informations…

— Vous avez dit que vous ne me mentiriez pas. Allez-vous déjà rompre cette promesse ?

Sloane laissa échapper un juron, mais glissa la main à l'intérieur de sa veste et en sortit la lettre. Il la lui tendit, l'air résigné et le regard empli de détresse.

— Voici.

L'expression qui se peignait sur le visage de Sloane était si triste et même désespérée qu'Annabeth faillit ne pas prendre le document. Mais que pourrait-il y avoir de pire dans cet écrit que ce qu'elle avait déjà lu ?

Elle saisit finalement le papier, le déplia et commença à lire les mots de son père :

J'ai commis un acte impardonnable durant ma jeunesse, que j'ai gardé caché durant tout ce temps. Cette faute initiale m'a amené à commettre d'autres erreurs dont je suis profondément désolé.

À l'occasion d'une soirée de beuverie, j'ai fait la course avec mon cabriolet contre un camarade. Résolu à gagner, je n'ai pas ralenti l'allure de ma voiture au moment de traverser le village de Billingscote et n'ai pas vu un homme s'engager à pied sur la route. Mon véhicule l'a percuté, le tuant sur le coup. Comme il était fort tard, personne n'a été témoin de l'accident et, dans un moment de lâcheté, j'ai décidé de rentrer chez moi et de garder le silence quant au méfait que j'avais commis.

Je ne donnerai pas le nom de celui qui était mon adversaire dans cette course, car c'est moi, et non lui, qui ai tué cet homme et j'assume l'entière responsabilité de ce qui s'est passé.

Ma honte et mes regrets se voient renforcés par le fait que cet incident ait été utilisé pour me contraindre à trahir mon pays en communiquant des informations aux Français. J'ai pu me libérer de ce chantage grâce à l'intervention d'une tierce personne, mais le souvenir de mes actes a hanté mes pensées depuis lors.

J'ai décidé que je ne peux plus rester silencieux plus longtemps. Je ne peux qu'implorer le pardon de ma famille bien-aimée pour la honte que cette révélation leur procurera sans nul doute.

William Hunter Winfield Jr.

Annabeth garda les yeux fixés sur la feuille de papier, incapable d'effectuer le moindre geste ou d'articuler le moindre mot, tandis qu'un bourdonnement emplissait ses oreilles. Elle se sentait étrangement détachée, comme si elle n'était pas réellement présente, comme si tout autour d'elle les contours du monde s'estompaient.

— Annabeth ! s'exclama vivement Sloane, se levant pour la rejoindre. Baissez la tête. Ne perdez pas connaissance.

— Non, dit-elle, retrouvant enfin sa capacité à parler, bien qu'elle peine à réaliser que c'était bien sa propre voix qui parvenait à ses oreilles. Je ne suis pas en train de m'évanouir. J'ai juste… Je ne peux…

Elle se leva, plaquant le papier dans la main de Sloane, et s'éloigna.

— Anna… Je suis désolé.

Sloane la suivit, une main tendue vers elle.

— Non. Je vous en prie, n'en faites rien. Je ne peux pas…

Annabeth s'écarta d'un pas. Elle ne pouvait expliquer ce qu'elle ressentait, l'impression qu'elle se briserait si quiconque venait ouvrir une brèche dans le mur invisible qui s'élevait autour d'elle.

— Papa était un traître. Il a aidé les Français.

Elle gardait sa main plaquée sur son abdomen comme pour contenir la nausée montant en elle.

— Comment a-t-il pu ? J'ignore sincèrement ce qui est le pire : son épouvantable décision, sa lâcheté ou la faiblesse dont il a fait preuve lors de cette nuit de folle ivresse où il a par accident ôté la vie à un homme. Ou bien les tromperies délibérées auxquelles il s'est livré durant des semaines, des mois – voire des années –, quand il a sciemment fait du mal à sa famille et à son pays. Commettre une trahison… Comment a-t-il pu faire une chose pareille ?

— J'imagine qu'il pensait protéger sa famille du scandale, dit Sloane d'un ton apaisant.

— Il se protégeait lui-même, voulez-vous dire.

— Oui, cela également. Je suis désolé, Anna. J'espérais que vous n'auriez pas à l'apprendre.

Annabeth se figea à ces mots.

— Vous le saviez, n'est-ce pas ?

L'expression coupable qui se peignit sur les traits de Sloane confirma son intuition.

— Vous le saviez depuis le début, insista-t-elle.

— Oui, répondit Sloane d'une voix blanche, résignée. Je savais que les Français exerçaient un chantage sur lui afin qu'il leur fournisse des renseignements. Mais j'ignorais sur quelle base s'effectuait ce chantage. Je ne savais pas quel secret ils détenaient le concernant. J'ignorais tout de l'accident.

— Oh ! il existait donc une chose que vous ne m'aviez pas cachée.

Une blessure toute neuve vint taillader son âme.

— Pourquoi m'avoir tenue dans l'ignorance ? Comment pouviez-vous dire que vous m'aimiez et ne pas m'apprendre la vérité ?

— J'ai agi ainsi en raison de mon amour pour vous justement, répliqua Sloane. Je savais combien cela vous blesserait et je ne pouvais le permettre. Je ne pouvais supporter que soit gâché l'amour que vous portiez à votre père. Et je refusais de vous voir soumise au mépris et à l'opprobre de tous.

— Vous m'avez donc menti et je ne me suis jamais doutée de rien..., nota Annabeth d'un ton amer. Il ne fait pas de doute que vous disposiez des qualités requises pour devenir espion.

— Diable, Annabeth ! Je n'avais pas le choix. Mieux valait que vous perdiez votre foi en moi que de voir tout votre univers voler en éclats. J'ai fait ce qu'il fallait pour vous protéger. Vous m'auriez détesté d'une façon ou d'une autre.

— Que voulez-vous dire par « ce qu'il fallait » ? Devenir un espion ? Me quitter ?

— Oui ! tonna-t-il. Pensez-vous que je voulais vous quitter ? Pensez-vous que je voulais risquer ma vie chaque jour plutôt que d'être heureux à vos côtés ? Pensez-vous qu'il me plaisait de vivre dans le mensonge ? Mon cœur était déchiré à l'idée de vous faire du mal, de vous duper. Mais il s'agissait là de l'unique façon de sauver votre père si stupide.

Annabeth ouvrit des yeux ronds à ces mots.

— Que voulez-vous dire ? Comment avez-vous sauvé Papa ?

— Asquith savait que Hunter communiquait des informations aux Français et il allait le révéler aux yeux du monde à moins que je ne commence à travailler pour lui… à moins que je ne pratique la contrebande et ne commence un travail d'espion. Je ne pouvais vous dire pourquoi je partais précipitamment sans dévoiler la menace qu'Asquith faisait planer au-dessus de ma tête – et c'était précisément ce que j'essayais de cacher. Je savais que vous me détesteriez dans un cas comme dans l'autre, que je fasse le choix de détruire l'image de votre père à vos yeux ou de rompre nos fiançailles.

— Je ne vous aurais pas détesté pour m'avoir dit la vérité, protesta Annabeth.

— Non ?

Un coin de sa bouche se releva d'un air ironique.

— Que ressentez-vous à mon égard en cet instant ?

— Je suis furieuse parce que vous m'avez menti, pas parce que vous m'avez appris la vérité.

Il eut un petit haussement d'épaules.

— J'étais un tout jeune homme, Anna. Je… Tout au fond de moi, je savais que vous épouser n'était qu'un rêve. Votre famille était contre ce projet et avait raison de l'être. Je n'avais nul horizon. Il m'aurait fallu des années pour amasser assez d'argent pour subvenir à vos besoins.

— Je vous aurais attendu.

Un nœud douloureux se forma dans la gorge d'Annabeth.

— Vous n'aviez pas confiance en moi.

— J'avais confiance en vous. Je ne croyais simplement pas aux fins heureuses.

Sloane poussa un lourd soupir et plongea de nouveau sa main dans sa chevelure.

— Franchement, je ne m'attendais pas à rester vivant bien longtemps, l'espionnage n'est pas une saine occupation, et quelle différence, vraiment, entre sortir de votre vie tout de suite ou quelques semaines plus tard ?

— La différence eût été immense pour moi !

Ses larmes retenues nouaient douloureusement la gorge d'Annabeth, mais elle se sentait trop stupéfaite pour pleurer.

— Je vous aimais, Sloane. Vous m'avez brisé le cœur et votre justification est que vous ne vouliez pas me faire de mal ?

— Le scandale, perdre foi en votre père, voilà qui aurait fait voler votre monde en éclats.

— Donc, à la place, c'est vous qui l'avez brisé.

Des larmes emplirent ses yeux, mais elle lutta de toutes ses forces pour les retenir. Elle ne pleurerait pas une nouvelle fois à cause de Sloane.

— Vous n'avez peut-être pas cru que nous nous marierions mais moi, oui. Je croyais en vous. Et c'est cette foi que j'avais en vous que vous avez détruite. J'ai vécu le deuil de notre amour, Sloane.

Elle songea aux sombres nuits passées éveillée, ces moments où, étendue sur son lit, elle avait pleuré jusqu'à épuiser toutes ses larmes. Elle pensa à ses années de solitude, à la douleur lancinante, constante, causée par la perte.

— Chaque fois que les gens murmuraient au sujet de votre trahison, chaque fois que Nathan maudissait votre nom, cela me blessait. Je voulais prendre votre défense, mais ne pouvais le faire parce que votre amour pour moi n'avait pas été assez fort pour que vous m'avouiez la vérité.

— Non, jamais je n'ai agi de la sorte sous prétexte que je ne vous aimais pas. Vous étiez tout ce que je voulais dans ce monde. J'aurais fait n'importe quoi pour vous.

— Vous n'éprouviez pas assez de respect à mon égard pour vous montrer honnête envers moi. Quelle sorte d'amour est-ce donc que cela ?

— Si je vous l'avais dit, cela n'aurait pas fait la moindre différence. J'aurais malgré tout dû quitter le pays et travailler pour Asquith car c'était là le prix à payer pour garantir son silence.

Vous auriez détesté que j'abîme le lien vous unissant à votre père. Vous nous auriez perdus tous deux.

— Je n'étais pas une enfant ayant besoin d'être protégée de la réalité mais bien une adulte. J'aurais pu supporter de connaître les informations concernant mon père. Cela m'aurait été douloureux, ça l'est toujours aujourd'hui, mais je suis bel et bien là. Je respire. Cela ne m'a pas empêchée de continuer à vivre. Et j'ai beau en cet instant être terriblement en colère contre Papa, je réalise que cela ne me fera pas cesser non plus de l'aimer. Même avant tout cela, je savais qu'il avait des défauts et je vivais avec.

— Mais les commérages seraient devenus insupportables. Vous auriez dû endurer des regards appuyés en tous lieux, des murmures sur votre passage au sujet de votre famille partout où vous seriez allée.

— Peu m'aurait importé ce tapage. Je n'ai jamais voulu des mondanités. J'aurais affronté ce scandale tout comme j'ai fait face à celui que j'ai connu quand vous m'avez abandonnée. Pensez-vous qu'aucune parole n'a été échangée à voix basse à mon propos, alors ? Le scandale eût été un fardeau bien facile à porter, ce n'aurait rien été comparé au fait que vous risquiez votre vie.

— Non, répondit-il violemment. Je n'aurais pas laissé ceci se produire même si vous aviez su la vérité à propos de votre père. J'aurais fait ce que voulait Asquith. Autrement je n'aurais plus jamais pu me regarder en face.

Annabeth ne put s'empêcher d'émettre un petit rire triste à ces mots.

— C'est ce que vous pouvez vous répéter, mais il est évident que vous me pensiez incapable de tenir bon face à pareilles nouvelles. Vous vous êtes formé une idée, tout seul, de ce que je ressentirais et de ce que je serais en mesure d'accepter. Peut-être aurais-je été furieuse contre vous. Peut-être me serais-je effondrée. Mais au moins aurais-je eu un choix. Au lieu de cela vous m'avez tailladé l'âme et quittée alors que je saignais. Vous nous avez privés tous deux de douze années. Douze années durant lesquelles nous aurions pu être heureux. Nous marier. Avoir des enfants. Bâtir une vie ensemble. Et tout cela, vous nous l'avez dérobé... parce que vous ne croyiez pas en moi comme moi je croyais en vous.

Annabeth se retourna brusquement et se dirigea vers la porte.

— Que je ne croyais pas en vous !

Sloane la suivit et elle s'arrêta, main sur la poignée, sans tourner son regard vers lui.

— Vous êtes tout ce en quoi j'avais foi. Bon sang, Anna, j'ai tout abandonné pour vous. J'ai risqué ma vie. J'ai laissé derrière moi tout espoir de connaître l'amour et le bonheur. J'ai sali mon nom. Et à présent vous osez dire que tout cela signifiait que je ne vous aimais pas ?

— Je ne voulais pas que vous fassiez la moindre de ces choses !

Elle fit volte-face, le regard flamboyant de colère.

— Je ne désirais aucunement que vous abandonniez tout derrière vous. Le dernier de mes souhaits était que vous risquiez votre vie. Je ne voulais pas que vous mouriez pour moi. Je voulais que vous viviez pour moi. Mais vous ne m'avez jamais offert le choix.

Elle ouvrit la porte à la volée et quitta la pièce.

33

Sloane se laissa retomber dans son fauteuil et commanda du brandy. Dieu lui en était témoin, il en avait sacrément besoin. Il savait parfaitement que les derniers jours écoulés étaient une parenthèse, qu'il n'y avait pas réellement d'avenir pour lui et Annabeth, mais cela ne rendait pas sa douleur moins vive. C'était elle qui l'avait quitté cette fois-ci. Et il avait l'impression d'être tombé en enfer.

Peut-être avait-elle raison. Peut-être les choses étaient-elles pires pour celui qui était abandonné. Au moins à ce moment-là avait-il connu, lui, la raison de sa blessure ; même si tout avait été affreusement douloureux, cet acte avait servi un but. Mais Annabeth, elle, n'avait rien eu à quoi se raccrocher. Elle avait seulement pensé qu'il ne l'aimait pas. Qu'il lui avait préféré une vie de traîtrise. Il s'était répété qu'il valait mieux qu'elle le pense mauvais, que cela rendrait la situation plus facile pour elle. Mais peut-être n'avait-il fait que tout rendre plus difficile au contraire. Avait-il véritablement passé douze années à se punir lui-même mais également à infliger la même peine à la seule personne qu'il ait jamais aimée ?

Sloane posa les coudes sur la table et enfouit sa tête entre ses mains, enfonçant ses doigts dans la masse ébouriffée de ses cheveux. Avait-il eu tort de ne pas lui dire la vérité ? Il songea à son visage l'après-midi même, quand elle avait lu la confession, à la façon dont elle avait sangloté, blottie contre son torse. Ce n'avait certainement pas été un si grand tort de vouloir lui épargner cette douleur, n'est-ce pas ? Quel genre d'hommes eût-il été s'il n'avait pas eu envie de la protéger ?

— Monsieur ?

La servante se tenait à la porte, plateau en main.

Sloane releva la tête et fit un geste en direction de la table. Elle posa le plateau et, après lui avoir jeté un regard à la dérobée, se hâta de quitter les lieux. Elle devait penser qu'il était fou ou déjà soûl.

Il versa une belle quantité de brandy dans son verre, se délesta de sa veste, dénoua sa cravate et se mit à boire.

Il s'acquitta avec grand soin de cette tâche, apparemment, car il s'éveilla le lendemain matin dans la même pièce, la tête posée sur son bras étendu sur la table. S'armant de précaution, il releva doucement la tête. La lueur du soleil filtrant à travers la fenêtre sembla transpercer son regard pour venir percuter directement son cerveau.

Se maudissant pour s'être montré aussi stupide qu'au temps de ses dix-neuf ans, Sloane se remit sur pied et entreprit d'arranger sa mise. La salle à manger n'était pas équipée d'une vasque et d'un nécessaire de rasage, ce qui le laissait la mâchoire ombrée d'un sombre duvet. Au moins un miroir était-il posé sur la cheminée. Il eut donc tout le loisir de renouer correctement sa cravate avant de remettre sa veste, regagnant ainsi un peu de respectabilité.

Annabeth entra alors et son regard se posa aussitôt sur la table, sur laquelle la bouteille gisait sur le flanc. Elle leva alors les yeux vers lui.

— Ciel, Sloane, votre allure est parfaitement épouvantable !

— Hum, maugréa-t-il. Je peux vous garantir que les apparences ne sont pas trompeuses.

Elle soupira et s'approcha de la table pour redresser la bouteille.

— Je n'ai pas pensé que… Vous avez dormi ici ? N'y avait-il pas d'autre chambre ?

— Je nous avais enregistrés auprès de l'aubergiste comme un couple marié désirant une chambre, il semblait donc un peu...

— Curieux d'en demander une autre ?

Était-ce un minuscule sourire qui relevait les coins de la bouche d'Annabeth ?

— Eh bien, je suis sortie de la chambre à présent, vous pouvez donc gagner l'étage et...

D'un grand geste de la main, elle balaya l'ensemble de sa silhouette.

— Je vais passer commande d'un petit déjeuner pour nous deux. Je ferai monter du café dans la chambre si vous le souhaitez.

Après s'être rasé, avoir versé un demi-pichet d'eau sur sa tête, puis avoir bu deux tasses de café et changé de vêtements, Sloane eut le sentiment de retrouver un semblant de normalité. Il regagna le rez-de-chaussée, sans avoir vraiment hâte de parler à Annabeth, mais sachant qu'il n'existait aucun moyen d'y échapper.

Il la trouva assise à table, occupée à terminer une assiette d'œufs et de saucisses.

— Heureux de voir que vous m'avez attendu pour manger.

Annabeth leva un sourcil surpris.

— En toute franchise, je n'étais pas sûre qu'ingurgiter un petit déjeuner vous tenterait.

Sloane baissa les yeux vers les œufs pochés posés dans son assiette.

— Peut-être avez-vous raison, en effet.

Il s'assit et remit le couvercle sur son plat.

— Je prendrai une tasse de ce que vous buvez, quoi que cela puisse être.

— Bien sûr.

Elle lui servit une tasse de thé et le laissa noir, ainsi qu'il l'aimait.

Les gestes d'Annabeth étaient raides. Le voyage n'aurait rien d'agréable, songea Sloane tout en se demandant s'ils ne pourraient pas rejoindre Londres en deux jours plutôt qu'en trois.

Puis, il ne put repousser plus longtemps le moment de parler.

— Annabeth… Je… je dois vous présenter mes excuses.

— Vous *devez* ? s'étonna-t-elle.

— Je *veux* m'excuser, corrigea-t-il. De toute évidence, je ne peux vous rendre les douze années qui viennent de s'écouler, ni changer ce que j'ai fait. Ce n'était pas que je n'avais pas confiance en vous. La vérité c'est que c'est en moi que je n'avais pas confiance. Je craignais, tout au fond de moi-même, de ne jamais être assez bien, de ne jamais suffisamment réussir pour être digne de vous épouser. Mais la contrebande, l'espionnage, c'étaient deux choses que je savais pouvoir faire. J'avais dix-neuf ans et même si mon père s'était trouvé auprès de moi, il aurait été inutile de lui demander conseil. J'ai donc agi de la façon qui me semblait la meilleure.

— Je le sais, concéda Annabeth tout en se mettant à jouer machinalement avec sa petite cuillère. Je suis navrée de m'être montrée si dure envers vous hier soir.

— Vous avez énoncé ce que vous ressentiez. Ce que vous pensiez.

— Eh bien… oui.

Elle fit courir son regard sur la table durant quelques instants.

— Mais j'estime avoir peut-être fait montre de cruauté en rejetant ce que vous avez fait pour moi. Je ne veux pas sous-estimer le sacrifice auquel vous avez consenti. Je pense que vos intentions étaient bonnes. Je ne crois pas que vous ayez eu pour volonté de me faire tant de mal.

— Ce n'était pas le cas, en effet, acquiesça Sloane d'un ton fervent.

Peut-être tout n'était-il pas perdu entre eux.

— Je n'essayerais jamais de vous faire du mal.

— Je le sais.

Annabeth hocha la tête puis la leva pour le regarder. La tristesse qui brillait au fond de ses yeux lui transperça l'âme.

— Il semble que vous et moi ne cessions de nous faire du mal même si cela n'est jamais notre intention. Je pense qu'il s'est passé trop de choses entre nous. Que la tristesse succède inévitablement à nos moindres instants de bonheur.

— Ah. Je vois.

Ainsi tout était bien perdu, finalement.

— Vous m'avez dit qu'il n'y a pas d'avenir pour nous, poursuivit-elle. Notre passé se mêle de tant de douleur. J'ai agi de façon insensée en vous encourageant à avoir une liaison.

— Je n'avais besoin d'aucun encouragement, vous savez, fit-il en souriant faiblement.

— Peut-être pas, en effet, répondit Annabeth. Mais c'est ce que j'ai fait. Je ne le regrette pas. Ces derniers jours ont été merveilleux. Mais je vois à présent que si nous continuons, mes sentiments ne feront que se renforcer et quand tout cela sera fini et que nous reprendrons le cours normal de nos existences, il se reproduira ce qui s'est déjà passé. Je ne veux pas revivre cela. Je ne suis pas sûre d'en être capable.

Sloane avait envie de répliquer. Il voulait lui dire que ce ne serait pas la même chose, qu'ils ne se sépareraient pas et ne retourneraient donc pas à leurs vies d'avant. Qu'ils se marieraient et vivraient heureux. Mais bien sûr il ne le pouvait pas. Il avait bâti son existence telle qu'elle était à présent et il ne pouvait pas y précipiter Annabeth. Il se contenta donc de dire :

— Très bien.

Sur le chemin du retour, le silence régna dans le cabriolet. Sloane n'avait rien à dire et de toute évidence tel était également le cas d'Annabeth. Tout d'abord tendue et teintée d'étrangeté, l'atmosphère se détendit peu à peu en raison du sentiment d'ennui que provoquait le trajet et du besoin de rester vigilants quant à la présence éventuelle de leur ennemi. Quand ils atteignirent l'auberge ce soir-là, les choses étaient revenues à la normale – ou telles qu'elles étaient avant qu'il commette l'erreur de lui faire l'amour.

Ils ne pouvaient rejoindre Londres le soir même, mais Sloane traversa sans s'arrêter la ville où ils avaient séjourné précédemment ; il était hors de question pour lui de passer la nuit dans l'endroit où ils avaient logé sur le chemin les menant à la maison du valet de chambre. La dernière chose à laquelle il avait envie de penser était la joie procurée par cette nuit-là. Il s'arrêta devant une autre auberge plus tard, et y réserva une chambre pour chacun d'eux. Il fut surpris de constater combien cette démarche serrait douloureusement son cœur.

Tandis qu'ils attendaient que leur dîner leur fût servi, Annabeth lança :

— Racontez-moi exactement ce qui s'est passé avec mon père.

— Annabeth, pourquoi aborder une nouvelle fois ce sujet ?

— Parce que je veux savoir. Je ne veux pas avancer dans le noir plus longtemps. Au cas où vous ne l'auriez pas remarqué, je suis grandement concernée par toute cette affaire et je veux la régler dès que possible afin de reprendre le cours de mon existence.

Sa voix trembla un peu au moment de prononcer ces derniers mots, mais elle garda le menton relevé et ses yeux fixés sur lui.

— Oui, bien sûr. Vous avez raison. Que souhaitez-vous savoir ?

— Tout. Commencez par le début.

— Comme je vous l'ai dit, je ne savais rien concernant l'accident mentionné dans la lettre de Hunter. Et Asquith non plus. Nous étions conscients du fait qu'il y avait quelque chose que les Français avaient utilisé contre votre père pour l'obliger à dérober et à leur remettre un document contenant des informations qu'ils convoitaient. Après cela, ils l'ont utilisé pour qu'il se tienne tranquille. Asquith est venu me voir et m'a dit que je pourrais remédier à ce que Mr Winfield avait fait si je devenais un espion pour notre compte. Il m'a alors offert un bateau pour que je me livre à la contrebande.

— Visiblement se livrer au chantage ne lui était pas non plus inconnu.

— Non, en effet. Je pense que l'Angleterre est le seul sujet qui lui importe. Il considère tout à travers ce prisme unique. Les renseignements, c'est là son domaine. Il les rassemble et les conserve au cas où ils pourraient lui être utiles à l'avenir. Il savait ce que je ressentais pour vous – bien que j'imagine qu'il ne s'agissait pas là d'un grand secret.

— Il me semble à vous entendre que ses propres pouvoirs comptent également beaucoup pour lui.

— Vous avez raison sur ce point. Il compte à ses yeux d'être important pour l'État, que ceux détenant le pouvoir le considèrent comme indispensable. Je pense qu'il apprécie également grandement d'être le chef du réseau – déplacer les pions, résoudre les problèmes. C'était l'une des raisons pour lesquelles retrouver cette confession était essentiel pour lui. Il était tout d'abord irrité de ne pas connaître quel secret les Français avaient possédé pour faire pression sur votre père, celui qu'ils avaient utilisé pour obtenir le document compromettant que votre père a volé. Il veut démasquer le scélérat qu'il a été incapable de trouver durant toutes ces années, l'ennemi qui a compromis son réseau. Il veut remporter la victoire finale sur cet homme.

— Je ne comprends pas. Pourquoi les Français ont-ils eu recours à deux choses différentes pour menacer Papa ? Pourquoi n'ont-ils pas simplement utilisé l'incident survenu avec son cabriolet ?

Sloane haussa légèrement les épaules.

— Voilà qui semble excessif, n'est-ce pas ? Mais je pense que les événements ont dû se dérouler ainsi – l'incident provoqué avec le cabriolet, s'il avait été révélé, aurait causé un scandale et comme la première information que Hunter leur a fournie était relativement mineure, il a peut-être pensé à l'époque qu'il s'agissait d'un compromis équitable. Au moment où lui a été demandée l'information plus importante cependant, il a peut-être renâclé. L'acte commis durant cette course de cabriolet aurait entaché la réputation de sa famille, certes, mais il s'agissait d'un accident remontant à de longues années, et il était un gentleman, lié à un comte et ami de nombre de membres de la noblesse. La probabilité que des charges soient retenues contre lui était très faible.

— Oui, lâcha Annabeth dans un soupir. Son acte était répréhensible, mais je crois que vous avez raison.

— Cependant, en donnant aux Français la première information, il est devenu un traître et la trahison est bien pire que le scandale. L'identité de sa famille et de ses amis n'aurait pas eu la moindre importance et il aurait difficilement pu proclamer qu'il s'était agi d'un accident. Il aurait été jugé.

Annabeth pâlit subitement à ces mots.

— Et le châtiment pour cela est la pendaison.

Sloane hocha la tête et détourna le regard. Se trouver confronté à la mort avait été plus facile que de contempler l'expression déformant les traits d'Annabeth.

— Pourquoi ne l'ont-ils pas utilisée ?

— La menace est ce qui permet d'obtenir quelque chose d'une personne. La mettre à exécution est le plus sûr moyen de voir celle-ci ne pas faire ce qu'on lui demande. En ce sens la menace de dénonciation ne sert à rien. Quoi qu'il en soit, j'ai réussi à récupérer le document compromettant, et votre père a quitté son poste, ce qui a eu pour conséquence qu'il ne soit plus d'aucune utilité pour les Français.

— C'est à ce sujet que Simpson vous a entendu vous quereller avec Papa, n'est-ce pas ?

— Hum, j'ai peut-être un peu trop dramatisé mon discours. Mais je n'étais pas heureux à cette époque. Nous avons brûlé le document dans sa cheminée et il a quitté le ministère de l'Intérieur.

— Et c'est la raison pour laquelle Père s'est retiré à la campagne pour le reste de sa vie, dit Annabeth, l'air songeur.

Après un instant, elle reprit :

— Il semble que la confession de Papa ne sera pas très utile à Mr Asquith. Elle ne nous apprend pas l'identité de l'homme qui l'a fait chanter.

— Non, en effet. Votre père a gardé un silence remarquable. Mais si je réussis à découvrir l'identité de l'autre homme impliqué dans l'accident, je pense que cela pourrait fort bien nous apprendre qui a donné votre père aux Français.

— Vous pensez que le maître espion est l'homme contre lequel Papa a fait la course ? Qu'il s'agit d'une seule et même personne ?

— Lui et votre père étaient les seuls ayant connaissance de l'accident. Il est clair que le valet de chambre de votre père n'en savait rien et la famille de l'homme décédé l'aurait certainement su si quiconque au sein du village avait été témoin de l'accident. Il semble donc probable que l'adversaire de votre père ait été l'homme qui le faisait chanter, ou que cet homme ait donné cette information au maître chanteur, auquel cas il pouvait identifier l'espion.

— Oui, je le comprends. Mais pourquoi aurait-il fait cela ? Il s'agissait sûrement d'un ami de Papa.

— Ce genre de tragédie serait propre à signer la fin d'une amitié. En outre, il n'était pas nécessairement un ami proche, juste quelqu'un contre lequel votre père aurait pu faire la course. Un autre gentleman du club par exemple.

— Ce qui laisse beaucoup de personnes dans la liste des suspects, souligna Annabeth.

— Malheureusement, oui, dit Sloane d'un air grave. Mais certaines sont des candidates plus sérieuses que d'autres. Et bien trop intimes.

— De qui voulez-vous parler ?

Elle l'observa d'un air perplexe, puis ses traits s'éclairèrent.

— Oh. Vous pensez à votre père.

— Oui, en effet.

Cette idée trottait dans l'esprit de Sloane depuis qu'il avait lu la confession de Winfield.

— Ce serait quelqu'un capable d'agir de façon insensée, de boire bien plus que de raison et trop friand de jeux d'argent pour refuser un pari. C'est le portrait même de Marcus.

— C'est absurde, répliqua Annabeth. Il est impossible que ce soit votre père.

— Pourquoi pas ? Ce n'est pas comme si l'homme était doté d'une éthique puissante.

— Non. Mais ses défauts sont des faiblesses. Je peux l'imaginer agir ainsi que l'a fait Papa – commettre une faute sans en avoir l'intention. Mais il n'est tout simplement pas dans sa nature de tuer mon père de sang-froid. Ou d'être espion. Il n'est pas homme à manigancer et à garder des secrets.

— Contrairement à moi, voulez-vous dire ? demanda Sloane, tout en levant un sourcil interrogateur. Vous avez raison. Marcus est trop bavard pour garder secret cet accident durant des années, en particulier durant ses moments d'ivresse. Et il ne dispose pas des aptitudes nécessaires pour être espion.

— Sloane…

L'expression d'Annabeth s'adoucit et elle tendit la main vers lui avant de stopper son geste et de la laisser retomber sur ses genoux.

— Je sais qu'il n'a pas été, eh bien, un bon père sur bien des aspects, mais il n'était pas malfaisant. Il était faible, comme Papa.

— Mr Winfield était un exemple de force comparé à Marcus, dit Sloane d'un ton chargé d'ironie. Votre père a arrêté les jeux d'argent et les courses une fois que vous avez fait partie de sa vie. Mon père n'en a jamais été capable. Quels qu'aient pu être ses défauts, Hunter vous aimait de tout son être.

— Oh ! Sloane, vous ne devez pas croire que votre père ne vous aime pas. Je suis certaine que si, à sa manière.

— Sans doute.

— Tout comme vous l'aimez vous-même, ajouta-t-elle.

— À ma manière également.

Il sourit faiblement.

— Vous prenez soin de lui, insista Annabeth.

— Je paye pour lui. C'est assez facile et cela lui évite d'être pour moi une source d'embarras.

— Bien sûr. Parce que vous vous souciez tellement de ce que disent les gens, n'est-ce pas ?

Elle adressa à Sloane un sourire taquin, et ce dernier sentit un petit pincement saisir son cœur. Il était insensé de vouloir cela, d'aspirer à cette intimité et à cette simplicité, de souhaiter que tout ait été différent. Parce que, bien évidemment, le passé ne pouvait être modifié, peu importait avec quelle force il désirait qu'il en soit ainsi.

— Lady Lockwood serait la personne tout indiquée pour connaître le nom des hommes contre lesquels Mr Winfield faisait la course, j'imagine, reprit Sloane, changeant de sujet.

— Oui, elle et Lady Drewsbury.

— Et votre mère, bien sûr.

— Non. Je ne peux pas parler de cela à Mère. Cela l'anéantirait.

Sloane leva un sourcil surpris et dirigea vers Annabeth un regard lourd de sens.

Ses joues s'empourprèrent.

— Oui, oui, j'ai bien conscience que je vous ai décrié pour ne pas m'avoir appris la trahison de mon père. Mais ceci est différent.

— N'est-ce pas toujours le cas ? murmura-t-il.

— Je ne choisis pas de l'anéantir d'une autre façon à la place. Il n'y a rien dans cette affaire qu'elle ait besoin de savoir et je peux vous promettre qu'elle préférerait ne pas être informée de faits dérangeants. En outre, elle raconte absolument tout à Lord Edgerton et il est bien la dernière personne que j'aimerais savoir au courant que Papa a commis un acte aussi terrible. Il dit déjà suffisamment de choses blessantes à propos de mon père.

— En l'occurrence, je suis d'accord que nous ne devrions pas le lui dire. Moins de personnes seront informées, mieux cela vaudra. Il n'y aura que votre grand-mère.

— Et Nathan, ajouta Annabeth à voix basse. Je ne lui cacherai pas cette vérité. Il mérite de savoir. Il est resté à Stonecliffe pour nous aider avec notre stratagème même si nos fiançailles étaient rompues. Il a été un véritable atout à chaque étape.

— Oui, dut reconnaître Sloane. Nous le dirons également à Nathan et à Verity. Nous semblons avoir formé une sorte d'équipe, j'imagine par conséquent que nous devons leur faire confiance.

— Un concept qui vous est étranger, je le sais, répliqua Annabeth.

Mais ses mots énoncés d'un ton sec étaient accompagnés une nouvelle fois d'un sourire malicieux.

Sloane fut saisi de l'envie, puissante, de se pencher vers elle et de déposer un baiser sur la petite fossette qui naissait au coin de sa bouche.

— Dans ce cas, après notre retour à Londres demain, nous irons à Stonecliffe.

34

En fin de compte ils n'eurent pas besoin de se rendre à Stonecliffe, car lorsqu'ils arrivèrent chez Lady Lockwood à Londres tard l'après-midi suivant, ils trouvèrent la maîtresse de maison chez elle.

— Grand-mère ! s'exclama Annabeth sous l'effet de la surprise.

— Oui, oui, c'est bien moi, en effet. Ne restez donc pas plantée bouche bée devant la porte, jeune fille. Entrez donc et asseyez-vous.

Lady Lockwood adressa un bref signe de tête à Sloane.

— Vous aussi, Rutherford.

— Que faites-vous donc ici ? interrogea Annabeth tout en se penchant pour caresser Pétunia, qui avait accouru pour l'accueillir avec une profusion de sauts et de jappements aigus.

Ce fut Nathan qui, tout en se levant du canapé tout proche, lui fournit la réponse à sa question.

— Miss Cole a décidé de quitter Stonecliffe, par conséquent il ne semblait pas utile de rester.

— Bonjour, Nathan.

Annabeth scruta ses traits avec anxiété. Il semblait légèrement morose, mais ne montrait aucun autre signe de mal-être. Mais il était vrai qu'il ne manquait jamais de se comporter en parfait gentleman anglais. Elle s'avança pour le saluer.

— Annabeth.

Il prit délicatement la main qu'elle lui tendait et s'inclina vers elle ainsi qu'il convenait parfaitement de le faire pour une connaissance proche.

Pourquoi, oh pourquoi, n'ai-je pas pu tomber amoureuse de Nathan plutôt que de l'homme qui se trouve près de moi ? C'eût été tellement mieux pour nous tous !

— Carlisle et Noelle sont également revenus, expliqua Lady Lockwood. Je n'avais pas envie de déranger les jeunes époux.

— Ou de rater toute cette agitation exaltante, ajouta Nathan tout en adressant un petit sourire malicieux à Lady Lockwood.

— Oh ! voulez-vous bien vous taire, voyons, lança la vieille dame d'un ton presque indulgent.

Apparemment la relation entre sa grand-mère et Nathan s'était considérablement améliorée à présent qu'il n'était plus fiancé à sa petite-fille. Annabeth se demandait si Nathan en avait déjà informé Lady Lockwood.

— Où est Verity ?

Nathan eut un petit haussement d'épaules.

— Aucune idée. Elle a dit qu'elle était lasse de rester assise à ne rien faire et qu'elle allait parler à des personnes de sa connaissance, pour voir ce qu'elle pourrait découvrir.

Sloane plissa le front à ces mots.

— Elle était censée rester à Stonecliffe. Pourquoi ne l'y avez-vous pas gardée ?

— L'y garder ? s'enquit Nathan d'un air surpris. Qu'aurais-je dû faire précisément ? La ligoter à une chaise ?

— Voilà qui n'aurait de toute façon pas suffi à l'arrêter, concéda Sloane.

— Je lui ai bien fait remarquer qu'il lui avait été demandé de rester à Stonecliffe. Vous pouvez certainement imaginer quel bon accueil a reçu ce commentaire.

— Au diable cette femme ! Pourquoi n'a-t-elle pas fait ce qu'elle était censée faire ? lâcha Sloane d'un ton bourru.

— Sloane…, commença Annabeth d'une voix inquiète.

Pensez-vous… Croyez-vous toujours que ce soit Verity qui soit derrière tout cela ?

— Verity ! se hérissa Nathan. Mais de quoi parlez-vous ? Derrière quoi exactement ?

— Oui, expliquez-nous. Que s'est-il passé ? tempêta Lady Lockwood.

— Quelqu'un s'en est pris à nous à deux reprises, répondit Sloane. Et nous avons découvert que Hunter Winfield n'est pas mort dans un accident mais qu'il a été assassiné.

La grand-mère d'Annabeth et Nathan, tous deux muets durant un long moment, reprirent la parole en même temps :

— Que diable…

— Vous plaisantez !

— Il ne plaisante pas, leur assura Annabeth. Même s'il aurait certainement pu prononcer ces paroles avec un peu plus de délicatesse.

Après avoir jeté un regard irrité à Sloane, elle détailla leur visite à l'atelier, ce qu'ils y avaient découvert et les deux tentatives d'assassinat perpétrées contre eux, en évitant de livrer trop de détails sur ce dernier point.

Il y eut un autre long silence, le temps que tous deux assimilent l'information. Enfin Nathan dit :

— Et vous pensez que Miss Cole est la personne qui vous a attaqués ? Mais… elle travaillait avec vous.

— Mr Asquith pense qu'il pourrait y avoir un traître au sein de sa propre organisation, quelqu'un agissant de l'intérieur, expliqua Annabeth. Il pensait possible qu'il puisse s'agir de Miss Cole.

— Mais c'est parfaitement insensé ! s'emporta Nathan. Elle était avec nous. Comment aurait-elle pu vous attaquer en deux autres endroits ?

— Elle pourrait employer quelqu'un, fit remarquer Sloane. De sorte à avoir un alibi commode grâce à sa présence auprès de vous et de Lady Lockwood.

— Je croyais qu'elle était votre amie, dit Nathan.

— Elle l'est.

— Eh bien, je remercie le ciel de ne pas compter au nombre de vos amis dans ce cas, si c'est ainsi que vous les traitez, lâcha vertement Nathan.

— Je ne crois pas qu'il s'agisse de Verity, répondit Sloane. Mais quelques faits semblent pointer vers elle, voilà tout.

— Comme d'avoir défendu Annabeth contre des kidnappeurs et des voleurs ? répliqua Nathan.

— Il me faut envisager toutes les possibilités, lui répondit Sloane. Faire preuve d'une confiance aveugle est parfois gage d'erreur fatale. Quand des vies sont en péril, on ne peut se fier à ses émotions.

— Voilà qui doit sans aucun doute vous convenir, étant donné que nous savons tous que vous êtes insensible.

Sloane eut un petit sourire à ces mots.

— Je suis étonné de constater avec quelle promptitude vous intervenez en faveur de Verity. Vous la connaissez à peine. À quel moment êtes-vous devenu son ardent défenseur ?

— Je ne le suis pas. Miss Cole est une femme excessivement agaçante, mais ce n'est pas une meurtrière, rétorqua Nathan.

— Vous êtes bien naïf si vous pensez que Verity n'est pas capable de cela et de bien plus encore.

— Elle pourrait être capable de meurtre. Cela ne signifie pas qu'elle essayerait de vous tuer, vous et Annabeth. Ce n'est pas dans sa personnalité d'agir de la sorte. Et si vous pensez qu'elle le ferait, dans ce cas je dirais que c'est vous qui la connaissez bien peu.

Lady Lockwood frappa le sol de sa canne et l'attention se reporta alors sur elle.

— Tout cela est hors de propos. Ce qui est intrigant, c'est pourquoi quiconque aurait voulu assassiner le père d'Annabeth, non ?

Annabeth échangea un regard avec Sloane.

— Nous pensons que c'est à cause du document que nous recherchions. Une confession rédigée par Papa. Notre hypothèse est que quelqu'un l'a assassiné pour l'empêcher de l'envoyer aux autorités.

— Une confession ? s'enquit Lady Lockwood d'un ton teinté de mépris. Qu'aurait pu avoir à avouer Hunter ? Nous connaissons déjà tous fort bien les diverses sottises qu'il a accomplies.

— Pas toutes, malheureusement.

Sloane sortit le papier plié de la poche intérieure de sa veste et le tendit à la grand-mère d'Annabeth.

— Papa a tué un homme, expliqua Annabeth. Il s'agissait d'un accident, bien sûr.

Lady Lockwood fit courir son regard sur le texte de la confession, l'air éberlué.

— Un traître ? Quel homme stupide ! L'accident aurait causé un scandale surmontable, mais ceci…

— Mais de quoi parlez-vous ? s'écria Nathan.

Lady Lockwood lui tendit alors le papier de sorte qu'il puisse lire à son tour.

— Mon Dieu !

Il relut le document puis leva la tête vers Annabeth, le regard empli de compassion.

— Je suis tellement désolé. Je sais combien cela doit vous avoir blessée.

— Je vous remercie.

Nathan, comme on pouvait s'y attendre, avait songé aussitôt à la douleur causée par Hunter quand la première pensée venue à l'esprit de sa grand-mère avait été la réputation de leur famille.

— Ainsi c'est la raison pour laquelle vous, Miss Cole et les autorités nationales êtes concernés par cette question, dit Nathan à Sloane. Miss Cole nous a indiqué que cet homme, Asquith, cherche un traître parmi ceux travaillant pour lui. Vous pensiez que Mr Winfield en donnerait le nom dans sa confession.

— Miss Cole a semble-t-il été fort loquace durant notre absence, nota Sloane.

— Je lui ai posé la question, répliqua Lady Lockwood, comme si cela réglait le problème.

Nathan jeta à Sloane un regard sardonique.

— Avez-vous déjà été interrogé par Lady Lockwood ?

— Vous marquez un point, je vous le concède.

Ignorant leurs apartés, la grand-mère d'Annabeth reprit :

— Mais ce papier ne dit rien qui mettrait en cause quelqu'un d'autre dans cette affaire.

— Quiconque a tué Hunter ignorait clairement que sa confession ne mentionnait pas d'autre nom que le sien, répondit Sloane. Et, bien sûr, il existait toujours la possibilité que quelqu'un puisse deviner qui d'autre était impliqué, en se servant des informations contenues dans le message, par conséquent l'espion français n'aurait pas été en mesure de se sentir totalement en sécurité.

— Eh bien, rien de tout cela ne doit être su, dit Lady Lockwood en arrachant la lettre de la main de Nathan. Que comptez-vous faire de ce papier, Rutherford ? Moi, je dis qu'il faut le brûler.

— Non, nous ne pouvons le détruire car il pourrait s'agir d'une preuve, répondit Sloane. Il pourrait nous aider à découvrir qui a tué Mr Winfield. Annabeth est toujours en danger. Nous devons trouver ce vaurien. Je me disais que nous pourrions vous confier ce document, milady. Je crois vous avoir entendue dire que vous possédiez un coffre.

— Excellente idée.

Un sourire éclaira les traits de Lady Lockwood.

— J'ai en effet un très robuste coffre-fort dans la pièce où sont conservées toutes mes pièces d'orfèvrerie en or et en argent, et cette salle est également fermée à clé.

— Sans oublier qu'elle est surveillée par un redoutable chien de garde, ajouta Nathan.

— J'ai parfaitement conscience que vous tournez les choses en plaisanterie, jeune homme, répondit Lady Lockwood, secouant un doigt d'un air moralisateur tout en le fixant. Mais très peu de choses échappent à ma Pétunia, sachez-le.

Tous jetèrent un regard à la petite chienne replète endormie aux pieds de Lady Lockwood.

— Oui, eh bien, dit Sloane, je suis certain que la lettre y sera en parfaite sécurité.

— Je pensais que vous la donneriez à Mr Asquith, répondit Annabeth.

— Non, fit Sloane, pas pour le moment, du moins. Si Asquith a raison et qu'il y a effectivement un traître au sein de son groupe, cette personne pourrait avoir accès à tout ce que je lui ai donné. Je dirai à Asquith que nous avons trouvé la lettre, bien sûr, mais je ne vois nulle raison pour qu'il soit informé de l'accident causé par votre père. Je lui dirai simplement que nous avons mis la main sur le document, mais qu'il était inachevé et n'impliquait personne d'autre à part votre père. S'il y a un espion au sein de son réseau, cela aura pour effet soit de dissiper ses craintes quant au contenu du document, soit de le faire sortir de sa tanière.

Le sourire sombre de Sloane révélait quelle possibilité avait sa préférence.

— Je chargerai quelqu'un de la surveillance du coffre-fort de Lady Lockwood.

— Et c'est donc là votre plan d'action ? demanda Nathan d'un ton dédaigneux. Rester sans rien faire et voir si quelqu'un apparaît pour venir voler la confession ?

— Bien sûr que non. Je vais essayer de trouver l'homme contre lequel Mr Winfield a disputé cette course. Il apparaît de manière claire qu'il s'agit là du cœur de la question, déterminer si lui-même était le traître au sein de notre réseau ou simplement quelqu'un qui a utilisé l'incident comme moyen de pression sur le père d'Annabeth.

— Ce dont nous avons besoin, Grand-mère, ce sont les noms des hommes contre lesquels mon père avait l'habitude de faire la course.

— Oh ! mon Dieu, plusieurs d'entre eux se livraient fréquemment à cette activité et il avait de nombreux amis. Mon fils,

Sterling, pour commencer, bien qu'il n'ait pas été aussi féru de jeux d'argent ni de chevaux que certains d'entre eux. Feringham était l'ami le plus proche de Hunter, bien sûr.

— Oncle Russell ? se gaussa Annabeth. Ce ne peut pas être lui, voyons !

— Et pourquoi pas ? lança Sloane. Il nous faut envisager toutes les possibilités.

— Jamais il n'aurait fait le moindre mal à Papa.

— Oui, acquiesça Nathan. Et il semble difficile également d'imaginer Feringham dans la peau d'un maître espion.

— Son attitude paisible serait un bon atout pour passer inaperçu.

— Lord Edgerton est un candidat plus plausible, dit Annabeth.

— Annabeth, voyons ! s'indigna Lady Lockwood. Ce ne peut être Edgerton. Il s'agit d'un gentleman. D'un membre de notre monde.

— Je ne crois pas que nous puissions limiter la liste de nos suspects aux personnes appartenant aux classes moins favorisées, milady, répondit Sloane d'un ton plein de sarcasme.

— Nous devrions poser la question au père de Sloane, intervint Nathan. Il était l'un des membres du groupe d'amis de Mr Winfield, n'est-ce pas ? Il pourrait nous en donner les noms, j'imagine.

— Oui, mais il est reparti pour les Cornouailles.

— Non, ce n'est pas le cas. Il est ici.

— Que voulez-vous donc dire ? s'enquit Sloane en se rembrunissant.

— Ce que je veux dire, c'est qu'il est là, dans la maison. Il s'est, eh bien, senti fatigué, et s'est donc assoupi sur la méridienne du petit salon.

Lady Lockwood lâcha un ricanement à ces mots.

— Fatigué, à d'autres ! Dites plutôt qu'il est ivre ! J'ai dit à Marcus qu'il ne devrait pas commencer à boire du brandy dès l'après-midi.

Nathan afficha une expression peinée.

— J'essayais d'éviter tout embarras.

— Un embarras ? Pourquoi me sentirais-je mal à l'aise ? rétorqua

Lady Lockwood. C'est Marcus qui n'est pas plus capable de tenir l'alcool que de jouer aux cartes.

— Je crois qu'il voulait parler de la gêne que je pourrais ressentir, milady, dit Sloane d'un ton sec.

Il adressa un petit signe de tête reconnaissant à Nathan.

— Je vous remercie, mais j'ai depuis longtemps cessé d'être embarrassé par ce qui concerne mon père.

La légère rougeur teintant ses pommettes démentait ses paroles.

— Quoi qu'il en soit, nous ne pouvons apprendre à Marcus ce qu'a fait Mr Winfield.

— Ciel, non ! s'exclama Lady Lockwood. Nous lui demanderons simplement qui étaient les personnes contre lesquelles Hunter avait pour habitude de faire la course. Nous n'avons pas à raconter toute l'histoire à Marcus.

— De quelle histoire parlez-vous ? lança alors Marcus depuis le seuil de la pièce.

Il titubait légèrement et une marque rouge barrait sa joue, signe qu'il avait dormi sur un coussin orné d'un motif brodé, mais il faisait preuve de son aplomb habituel. Chaque mèche de sa chevelure blanche était en place, et sa tenue était en tout point parfaite.

— Ah, nous avons des visiteurs. Je me disais bien que j'avais entendu des voix. Eh bien, Sloane, vous voilà. Je croyais que vous couriez la campagne.

— Je suis revenu, répondit Sloane d'un ton morne. Pourquoi vous trouvez-vous ici ? Ne m'avez-vous pas dit que vous rentriez chez vous dans les Cornouailles ?

— C'est ce que je m'apprêtais à faire, mais quand j'ai appris que tout le monde allait à Stonecliffe, j'ai changé mes projets. La compagnie promettait d'être bien plus plaisante.

— Et il s'agissait en outre d'un endroit où vous pouviez jouer au whist avec Lady Lockwood.

— Elle est la seule qui accepte de jouer contre moi pour de la petite monnaie, dit Marcus d'un ton chagriné en adressant à son fils un regard sombre.

— Et vous devriez vous en réjouir, commenta Lady Lockwood. Étant donné que vous avez perdu des milliers de livres en jouant contre moi.

— C'est vrai, admit-il d'un ton aimable avant de se tourner pour saluer les autres personnes. Annabeth.

Marcus s'avança vers elle pour déposer un baiser sur sa joue et Annabeth fit de son mieux pour ne pas reculer quand la puissante odeur de brandy qui se dégageait de lui la frappa.

— Chère enfant. Vous devenez plus charmante de jour en jour.

Il salua Nathan puis s'assit.

— Eh bien… quelle est donc cette histoire que vous ne comptez pas me raconter ? Si elle est aussi longue et compliquée que celle dans laquelle Carlisle et Noelle étaient impliqués, je préférerais ne pas l'entendre.

— Elle est ennuyeuse à mourir, lui assura Sloane. Mais tout ce que nous voulons en vérité obtenir de vous, c'est que vous nous fournissiez les noms des amis de Hunter Winfield, des membres de ce groupe qui avait pour habitude d'organiser des courses les opposant les uns aux autres.

— Ils étaient quatre ou cinq, répondit Marcus. Je n'ai jamais pu comprendre ce qu'il y avait d'intéressant à cette activité. Mais j'ai aimé parier une couronne ou deux sur leurs courses à l'occasion, bien sûr.

— Bien sûr, répéta Sloane dans un murmure.

— Eh bien, il y avait Jamie Kidlington, qui était terriblement doué. Il était l'un des premiers membres de ce club d'attelage, le Four Horse Club, vous savez. Mais Hunter avait cessé de participer à des courses depuis longtemps à ce moment-là. Congrove, il est mort à présent, le pauvre homme. Ce type, Smythe, je n'arrive pas à me rappeler son prénom. C'était un personnage désagréable. Je me souviens d'un jour où Kidlington l'a accusé de tricher. Il était incapable d'en apporter la preuve mais après cela, Smythe a cessé de venir. Alexander, un militaire. Peter Alexander. Il venait puis s'absentait, vous voyez, étant donné qu'il était dans l'armée.

— Quelqu'un d'autre ? demanda Sloane quand son père eut terminé son énumération.

— Oh ! certains pouvaient être d'humeur pour cela à l'occasion. Je l'ai fait moi-même, une fois ou deux.

— Lord Edgerton ?

— Ce parangon de vertu collet monté ? s'étonna Marcus en éclatant de rire. Non, il n'a jamais été l'un des nôtres. Le seul qu'il ait jamais défié était Hunter. Ils ont fait la course ensemble à quelques reprises. Mais cela se rapportait en réalité à tout autre chose, bien entendu. Edgerton ne lui a jamais pardonné de lui avoir ravi Martha. Laissez-moi réfléchir… il devait y en avoir un ou deux autres. Je ne peux me souvenir d'eux au pied levé. Oh ! et naturellement il y avait Feringham.

— Feringham ?

Sloane jeta un coup d'œil en direction d'Annabeth.

— Mais Oncle Russell ne participait pas aux courses, n'est-ce pas ?

— Non, pas en règle générale, répondit Marcus. Il était affreusement peu doué dans ce domaine et en avait parfaitement conscience. Mais de temps à autre, s'il avait assez bu, Hunter réussissait à le persuader de le faire.

Marcus s'interrompit en voyant les autres échanger des regards.

— Quelque chose ne va pas ? Qu'ai-je dit ?

— Rien du tout, lui assura Sloane. Il s'agit juste d'un… léger désaccord.

— Je vois, dit Marcus du ton d'une personne qui, de toute évidence, ne comprenait pas de quoi il retournait. Très bien.

Il se tourna vers Lady Lockwood, plein d'espoir.

— Une partie de whist après le thé, milady ?

— Je pense que vous et moi devrions probablement rentrer, lui dit Sloane d'un ton ferme.

Marcus soupira lourdement à ces mots.

— Voilà qui ne m'étonne en rien de votre part. Vous savez, mon garçon, si nous n'avions pas tous deux pareille chevelure, je penserais que les fées vous ont échangé dans votre berceau avec un autre enfant.

Sloane eut un petit sourire.

— Peut-être vous et moi pourrions faire une partie ou deux ce soir, si cette idée vous plaît.

— Une partie de whist ? s'anima Marcus.

— Comme il vous plaira.

Marcus se tourna vers Annabeth.

— Eh bien, quel changement vous avez imprimé chez notre garçon, ma chère enfant. Il a presque l'air sympathique désormais.

— Je reviendrai demain, lança alors Sloane à Annabeth. Nous pourrons alors discuter de tout cela. Élaborer des plans.

Voyant son air soucieux, il secoua la tête et précisa :

— Non, je n'agirai pas sans vous. J'ai juste... Je crois qu'un peu de repos nous fera du bien à tous.

— À demain alors, répondit Annabeth.

Sloane et Marcus quittèrent les lieux et après leur départ, Nathan se leva à son tour.

— Je devrais partir, moi aussi.

— Restez donc pour le thé, dit Lady Lockwood. L'heure est presque venue.

— Non, merci, milady, j'ai quelques tâches dont je dois me charger. Je reviendrai demain pour la discussion, si cela vous convient.

— Bien sûr. Vous êtes le bienvenu à tout moment, lui assura Annabeth.

Elle le raccompagna jusqu'à la porte d'entrée.

— Comment allez-vous ? Sincèrement. Je n'en dirai bien sûr rien à Grand-mère.

Un faible sourire se dessina sur les lèvres de Nathan.

— Je vais bien. J'avais trop à faire en tentant de maintenir la paix entre Miss Cole, votre grand-mère et Marcus pour me préoccuper de mes propres sentiments.

— Je vous crois sans peine, dit Annabeth avec un sourire plein de tendresse. Navrée de vous infliger tout cela.

Elle s'interrompit un instant puis poursuivit :

— Je suis désolée pour tout cela. Du fond du cœur. Jamais je n'ai voulu vous blesser.

— Je le sais. Et vous ne devriez pas vous tourmenter à ce sujet. Je n'ai pas passé mon temps à broyer du noir. À dire vrai, d'une certaine façon ce fut presque un soulagement.

— Un soulagement ?

Annabeth haussa brusquement les sourcils sous l'effet de la stupéfaction.

Nathan lâcha un rire en voyant l'expression peinte sur ses traits.

— Non, ce n'est pas un soulagement que de me séparer de vous. Ce n'est pas comme si ce n'était pas douloureux, mais on ressent une sorte de... libération, j'imagine, une fois que quelque chose s'achève. Miss Cole m'a dit que j'ai juste essayé de surpasser Sloane – en des termes moins flatteurs, évidemment. Je ne crois pas que ce soit là la vérité mais je pense sincèrement que le temps est venu pour moi de tourner une page. De voir ce que je peux faire de ce que nous avons vécu plutôt que de m'agripper au passé.

— Bien. Voilà qui me ravit.

Annabeth eut le sentiment qu'une grande part du fardeau de culpabilité qu'elle avait transporté jusque-là quittait ses épaules.

— Je veux que vous soyez heureux.

— Et je le serai. J'en suis certain. Nous le serons tous deux. Mais je ne peux partir avant que tout cela soit fini et que j'aie acquis la certitude que vous êtes en parfaite sécurité. Après cela, peut-être irai-je rendre visite à Hubbard... Je ne suis pas sûr que vous le connaissiez. C'est l'un de mes amis d'Oxford. Il est parti pour l'Italie il y a de cela quelques mois et il ne cesse de me proposer de venir séjourner avec lui à Florence pendant quelque temps. Je visiterai peut-être d'autres régions du continent également.

Le regard de Nathan se mit à pétiller de malice.

— Cela n'est en aucun cas, vous le comprenez bien, motivé par la décision de ma mère et de ma tante de s'installer au manoir.

— Oh ! non ! Vraiment ? Elles viennent toutes deux ? Pour y séjourner de façon permanente ?

— Espérons que ce ne sera pas le cas. Vivre avec Mère est une chose, mais les leçons de Tante Sylvie sont plus qu'un homme ne devrait avoir à endurer.

Annabeth éclata de rire à ces mots.

— Dans ce cas, j'espère que votre séjour en Italie sera long.

— Je vous remercie. Je ne doute pas qu'il le sera !

Nathan prit son chapeau des mains du valet de pied et s'inclina au-dessus de la main d'Annabeth.

— Au revoir, dit-il simplement.

35

Annabeth s'installa dans le rocking-chair placé près de la cheminée et entreprit de se brosser les cheveux. Elle avait passé la soirée à écouter le détail des nombreuses contrariétés ayant émaillé le bref séjour de sa grand-mère à Stonecliffe – la tendance de Verity Cole à ignorer les règles édictées par Lady Lockwood semblant ne pas avoir constitué le moindre de ces désagréments. Verity se livrait manifestement à des jeux trop turbulents avec l'arrière-petit-fils de Lady Lockwood, Gil, qui bien trop souvent impliquaient que Pétunia se joigne à la fête, aboyant et bondissant en tous sens. La jeune femme n'en faisait qu'à sa tête, restait sourde aux recommandations de Lady Lockwood, riait trop souvent avec Marcus Rutherford, et se querellait bien trop pour des riens avec Nathan. Fait plus irritant que tout, Tante Adeline semblait apprécier la compagnie de Verity.

Annabeth avait formulé quelques commentaires réconfortants avant d'être saisie d'un vif et fort agréable soulagement quand Lady Lockwood avait enfin décidé de gagner son lit. Une fois à l'abri de sa propre chambre, elle avait revêtu sa tenue de nuit et entrepris de brosser ses cheveux, tout en espérant que cette routine cadencée et familière l'aiderait à calmer son propre état de nervosité. Ce n'était pas qu'elle avait peur ; quoi qu'ait pu dire Sloane, la maison de Lady Lockwood semblait un lieu sûr, dans lequel elle serait en parfaite sécurité, d'autant plus en raison de la présence de gardes postés par Sloane devant la pièce contenant le coffre-fort et l'entrée principale.

Non, sa fébrilité était due au fait d'être seule. Elle avait toujours apprécié les moments passés dans la solitude, ceux consacrés à la lecture, à la rédaction de lettres ou simplement passés à se complaire dans le silence. Mais à présent, après seulement deux semaines passées auprès de Sloane, elle ressentait un frisson glacé face à cet isolement. Comment était-il possible qu'elle soit devenue si habituée à la présence de cet homme, si sensible à sa proximité en si peu de temps ?

Oui, elle l'avait bien connu naguère mais cela remontait à douze années et il n'était plus l'homme d'autrefois. Il était plus dur, plus froid et plus cynique. Il avait vécu dans un monde dont elle ne connaissait rien ; sa vie était désormais bien loin de la sienne. Et pourtant, étrangement, malgré tous ses efforts, son esprit et son cœur avaient en quelque sorte noué un dialogue avec les siens, ainsi qu'il en avait toujours été. Elle avait tenté de le nier – vis-à-vis de lui, du monde, d'elle-même – mais la vérité était qu'elle aimait Sloane. Elle l'avait toujours aimé. Tout au fond d'elle, enfouie sous la colère et la douleur, avait subsisté une petite braise d'amour que rien ne pouvait éteindre. La présence de Sloane avait suffi pour faire renaître un grand feu.

Annabeth avait envie d'être de nouveau avec lui, de sentir son bras passé autour de son corps, d'entendre sa voix, d'éprouver le contact de ses lèvres sur les siennes. Les deux journées écoulées avaient été marquées par une infinie tristesse ; elle s'était endormie en pleurant chaque nuit. Elle avait espéré que le plus fort de la douleur serait bientôt dépassé, mais au lieu de cela elle se sentait plus malheureuse d'heure en heure. Bien sûr, savoir que c'était elle qui l'avait repoussé n'arrangeait rien.

À plus d'une reprise, au cours des deux derniers jours, elle avait amèrement regretté sa décision. Le temps, ses instants de réflexion, l'avaient amenée à accepter que Sloane lui eût caché la vérité en étant animé des meilleures intentions. Il avait raison quand il faisait remarquer qu'elle agissait exactement comme lui en cachant à sa mère les fautes de son propre père. Mais agir comme il l'avait fait ne correspondait pas à la relation qu'Annabeth avait toujours voulu connaître avec l'homme qu'elle aimait. Elle avait envie de franchise et de confiance. Elle voulait qu'il partage tout avec elle, le meilleur comme le pire, et non qu'il la protège des vérités déplaisantes.

Sloane était-il capable de nouer pareille relation ? Du reste, était-il capable de nouer la moindre relation ? Il semblait satisfait de son célibat. Il était accoutumé à la solitude et méfiant envers tout le monde. Il avait bâti des murs autour de lui et se trouvait aussi bien protégé que sa propre demeure. Même au plus fort des moments passionnés qu'ils avaient partagés, il n'avait pas une fois parlé d'amour ou de mariage. Si elle ne s'était pas éloignée de lui, Sloane aurait-il fini par s'éloigner d'elle ?

C'était là le cœur de son dilemme – le futur qui s'offrait à eux. Ou, plus précisément, l'absence d'avenir les concernant. Elle avait beau vouloir Sloane de toutes ses forces, sentir son cœur et son corps brûler d'amour pour lui, il semblait que tous deux se faisaient toujours souffrir mutuellement. Leur amour était ardent, intense et profond. Sa flamme ne s'éteindrait peut-être jamais, mais jamais il n'offrirait un cocon confortable. Un homme tel que Sloane, si capable de garder le contrôle de lui-même et si enclin à cacher ses émotions, si habitué à vivre et agir seul, ne serait jamais un homme avec qui les relations seraient faciles. Et elle-même n'était plus la jeune fille passionnée d'autrefois, inapte ou réticente à voir ses défauts, satisfaite de suivre la moindre de ses idées et parfaitement heureuse tant qu'elle était enveloppée par l'amour de Sloane.

Il y aurait des confrontations et des déconvenues, de la tristesse et de la douleur. Comment pourrait-elle lui faire pleinement confiance, alors qu'elle savait qu'il lui avait menti ? Et si un jour il lui tournait simplement le dos une nouvelle fois, la laissant seule, le cœur en miettes ? Annabeth ne se pensait pas capable d'endurer de nouveau pareille douleur.

Sloane paraissait résolu à ne pas se marier. Autrefois, elle aurait été disposée à être sa maîtresse, son amour pour lui dépassant toute autre considération. Mais elle avait à présent une trop haute estime d'elle-même pour accepter de vivre ainsi dans la clandestinité. Se vouer à une liaison passionnée était une chose ; vivre en sachant qu'il ne la considérait pas assez précieuse à ses yeux pour l'épouser était bien différent.

Mieux valait, certainement, couper court à toute relation avec lui dès maintenant. Plus longtemps ils seraient ensemble, plus la séparation serait douloureuse. Il lui fallait s'en tenir à sa décision, elle ne devait pas vaciller, ne pas s'abandonner à l'élan qui s'animait fiévreusement en elle chaque fois qu'elle se trouvait auprès de Sloane. Agir ainsi était la meilleure des solutions.

Annabeth, Sloane et Nathan se tenaient dans le salon l'après-midi suivant, occupés à évoquer le cas de leurs différents suspects, lorsque Verity, une fois encore vêtue de sa tenue de femme de chambre, se présenta sur le seuil de la pièce.

— Ai-je manqué quoi que ce soit ?

— Où diable étiez-vous donc ? cingla aussitôt Sloane. Vous étiez censée rester à Stonecliffe et non vous enfuir en quête de Dieu sait quoi.

— Il était clair que rien ne se produirait ici, répondit Verity, refermant la porte derrière elle avant de venir s'asseoir auprès d'eux. Il peut en attester.

Elle avait accompagné ces derniers mots d'un signe de tête en direction de Nathan.

— Soit personne n'a cru à votre subterfuge, Sloane, soit il a été estimé qu'il n'y aurait aucune chance de s'en prendre à Annabeth à Stonecliffe. Nous nous sommes promenés dans ce jardin deux fois par jour et jamais personne n'a tenté de nous attaquer.

— Et nous en avons été tous deux fort déçus, je dois dire,

acquiesça Nathan. Peut-être moi moins que Verity. Je pense qu'elle aurait préféré se faire une nouvelle fois enlever plutôt que d'avoir à endurer un autre dîner où la conversation se concentrait sur les bals des débutantes à venir.

— C'est indéniable. Même si j'ai vraiment apprécié de vous surpasser lors de nos truculentes discussions.

— Nos truculentes discussions ? Est-ce ainsi que nous nommons à présent vos tentatives d'intimidation ?

Le pétillement de malice dans le regard de Nathan venait retirer toute brutalité à ses propos.

Verity lança un regard glacial à Nathan et poursuivit :

— Et donc, avez-vous réussi à trouver quelque chose ?

— Oui, la confession.

Sloane lui détailla tout ce qu'ils avaient appris lors des jours précédents, en commençant par la découverte du fait que Hunter Winfield avait été assassiné et en terminant par le contenu de sa lettre.

Verity se pencha vers lui, le regard brillant de curiosité, tandis qu'elle écoutait son récit.

— Vous pensez donc que l'autre homme impliqué dans l'accident de cabriolet est également le traître que recherche Asquith ?

— Il semble être le suspect idéal, répondit Sloane.

— En dehors de vous, bien sûr, dit Nathan à Verity tout en jetant à Sloane un regard sardonique. N'est-il pas étrange que vous communiquiez toutes ces informations à une personne que vous soupçonnez de traîtrise ?

— Moi ?

Verity leva les sourcils d'un air surpris.

— Je n'ai jamais pensé que Verity était le maître espion au sein du réseau, précisa Sloane. Je n'ai fait que dire qu'il nous fallait examiner le cas de chaque suspect.

— En effet, voilà qui est tout à fait nécessaire, reconnut Verity d'un ton calme.

— Et cela ne vous dérange pas ? demanda Nathan. Que votre ami et collègue se soit méfié de vous ?

Verity eut un petit haussement d'épaules.

— J'aurais fait de même dans cette situation. Dans notre métier, accorder sa confiance à la mauvaise personne peut causer notre mort.

Verity se tourna de nouveau vers Sloane.

— Cet homme qui faisait la course contre Mr Winfield... avez-vous des pistes concernant son identité ?

— Mon père nous a donné les noms de quelques personnes. L'une d'elles est morte. Celui qui paraît le candidat le plus sérieux porte malheureusement le nom de Smythe et nous ignorons son prénom. Marcus se révèle aussi utile qu'à son habitude en la matière.

Sloane secoua la tête d'un air de dépit.

— Il est également question d'un militaire du nom d'Alexander, et d'un homme reconnu pour sa capacité à conduire les attelages, Jamie Kidlington. L'un de ces noms vous évoque-t-il quelque chose ? Avez-vous entendu parler de ces hommes en relation avec l'organisation d'Asquith ?

Verity fit non de la tête.

— Il y a un Smith ou deux, bien sûr, mais qui sait s'il s'agit de leur véritable nom. Mais pas de Smythe. Je peux me pencher sur le cas de ce militaire. L'un de mes contacts occupe un poste élevé dans l'armée.

— Je me disais que Nathan pour sa part pourrait chercher à en savoir plus au sujet de Kidlington.

Sloane se tourna vers l'autre homme.

— Il est possible que vous évoluiez dans les mêmes cercles que lui. Il ne me serait pas possible de franchir le seuil d'un club pour gentlemen.

Nathan parut surpris.

— Oui, bien sûr. J'en serais heureux.

— Il existe quelques possibilités supplémentaires, des situations bien plus délicates. Le premier cas concerne l'ami proche de Mr Winfield, Russell Feringham.

— Ce n'est pas lui, intervint Annabeth.

— Nous devons l'envisager, Annabeth. Marcus a dit qu'il participait à des courses quand il était ivre.

— Oui, mais vous savez quel homme il est. L'imaginez-vous meurtrier de sang-froid ? Maître espion ?

— Je ne pense pas que l'on puisse être un maître espion s'il apparaît de manière évidente que l'on en est un, riposta Sloane. Certains faits semblent le désigner. Tout d'abord, il se trouvait dans sa maison de campagne quand quelqu'un vous a tiré dessus. Il savait que nous étions intéressés par les boîtes secrètes de votre père. Il savait que vous aviez l'intention de fouiller l'atelier de votre père. Il est rentré à Londres après seulement quelques jours.

— Tout comme nous, nota Annabeth.

— C'est exactement là où je veux en venir. C'est un peu curieux, n'est-ce pas, qu'il soit resté si peu de temps ?

— Grand-mère a fait de même à Stonecliffe.

— Oui, mais nous pouvons être certains qu'elle ne cherchait pas à vous attaquer, intervint Nathan.

— Oncle Russell n'aurait pu tenter de me tuer, protesta Annabeth. Il a été si bon envers moi. Il était toujours là pour nous aider après la mort de mon père.

Voyant l'expression qui s'était peinte sur les traits de Sloane, elle ajouta :

— Et ne me dites pas qu'il est venu chez nous et nous a aidées à débarrasser les affaires de Papa dans le seul but de chercher la confession.

— Il avait aussi envie d'examiner ce qui avait appartenu à votre père et qui provenait de la maison de ville.

— Il a proposé son aide. Par pure gentillesse. Il est comme un oncle pour moi.

Annabeth savait qu'elle protestait probablement avec trop de vigueur, comme si elle souhaitait se convaincre elle-même. Mais il était tout simplement impossible que Russell ait assassiné son père et essayé de la tuer.

— Il était l'unique personne dont le valet de chambre de Mr Winfield ait dit qu'elle était venue voir votre père la dernière semaine de son existence.

— Ils étaient amis. Ils se rendaient toujours visite.

Annabeth inspira profondément et se détendit.

— Très bien. Je comprends. Il nous faut examiner le cas de chaque personne, ainsi que vous l'avez dit, peu importe combien sa culpabilité peut sembler improbable. Mais nous devons également prendre en compte celui de Lord Edgerton dans ce cas. Je pense que tout le monde serait d'accord pour reconnaître qu'il est bien plus le genre d'hommes capable d'agir sans pitié. Manifestement il était toujours amoureux de ma mère. Il connaît des personnalités de premier plan - quand Sloane et moi avons rendu visite à Mère l'autre jour, elle n'était pas impatiente de se rendre à une fête prévue le soir même parce qu'elle trouvait tous ces représentants du gouvernement franchement ennuyeux.

Nathan prit alors la parole :

— Annabeth, je pense que vous laissez votre aversion envers cet homme influencer votre raisonnement. Je pourrais croire plus volontiers que ce soit lui plutôt que Mr Feringham qui ait tué Mr Winfield. Mais cette personne a essayé d'attenter à vos jours. Edgerton n'essayerait pas d'abattre sa propre belle-fille.

Verity émit un ricanement et Nathan se tourna vers elle.

— Je sais que vous ne croyez pas que les hommes de l'aristocratie soient pourvus de sens moral, mais même s'il n'avait que faire d'Annabeth, il ne lui ferait pas de mal pour la même raison qui amène Annabeth à le soupçonner d'avoir assassiné son père. Il aime sa mère. Il ne ferait rien qui puisse faire souffrir Lady Edgerton.

— Lorsque nous lui avons parlé l'autre jour, il était clair qu'il ne voulait pas que nous parlions à Mère de la mort de Papa ou du fait que quelqu'un m'avait tiré dessus. Il essayait de lui cacher ces informations. En outre, jamais elle ne le saurait s'il m'abattait ou donnait l'ordre à quelqu'un de s'en charger.

— Même si je déteste le reconnaître, je partage l'avis de Nathan, dit Sloane. Si vous étiez blessée, il ne pourrait en aucun cas le cacher à Lady Edgerton. Et même si elle ne devait pas apprendre que c'était lui le responsable, cela la rendrait malgré tout terriblement malheureuse. Je ne crois pas qu'il ferait une chose capable de causer tant de souffrances à Lady Edgerton.

— Vous ne pouvez pas le retirer de la liste des suspects au simple prétexte que vous pensez qu'il aime son épouse, protesta Annabeth.

— Non, bien sûr, nous ne le retirerons pas de la liste. Il nous faut examiner son cas tout autant que nous devons nous pencher sur celui de Feringham.

Sloane se tourna alors vers Verity.

— Et vous, qu'avez-vous découvert ?

— Rien, répondit-elle d'un ton las. Nous avons fouillé tout Stonecliffe, aucun secret n'y est caché.

Verity sortit un carnet et le jeta sur une table.

— Et j'ai échoué à déchiffrer ce code figurant dans le carnet que vous avez trouvé dans la maison mise en location. J'ai tenté d'en percer le mystère jusqu'à l'épuisement mais je n'ai abouti à aucun résultat.

— Elle m'a même laissé tenter ma chance, précisa Nathan.

— J'ai donc décidé de l'emporter hier chez l'une de mes connaissances très douée dans ce domaine. Elle n'a rien pu trouver qui ait le moindre sens. Je pense qu'il ne s'agit pas d'un code, ce carnet est simplement ce qu'il a l'air d'être, un carnet ordinaire. En examinant la présentation des éléments, j'ai supposé qu'il servait à consigner certaines informations. Les nombres pourraient correspondre à des sommes d'argent. Des achats ? Des payements ? Les lettres forment peut-être une sorte de code pour désigner un produit. Ou bien il pourrait s'agir des initiales de noms de personnes. Les mêmes lettres apparaissent souvent, mais les nombres sont très différents les uns des autres.

Elle haussa légèrement les épaules.

— Je me suis dit que les initiales pourraient faire référence aux agents avec lesquels il travaillait et que les nombres pourraient indiquer quelle information il avait reçue ou combien il avait payé pour l'obtenir. Car il ne s'agit pas de dates. Ou peut-être est-ce simplement une liste de vêtements, d'alcools ou de cigares ? Quoi qu'il en soit, ce carnet ne m'a apporté rien d'autre qu'une terrible migraine.

Annabeth prit le carnet. Quoi qu'il puisse renfermer, il avait été suffisamment important aux yeux de son père pour qu'il éprouve le besoin de le cacher. Elle parcourut lentement les pages du regard. Toutes étaient identiques : une colonne de lettres et une colonne de nombres, ainsi qu'un symbole au bout de chaque ligne, triangle ou cercle. S'il ne s'agissait pas d'un code mais de l'enregistrement de certaines informations, ainsi que Verity en émettait à présent l'hypothèse, qu'aurait-il pu y avoir de si important pour que Hunter estime nécessaire de le cacher ? Il ne pouvait certainement pas avoir été impliqué dans un secret autre que l'espionnage ou son accident de course.

Annabeth s'immobilisa tandis que son cerveau se concentrait sur la question. Revenant au début du document, elle fit courir son doigt le long de la liste des initiales.

— Je pense... qu'il s'agit peut-être d'un historique de ses paris. Et ces lettres correspondent aux personnes contre lesquelles il a parié.

— Ou fait la course.

Sloane se redressa et plongea son regard dans celui d'Annabeth.

— Oui. Voici un « PLA ». Un « SQS ».

Elle tourna la page, parcourant une nouvelle fois les rangées d'inscriptions.

— Ils apparaissent à plusieurs reprises.

— Le premier doit correspondre au nom de Peter Alexander. Et le second, peut-être, à cet homme, Smythe, avança Sloane.

— Oui, mais notons dans son cas qu'il y a un autre groupe d'initiales se terminant par un S : APS. Nous trouvons également mentionné LMC. Ce qui pourrait renvoyer aux initiales de Congrove.

— Il est clair qu'il va nous falloir trouver le nom complet de chacun de ces hommes, dit Nathan.

— Je connais celui-ci, MFBE, fit Annabeth. Il s'agit de Michael Frederick Billingham Edgerton. Il y a un cercle près de son nom. Je pense que les symboles pourraient indiquer si Papa a perdu ou gagné : un cercle symboliserait ainsi une défaite et un triangle une victoire. Les lettres JHK apparaissent également, ce doit être pour désigner Jamie Kidlington.

— Quel est le dernier nom de la liste ? demanda Sloane d'une voix tendue.

Annabeth leva les yeux vers lui, et son regard s'éclaira quand elle comprit.

— Il s'agira de la course qui l'a fait arrêter cette activité.

— Peut-être, en effet.

Elle tourna les pages rapidement pour s'arrêter sur le dernier groupe d'initiales. Son sang se glaça alors dans ses veines.

— REF. Russell Edward Feringham.

36

— Nous ne pouvons être certains que cela signifie que Feringham est notre homme, dit Sloane à Annabeth alors qu'ils quittaient la maison.

Après une longue discussion, Verity et Nathan étaient partis en quête d'informations sur leurs cibles, Alexander et Kidlington, tandis que Sloane et Annabeth avaient décidé d'aller parler à Russell.

— Je le sais, vous l'avez déjà dit, lui répondit Annabeth. Mais les choses se présentent mal pour lui. Il n'y avait aucun symbole indiquant la victoire ou la défaite à la fin de la ligne. Mon père ne l'a jamais complétée.

— L'explication pourrait en être qu'il ne suivait jamais les paris conclus avec cet homme. Tous deux étaient bons amis et savoir qui gagnerait était couru d'avance. Tout le monde s'accorde à dire que Feringham était affreusement peu doué dans la conduite des voitures.

— Peut-être, en effet, fit Annabeth. Mais pourquoi prendre l'autre parti à présent ? Je croyais que vous étiez sûr qu'il s'agissait d'Oncle Russell.

— Je déteste vous voir si triste, répondit Sloane. En outre je n'ai pas la moindre certitude. Je trouve moi aussi difficile de croire que Russell ait tué votre père ou essayé de vous faire du mal. Sa place est sur une scène de théâtre s'il a joué si parfaitement ce rôle d'ami aimant durant toutes ces années.

— Tous les indices le concernant ne constituent pas des preuves tangibles, en effet, dit Annabeth, paraissant un peu plus enjouée.

Elle sourit à Sloane.

— Merci à vous d'essayer de me faire me sentir mieux.

Elle plaça sa main sur la sienne et Sloane ne put s'empêcher de tourner sa paume pour la saisir. Qu'elle soit triste ou heureuse, Annabeth était la plus belle personne au monde à ses yeux. Être brouillé avec elle au cours des derniers jours avait été un véritable enfer. Il s'était senti seul et torturé par le désir, et bien pire encore que cela, une douleur froide bien trop familière s'était fermement logée dans sa poitrine.

Il avait été négligent. Stupide. Il avait baissé la garde alors même qu'il savait parfaitement qu'il ne le devait pas. Imaginer quitter Annabeth après qu'ils eurent retrouvé l'assassin de son père lui fendait l'âme. Comment pourrait-il endurer tout cela de nouveau ? Au moins, autrefois, le danger constant lui avait-il permis d'occuper autrement son esprit. Désormais, il n'avait rien.

Mais nul choix ne s'offrait à lui. Annabeth avait renoncé à lui. Et elle avait raison. Sloane avait beau n'en avoir aucune envie, il semblait qu'il finisse toujours par la faire souffrir. Il suffisait de regarder ce qu'il avait fait encore récemment – cherchant à prouver qu'un homme qui avait été un ami fidèle, aimant et d'un grand soutien durant toute la vie d'Annabeth était un imposteur.

Annabeth laissa sa main dans celle de Sloane pour le reste du trajet.

En sa qualité de célibataire endurci, Russell ne possédait en ville qu'un appartement, mais celui-ci était luxueux et doté de tout le confort et, ainsi qu'on était en droit de l'attendre de lui, d'une décoration du meilleur goût.

Le valet de Russell ouvrit la porte d'entrée. Malgré l'air légèrement surpris qu'il afficha en voyant Annabeth et Sloane sur le seuil, il ne formula ni commentaire ni question, se contentant de les conduire jusqu'au petit salon avant d'aller annoncer leur arrivée.

Quelques minutes plus tard, Russell fit son entrée dans la pièce, un sourire aux lèvres.

— Eh bien, voilà qui est inattendu. Mais il s'agit d'une surprise charmante, bien entendu. Chère Annabeth. Mr Rutherford.

Il déposa un baiser sur la joue d'Annabeth et serra la main de Sloane. Son regard brillait de curiosité mais il se plia aux convenances sociales en demandant des nouvelles de la mère et de la grand-mère d'Annabeth.

— Je dois avouer que j'ai été un peu surpris de voir que Lady Lockwood était rentrée à Londres si tôt après son départ, indiqua Russell.

— Tout comme vous, fit remarquer Sloane, tout en observant intensément l'homme.

Russell n'avait pas l'air nerveux le moins du monde quand il répondit :

— Ciel, oui, en effet ! Je n'ai jamais compris pourquoi les poètes s'extasient avec tant d'enthousiasme à propos de la vie bucolique. Comment la contemplation d'arbres peut-elle apporter la moindre distraction ? Pour ma part je trouve cela ennuyeux à mourir. C'était, bien évidemment, différent autrefois, lorsque Hunter s'y trouvait.

— C'est de mon père que nous désirions vous parler, justement, dit Annabeth d'une voix tendue.

— Vraiment ? Eh bien, bien sûr, ma chère enfant, que vouliez-vous savoir ?

— Nous sommes allés rendre visite à l'ancien valet de chambre de Mr Winfield.

— Simpson ?

Était-ce là le fruit de l'imagination de Sloane ou Feringham s'était-il légèrement raidi en prononçant le nom du valet ?

— Oui.

Il garda ses yeux rivés sur Russell, en quête de nouvelles indications.

— Mr Winfield possédait une boîte qui se dépliait pour former une écritoire.

— Oh ! oui, c'était une charmante création, dit Russell en souriant.

— Ma mère l'a donnée à Simpson après la mort de Papa, expliqua Annabeth. Nous sommes allés la voir et... un document se trouvait à l'intérieur...

Elle s'interrompit un instant et Sloane décela alors un air de vive inquiétude au fond des yeux de Feringham.

— Il y était question d'une course.

— Oh ! ciel ! lâcha Russell, semblant s'affaisser dans son fauteuil. Il s'est donc bel et bien confessé. Je pensais, après tout ce temps, qu'il ne l'avait pas fait.

— Vous teniez les rênes de l'autre cabriolet, poursuivit Annabeth, la voix nouée par les larmes.

— Oui. Oui, en effet.

Russell hocha la tête et détourna le regard.

— Je vous en prie, ne me détestez pas, Annabeth. Hunter et moi, nous n'avons jamais voulu que tout cela se passe ainsi. Il s'agissait d'un terrible accident. Nous avons été saisis d'effroi et avons poursuivi notre route jusqu'à mon domicile. Nous ne pouvions... Nous ne savions quoi faire. Je... Les choses n'auraient pas été si terribles pour moi. Je n'ai pas de famille, personne qui puisse être plongé dans l'embarras. Mais vous n'étiez qu'un bébé et Hunter ne pouvait supporter l'idée de faire s'abattre pareil scandale sur vous et votre mère. Cette histoire nous a hantés, véritablement, vous savez. Hunter, plus particulièrement. Il a essayé de se racheter, a embauché Simpson et payé les funérailles. Mais il y pensait toujours, même après toutes ces années. Il m'a dit qu'il voulait avouer toute la vérité à ce sujet mais a promis qu'il n'indiquerait pas que j'étais impliqué dans le drame.

— Il ne l'a pas fait, confirma Annabeth d'un ton amer. Il n'a pas révélé qui était l'autre homme. Nous… nous avions nos soupçons à ce sujet. Mais je dois dire que j'espérais qu'il ne s'agissait pas de vous.

— C'est votre réaction qui nous a appris la vérité, intervint Sloane d'une voix pleine de dureté.

Il détestait voir Annabeth si anéantie.

— J'aurais préféré qu'il ne s'agisse pas de moi. Jamais le souvenir de cette nuit n'a réellement quitté mon esprit. Le temps n'a pas calmé la douleur. C'était pire pour Hunter. Des années plus tard, il évoquait le fait que Simpson n'était qu'un jeune garçon au moment des événements et je pouvais voir dans ces moments-là que c'était à vous qu'il pensait, Annabeth. L'intensité de son remords était véritablement palpable. Après sa mort, je me suis parfois demandé si, en fait, il ne s'agissait pas là d'une bénédiction qu'il n'ait plus à vivre avec cet affreux souvenir. Je me suis demandé si le mieux pour moi ne serait pas de disparaître également. Mais j'étais trop lâche pour faire plus que d'y songer.

Sloane se demandait à quel jeu se livrait Russell. Essayait-il de leur faire croire que Hunter s'était suicidé ? Ou était-ce ce dont il avait essayé de se convaincre – le fait que tuer son meilleur ami avait été une sorte d'acte plein de noblesse ?

— Tout cela n'a-t-il été qu'un mensonge ? tempêta Annabeth. Depuis toutes ces années ? Faisiez-vous simplement semblant de vous soucier de notre sort dans le but de pouvoir chercher sa lettre d'aveux ?

— Non ! s'indigna Russell, visiblement bouleversé par ses mots. Annabeth, non, bien sûr que non. Je vous aime. Vous avez été… J'ai toujours eu le sentiment que vous étiez la fille que je n'aurais jamais. Vous devez certainement le savoir.

— Non, je l'ignore ! s'écria Annabeth, des larmes ruisselant soudain sur ses joues. Comment aurait-il pu en être autrement ? Je ne vous connais absolument pas. Comment avez-vous pu commettre pareil geste ? Papa était votre ami le plus cher. Comment avez-vous pu l'assassiner ?

Russell afficha un air abasourdi et devint soudain blême.

— L'assassiner ! Hunter ? Mais de quoi parlez-vous ? Jamais je n'aurais pu… Hunter n'a pas été assassiné. Il a fait une chute.

Russell s'avança vers le rebord de son siège, se penchant vers Sloane, le regard implorant.

— Il est tombé.

Face au silence de Sloane, la respiration de Russell se fit plus rapide, heurtée. Le vernis de son attitude détendue et élégante se fissurait sous leurs yeux.

Le moment des aveux avait-il sonné ? Celui où Russell reconnaîtrait les actes qu'il avait commis et où tout cela pourrait enfin trouver une conclusion ?

Pour le bien et la sécurité d'Annabeth, Sloane l'espérait. Elle ne devrait plus avoir à supporter la révélation du moindre autre terrible secret. Mais une pensée perfide – songer que cela signifiait également que le temps passé l'un auprès de l'autre était terminé – ne cessait de hanter son esprit. Il était clair que Sloane ne la méritait pas s'il pensait ainsi à lui-même et à ce qu'il désirait alors qu'elle subissait une si terrible souffrance. Annabeth avait pris la bonne décision en mettant fin à ce qui se passait entre eux, quoi que cela puisse être.

Russell secoua la tête énergiquement, ses yeux passant fébrilement de Sloane à Annabeth. Alors que tous deux gardaient le silence, le déni s'estompa dans le regard de Feringham et la réalité s'imposa. Il se détourna et recouvrit son visage de ses mains. Une minute fut nécessaire à Sloane pour réaliser que Russell ne tremblait pas seulement en raison du choc causé par leurs accusations. Des sanglots silencieux agitaient son corps, comme s'ils étaient arrachés aux profondeurs les plus intimes de son âme.

— Oh ! mon Dieu, mon Dieu. Quelqu'un l'a tué.

Sa voix était hachée, entrecoupée de sanglots.

Sloane jeta un regard en direction d'Annabeth, qui paraissait aussi surprise et déconcertée que lui. Ainsi c'était lui le maître espion ? Le criminel impitoyable qui avait assassiné son meilleur ami et tiré sur sa belle-fille ? Sloane avait la désagréable sensation qu'ils avaient peut-être trouvé l'homme ayant été impliqué dans l'accident, mais que celui-ci n'était pas l'ennemi qu'ils recherchaient.

Russell sortit son mouchoir pour essuyer les larmes baignant son visage.

— Je vous demande pardon.

Il rassembla les vestiges brisés de son attitude raffinée, comme s'ils étaient aptes à lui procurer la force dont il avait besoin.

— Toutes mes excuses pour… hum.

Il fit un geste vague de la main, comme pour embrasser le moment de détresse qu'il venait de traverser.

— C'était un… un choc, voyez-vous.

— Oncle Russell…

Annabeth se pencha vers lui et posa sa main sur la sienne dans un geste de réconfort.

Russell saisit ses doigts et les pressa fermement.

— Jamais je n'aurais fait de mal à Hunter. D'aucune manière. C'était… un homme si brillant, si merveilleux. Je… C'était un affreux secret que nous partagions, et je regretterai toujours ce qui s'est passé. Mais je n'aurais pas pu lui faire de mal.

— Vous dites qu'il vous a indiqué avoir l'intention d'avouer, dit Sloane pour l'inciter à poursuivre.

Russell acquiesça d'un hochement de tête.

— Un soir, peu de temps avant sa mort, alors que nous avions bu, Hunter m'a confié qu'il était si accablé par la culpabilité qu'il ressentait la nécessité de confesser sa faute. Il m'a assuré qu'il ne mentionnerait pas mon nom. Je l'ai cru, bien sûr, et pourtant… je ne parvenais à réprimer un certain malaise. Et quand il est tombé… malgré l'immense tristesse causée par sa disparition, je n'ai pas pu m'empêcher d'éprouver également un certain soulagement. Je me détestais d'oser songer au fardeau qui était retiré de mes épaules, sachant que je n'avais plus désormais besoin de m'inquiéter qu'il puisse révéler ma faute. Jamais je ne me pardonnerai d'avoir ressenti autre chose que de la tristesse quand il est mort. J'aurais dû penser à vous et à votre mère, à tout ce que vous aviez perdu. Je me suis promis que je ferais tout mon possible pour veiller sur vous ainsi que Hunter l'aurait voulu. Jamais je ne pourrai me racheter pour ce que j'ai ressenti dans ces moments les plus sombres, mais quoi qu'il en soit, j'espérais pouvoir vous rendre une petite part du père que vous méritiez.

Il serra plus fort la main d'Annabeth et dit d'un ton fervent :

— Je vous en prie, ma chère enfant, ne me détestez pas.

Annabeth pressa la main de l'homme.

— Je ne vous déteste pas, pas plus que je ne pourrais détester Papa, malgré ce qui s'est passé. Et je suis tellement, tellement heureuse d'apprendre que vous ne saviez rien à propos de ce meurtre.

— Non, bien sûr que non, soyez-en sûre.

Russell relâcha sa main et se détendit, les quittant des yeux comme si venait d'apparaître devant ses yeux une image surgie du passé.

— Il m'a tant manqué ces dernières années. Si souvent je me suis dit : « Oh ! il faut absolument que je raconte cela à Hunter », mais bien sûr, c'était impossible. Si seulement j'avais su qu'il me restait si peu de temps avant sa mort, je lui aurais rendu visite plus souvent, j'aurais conversé avec lui plutôt que de gâcher mon temps avec des bêtises sans importance. Le regret est une chose terrible. On n'a jamais une autre occasion d'accomplir ce que l'on n'a pas fait.

Il poussa un soupir désolé et, après un long moment, se tourna de nouveau vers Sloane.

— Je ne comprends pas. Comment cela aurait-il pu être un meurtre ? Hunter n'a certainement fait que tomber au bas de ces marches, non ?

— Le garde-corps avait été intentionnellement fragilisé, scié presque entièrement, répondit Sloane, dans le but qu'au moment de s'appuyer contre la rambarde, il tombe à l'étage inférieur.

— Mais qui... Pourquoi quelqu'un aurait-il voulu tuer Hunter ?

— Nous pensions que le crime était en rapport avec cette confession, mais à présent nous n'en sommes plus aussi certains, je dois l'avouer.

Sloane avait tenté de formuler une réponse aussi vague que possible. Moins d'autres personnes auraient d'informations à propos des autres actes odieux commis par Hunter, mieux cela vaudrait.

— Il semble improbable qu'il ait parlé à quelqu'un d'autre de cette lettre, ajouta-t-il.

Russell écoutait, l'air absorbé.

— La seule personne à laquelle je puisse penser est Martha, mais je suppose qu'il ne le lui a même pas dit. Il détestait tant la décevoir et elle aurait été si bouleversée. Toutefois je ne peux imaginer quelle autre raison aurait quiconque de vouloir lui nuire, dit Russell d'un ton désemparé. Tout le monde appréciait...

Un éclair traversa subitement son regard et il bondit sur ses pieds.

— C'est lui ! Edgerton. Il était le seul à le détester. Il ne pouvait pas supporter que Martha lui ait préféré Hunter.

Sloane observa Annabeth du coin de l'œil. Avait-elle eu raison à propos de son beau-père depuis le tout début ? Peut-être avait-il inconsciemment écarté l'idée car il pensait qu'elle n'était née que de son aversion pour cet homme et que cette dernière avait influencé ses pensées. Sloane le savait, rien n'aurait pu davantage motiver chez lui une envie de meurtre que son amour pour Annabeth. Quand il avait cru voir en Parker le commanditaire de son enlèvement, il avait pratiquement assassiné l'homme sur-le-champ.

— Edgerton a dû penser que s'il se débarrassait de Hunter, Martha l'épouserait. Et il a eu raison. Il a obtenu ce qu'il voulait.

Russell se retourna vers Sloane.

— Vous devez l'attraper. Le jeter en prison.

Annabeth se leva et rejoignit Russell pour lui dire d'un ton apaisant :

— Je me suis posé la même question que vous à son sujet. Mais nous ne disposons d'aucune preuve, il ne s'agit que d'une conjecture. Jamais il ne serait arrêté sans preuve.

— Vous en trouverez une.

Russell pointa vivement un doigt vers Sloane.

— Je sais que vous pouvez réussir. Hunter disait que vous étiez un sacré petit malin.

— Ah, vraiment ?

— Oui. Il affirmait que vous étiez capable de dénicher la moindre information et que vous n'aviez aucun scrupule quant à la manière d'y parvenir.

— Oncle Russell, ce n'est pas vrai, protesta Annabeth.

— Non. Il avait raison, répliqua Sloane en se levant. Je n'arrêterai pas de creuser jusqu'à ce que je découvre qui fait subir tout cela à Annabeth. Et je peux vous assurer que les coupables payeront. Mais il y a d'autres facteurs impliqués ici en dehors de la jalousie. Mr Winfield a-t-il jamais fait mention d'une autre chose dans laquelle il avait été impliqué ?

— Impliqué ? répéta Russell, déconcerté. Je ne vois pas de quoi vous voulez parler. Une affaire commerciale ? Il ne m'a informé de rien en particulier.

— Vous avez dit que Hunter était accablé par un sentiment de culpabilité au cours des dernières semaines de son existence. Quelque chose d'autre le tracassait-il ? Était-il inquiet ? Effrayé ? A-t-il mentionné un nom en particulier ?

— Eh bien, bien évidemment il redoutait le scandale que sa confession provoquerait. Mais je ne me souviens pas qu'il ait mentionné le nom de quiconque. Enfin, au-delà de quelques bavardages futiles à propos de personnes que nous connaissions. Ce genre de choses.

— A-t-il exprimé la moindre rancœur ou colère au sujet de certaines de ces personnes ?

— Hum... eh bien, il ne vous appréciait pas beaucoup, je le crains, répondit Russell sans pouvoir dissimuler un certain embarras.

Sloane laissa échapper un petit rire.

— Non, j'imagine que ce n'était pas le cas, en effet.

Il s'interrompit un instant avant de reprendre :

— Vous souvenez-vous si Mr Winfield a reçu des visiteurs durant ces dernières semaines ?

Russell réfléchit, le front plissé.

— Je ne me souviens pas d'avoir vu qui que ce soit. Mais cela remonte à longtemps, j'ai pu avoir oublié. Et ce n'est pas comme si j'avais été en permanence auprès de Hunter. Je ne me souviens pas de lui disant quoi que ce soit à propos de visites qu'il aurait reçues en tout cas.

Son regard se porta alors vers Annabeth.

— De quoi est-il question ? Qui soupçonnez-vous à part Edgerton ?

— C'est le problème justement, répondit Sloane d'un air grave. Il semble que nous chassions des fantômes.

37

— Je le crois, dit Annabeth.

Elle et Sloane étaient assis côte à côte dans la voiture à cheval.

— Pas vous ?

Elle posa une main sur son bras d'une façon si spontanée que le cœur de Sloane se serra douloureusement dans sa poitrine.

— Si, tout à fait. Il est impossible que Russell ait pu continuer pareille mascarade durant toutes ces années. Il n'est qu'à voir ce qui s'est passé aujourd'hui. Il s'est effondré et a avoué avoir pris part à cette course avant même que nous ne le lui demandions.

— Devrions-nous rendre visite à Edgerton, l'interroger ?

— Martha sera chez eux si nous nous y rendons maintenant, n'est-ce pas ? Je préférerais garder votre mère en dehors de tout cela si nous le pouvons.

— Je suis entièrement d'accord avec vous, répondit Annabeth en mordillant nerveusement sa lèvre. Cela risque de ruiner son existence, n'est-ce pas ?

— Ce n'est pas une chose dans laquelle nous devons nous engager à la légère selon moi, en effet, dit Sloane, l'air soucieux. J'aimerais vraiment obtenir en premier lieu une sorte de preuve le concernant et le confronter à cet élément en l'absence de votre mère.

— De cette façon, s'il est en mesure de l'expliquer, elle n'aura même pas à savoir que nous l'avons accusé.

Annabeth lâcha un soupir.

— Ce serait mieux en effet, je suppose, mais je déteste attendre. Je suis terrifiée à l'idée d'imaginer Maman dans cette maison avec lui.

— Quoi qu'Edgerton ait pu faire, je crois sincèrement qu'il ne ferait jamais le moindre mal à votre mère.

— Je ne veux pas rentrer à la maison. Je ne peux me trouver face à Grand-mère pour l'instant.

— Bien sûr. Où pourrions-nous aller ? Nous ne pouvons pas nous promener dans le parc, vous y seriez trop à découvert. Et il est possible que mon père se trouve chez moi, cette solution n'est donc pas envisageable.

— Pourquoi n'allons-nous pas là où vous travaillez ? Vous avez un bureau, n'est-ce pas ?

— Voulez-vous voir les quais ? demanda-t-il.

— Voilà qui offrirait un agréable changement, répondit Annabeth en lui adressant un faible sourire.

— Dans ce cas, c'est là que nous irons, fit Sloane avant de se pencher pour transmettre les instructions nécessaires au cocher.

Il échouait à comprendre pour quelle raison Annabeth avait envie de voir cet endroit, pas plus qu'il ne pouvait s'expliquer pourquoi son cœur était envahi d'une douce chaleur à l'idée qu'elle ressente ce désir.

Ils roulèrent jusqu'aux quais puis sortirent de la voiture et marchèrent au grand air. En ces lieux, Sloane se sentait en sécurité. Il avait toujours des gardes en poste au cas où Parker déciderait de renouveler ses attaques, et il y avait trop d'effervescence, de personnes, de chariots et de piles de caisses pour que quiconque puisse viser de manière satisfaisante. Il prit néanmoins soin de bien garder amas de marchandises et obstacles de même sorte entre eux et les bâtiments dans l'éventualité où un tireur s'y cacherait.

Il désigna du doigt ses navires à Annabeth. Deux d'entre eux se trouvaient à quai, l'un faisant l'objet d'un déchargement de sa marchandise, l'autre recevant sa cargaison. Nombre de travailleurs saluèrent Sloane à leur passage et il fit halte pour échanger quelques mots avec le capitaine de l'un des vaisseaux. Annabeth, la main posée sur son bras, observa tout avec le plus grand intérêt et lui posa maintes questions, pointant du doigt divers détails qui attiraient son attention.

Ils poursuivirent leur marche vers la rangée d'entrepôts, où ils jetèrent un rapide coup d'œil aux produits stockés, et pénétrèrent finalement dans la bâtisse où se trouvaient ses employés et ses livres de comptes. Sloane rédigea aussitôt un court message à Asquith pour lui dire qu'ils avaient trouvé la confession de Hunter et que ce document ne révélait rien à propos du maître espion que l'homme recherchait.

— De cette façon, s'il y a un traître au sein de son organisation, celui-ci sera informé de tout cela et saura qu'il ne court nullement le danger d'être démasqué et arrêté.

— En quoi cela aide-t-il Asquith à retrouver cet individu ? interrogea Annabeth, l'air intrigué.

— En rien, à vrai dire. Mais cela devrait servir à assurer votre sécurité. Et c'est bien là tout ce qui m'importe.

Sloane cacheta le message et le tendit à un jeune employé. Le garçon partit en courant livrer la missive et Annabeth et Sloane gagnèrent l'étage supérieur. Là, le vaste espace se répartissait entre une zone dédiée à l'entreposage, dans le fond de la pièce, et un bureau, situé à l'avant.

Sloane observa Annabeth tandis qu'elle parcourait la pièce, examinant avec attention l'espace utilitaire. Il se demandait ce qu'elle en pensait mais renonça à l'interroger sur ce point car l'endroit lui semblait soudain terriblement vide et ordinaire. Elle se tint immobile quelques instants, contemplant à travers la fenêtre la vue offerte sur les quais, puis elle s'avança vers la porte s'ouvrant dans le mur latéral et lança :

— Et qu'y a-t-il donc là-dedans ?

Elle découvrit alors une pièce plus petite et pourvue d'encore moins de mobilier : seulement un lit et une vasque destinée à la toilette.

— Oh ! s'exclama-t-elle, confuse.

Ses joues se voilèrent de rose et elle fit brusquement volte-face.

— Parfois, quand je travaille tard, il m'arrive de dormir ici, expliqua Sloane, gêné.

Il semblait en effet pour tous deux que le lit venait brusquement de devenir le centre du bureau tout entier. En outre, que disait la présence de cette simple chambre de la vie de Sloane quand il valait aussi bien à ses yeux dormir sur place que rentrer chez lui ? Il tourna quelques instants le dos à Annabeth et, alors qu'il était désireux de savoir ce qu'elle pensait de son univers et de lui à présent qu'elle avait vu le monde dans lequel il évoluait, il se contenta d'énoncer :

— Il est difficile de croire qu'Edgerton puisse vous attaquer.

— Oui, concéda Annabeth dans un soupir. Si l'on considère en particulier combien cela anéantirait ma mère. Mais peut-être n'a-t-il jamais eu l'intention de me faire du mal et peut-être voulait-il simplement nous effrayer pour que nous cessions de chercher la confession.

— Voilà qui semble lui ressembler davantage, en effet. Une action calculée pour obtenir un résultat désiré plutôt qu'un geste impétueux.

— Oui, et nous sommes à court d'options. Ce n'est pas comme si je voulais que ce soit Lord Edgerton. Croyez-moi, je préférerais sincèrement que ce ne soit pas lui. Toutefois, maintenant que nous savons que Russell était l'autre homme dans cette course, trois ou quatre autres suspects se retrouvent éliminés de l'équation. Le seul rapport avec la course est que cet accident a été utilisé pour contraindre Papa à fournir des informations aux Français.

— Ce qui soulève un point intéressant, poursuivit Sloane, l'air pensif. Comment cet espion, quelle que soit son identité, a-t-il eu connaissance de l'accident de votre père ? Seuls lui et Feringham en avaient connaissance.

— Peut-être qu'une personne du village en a été témoin ?

— Mais pourquoi celle-ci n'aurait-elle pas utilisé plus tôt contre votre père ce qu'elle savait ? Pourquoi n'aurait-elle pas reçu de l'argent de sa part durant des années en échange de son silence ?

— Papa n'a jamais eu beaucoup d'argent.

— Peut-être, mais un petit quelque chose est toujours mieux que rien. Et il y a Feringham... Il est riche, n'est-ce pas ? Pourquoi ne pas le faire chanter également ?

— Nous ignorons s'il n'a pas fait l'objet d'un chantage.

— Nous pouvons lui poser la question mais je pense que Feringham l'aurait mentionné aujourd'hui si tel avait été le cas.

— Le plus probable est que soit mon père, soit Russell ait parlé de l'accident à quelqu'un, dit Annabeth. Peut-être l'histoire a-t-elle échappé à l'un d'eux un soir où il avait trop bu. Peut-être Papa en a-t-il même fait le récit à ce fameux « maître espion ».

— Ce qui indiquerait que cet homme était l'un de ses amis.

— Pas exactement. Papa était ami avec tout le monde quand il était ivre. On peut aussi envisager que l'individu en question ait surpris une conversation, alors que Papa racontait l'histoire à quelqu'un ou en parlait simplement à Russell.

— Il est clair qu'Edgerton serait sans nul doute le choix le plus facile, nota Sloane avant de poursuivre plus bas : Et si c'était lui ? Voudriez-vous qu'il soit traduit en justice ? Que votre mère subisse par conséquent scandale et douleur ?

Les yeux d'Annabeth s'emplirent de larmes à ces mots.

— Non, bien sûr. Je ne voudrais pas affronter pareille situation. Oh ! Sloane...

Il traversa la pièce pour la rejoindre, bras grands ouverts, et elle se blottit contre lui.

— Je déteste tant toute cette terrible affaire, reprit Annabeth. Apprendre tout cela à propos de Papa et d'Oncle Russell... c'est abominable. J'aurais aimé n'en jamais rien savoir.

— Je le sais.

Sloane serra Annabeth tout contre lui, faisant reposer sa joue contre sa tête.

— Je suis si désolé, mon amour.

Il avait essayé de la protéger et avait échoué misérablement à chaque fois. Ses échecs imprimaient une douleur brûlante dans sa chair. Il serra plus fort ses bras autour d'elle, en murmurant :

— Mon amour, mon amour.

Annabeth s'écarta légèrement et leva son visage vers lui. Ses yeux brillants de larmes paraissaient immenses et sa bouche terriblement douce et tentante.

— Embrassez-moi, Sloane.

Il s'immobilisa, les mots d'Annabeth représentant si parfaitement ce qu'il désirait entendre qu'il crut les avoir imaginés.

— Anna...

Jamais il n'avait voulu quelque chose plus ardemment : l'embrasser jusqu'à ce que le reste du monde disparaisse autour d'eux, se laisser sombrer dans les eaux de son amour.

— Non, se reprit-il. C'est impossible. Vous ne réfléchissez pas clairement. Ce n'est pas réellement ce que vous désirez.

— Ne me dites pas ce que je désire, fit Annabeth en se hissant sur la pointe des pieds avant de presser doucement ses lèvres contre les siennes.

Elles étaient chaudes et veloutées, et ce baiser avait un goût de printemps, de cerises sucrées et de toutes ces bonnes choses dont Sloane avait presque oublié l'existence quand Annabeth avait cessé d'être présente dans sa vie. Puis elle entrouvrit ses lèvres sous la pression des siennes et le monde sembla se mettre à tournoyer tout autour de lui, le faisant plonger tout entier dans les eaux de son désir infini. Il l'embrassa à son tour, son bras se serrant autour d'elle pour presser son corps contre le sien, et sa douceur et sa docilité renforcèrent encore son ardeur. Il fit glisser sa main vers le bas de son dos et ses doigts se fermèrent sur la partie la plus charnue pour renforcer son étreinte. Sloane voulait qu'elle ressente toute la puissance de sa flamme et quand

Annabeth laissa entendre un doux murmure et fit onduler son corps contre lui de façon presque primitive, son impatience à voir satisfait son élan se décupla encore.

Il détacha sa bouche de la sienne dans une dernière tentative de reprendre le contrôle de la situation.

— Je serais une vraie canaille si je profitais de vous alors que vous êtes si vulnérable.

Elle le regarda, un petit sourire aguicheur se dessinant sur ses lèvres.

— J'ai toujours eu un faible pour les canailles, l'ignoriez-vous ?

Ce fut l'étincelle qui déclencha le brasier. Sloane resta immobile un petit instant supplémentaire, dans une dernière tentative de remporter la vaine bataille contre son corps. Il savait qu'Annabeth n'était pas pour lui, savait qu'elle avait raison de dire qu'il la faisait toujours souffrir, savait que ce temps passé avec elle allait rapidement prendre fin et qu'il ne la reverrait jamais. Mais était-il si mal de vivre ce dernier moment avec elle, de vouloir emporter ce plaisir et ce bonheur avec lui dans cet avenir lugubre qu'il vivrait sans elle ? Ne pouvait-il pas tout simplement capituler ? Après tout, Annabeth était une femme capable de faire ses propres choix.

— Faites-moi l'amour, Sloane, souffla-t-elle.

Et à cet instant, il sut qu'il était perdu.

38

Après l'avoir soulevée dans ses bras, Sloane emporta Annabeth dans la petite chambre. Elle noua ses bras autour de son cou et quand elle fit reposer sa tête tout contre son épaule, il put sentir la douce caresse de son souffle sur sa peau, ce qui attisa encore davantage le feu ardent de son désir. Il referma la porte derrière eux du bout de sa botte et reposa Annabeth tout près du lit.

Il brûlait de l'envie de donner libre cours à l'ouragan de sa passion, d'arracher tous leurs vêtements et de se jeter sauvagement avec elle sur le lit. Mais plus que cela, il désirait se délecter de chaque instant de leur étreinte, prendre tout son temps et faire que ce moment dure encore et encore. C'était ce qu'il aurait d'elle pour le reste de ses jours et il était avide de son amour plus qu'il ne l'était d'un quelconque sentiment de satisfaction charnelle.

Lentement il dénoua les attaches de ses vêtements et les fit glisser le long de son corps, jetant sa pelisse, puis sa robe, sur la chaise toute proche. Son regard avide parcourut la silhouette d'Annabeth, se délectant de la vue du renflement de sa poitrine sous sa fine chemise, des cercles sombres dessinés par les pointes de ses seins, de l'étroitesse de sa taille et de l'arrondi voluptueux de ses hanches.

— Et qu'en est-il de vous ? s'enquit Annabeth dans un murmure, tandis que ses mains se portaient sur les boutons de son gilet.

— Nous y viendrons plus tard.

Un sourire sensuel s'épanouit sur les lèvres de Sloane.

— Avant cela il me faut vous regarder.

Il effleura de ses jointures le bout de son sein et ce dernier se dressa sous sa caresse.

— Vous êtes véritablement superbe.

— Tout comme vous.

Elle lui sourit à son tour avant de laisser ses mains retomber le long de son corps. C'était un petit geste, mais il ébranla Sloane au plus profond de lui-même. C'était une façon subtile de s'abandonner à lui qui dénotait l'amour et la confiance, et une ouverture sans limites à la passion.

Sloane déglutit avec peine, prenant une courte pause pour se connecter pleinement au feu qui brûlait en lui. Il la fit s'asseoir sur le lit, puis s'agenouilla et la délesta de ses bas, les faisant glisser lentement le long de ses jambes, tandis que ses doigts caressaient sa peau. Il avait agi de la sorte la première fois qu'ils avaient fait l'amour et curieusement ce souvenir rendait le plaisir presque doux-amer, sachant qu'il s'agirait là de leur toute dernière fois.

Il retira ce qu'il restait de ses dessous, dévoilant chaque parcelle de sa peau de la même façon lente et exquise, et elle s'étendit sur le lit, nouant ses bras derrière sa tête, la lueur dans ses yeux attisant autant son désir que le regard qu'il posait sur elle l'enflammait lui-même.

Sloane ôta sa veste, la jeta au loin puis retira le reste de ses vêtements sans jamais détacher son regard de sa beauté. Se penchant au-dessus d'elle, il lui prodigua une lente caresse, faisant glisser sa main le long de son corps, pour explorer chaque courbe, avant de faire courir un doigt à la base de son cou et de déposer sa main sur la peau si douce de ses seins. Ses doigts se glissèrent ensuite entre ses jambes et Annabeth s'ouvrit à lui. Le regard de son amante était vague et enfiévré, et elle laissa échapper un faible gémissement lorsque sa caresse se fit intime.

Annabeth s'agita bientôt fébrilement sous l'assaut de ses mains, tout en murmurant son nom. Les doigts de Sloane se livraient à présent à un jeu délicieux et hardi, explorant, caressant, pressant, et il put sentir la tension se renforcer peu à peu dans son corps, plus puissante à chacun de ses gestes.

— Sloane…

Son nom n'était plus à présent qu'un grognement, un grognement plein d'impatience et d'exigence.

Le corps de Sloane était plus tendu que jamais, ses limites presque atteintes.

Il brûlait d'être en elle, d'assaillir son corps de poussées franches et profondes, mais il repoussa fermement cet élan. Tout d'abord, il se délecterait du plaisir d'observer la fièvre du désir lui faire perdre tout contrôle sur elle-même.

Annabeth laissa échapper un cri, s'arqua contre sa main, le corps tendu à l'extrême, puis soudain parfaitement relaxé, et elle leva vers lui des yeux si emplis de chaleur et de contentement qu'il dut faire appel à toute sa force de tempérament pour ne pas se laisser emporter à son tour par l'extase.

Un petit sourire provocant se dessina sur les lèvres d'Annabeth tandis qu'elle lui prenait le bras.

— Venez ici à présent, voulez-vous ? dit-elle d'un ton langoureux.

Elle l'amena à s'étendre sur le lit auprès d'elle, le repoussant doucement pour qu'il se retrouve sur le dos, et il se laissa faire sans opposer la moindre résistance, le corps vibrant d'impatience. Elle lança alors une jambe par-dessus son corps de sorte à le chevaucher.

— À mon tour à présent, annonça-t-elle à mi-voix tout en décochant à Sloane un sourire enjôleur qui propulsa en lui un éclair de feu.

Annabeth entreprit de faire courir ses mains sur ses bras et son torse, et la douceur de ses gestes lui sembla une véritable torture. Il savait qu'elle pouvait sentir la force de son désir se presser tout contre elle, à l'endroit le plus sensible ; il savait qu'elle avait pleinement conscience de ce qu'elle lui faisait ressentir lorsqu'elle changeait de position, glissant plus bas sur ses cuisses ; et en avoir pleinement conscience décuplait l'envie qu'il avait d'elle.

Il adorait qu'elle attise ainsi son désir, que ses tourments aient pour but de nourrir toujours plus le feu brûlant déjà en lui. Il adorait qu'elle ait envie de le toucher, qu'elle prenne plaisir à explorer son corps, avide de trouver chaque point sensible capable de renforcer encore son ardeur.

Sloane serra ses mains sur sa taille pour l'attirer vers lui mais elle administra une petite tape sur son bras d'un air espiègle.

— Pas question, enfin ! C'est à mon tour, vous en souvenez-vous ?

— Je m'en souviens, en effet.

Le souffle de Sloane se fit encore plus heurté en voyant le regard sensuel qu'elle posait sur lui.

— Dans ce cas, soyez un bon garçon et gardez vos mains là-haut.

Elle saisit les poignets de Sloane et releva ses bras au-dessus de sa tête.

— Et je ferai ainsi qu'il me plaît.

Elle se pencha vers lui et lui prodigua un baiser long, lent et ardent. Sloane referma ses doigts autour des fines barres métalliques de la tête de lit et les serra fortement. Les lèvres d'Annabeth quittèrent les siennes pour trouver le lobe de son oreille qu'elle mordilla avant que sa bouche ne se perde sur la peau tendre de sa gorge, la base de son cou, puis, plus bas, sur sa poitrine. Elle embrassa et goûta sa peau, s'arrêta sur la pointe de son pectoral qu'elle suça doucement jusqu'à arracher un petit grognement à Sloane.

— Maintenant, lâcha-t-il d'une voix éraillée. Je dois vous faire mienne maintenant.

— Juste un instant. Je veux ceci.

La langue d'Annabeth courut toujours plus bas sur son abdomen jusqu'à atteindre son nombril.

Sloane laissa échapper alors une plainte étouffée et il amena Annabeth à basculer sur le dos. Elle laissa échapper un rire ravi au moment où il se plaçait entre ses jambes puis le son qui s'échappa de ses lèvres se mua en un soupir gémissant quand il s'introduisit en elle d'une irrésistible poussée.

Ses assauts furent lents au tout début ; si ce devait être sa dernière nuit passée auprès de son amour, il désirait faire durer chaque seconde. Mais chaque son émis par Annabeth, chaque mouvement, semblait destiné à lui faire perdre tout contrôle sur lui-même. Sloane jugeait que rien ne pouvait rivaliser avec la sensation des douces mains de son aimée effleurant à peine sa peau : le contact, aussi léger que celui d'une plume, le faisait littéralement trembler. Mais cette idée s'évanouit quand elles exprimèrent subitement toute l'ardeur qui s'animait en Annabeth. Ses ongles devenus griffes glissèrent fiévreusement le long de son dos et, submergé par l'intensité de son désir, Sloane plongea en elle, encore et encore, vigoureusement, rapidement, les petits gémissements de contentement d'Annabeth renforçant toujours plus son ardeur. Il se raccrocha aux derniers vestiges de sa retenue jusqu'à ce qu'il sente son corps se serrer autour de lui, les vagues de son orgasme se déchaînant en elle. Puis, enfin, il atteignit lui-même l'extase, le plaisir suprême explosant violemment en lui, avant qu'il ne s'effondre contre son corps.

Sortant de sa douce torpeur, Annabeth aperçut au-dessus d'elle le visage de Sloane. Il était étendu à ses côtés, en appui sur un coude, et son doigt courait doucement sur la courbe de sa joue. Les traits de son visage étaient empreints de douceur, ses yeux assombris par l'émotion, et elle sut alors qu'il l'aimait toujours. Elle lui sourit à son tour et posa tendrement sa paume contre sa joue.

— Je vous aime, murmura-t-elle.

Les traits de Sloane se durcirent dans l'instant et il s'assit avant de se détourner d'elle.

— Ne dites pas une chose pareille.

Annabeth le regarda d'un air soucieux, le doux sentiment de paix et de joie ressenti à son réveil à présent envolé.

— Pourquoi ? C'est la vérité. Sloane...

Elle posa sa main dans son dos et il tressaillit comme si le contact de ses doigts l'avait brûlé.

— Que se passe-t-il, enfin ?

Un éclair de douleur la transperça. S'était-elle lourdement trompée ?

— Tout cela ne signifiait-il donc rien pour vous ? s'alarma-t-elle. N'éprouvez-vous donc pas la même chose que moi ?

— Anna, ne..., gronda-t-il. Ne rendez pas tout cela plus difficile encore.

— De quoi parlez-vous, voyons ? répondit-elle en s'asseyant à son tour. Sloane, dites-le-moi simplement. Ne m'aimez-vous donc pas ?

— Bien sûr que je vous aime, lâcha-t-il d'un ton virulent.

— Alors pourquoi vous comporter de la sorte ? Les choses ne sont plus comme autrefois. Nous pouvons être ensemble à présent.

— Non, nous ne le pouvons pas.

Il quitta le lit et commença à enfiler ses vêtements d'un geste vif, tout en lui tournant fermement le dos.

— Il faut vous rhabiller, ajouta-t-il. Nous devons rentrer chez votre grand-mère. Il se fait tard. Elle risque d'avoir des soupçons.

Annabeth se sentant soudain très nue tendit la main vers les sous-vêtements que Sloane avait jetés au pied du lit pour se rhabiller avec la même célérité que lui.

— Grand-mère conçoit toujours des soupçons à tout propos. Pourquoi cela importe-t-il ? Nous sommes des adultes à présent. Je peux épouser la personne de mon choix.

— Nous n'allons pas nous marier, Annabeth, lâcha Sloane en s'approchant du miroir fixé au-dessus de la vasque pour nouer sa cravate.

— Ne me dites pas que vous vous souciez toujours du scandale que pourrait provoquer notre mariage, riposta Annabeth. Cela est parfaitement absurde. Je n'ai que faire de l'opinion de la haute société. Peu m'importe si je ne suis jamais plus invitée à une fête ou si je ne reçois plus de visite. Et je ne vais certainement pas choisir une vie malheureuse parce que Grand-mère ne veut pas que je vous épouse. Croyez-moi, elle est parfaitement capable d'affronter quelques vaines rumeurs, elle est convaincue que toute parole prononcée contre elle n'est que l'expression d'une vive jalousie.

Tentant fébrilement de nouer sa cravate, Sloane laissa soudain échapper un juron avant d'arracher la longue bande de tissu de son cou. Il se retourna vivement pour lui faire enfin face.

— Nous ne pouvons pas simplement effacer notre passé ! tonna Sloane. Nous ne pouvons pas simplement nous affranchir de la douleur et de la tristesse éprouvées. Elles nous accompagneront toujours. Chaque fois que nous sommes ensemble, nous ne faisons que nous infliger mutuellement plus de souffrances.

Annabeth prit une profonde inspiration et se força à imprimer un ton calme à sa voix.

— Je n'avais pas raison l'autre jour, répondit-elle. J'ai parlé trop vite et sous le coup de la colère. Je détestais ce qu'a fait mon père et c'est sur vous que j'ai rejeté la faute. Ce n'était pas juste. Ce n'est pas vous qui m'avez causé douleur et tristesse. C'était Papa. C'est la vie qui provoque la douleur, et l'amour, c'est cela qui guérit les blessures.

— C'est le désir qui nous a amenés là, pas l'amour.

— Ainsi vous proclamez à présent que vous me désirez mais que vous ne m'aimez pas.

— Vous savez que je vous aime. Et cela est sacrément douloureux, dit-il en enfouissant nerveusement ses mains dans sa chevelure. Ceci…

Il pointa vivement son index vers le lit.

— Ceci ne suffit pas à guérir toutes les blessures. Ceci ne fait que les couvrir d'un voile durant un certain temps, vous incite à oublier, vous fait croire que tout est possible.

— Mais c'est possible, en effet.

Annabeth s'approcha d'un pas et sa voix se fit implorante.

— Réfléchissez un peu, après tout ce qui s'est passé, après toutes ces années, nous voici de nouveau là. Ensemble. Nous sommes destinés à être ensemble.

— Le destin possède un sens de l'humour bien cruel dans ce cas. Annabeth, rien de ce que vous dites n'a d'importance. J'ai beau vous aimer et vous vouloir avec force, je ne peux faire de vous mon épouse. Je ne suis pas le garçon que vous aimez. J'ai menti, enfreint des lois et commis des actes qui vous pousseraient à me fuir.

— Tout cela appartient au passé. Peu importe si vous avez changé. J'ai changé, moi aussi. Je n'essaye pas d'épouser ce garçon d'autrefois. Je sais qui vous êtes. Et je vous aime. Maintenant. Tel que vous êtes.

— Vous avez vu mon univers.

Il étendit ses bras devant lui comme pour appuyer son propos.

— La façon dont je vis. Ces choses, je ne les ai pas simplement faites naguère. J'agis encore au mépris de la loi. Demandez donc à votre ami Nathan. Il m'a vu à l'œuvre. J'ai des ennemis. Venant du passé, mais aussi du présent. Un certain nombre de personnes seraient plus qu'heureuses de me faire du mal. Elles sont peut-être réticentes à risquer de m'attaquer physiquement, mais elles sauront pouvoir me détruire par le biais de mon épouse. Vous seriez constamment en danger. Voulez-vous passer le reste de votre existence de cette façon ? Vivre en permanence ainsi que durant ces derniers jours ?

— J'y ai réussi, n'est-ce pas ? s'enflamma Annabeth. Je pense avoir prouvé que je ne suis ni faible, ni lâche, ni…

— Il ne s'agit pas de vous ! tonna Sloane. Vous n'êtes pas faible. C'est moi qui le suis ! Vous êtes ma faiblesse.

— Eh bien, vous avez raison sur un point, riposta Annabeth tout en ramassant sa pelisse d'un geste vif. Vous êtes faible, en effet. Je suis prête à faire tout ce qui est nécessaire pour être avec vous. Mais vous, vous avez trop peur pour vous battre pour notre amour.

Sur ces mots, Annabeth tourna vivement les talons et se précipita hors de la pièce.

39

Sloane lâcha un juron et s'élança à sa suite.

— Annabeth ! Arrêtez-vous, je vous prie !

Bien sûr elle ne l'écouta pas. Elle avait raison ; elle n'avait que faire du danger. Et elle ferait l'inverse de tout ce qu'il proposerait en cet instant. Sloane effectua un geste à l'adresse du contremaître devant lequel elle venait de passer en courant.

— Wilson. Suivez-la, je vous prie. Assurez-vous qu'elle rentre chez elle sans encombre.

Avec un peu de chance Annabeth n'arracherait pas la tête de l'homme, songea Sloane.

Il opéra un demi-tour et emprunta l'escalier pour regagner son bureau. Par la fenêtre, il vit Annabeth s'éloigner d'un pas furieux, Wilson courant à sa suite. Puis les deux silhouettes tournèrent le coin de la rue et disparurent. Il se laissa alors retomber sur sa chaise, posa ses coudes sur le bureau et enfouit sa tête entre ses mains.

Eh bien, il avait assurément tout gâché. Il n'avait plus besoin de redouter de ne plus jamais revoir Annabeth ; il venait de s'assurer qu'il en serait ainsi. Il avait été stupide de céder à son désir. Un tout dernier moment avec elle, en effet. Une dernière blessure à infliger, voilà qui était plus propre à décrire la situation.

Si seulement il s'était contenté de s'écarter d'elle, s'il s'était contenté de la ramener chez elle, il aurait eu… quoi, en vérité ?

Quelques jours supplémentaires marqués par le feu du désir, l'appréhension, les rêveries éveillées dignes d'un écolier tentant de se convaincre que tout irait pour le mieux ? Non. Mieux valait avoir opéré une rupture nette comme celle-ci. Après cela, ce qu'il pourrait lui dire importerait peu ; même s'il l'implorait en rampant devant elle, elle n'accepterait pas qu'il revienne auprès d'elle. Et c'était mieux ainsi. Elle était plus en sécurité ainsi.

Sloane se frotta le visage et s'enfonça dans son fauteuil. Il ne parviendrait pas à travailler en ce jour. Autant rentrer chez lui. Peut-être pourrait-il tuer le temps en jouant à quelque stupide jeu de cartes avec son père. Mais Marcus serait absent, bien sûr ; il se trouvait sans nul doute chez Lady Lockwood. Voilà qui n'avait pas d'importance ; Sloane pouvait simplement passer la soirée à boire du brandy et s'assurer de souffrir d'une terrible gueule de bois le lendemain.

Il quitta le bureau et s'éloigna des quais pour prendre le chemin du retour, préférant parcourir à pied le trajet plutôt que de héler un fiacre. Il n'avait nul besoin de se presser ; rien de particulier ne l'attendait chez lui. Peu lui importait non plus d'ailleurs que quelqu'un l'attaque en chemin. En cet instant, il accueillerait la possibilité d'une bagarre avec un plaisir non feint. Mais nulle attaque ne survint et il entra chez lui sain et sauf et avec la même humeur sombre.

— Sloane, mon garçon, l'appela Marcus depuis le salon. Vous rentrez juste à temps pour le thé !

Bon sang, il devait vraiment friser le désespoir s'il était à présent heureux de constater la présence de son père chez eux !

— Que faites-vous ici ? demanda-t-il. J'aurais cru que vous seriez chez Lady Lockwood, engagé dans des parties de whist enfiévrées bien que sans vrais enjeux.

— Non, sa satanée chienne a transpercé l'une de mes chaussures en la mâchonnant et j'ai dû rentrer pour me changer.

Malgré son humeur, Sloane ne put s'empêcher d'esquisser un sourire.

— On aurait pu croire que vous vous seriez aperçu qu'elle mâchonnait votre chaussure avant qu'elle ne parvienne à la transpercer, non ?

— J'étais en veine, voyez-vous. Je n'ai pas réalisé ce qui se passait jusqu'au moment où l'un de ses crocs s'est planté dans l'un de mes orteils.

Marcus tendit à son fils une tasse de thé avant de se rasseoir et d'examiner Sloane avec attention.

— Vous rentrez tôt, non ?

Quand Sloane se contenta de répondre par un haussement d'épaules, son père l'observa plus attentivement avant de lâcher enfin un grognement de mécontentement.

— Bon sang ! Vous avez tout gâché, c'est bien cela ?

Sloane lui jeta un regard acerbe et s'assit face à lui.

— Oui. J'ai fait un beau gâchis. Une fois encore, ajouta-t-il en hochant la tête d'un air désabusé. Mais c'est tout aussi bien, à vrai dire. Mieux vaut effectuer une coupure nette que de continuer de tenter d'obtenir l'impossible.

— J'imagine que c'est le cas, en effet. J'essaye d'éviter de me retrouver dans l'une ou l'autre de ces situations moi-même, il est vrai.

— Croyez-moi, c'est plus facile ainsi.

— Mm-hm. Et bien entendu, vous empruntez toujours le chemin le plus facile, n'est-ce pas ?

Son père lui adressa son petit sourire narquois si agaçant et familier, mais Sloane décida d'ignorer ses paroles. Il n'avait pas l'énergie de se disputer avec Marcus.

— Annabeth n'est plus impliquée dans l'affaire, ajouta-t-il. Je n'aurai pas besoin de la revoir.

À cette pensée, une main glaciale sembla se refermer sur son cœur, mais il ignora également cette sensation.

— Je travaillerai à partir d'un autre angle désormais. Il semble qu'il ne s'agisse pas de l'un des amis de son père. À moins, bien entendu, que ce soit d'Edgerton, mais je continue à trouver cette hypothèse assez invraisemblable.

— Que n'aurait pas fait Edgerton ? fit Marcus avant de secouer la tête. Non, oubliez ma question. Je n'ai pas vraiment envie de savoir. Je suppose que vous pourchassez quelqu'un.

— Oui. Et quand je le trouverai, je tuerai cette ordure.

— Naturellement, murmura Marcus avant de soupirer et de se lever. Je crois que cette conversation nécessite un breuvage plus fort que du thé.

L'homme s'approcha d'une table et ouvrit la porte d'un petit meuble placé juste en dessous. Il revint, une bouteille à la main.

— Pourquoi une bouteille de brandy est-elle cachée dans le salon ? demanda Sloane.

— Eh bien, il est un peu ennuyeux, voyez-vous, d'avoir à crocheter la serrure de votre armoire à liqueurs à chaque fois. C'est bien plus pratique de conserver des bouteilles ici.

— Je ne sais vraiment pas pourquoi je me donne du mal, soupira Sloane.

— En toute franchise, mon garçon, moi non plus.

Marcus versa une généreuse dose de brandy dans chacune de leurs tasses puis but une première gorgée.

— Ah, voilà qui est bien mieux. Eh bien, maintenant, dites-moi... qui donc allez-vous assassiner ?

— L'homme qui a menacé Annabeth.

— Je vois. Excellente idée.

Sloane eut un petit haussement d'épaules.

— Ou je me contenterai de le livrer à Asquith, ce qui est probablement pire que la mort.

— Mais bien plus humain que de le remettre entre les mains de Lady Lockwood, n'est-ce pas ?

Sloane sourit faiblement à ses mots.

— Oui. Mort par la faute de Pétunia. Quel terrible sort !

— Mais je ne vois pas la relation entre le fait de pourchasser cet individu et cette « coupure nette » établie avec Annabeth, dit

Marcus après quelques instants. J'avais l'impression que vous deux étiez de nouveau ensemble. Que les cloches du mariage allaient bientôt retentir et ainsi de suite.

— Votre impression était fausse, énonça Sloane d'un ton morne.

Marcus relâcha un long soupir.

— Quelle excuse avez-vous donc trouvée cette fois-ci ?

— Une excuse ? répéta Sloane, comme piqué au vif, avant de se pencher vers son père d'un air pugnace. Pensez-vous que je ne veux pas l'épouser ? Que je ne serais pas prêt à tout donner pour en faire ma femme ?

— Eh bien, oui, mais étant donné que vous ne le faites pas... la situation se passe de commentaires, vraiment.

Sloane lâcha un grondement de mécontentement et se releva vivement pour arpenter la pièce à grandes enjambées.

— Je ne peux pas épouser Annabeth. C'est une évidence aux yeux de tous à part vous et elle.

— Ainsi la lady n'a pas rejeté votre demande.

— Non. Je ne lui ai pas demandé sa main.

— Hum. Ce doit être là que se loge votre problème dans ce cas.

— Oh ! voulez-vous bien arrêter vos plaisanteries !

— Que faire d'autre quand quelqu'un agit aussi stupidement que vous, pouvez-vous me le dire ?

— Je suis la seule personne sensée dans cette histoire. Annabeth affirme qu'elle n'a que faire du scandale, de sa réputation, de l'opinion de la haute société ou de quoi que ce soit d'autre.

— Tout comme vous, fit remarquer Marcus.

— Oui, mais elle n'a jamais fait l'expérience de tout cela, elle pense que tout ira bien. Elle me dit que j'ai peur, tout simplement. Que j'ai peur, entendez-vous ! Elle me dit que les fêtes ne lui manqueront pas. Que sa famille la soutiendra. Que sa grand-mère sera capable d'affronter l'orage.

— Elle a raison sur ce point. Lady Lockwood est plus susceptible de provoquer une tempête que de se laisser renverser par elle. La question est : ne pensez-vous pas qu'Annabeth devrait être libre de décider elle-même ce qu'elle veut et ce qu'elle ne veut pas ?

— Bien sûr. Mais je refuse qu'elle se réveille dans deux ans et prenne subitement conscience de l'affreuse erreur qu'elle a commise. Elle ne me connaît pas, elle ne comprend pas le genre de vie que je mène, le genre d'hommes que je suis à présent. Je soudoie des fonctionnaires. Je paye des agents de police et des magistrats pour fermer les yeux. Ce n'est peut-être pas moi qui commets les crimes qui ont lieu à l'intérieur et aux environs de mes tavernes, mais nous savons tous que ces crimes se produisent là-bas. Je suis un homme peu recommandable. Et j'ai des ennemis. Ils peuvent lui nuire en s'en prenant à moi.

— Je comprends ce que vous voulez dire, dit Marcus en hochant la tête. Quel dommage qu'il n'y ait personne dans les environs qui soit suffisamment intelligent pour changer les choses.

Sloane se figea et lança un regard noir à son père.

— C'est bien trop dangereux. Quelque chose pourrait lui arriver.

— On ne peut jamais être totalement à l'abri du danger, voyez-vous. Annabeth pourrait se faire renverser par une voiture à cheval demain, que vous restiez à ses côtés ou non. L'amour représente un risque. Tout comme le mariage. Vous êtes juste trop effrayé pour courir ce risque. Annabeth a raison.

— Ainsi vous pensez que je crains d'épouser Annabeth ? Voilà qui est parfaitement ridicule. Vous devez avoir tous deux perdu la raison. Je veux être avec elle depuis aussi loin que remontent mes souvenirs. Je veux Annabeth plus que tout au monde.

— Vous pensez qu'on ne peut pas être effrayé par ce qu'on aime éperdument ? Vous n'avez qu'à me regarder. Je n'ai pas à vous laisser m'éloigner de toute tentation en m'envoyant dans les Cornouailles. La vérité est que je me cache.

— L'amour des jeux d'argent est une chose différente.

— Pas pour vous.

Marcus se leva, affichant un air grave que Sloane n'avait jamais vu jusqu'alors se peindre sur ses traits.

— Je sais que vous pensez que je ne suis rien d'autre qu'un vieil imbécile uniquement intéressé par les cartes et les vêtements. En toute franchise, c'est ce que je suis, en effet. Mais la peur est une sensation que je connais. Pas celle du danger physique. Personne ne vous accuserait d'en être la proie. Je parle de la peur que l'on ressent ici.

Il frappa sa poitrine à ces mots.

— La peur de ne pas être un homme suffisamment digne. La peur de ce vide à l'intérieur de vous. La peur que les gens réalisent combien est faux ce que vous laissez voir de vous-même.

Sloane le fixa intensément. Son cœur battait frénétiquement dans sa poitrine et ses pieds lui semblaient subitement glacés. Tout en lui voulait rejeter les mots de son père. Il avait envie de lui dire de s'arrêter, mais sa voix ne semblait pas fonctionner, elle non plus.

Marcus poursuivait implacablement :

— Vous venez de me dire que vous craignez qu'Annabeth se réveille et réalise l'ampleur de son erreur. Vous redoutez de prendre le risque, de vous autoriser à croire que vous avez la possibilité d'être heureux, d'accepter qu'une femme telle qu'Annabeth puisse vous aimer. Parce que, que se passerait-il si tout cela se soldait par un échec et que vous vous retrouviez sans rien ? Pire que rien.

Sloane tourna les talons, décidé à quitter les lieux.

— Sloane ! Attendez !

La voix inquiète de son père semblait comme assourdie.

— Que faites-vous donc ?

Il se retourna pour faire face à Marcus.

— J'ai besoin de marcher.

Il s'avança d'un pas décidé vers la porte, mais s'arrêta avant d'en franchir le seuil et dit, sans regarder Marcus :

— Et je ne crois pas que vous ne soyez rien d'autre qu'un vieil imbécile.

Et, sur ces mots, Sloane quitta la maison.

40

Annabeth entama la descente des marches. Lady Lockwood était toujours au lit et Verity déjà partie, bien décidée à en savoir davantage quant à une rumeur entendue la veille. Personne n'était donc là pour interférer avec ses projets.

Elle avait retrouvé son calme la veille au moment d'arriver chez elle et après une bonne nuit de sommeil, son humeur était à présent à la détermination sereine. Elle en avait fini avec les larmes et la tristesse. Elle n'était plus une jeune fille qui se contenterait de pleurer à chaudes larmes et accepterait docilement les actes de Sloane.

Il se comportait de la façon la plus agaçante qui soit et elle n'en comprenait pas vraiment la raison, mais elle n'avait pas l'intention de le laisser contrôler le cours de leur relation. Cette fois-ci elle entendait bien se battre pour leur amour. Sloane l'aimait. Tout ce qu'elle avait à faire était l'amener à changer d'avis quant à un mariage qui lierait leurs destins.

Mais tout d'abord, elle devait laisser Sloane face à lui-même pendant un certain temps. Le laisser voir combien il prenait peu plaisir à se retrouver seul. Elle doutait qu'il revienne prochainement chez sa grand-mère – et même qu'il s'y présente de nouveau un jour. Par conséquent, en cette matinée elle allait s'occuper de leur enquête.

Il restait un suspect parmi les connaissances de son père

– Lord Edgerton – et elle n'était pas certaine que Sloane prendrait la peine de l'interroger. Il souscrivait à la théorie selon laquelle l'assassin de son père et le traître au sein du réseau d'espions d'Asquith étaient une seule et même personne, mais même si son beau-père n'avait pas été l'homme impliqué dans l'accident de Hunter, restait encore la question de la jalousie.

L'amour pouvait être un mobile aussi puissant qu'un autre. Peut-être cela n'apparaissait-il pas de cette façon aux yeux de Sloane car il repoussait sans cesse cette idée. Mais il pourrait toutefois difficilement ignorer la possibilité que le meurtre ait été commis pour des raisons intimes si elle trouvait une preuve.

Il pourrait même y avoir un autre élément en jeu, en plus de l'amour. Annabeth n'avait pas idée de ce que ce pourrait être exactement mais elle avait trouvé très curieux d'apprendre de sa mère qu'Edgerton avait dû informer son père d'un héritage venant d'une parente nommée Mary. Annabeth ne se souvenait d'aucun parent, même éloigné, portant ce prénom. Sloane n'avait pas trouvé ce point important, non plus, mais il était vrai qu'il n'était pas proche de sa famille.

Elle avait envoyé à sa mère un message la veille au soir, l'informant qu'elle lui rendrait visite en ce jour. Avec un peu de chance Martha proposerait à Edgerton qu'il se rende à son club ; elle agissait souvent de la sorte pour qu'elles puissent passer un peu de temps seulement entre mère et fille.

Annabeth se dit aussi qu'elle pourrait convaincre sa mère de lui montrer la vieille Bible familiale de son père. Si cette femme, Mary, était introuvable dans l'arbre généalogique qui y figurait, cela rendrait sans nul doute suspecte l'histoire de l'héritage.

Et peut-être pourrait-elle réussir à se faufiler dans le bureau d'Edgerton. Si la femme avait réellement légué l'argent à son père, Annabeth était certaine que le testament se trouverait dans cette pièce car Edgerton était le genre de personnes à garder trace de tout dossier de façon méticuleuse.

Il ne serait pas vraiment dangereux pour elle de se déplacer sans Sloane. Si Mr Asquith voyait juste, si le traître évoluait bien au sein de son organisation, celui-ci avait dû être informé du message que Sloane avait adressé à Asquith la veille et réaliser qu'il n'avait été impliqué par la lettre de son père. Il n'y avait donc plus aucune raison pour lui de tenter de faire du mal à Annabeth. Elle n'agirait pas de façon insensée, bien entendu. Elle emmènerait avec elle l'un des gardes que Sloane avait postés devant la maison.

Au moment où elle atteignait le palier, un coup fut frappé à la porte. Son cœur bondit dans sa poitrine.

— Sloane !

Elle se rua au bas des marches mais le valet de pied ouvrit la porte avant qu'elle n'arrive. Elle découvrit alors, à sa grande déception, que ce n'était pas Sloane qui se tenait sur le perron.

— Mr Asquith.

— Miss Winfield.

Il retira son couvre-chef et s'inclina poliment.

— Heureux de vous voir. J'espérais que nous pourrions avoir une conversation.

Annabeth n'avait aucune envie de discuter avec Mr Asquith. Elle l'avait trouvé antipathique dès le premier instant, mais après que Sloane lui avait appris comment il avait exercé un chantage sur lui pour l'amener à jouer les espions pour son compte, elle n'éprouvait que mépris à son encontre. Toutefois, elle pouvait difficilement échapper à une discussion avec lui.

— Bien sûr.

Elle adressa un petit hochement de tête au valet de pied, qui prit le chapeau du visiteur, puis conduisit Asquith dans le salon. Elle ne comptait pas, toutefois, proposer à l'homme de prendre le thé.

— Le temps est à la pluie aujourd'hui, fit-il observer.

Évoquer pareil sujet n'intéressait pas Annabeth le moins du monde. Ce qu'elle désirait plus que tout, c'était quitter la maison avant que Grand-mère ou l'un des autres n'arrive.

— Mr Asquith, j'apprécierais si cette conversation pouvait être brève. Je m'apprêtais à sortir. Il me faut, voyez-vous, m'entretenir avec un autre suspect.

— Un autre suspect ? s'étonna Asquith. Rutherford ne m'a pas dit qu'il se penchait sur le profil de quelqu'un d'autre. Puis-je vous demander de qui il s'agit ?

— Il ne m'accompagnera pas, j'y vais seule.

— Mais n'est-ce pas dangereux ? s'enquit Asquith, l'air inquiet. Vous ne devriez pas vous déplacer ainsi. Mieux vaudrait que je vienne avec vous.

— Non, ce n'est vraiment pas...

Annabeth s'interrompit.

Elle n'appréciait pas cet homme, certes, mais ce qu'elle avait prévu était le genre d'actions qu'il menait dans son travail. Peut-être aurait-il une idée de ce qu'il lui fallait chercher ou de ce que la bizarrerie de cet argent hérité pouvait signifier.

— C'est-à-dire que... eh bien, en effet, peut-être serait-il sage de vous emmener avec moi. Mais, avant toute chose, pour quelle raison êtes-vous venu aujourd'hui ? Puis-je faire quoi que ce soit pour vous ?

— Bien. Une femme qui va à l'essentiel, nota Asquith en souriant. Je veux que vous sachiez combien nous estimons ce que vous avez accompli. Vous avez été d'une aide immense pour l'Angleterre.

Ne sachant que répondre à pareil commentaire, Annabeth décida de lui adresser l'un des hochements de tête pleins de majesté dont sa grand-mère était coutumière.

— Mr Rutherford m'a appris que la confession de votre père se trouve ici, poursuivit Asquith. J'aimerais beaucoup la voir.

— Ainsi que vous l'a précisé Mr Rutherford, à n'en pas douter, cette confession n'a mentionné le nom de personne d'autre à part celui de mon père, répondit Annabeth.

Elle ne voulait pas que l'homme ait connaissance de l'accident provoqué par Hunter. Grand-mère serait absolument furieuse si l'information s'ébruitait.

— Il me plairait cependant de l'examiner. J'apprécie toujours de voir les informations de mes propres yeux.

— Vous ne vous fiez donc pas à la parole de Sloane ? s'enquit Annabeth en levant un sourcil surpris.

Asquith sourit faiblement.

— Miss Winfield, sachez que je ne me fie aux dires de personne. Sloane a toujours été un excellent menteur, ainsi que, j'en suis certain, vous le savez et il a tendance, disons, à improviser. Comme je vous l'ai dit, je crois qu'il y a une taupe à l'œuvre...

— Vous ne pouvez croire que Sloane est le traître que vous recherchez !

Les joues d'Annabeth s'étaient violemment empourprées sous l'effet de la colère.

— C'est lui qui a risqué sa vie pour trouver cette chose pour vous.

— Il semble que ce soit le cas, en effet. Mais il me faut souligner que se propulser au beau milieu de l'enquête est une bonne façon de diriger son cours.

— Attendez donc ici, lança Annabeth d'une voix tempétueuse avant de quitter la pièce.

Elle n'entendait pas laisser Asquith soupçonner Sloane d'un acte répréhensible juste pour protéger la mémoire de son père. Sa grand-mère aurait tout simplement à composer avec le scandale de l'accident causé par Hunter si jamais Asquith ébruitait cette histoire. Et, très certainement, Asquith ne ferait que garder cette information pour lui, étant donné son attachement indéfectible au secret.

Annabeth récupéra la clé de la chambre forte dans le secrétaire Louis XIV ornementé de sa grand-mère. L'un des gardes de Sloane se tenait devant la pièce et il afficha un air d'incertitude lorsqu'elle lui demanda de s'écarter de la porte.

— Hum, je ne sais pas, Miss..., commença-t-il. Mr Rutherford a dit de ne laisser entrer personne.

— Cette recommandation ne s'appliquait pas à moi, voyons. Il s'agit de ma maison et ce que vous protégez m'appartient. Si

Mr Rutherford émet la moindre plainte, je me chargerai de lui parler.

Le visage de l'homme s'illumina à ses mots.

— Oui, Miss. Peut-être pourrais-je aller prendre un rapide petit déjeuner pendant que vous vous trouvez ici, dans ce cas ?

— Oui, bien sûr, faites donc.

Annabeth déverrouilla rapidement la porte et pénétra dans la pièce. Elle n'accorda pas un regard à l'ensemble impressionnant d'orfèvrerie d'or et d'argent, mais se dirigea droit vers le coffre logé dans le mur et l'ouvrit.

Quand elle regagna le salon, confession en main, Mr Asquith bondit de son siège, visiblement au comble de la joie.

Il jeta un regard en direction de l'unique feuille de papier qu'elle avait en main.

— C'est là l'unique document ? N'y avait-il rien d'autre ?

— Autre chose ? Que voulez-vous donc dire ? s'enquit Annabeth, déconcertée. Étions-nous censés trouver autre chose en plus de la confession ?

— Je ne sais pas. Un message, peut-être ? Il aurait pu être codé.

Annabeth secoua la tête.

— Non, il n'y avait rien d'autre.

Elle s'interrompit un instant.

— Eh bien, à vrai dire, je n'ai pas examiné tout le contenu du bureau de mon père.

— Son bureau ? Mais il a très certainement déjà été fouillé, non ?

— Non, je parle de son écritoire portable. Je n'ai vu rien d'autre que des feuilles blanches, de l'encre et des objets de même sorte. Je suppose qu'il aurait pu y avoir quelque chose de caché, cependant. Je n'ai pas tout exploré.

— Eh bien, réagit-il vivement. Il nous faudra fouiller cette écritoire avec plus de soin, dans ce cas. Mais tout d'abord, la confession.

Voyant qu'il tendait sa main vers elle, Annabeth recula d'un pas.

— Mr Asquith... l'information ici renfermée serait désastreuse pour ma famille si elle venait à s'ébruiter.

— Ma chère Miss Winfield, j'ai déjà parfaitement connaissance du fait que votre père était un traître.

Ses mots lui firent l'effet d'une gifle. Annabeth sentit le rouge gagner subitement ses joues.

— Ce n'est pas simplement qu'il était un traître, articula-t-elle péniblement. Il y avait autre chose.

— Je sais tout au sujet de cette course également, si c'est à cela que vous faites allusion. Le fait qu'il ait tué cet homme, précisa Asquith d'un ton impatient tout en tendant la main vers elle.

— Oh ! s'exclama Annabeth, abasourdie.

Comment pouvait-il savoir pour la course ?

Asquith s'avança prestement vers elle, lui arracha la confession des mains et commença à lire.

Annabeth l'observait, l'air soucieux. Sloane lui avait dit qu'Asquith et lui n'avaient jamais entendu parler de la course. Elle était certaine que Sloane ignorait ce fait ; sa surprise avait été trop spontanée, trop sincère. Mais apparemment Asquith avait su et ne lui avait pas dit. Sloane avait expliqué qu'Asquith recueillait des secrets, qu'il savait des choses au sujet d'un grand nombre de personnes. Il n'était donc probablement guère surprenant qu'il ait découvert le secret de son père.

Mais comment avait-il fait ? Qui pouvait avoir parlé à Asquith de la course ? Seuls les deux hommes impliqués savaient ce qui s'était passé. Et Asquith n'était pas un ami de son père ; Papa n'aurait pas laissé échapper cette information à l'occasion d'une soirée passée à boire en sa compagnie. Bien sûr, les Français l'avaient appris d'une façon ou d'une autre et avaient utilisé ce fait contre son père, mais il semblait improbable que son père ou Russell aient transmis l'information par inadvertance à la fois aux espions français et anglais.

Asquith hocha la tête et leva les yeux.

— Bien.

Un sentiment de profonde satisfaction éclairait ses traits. Mais peut-être s'agissait-il de soulagement. Ou des deux à la fois.

En cet instant, Annabeth regarda Asquith tout au fond des yeux et elle sut. C'était Asquith. Il n'y avait nul traître au sein de son organisation. Le traître était Asquith en personne.

— Eh bien, dit-il en repliant le papier. Maintenant nous pouvons aller interroger votre suspect. Qui est-il, avez-vous dit ?

Il s'apprêtait à glisser le document plié dans sa veste quand Annabeth le lui prit des mains.

— Je ne l'ai pas dit.

Elle fourra le papier dans sa poche, bien décidée à présent à n'aller nulle part en compagnie d'Asquith.

— Nous pouvons parler à cette personne et ensuite, je pense, nous devrions examiner une nouvelle fois cette écritoire que vous avez mentionnée, ajouta-t-il d'un ton affable.

— C'est très aimable à vous de me proposer de m'accompagner mais ce serait trop demander de ma part. Je suis certaine que beaucoup d'autres tâches vous attendent.

Des personnes à tuer, des pays à trahir, songea-t-elle comme pour compléter sa pensée.

— Non, non, cela ne pose aucun problème, lui assura-t-il. J'en serais ravi. Allons, prenez donc votre chapeau et partons.

Il tendit la main pour saisir son bras, mais Annabeth s'écarta d'un pas pour l'esquiver.

— Non, j'ai réalisé que je devrais attendre Sloane. Je devrais en parler avec lui.

— C'est absurde, enfin, répliqua Asquith.

Sa mâchoire se crispa mais il ne se départit pas de son ton jovial.

— Je vous le promets, je vaux bien mieux que Sloane pour ce genre d'entreprise.

— Je crains bien quant à moi de sentir poindre une migraine, mentit alors Annabeth.

Nul talent d'actrice ne lui était nécessaire pour paraître effectivement souffrante.

— Je devrais gagner ma chambre à l'étage et m'étendre un peu pour tenter de la calmer.

Asquith plissa les yeux d'un air méfiant et toute expression aimable quitta ses traits. Il avait compris qu'elle avait deviné son secret, elle en était certaine. D'une voix dure, il asséna :

— J'insiste.

— Non. J'ai changé d'avis. Je reste ici.

Elle fit volte-face, mais avant qu'elle puisse faire deux pas, la main de fer d'Asquith se referma sur son bras et il la stoppa brusquement dans son élan. Annabeth se retourna pour lui faire face, tout en tentant de toutes ses forces d'arracher son bras à son étreinte.

Puis elle aperçut le petit pistolet dans son autre main, levée sur elle.

— Vous venez avec moi.

41

Sloane était assis à son bureau, occupé à écrire. Il s'était levé très tôt, si tôt que l'heure était encore trop matinale pour effectuer une visite chez Lady Lockwood. Il devait en outre accorder à Annabeth un peu de temps pour retrouver son calme... même s'il imaginait qu'elle continuerait à l'éviter comme la peste quelle que soit la durée consentie. Son estomac se noua à cette pensée. Eh bien, il s'était plongé lui-même dans cette situation et il lui faudrait donc trouver un moyen de s'en sortir. Il était fort doué pour se glisser là où les gens ne voulaient pas qu'il aille, n'est-ce pas ?

Afin de passer le temps, il avait donc gagné son bureau pour travailler car, quoi qu'il en soit, certaines affaires étaient à régler. Mais il n'était à la tâche que depuis une heure quand Antoine entra dans la pièce et annonça – à sa façon si peu conforme à celle d'un majordome :

— Un homme est ici pour vous, patron. Un gars chic, comme votre père.

Sloane afficha un air de franche stupéfaction.

— Comme mon père ?

— Oui. Il dit que son prénom est Russell. Mais pour ce qui est de son nom de famille... je suis bien incapable de le prononcer.

— Feringham ?

Que diable faisait-il là ? Sloane eut un bref tressaillement de doute – avait-il eu tort de croire Russell la veille ? Il entrouvrit un tiroir peu profond de son bureau et posa nonchalamment la main sur le pistolet qui s'y trouvait.

— Faites-le entrer.

Antoine disparut et quelques instants plus tard Russell franchit le seuil de la pièce, l'air quelque peu hésitant. Sloane retira sa main du pistolet. S'il s'agissait là d'un homme sur le point de l'assassiner, il méritait probablement d'être abattu pour avoir été si incompétent.

— Feringham, le salua-t-il. Asseyez-vous, je vous prie.

Il désigna d'un signe de tête le siège placé devant son bureau.

— Ce n'est probablement rien, commença Feringham. Et je déteste l'idée de vous déranger, mais… j'ai eu bien du mal à dormir la nuit dernière. Je n'ai cessé de songer à ce pauvre Hunter. Et, quoi qu'il en soit, je me suis souvenu de cette chose qu'il m'avait donnée.

Sloane se redressa brusquement à ces mots.

— Quelle chose ?

— Je ne vois pas de quelle façon ce pourrait être important. Mais après qu'Annabeth et vous avez dit que quelqu'un avait tué Hunter, j'ai réfléchi aux questions que vous m'avez posées. Avais-je vu quelqu'un chez Hunter, se comportait-il de manière étrange et tout cela. Et c'est alors que je me suis rappelé ce billet.

— Quel billet ?

— Ce sont les mots prononcés par Hunter au moment de me le donner qui étaient curieux. Il a dit que je devais le garder parce que ce mot constituait ma protection. Ou qu'il me protégerait, quelque chose de la sorte. Il a insisté sur la confiance qu'il avait en moi. Je peine à me souvenir de ses mots exacts. Cela a eu lieu le jour où il m'a annoncé qu'il allait se confesser, vous voyez, et c'était ce à quoi j'ai surtout pensé.

— Montrez-moi ce billet, voulez-vous ? lança Sloane en se penchant au-dessus du bureau. L'avez-vous apporté ?

— Oh ! oui.

Russell sortit une petite feuille de papier et la tendit à Sloane.

— Ce n'est qu'un bout de papier, vraiment. Je ne l'ai gardé que parce qu'il me l'a donné lors de notre dernière rencontre. C'est incompréhensible, un vrai galimatias.

— C'est un code. Un code que je connais, lâcha Sloane en fixant le message, éberlué.

Il s'agissait d'une instruction concise demandant l'envoi d'informations à propos de mouvements de troupes au Portugal. Le message était signé, non pas au moyen d'un nom, mais avec le dessin d'une créature à huit pattes, un dessin que Sloane avait vu à de nombreuses reprises. « L'Araignée ». Le nom de code d'Asquith.

C'était Asquith qui avait donné des instructions à Winfield. Asquith qui était l'agent français au sein de son propre réseau. Asquith qui avait essayé de faire du mal à Annabeth.

— Je vais le tuer ! tonna Sloane.

Il se rua hors de la maison sans une pensée pour Russell, qui resta bouche bée dans son bureau. Il héla le fiacre le plus proche. Asquith se trouverait sans nul doute dans son bureau.

Il n'y avait rien d'étonnant à ce qu'Asquith ait été si désireux de trouver la confession de Hunter. Rien d'étonnant à ce qu'il n'ait pas voulu faire appel à Verity en premier lieu pour mener ses recherches. Asquith avait dû concevoir plus de craintes encore lorsque Sloane était entré en scène. Peut-être Annabeth avait-elle eu raison quand elle avait suggéré que les attaques avaient été dirigées contre lui et non contre elle. Asquith croyait probablement que sans Sloane, Annabeth serait incapable de trouver le document. Il était clair qu'il ne la connaissait pas. Sloane ne doutait pas que s'il n'avait pas à l'instant découvert le fin mot de l'affaire, elle aurait continué à chercher jusqu'à tout tirer au clair.

Asquith n'avait pas eu besoin que quelqu'un les suive, Annabeth et lui, jusqu'au domaine des Haverstock ; il savait que Sloane allait fouiller l'atelier de Hunter. Il avait peut-être cru qu'Annabeth était en sécurité à Stonecliffe avec Verity et que tout ce qu'il avait à faire pour stopper l'enquête de Sloane était de guetter son arrivée. Il était possible, et même probable, qu'Asquith ait fouillé l'atelier avant l'arrivée de Sloane et Annabeth sans rien y trouver. Dieu merci, ils n'avaient pas dit à Asquith qu'ils allaient interroger le valet de chambre de Hunter, car dans ce cas Asquith aurait pu dépouiller Simpson de l'écritoire avant que Sloane et Annabeth ne se présentent chez lui.

Sloane bondit hors du fiacre dès qu'il se fut immobilisé, glissant le payement de la course dans la main du cocher sans même lui lancer un regard, et se précipita à l'intérieur du bâtiment. Le secrétaire jaillit d'une pièce au moment où Sloane traversait l'entrée pour gagner le bureau d'Asquith.

— Halte-là. Vous ne pouvez pas entrer ici.

Sloane ignora ses paroles, se dirigeant vers la porte et actionnant la poignée. La pièce était verrouillée. Il fit volte-face et s'adressa au secrétaire :

— Avez-vous la clé ou dois-je briser cette porte ?

— Je n'ai pas la clé et cela n'aurait aucun intérêt de toute façon. Mr Asquith n'est pas dans son bureau.

Sloane observa l'homme, le regard plissé, se demandant si celui-ci mentait, avant de décider qu'il paraissait trop plein de suffisance pour qu'il ne s'agisse pas là de la vérité.

— Où est-il ?

— Je ne peux vous le dire, cingla l'homme.

— En êtes-vous bien certain ?

Sloane saisit d'un geste vif les revers de la veste du secrétaire et l'attira violemment vers lui. L'homme se débattit nerveusement, mais sans succès.

— Vous me le direz, d'une façon ou d'une autre, lâcha Sloane d'une voix si glaciale et calme qu'elle en était effrayante. Vous feriez aussi bien de parler maintenant si vous voulez vous éviter quelques fractures.

— Je... je... Il me tuera.

— Non, il n'en fera rien. Je vais le trouver et jamais il ne reviendra ici.

— Je... Il ne me l'a pas dit.

Mais quand Sloane saisit sa cravate et tordit le tissu dans son poing, l'homme articula d'une voix étranglée :

— Mais j'ai hélé son fiacre pour lui et je l'ai entendu donner au cocher l'adresse de Lady Lockwood.

Sloane sentit son cœur se glacer.

— Annabeth.

Il fit brusquement volte-face et s'enfuit en courant à toutes jambes.

42

Asquith agrippa le bras d'Annabeth et l'entraîna vers l'entrée. Elle tentait de résister de toutes ses forces mais ne pouvait lui échapper. Il était toutefois peu probable qu'il mette à exécution sa menace, celle de l'éliminer, car il avait besoin d'elle pour le conduire jusqu'à Simpson. Lui avait-elle parlé de Simpson ? Un tourbillon de rage et de peur s'agitait puissamment en elle, brouillant sa mémoire. Non, elle n'avait fait que mentionner l'écritoire, mais peut-être Sloane en avait-il dit davantage dans le message adressé à Asquith la veille. Cela était sans importance. Asquith avait besoin d'elle vivante suffisamment longtemps pour trouver le petit meuble. Enhardie par la certitude qu'il ne tirerait pas, Annabeth se tordit en tous sens, puis se projeta sur lui et frappa violemment sa poitrine. Elle le gifla ensuite aussi puissamment que possible, n'hésitant pas à laisser ses ongles griffer la peau de son visage, la fureur décuplant soudain la force de ses coups.

— Vous l'avez tué ! Vous avez tué mon père !

Elle renouvela son attaque, visant directement ses yeux pour qu'il recule. Même si Asquith remportait la lutte, il ne pourrait dissimuler ces griffures. Sloane comprendrait alors ce qui s'était passé. Et elle savait qu'il ne cesserait jamais d'essayer de la retrouver.

Une fois remis de la surprise de l'attaque d'Annabeth, Asquith essaya de la maîtriser, mais le pistolet qu'il tenait en main le gênait tandis qu'elle continuait de frapper des poings et des pieds de façon enragée. Le bras de la jeune femme percuta violemment la main de l'homme et l'arme fut alors propulsée à travers la pièce. Asquith lâcha un juron et Annabeth profita de ce moment de distraction pour s'écarter de lui. Elle courut et plongea au sol pour tenter d'attraper l'arme mais Asquith bondit sur elle dans l'instant.

Ils luttèrent pour saisir le pistolet mais Asquith réussit à le lui arracher des mains avec une telle force que l'arme fut de nouveau propulsée plus loin. Elle percuta l'encadrement de la porte puis rebondit sur le sol de marbre de l'entrée et un coup de feu fut ainsi déclenché. La balle fit voler en éclats un vase posé sur une table du vestibule et l'arme vint finir sa course en tournoyant jusqu'au pied de l'escalier.

Asquith se remit difficilement debout, tirant sur la main d'Annabeth pour la relever avec lui. L'un de ses bras s'arrima fermement autour de sa taille, bloquant un bras d'Annabeth le long de son corps. Elle voulut prendre son souffle pour hurler à pleins poumons, mais sentant soudain un couteau contre son cou, elle garda le silence.

— Fermez-la ou je vous tranche la gorge.

— Je vois de qui Sloane tient son sens de la dissimulation en matière d'armes, articula Annabeth.

Asquith grogna d'agacement.

— Eh bien, je n'ai pas son goût pour les plaisanteries spirituelles alors taisez-vous et partons.

Il avança, libérant sa taille pour agripper son bras afin qu'elle puisse marcher lentement, sans cesser de presser la pointe de sa lame contre son cou.

Il y eut un cri étouffé derrière eux et le majordome s'exclama :

— Miss !

Annabeth aperçut également deux femmes de chambre tout juste apparues en haut de l'escalier et visiblement sous le choc. Sa posture l'empêchait de balayer la pièce du regard mais elle se doutait que d'autres domestiques avaient accouru et assistaient eux aussi à la scène.

— Arrêtez-vous ! N'approchez pas ou Miss Winfield perdra la vie, avertit Asquith.

Il pressa la pointe du couteau plus fort contre sa peau pour appuyer sa menace. Annabeth sentit une piqûre puis une goutte de sang rouler le long de son cou.

— Reculez, vous tous, si vous voulez la revoir vivante.

Les femmes de chambre disparurent des escaliers et des bruits de pas s'élevèrent dans le vestibule, signant ainsi le départ des derniers témoins.

— Maintenant, avancez ! tonna Asquith.

Annabeth s'exécuta à pas mesurés.

— Plus vite. N'essayez pas de gagner du temps.

— Il est un peu difficile de marcher de cette façon, répliqua Annabeth.

— Peut-être gagneriez-vous en vitesse si je faisais glisser cette lame sur votre joue. Voilà qui créerait une cicatrice fort disgracieuse, ne croyez-vous pas ?

Annabeth se pressa un peu.

— Sloane ne vous laissera pas vous en tirer impunément.

— Rutherford peut...

À cet instant la porte d'entrée s'ouvrit violemment et Sloane se rua dans la pièce. Il stoppa net quand il découvrit Asquith et Annabeth dans l'entrée. Son regard balaya brièvement l'escalier et le vestibule, et il prit toute la mesure de la situation.

— Eh bien. Il semblerait que le pistolet soit sorti victorieux du duel l'opposant à ce vase, dit-il sèchement en rivant son regard sur Asquith.

— Épargnez-moi ces plaisanteries qu'il vous plaît de proférer en dépit du danger, gronda Asquith. Je vous connais.

— Dans ce cas, vous savez ce qui vous arrivera si vous ne libérez pas Annabeth.

La voix de Sloane était aussi froide et dure que son regard.

— Vous ne me faites pas peur, Rutherford.

— Mmm. C'est un tort, je dirais. Je vais vous accorder une chance, l'Araignée. Relâchez-la et je ne vous empêcherai pas de partir.

Les coins de la bouche d'Asquith se relevèrent en un sourire mauvais.

— Écartez-vous de mon chemin ou je lui tranche la gorge.

— Faites-le et vous ne sortirez pas d'ici vivant.

— Vous pensez vraiment pouvoir m'affronter, mon garçon ?

— Je pense que vous n'avez pas envie de connaître la réponse à votre question.

— Qu'est-ce donc que tout ce raffut ? tonna soudain une voix de stentor au-dessus de leurs têtes tandis que résonnaient à présent des aboiements ponctués de halètements sonores.

Lady Lockwood apparut soudain au sommet de l'escalier.

— Comment est-on supposé dormir avec tous ces bruits et ces cris ? Quelqu'un pourrait-il me le dire ?

Asquith se tourna au son de la voix sans que son couteau quitte un instant la gorge d'Annabeth, et Sloane profita de la diversion pour s'enfuir hors de la maison.

— Voyez donc comment agit le courageux garçon qui « ne me laissera pas m'en tirer impunément », chère Miss Winfield, lança Asquith. Voilà qu'il s'enfuit à la première occasion.

Asquith laissa échapper un rire lugubre.

— Je le savais depuis le début, reprit-il. C'est la raison pour laquelle j'ai fait appel à lui. Je savais qu'il était l'un de ces stupides garçons de l'aristocratie, exaltés, pleins d'audace, ne connaissant rien à rien.

— Vous avez exercé un chantage sur lui afin qu'il travaille pour vous parce que vous pensiez qu'il était incapable ?

Annabeth n'avait pas la moindre idée de ce qu'avait prévu Sloane, mais elle savait qu'elle devait tenter de ralentir Asquith pour lui donner le temps de mettre en œuvre son plan.

— C'était une duperie, dit Asquith avec suffisance. En l'embauchant je faisais semblant d'exercer mes fonctions tout en m'octroyant la possibilité de mettre tout échec sur le compte de son incompétence. Je pouvais envoyer des messages en sachant qu'ils n'atteindraient pas leur destinataire, inciter des agents à le rencontrer.

— Donc, pour résumer, votre plan s'est soldé par un échec.

— C'est absurde, enfin !

— Reconnaissez-le, voyons. Vous avez choisi le mauvais aristocrate. Sloane s'est révélé trop doué. Il remettait les messages qui lui étaient confiés et échappait à vos pièges, sauvant ses confrères.

— Il n'a jamais eu la moindre idée de ce qu'il faisait.

— Il serait sans doute surpris d'apprendre qu'il était trop honnête et digne de confiance pour voir quel odieux serpent vous étiez réellement.

— Fermez-la, voulez-vous. Et marchez.

Annabeth s'exécuta tout en cherchant une idée pour détourner son attention.

— Je ne sais pas ce que vous espérez accomplir. Vous proférez contre moi une menace que vous ne mettrez pas à exécution car vous avez besoin de moi pour vous mener jusqu'à l'écritoire portable de Papa. Bien sûr, je ne vous serai plus d'aucune utilité ensuite et vous me supprimerez sans nul doute, mais vous m'avez enlevée devant tous ces témoins. Tout le monde saura ce que vous êtes et ce que vous avez fait, et il vous faudra par conséquent quitter le pays.

— Je possède une villa en Grèce. Je n'ai nulle raison de m'inquiéter.

— Il vous faudra malgré tout vous demander quand Sloane vous retrouvera et quel sort affreux il vous fera subir.

Asquith émit un ricanement.

— Sloane ne s'en prendra pas à moi. Il est parti et vous a abandonnée à votre sort.

— Pas exactement.

La voix de Sloane, glaciale, venait de s'élever juste derrière Asquith. Et son pistolet était à présent pressé contre le crâne de l'homme.

— Un aristocrate exalté sait toujours comment se glisser dans une demeure en empruntant l'entrée réservée aux domestiques.

— Je trancherai son artère avant que vous ne puissiez presser la détente, répliqua Asquith.

Annabeth sentit la main de l'homme trembler sur le manche du couteau et espéra de tout son cœur qu'il ne la coupe pas par mégarde.

— Pensez-vous réellement en être capable ? demanda Sloane. Souhaitez-vous véritablement vérifier ce qu'il en est ? Je suis plus jeune et plus rapide que vous, et je n'ai pas passé les douze dernières années assis dans un bureau. Cette balle fera subir de très sérieux dommages à votre cerveau, sachez-le.

À ces mots, Asquith repoussa vivement Annabeth et s'enfuit en courant. Sloane aida la jeune femme à retrouver son équilibre tandis qu'Asquith se ruait vers la porte, ses chaussures de prix glissant sur le sol de marbre.

— Je vais bien, dit Annabeth à Sloane d'un ton rassurant, en lui faisant signe de s'éloigner. Partez. Allez l'attraper.

Il lui adressa un bref signe de tête et se précipita vers Asquith, se jetant sur lui au moment où l'homme tendait la main vers la poignée de la porte. L'épaule gauche de Sloane percuta Asquith en pleine poitrine et tout l'air quitta les poumons de ce dernier au moment où ils s'écrasèrent contre le battant, renversant au passage le porte-parapluies.

Sloane se releva le premier et arma de nouveau son poing avant d'atteindre l'homme en plein visage. Le regard d'Asquith parut vague l'espace d'une seconde mais il reprit rapidement ses esprits et abattit violemment son pied sur celui de Sloane. Ce dernier propulsa alors un puissant uppercut qui trouva la pointe du menton de son adversaire. Cette fois-ci les yeux d'Asquith papillonnèrent puis ses paupières se fermèrent et il glissa au sol, inanimé.

Cartwell et un valet de pied se ruèrent dans la pièce avec un rouleau d'épaisse ficelle et ligotèrent Asquith. Un autre valet de pied ramassa le pistolet. Sloane se précipita vers Annabeth. Il l'attira vivement entre ses bras puis la tint contre lui comme s'il ne devait plus jamais la libérer de son étreinte.

— Je savais que vous viendriez, dit simplement Annabeth, ses bras noués tout aussi fermement autour de lui.

— Toujours, mon amour.

Sloane embrassa le sommet de sa tête.

— Toujours.

— Eh bien, lança Lady Lockwood au-dessus d'eux.

Pétunia aboyait entre ses bras et elle lançait un regard réprobateur en direction du chaos régnant dans la pièce.

— J'espère que cela signifie que cette affaire est close à présent. Toutes ces intrusions et ces bagarres deviennent fastidieuses. Il s'agissait de mon vase de porcelaine de Saxe préféré. Ciel, de nos jours, les gens ne savent tout simplement pas respecter les bonnes manières !

43

Sloane quitta la demeure avec un Asquith sonné et ligoté. Lady Lockwood, jugeant ses nerfs fort ébranlés par toute l'agitation, se retira dans sa chambre tandis que les domestiques remettaient l'entrée en ordre. Quant à Annabeth, elle se laissa tomber sur le sofa du salon, ses jambes soudain trop tremblantes pour lui permettre de rester debout.

Ce ne fut que quelques minutes plus tard que Verity fit son entrée dans les lieux. Elle passa près des femmes de chambre balayant le vestibule et poursuivit sa route jusqu'au salon.

— Que s'est-il passé ici ? s'enquit-elle en entrant.

— Mr Asquith a essayé de me tuer et Sloane l'en a empêché.

Il était plutôt satisfaisant de voir Verity rester ainsi bouche bée de stupéfaction. Annabeth poursuivit, livrant le récit complet des événements, et une fois qu'elle eut terminé, Verity se laissa elle aussi retomber dans un fauteuil, abasourdie.

— Quelle canaille perverse, fourbe et meurtrière ! C'était un être tout à fait détestable mais je le pensais au moins loyal à la Couronne. Mais... c'est assez logique en vérité, étant donné ce que j'ai appris ce matin.

— Et de quoi s'agit-il ?

— Quand Sloane et moi sommes allés tous deux nous entretenir avec Asquith, il a indiqué qu'un espion français lui avait parlé de la confession de votre père. C'était ce qui, aux dires d'Asquith, avait déclenché ses recherches concernant le document.

— Oui, en effet.

— Eh bien, il se trouve que la capture et l'interrogatoire de cet espion par Asquith remontent à plusieurs années, ce n'est en rien un événement récent. Personne n'a pu interroger ce suspect car il est mort alors qu'il était sous la garde d'Asquith.

— Comme c'est commode, dit Annabeth.

Nathan les rejoignit quelques minutes plus tard, et Annabeth fournit de nouveau ses explications, cette fois-ci ponctuées de jurons prononcés d'un ton furieux par Verity, qui s'était mise à arpenter fébrilement la pièce.

— C'est merveilleux ! s'exclama Nathan. Tout est fini à présent et vous êtes en sécurité.

Il s'avança vers Annabeth, un sourire radieux sur le visage, et s'assit près d'elle.

— Je suis tellement heureux pour vous.

Il prit sa main et la pressa doucement.

— Sincèrement, je le suis.

— Je le sais. Vous êtes le plus gentil des hommes, répondit Annabeth.

— Et votre ami, également, lui dit-il, avant d'ajouter, avec un petit pétillement de malice au fond des yeux : Même si j'espère qu'il ne vous dérangera pas que je flirte avec vous de temps à autre, pour le simple plaisir d'agacer Sloane.

Annabeth éclata de rire à ces mots.

— Non, cela ne me dérangera pas le moins du monde. Ceci, bien sûr, si Sloane est toujours là.

— Il le sera, dirent Nathan et Verity d'une même voix.

— Est-ce bien mon nom que je viens d'entendre ? fit Sloane en entrant à grands pas dans la pièce.

— En effet.

Annabeth se leva, un sourire aux lèvres, et vint à sa rencontre.

Elle avait envie de nouer ses bras autour de lui mais parvint à se contenir, se contentant de saisir sa main.

Nathan dit d'une voix enjouée :

— Nous étions en train de prendre les paris : Lady Lockwood vous félicitera-t-elle pour avoir sauvé Annabeth ou vous fustigera-t-elle pour avoir provoqué le chaos dans son vestibule ?

— Le jour où j'entendrai Lady Lockwood chanter mes louanges, je saurai à coup sûr que j'ai perdu la raison, répondit Sloane.

Il regagna le sofa avec Annabeth, sans lâcher sa main.

— Où avez-vous conduit Asquith ? s'enquit Annabeth.

— Auprès des autorités compétentes.

— Que cela signifie-t-il ? questionna Annabeth, l'air soucieux. L'avez-vous emmené en prison ?

Verity lâcha un petit ricanement.

— Il faudrait quelqu'un de plus haut placé qu'un magistrat pour se charger du cas d'Asquith.

— Dans ce cas, que va-t-il lui arriver ? interrogea Nathan. Les autorités nationales ne vont certainement pas simplement étouffer cette affaire.

Sloane haussa les épaules.

— Ils préféreraient certainement que cette histoire ne s'ébruite pas. Il serait d'un effet des plus douteux d'avoir eu un traître à la tête d'un réseau d'espions pendant quinze ans. Je suis certain qu'ils auraient préféré que ce soit vous la coupable, Verity, ainsi qu'Asquith a essayé de nous en convaincre.

— Vous dites qu'il a essayé ? dit Verity d'un ton surpris. D'après mes souvenirs, vous aviez tous des doutes à mon sujet, non ?

— Vous serez ravie d'entendre que Dunbridge ne vous a jamais pensée coupable de la moindre faute, lui apprit Sloane.

— Vous avez pris ma défense ? lança Verity à Nathan, une expression stupéfaite sur ses traits. Mais pour quelle raison ?

— Parce que je ne croyais pas que vous étiez le genre de personnes capable de trahir son pays ou ses amis, répondit Nathan.

Je ne pouvais guère rester les bras croisés tandis que fusaient les calomnies à votre sujet. Pourquoi cela vous surprend-il ?

— Parce que vous êtes un « gentleman », dit-elle.

Nathan la fixa quelques instants puis secoua la tête.

— Il est clair que vous et moi avons une vision bien différente de ce qu'est un gentleman.

— Vous êtes l'un d'eux, je veux dire… un aristocrate. Je… Eh bien…

Verity s'interrompit un instant, visiblement troublée, les joues subitement parées de rose.

— Merci, dit-elle, tournant promptement son regard vers Sloane, comme si elle était impatiente de changer de sujet. Vous dites donc que le ministère des Affaires étrangères va simplement enterrer toute l'affaire ?

— Ils ne peuvent laisser une trahison impunie. J'imagine que si Asquith avoue avoir assassiné Mr Winfield, le reste ne sera pas évoqué. Nous ne disposons que de la preuve qu'il a agi en traître, nous n'avons rien pour prouver qu'il était l'assassin. Seuls des aveux de sa part permettraient d'établir clairement les faits. Mais je pense qu'ils seront capables de les obtenir de lui.

— Pourquoi avouerait-il un meurtre s'il a déjà été arrêté pour trahison ? demanda Annabeth. Ne pend-on pas également les meurtriers ?

— Oui, les deux crimes sont punis de pendaison, mais le meurtre entache moins fortement une réputation et l'État peut commuer une peine de mort en peine de prison à vie. Et si cette solution ne lui convient pas…

Sloane eut un petit haussement d'épaules.

— Il sera victime d'un regrettable et fatal accident en prison, dit Verity pour venir compléter sa pensée.

— Je vois. Vous a-t-il dit quoi que ce soit ? Pourquoi il a fait tout cela ? interrogea Annabeth.

— L'appât du gain, je pense, était sa motivation dans un premier temps. Quant à savoir pourquoi il cherchait maintenant cette confession... Apparemment, il y a plusieurs années, un ancien espion français a prétendu l'avoir en sa possession et il a tenté de faire chanter Asquith – ce qui ne lui a pas réussi.

— C'est l'espion dont j'ai appris qu'il était mort de manière suspecte dans sa cellule alors qu'il était sous la garde d'Asquith, ajouta Verity.

— Oui, confirma Sloane en opinant du chef. Mais quand Asquith a fouillé l'appartement de l'homme, il n'a rien pu trouver. Comme il a eu le sentiment alors de s'être débarrassé du problème, il n'a plus rien fait d'autre.

— Jusqu'à ce que je commence à enlever les vieilles affaires de mon père encore conservées dans la maison de ville ? questionna Annabeth.

— En effet, à ce moment-là Asquith a commencé à s'inquiéter et il a décidé d'envoyer quelqu'un partir en quête de la confession, fit Sloane.

— Mais pourquoi avoir embauché Verity pour accomplir cette tâche ? s'enquit Nathan. Elle aurait fini par découvrir la vérité à son sujet.

— Il ne m'a pas embauchée, rectifia Verity. Il a sollicité les services d'un homme qui n'appartenait pas à l'agence et c'est par son intermédiaire que j'ai obtenu cette mission. Asquith a dû en être furieux, je n'en doute pas.

Sloane jeta un regard en direction de Verity.

— C'était vous et non Annabeth qui étiez censée être enlevée. Annabeth s'est jetée dans la bataille cependant et ils vous ont donc toutes deux emmenées.

— Mais pourquoi tentait-il de me tuer ? demanda Annabeth. Il est clair que je ne représentais pas le même genre de menaces que vous ou Verity.

— À dire vrai, vous aviez raison, Annabeth. C'était bien contre moi que toutes les attaques étaient dirigées. En toute franchise, je crois qu'Asquith se serait réjoui de commanditer mon assassinat sans même la question de la confession. Il me déteste presque autant que je le déteste moi-même.

— C'est parce qu'il imaginait que vous seriez un pion facile à manipuler, et au lieu de cela vous vous êtes avéré trop doué dans votre travail, dit Annabeth.

— Il s'inquiétait du fait que je puisse réaliser qu'il nous dupait. Malheureusement, je ne suis pas aussi malin qu'il ne le pensait.

— Je ne m'en étais pas rendu compte, moi non plus, intervint Verity. Je suppose qu'Asquith est aussi celui qui nous a tous trahis au moment de ces incidents survenus durant la guerre.

Sloane acquiesça d'un hochement de tête.

— Apparemment Winfield était le seul à avoir connaissance de la véritable nature de traître d'Asquith. Hunter a même gardé un ordre signé de la main d'Asquith demandant des informations à propos de troupes britanniques basées au Portugal. Il était rédigé en langage codé, précisa-t-il en jetant un regard vers Verity.

— Notre code ? s'étonna-t-elle.

— Oui. Et signé du dessin d'une araignée. Feringham m'a apporté ce message ce matin. Hunter l'a donné à Russell peu de temps avant son assassinat. C'est à ce moment-là que j'ai réalisé qu'Asquith était derrière toute cette affaire.

— Je ne comprends toujours pas pour quelle raison il aurait tué mon père. Il n'était plus impliqué dans des activités d'espionnage. Vous l'aviez sorti de tous ces problèmes, fit Annabeth en pressant la main de Sloane.

— Asquith avait continué à garder un œil sur lui, énonça lentement Sloane. Malheureusement, l'homme qui suivait Hunter a entendu Mr Winfield dire à Russell qu'il allait se confesser. Il semble qu'Asquith ait cru par erreur qu'il livrerait le nom de son maître espion dans sa confession.

Le regard d'Annabeth s'emplit de larmes à ces mots.

— Mais il ne l'a pas fait. Il n'a incriminé personne d'autre que lui-même.

Sloane serra plus fort Annabeth et elle s'abandonna contre

lui – sans se soucier de la présence de Nathan ou de Verity, ou du respect des règles de la bienséance. Nul mot n'aurait le pouvoir d'adoucir la cruelle injustice de tout cela, mais elle trouvait un réconfort certain entre les bras de Sloane.

— Même durant les derniers jours de son existence, toutefois, Hunter voulait vous protéger, ainsi que Martha et Russell. C'est la raison pour laquelle il a donné ce billet à Feringham. Il lui a dit qu'en cas de problème il pourrait l'utiliser comme preuve.

— C'était ce dont parlait Asquith, dit Annabeth. Quand je lui ai donné la confession, il m'a demandé s'il y avait autre chose. J'ai trouvé sa question curieuse, il m'a alors indiqué qu'il avait connaissance de la course de Papa. C'est à ce moment-là que je l'ai soupçonné. Comment pouvait-il bien connaître cet épisode ?

— Il connaissait plus de secrets que vous ne pouvez l'imaginer, dit Verity. Il avait des informateurs en tous lieux : des tenanciers de bar, des serveuses de tavernes, des domestiques dans les clubs pour gentlemen, dans les tripots. Il les rémunérait ou utilisait un secret qu'il avait appris à leur propos pour obtenir d'eux qu'ils espionnent d'autres personnes. Son nom de code était tout à fait approprié. Il était une araignée au centre d'une toile tissée de secrets.

Le silence se fit dans la pièce et tous échangèrent des regards. Il semblait qu'il n'y avait plus rien à ajouter désormais.

— Eh bien, dit Verity après quelques instants tout en se levant. L'affaire est réglée à présent. C'est fini.

— Oui. Je suppose que c'est le cas, en effet, répondit Sloane en hochant la tête.

— Je, eh bien… je pense que je vais monter préparer mes affaires.

Elle garda le silence un instant avant de reprendre :

— C'est un peu étrange de quitter cet endroit.

Annabeth se leva à son tour.

— Vous me manquerez.

À sa grande surprise, Verity l'étreignit chaleureusement.

— Vous me manquerez, vous aussi.

Elle se tourna et posa son regard sur Nathan.

— Pas vous, bien entendu. Même si je crois que cela me manquera un peu, de ne plus avoir quelqu'un à tourmenter.

— Effectivement. Vos piques me manqueront également, sans nul doute, dit Nathan d'un ton sec. Mais peut-être nos chemins se croiseront-ils de nouveau un jour.

Elle sourit à ces mots.

— On ne peut jamais savoir où je vais soudainement surgir, en effet.

Verity quitta la pièce, et Nathan, après un dernier regard lancé à Sloane et Annabeth, partit à son tour. Annabeth observa Sloane quelques instants. Elle avait prévu de lui dire tant de choses plus tôt, avant qu'ils ne manquent d'être tués. Mais à présent ses paroles imaginées semblaient fades, bien peu appropriées pour décrire l'immensité de ses sentiments.

Puis, brusquement, elle se trouva entre ses bras, ses lèvres baisant les siennes, tandis que les bras de Sloane la tenaient fermement serrée contre lui. Elle savait que cela en disait plus que ne pourraient jamais le faire ses propres mots.

— Anna... Anna...

Sloane parsema son visage de doux baisers avant d'enfouir sa tête dans son cou.

— J'ai eu si peur. Quand je suis entré et vous ai vue ainsi, le couteau d'Asquith pointé contre votre gorge, j'ai cru que tout allait finir sans que je vous aie même dit...

La bouche de Sloane s'empara de nouveau de la sienne.

Elle détacha ses lèvres pour embrasser sa joue, sa mâchoire puis son cou tandis que ses doigts s'enfonçaient dans ses épaules musclées.

— Que vouliez-vous me dire ?

— Combien je vous aime. Combien je désire vous épouser À quel point ma vie serait insupportable si vous n'en faisiez pas partie.

— J'en ferai toujours partie, dit-elle d'une voix basse et déterminée, s'écartant légèrement pour plonger son regard dans le sien. Peu importent vos efforts, vous ne pourrez pas me chasser de votre vie. Si vous pensez que je suis prête à laisser une petite chose telle que le rejet dont vous avez fait preuve à mon égard hier m'amener à me tenir à l'écart de vous, vous faites erreur.

Il inclina son visage souriant vers le sien et caressa tendrement ses cheveux.

— Vous vous êtes transformée en véritable petit bulldog au cours de ces dernières années, dites-moi !

— Quel drôle de nom pour désigner la femme que vous dites aimer, le taquina-t-elle en lui souriant à son tour, tandis qu'une vague de bonheur déferlait en elle.

— Je vous aime telle que vous êtes, à tout instant. Que vous vous montriez entêtée ou que vous soyez en colère, heureuse ou triste, cela n'a nulle importance à mes yeux. J'ai été vôtre dès le jour de notre rencontre, et je n'ai jamais cessé de l'être. Je le serai toujours. Durant toutes ces années passées sans vous, je n'étais que l'ombre d'un homme. Je me suis porté volontaire pour les missions les plus dangereuses, j'ai pris des risques parfaitement stupides. Me faire tuer n'avait pas la moindre importance à mes yeux. Parce que sans vous, j'étais déjà mort à l'intérieur.

— Oh ! Sloane.

Les yeux d'Annabeth s'emplirent de larmes et elle se hissa sur la pointe des pieds pour l'embrasser avec douceur.

— J'étais tout aussi malheureuse que vous. Je détestais tant que vous ne soyez pas avec moi. Je pensais à vous, rêvais de vous. Parfois je me disais que vous me manquiez tant que l'absence me rendrait folle. Je croyais que vous m'aviez menti, que vous étiez un traître, pourtant je ne pouvais cesser de vous aimer.

Sloane l'attira plus près, la serrant comme s'il ne devait jamais la libérer de son étreinte. Finalement, Annabeth s'écarta et son expression se fit interrogative.

— D'où provient donc cette transformation ? J'en suis très heureuse, n'en doutez pas, mais hier...

— Hier, je me suis comporté en imbécile. C'est mon père qui m'en a fait prendre conscience.

— Marcus ?

— Oui. Voilà qui dépasse l'entendement, n'est-ce pas ? Il m'a dit que vous aviez raison. J'avais peur. Un imbécile qui fuyait loin de la seule chose qu'il voulait plus que tout au monde. Je suis allé marcher et j'ai songé à ma vie. J'ai alors vu que tous les obstacles qui m'entouraient, que toutes les raisons qui rendaient impossible toute perspective de mariage avec vous, n'étaient que des murs que j'avais édifiés moi-même. Je n'avais nulle raison de flirter avec les limites de la loi, nulle raison de me créer des ennemis.

Il recula d'un pas, relâchant un long souffle.

— J'ai beaucoup d'argent. J'ai décidé d'abandonner toute pratique de contrebande et de vendre mes clubs et mes tavernes à Parker.

— Parker !

— Oui. Je suis allé le voir hier soir.

— Comment ? Vous êtes entré chez lui ? Vous auriez pu vous faire tuer !

Sloane haussa légèrement les épaules à ces mots.

— J'imagine, en effet. Mais je comptais sur le fait que Parker serait plus intéressé par l'argent que par l'idée de m'éliminer. Nous avons un accord tous les deux. Il obtient les clubs et les tavernes. Je garde mes entrepôts et mon entreprise de transport maritime – les marchandises licites. Il peut se charger de la protection des quais – dans le respect de certaines limites. Il est d'accord pour ne pas contraindre d'autres entreprises à faire appel à ses services. Il leur fournira gardes et veilleurs pour un prix raisonnable. S'il enfreint une seule de ces règles, notre contrat sera rompu.

— Vous avez fait tout cela pour pouvoir m'épouser ?

— Je serais prêt à bien plus encore. Abandonner quelques affaires représente bien peu en comparaison. Je n'ai pas besoin du danger. Ni de l'argent. Tout ce qu'il me faut, c'est vous. Annabeth, accepteriez-vous de m'épouser ?

Annabeth leva vers lui un regard qui s'emplissait de larmes.

— Oui. Bien sûr, oui.

Un sourire facétieux aux lèvres, elle ajouta :

— Et j'ignore comment vous pouvez vous dire espion si vous ne savez pas cela.

— J'avais simplement envie de vous l'entendre dire.

— Oh vous ! protesta-t-elle en le repoussant légèrement d'un geste tendre. Dans ce cas, vous savez que je serais prête à vous épouser dès demain.

À sa grande surprise, Sloane repoussa son idée en secouant la tête.

— Non. Pas de fuite pour un mariage clandestin. Pas de permis spécial. Nous patienterons et publierons les bans comme il se doit. Notre mariage se fera de manière convenable.

— Eh bien...

Annabeth recula, les yeux pétillant de malice.

— Si vous voulez véritablement que notre mariage s'organise de manière convenable, nous devrions être fiancés durant une année avant de nous marier.

— Non, rétorqua Sloane. J'ai dit que je voulais un mariage convenable, pas que j'étais un saint.

Il s'interrompit un instant, puis, l'air légèrement inquiet, ajouta :

— S'il vous plaît, dites-moi que je n'ai pas à obtenir la permission de votre grand-mère.

— Je prends mes propres décisions. Et c'est vous que je choisis.

Annabeth jeta ses bras autour de son cou et l'embrassa tendrement. Elle était sienne. Et il était sien. Tous deux unis depuis longtemps par un lien que rien ne pouvait rompre.

— C'est le destin, murmura-t-elle.

— C'est l'amour, répondit-il.

Remerciements

La plus grande partie du travail d'écriture s'accomplit de façon solitaire, mais le livre fini est dans une très grande mesure le fruit d'une collaboration et il ne pourrait exister sans les efforts de nombreuses personnes. Je suis plus que reconnaissante envers mon éditrice, Lynn Raposo, dont le dévouement, l'attention au détail et les conseils judicieux ont permis de faire d'*Une lady en danger* un meilleur livre. Je dois également une foule de remerciements à toute l'équipe de Canary Street Press – des correcteurs, qui repèrent mes erreurs, au studio graphique pour ses magnifiques couvertures et au service marketing, qui aide à ce que mes livres arrivent entre les mains de chacun de vous, chers lecteurs.

Mille remerciements à ma merveilleuse agente, Maria Carvainis, pour son soutien au fil des ans et à Martha Guzman de l'agence Maria Carvainis, qui apporte des réponses à toutes mes questions.

Et le dernier merci, et certainement pas le moindre d'entre eux, est destiné à Anastasia Hopcus. Je n'aurais pas pu écrire *Une lady en danger* sans elle. Travailler avec Anastasia sur la série « Stonecliffe » a été une joie absolue.